Tobias Sommer

Das gekaufte Leben

Tobias Sommer

Das gekaufte Leben

Roman

dtv

MIX
Papier aus verantwortungsvollen Quellen
FSC® C083411

Originalausgabe 2022

Satz: Fotosatz Amann, Memmingen
Gesetzt aus der Aldus 11/15,2˙
Druck und Bindung: CPI books GmbH, Leck
Printed in Germany · ISBN 978-3-423-28997-9

Für Jule,
für unsere Kinder Marla und Lina
und für meine Eltern

Der letzte Tag
im alten Leben

Noch zwölf Minuten und neun Sekunden. Freitag öffnete online sein Bankkonto, betrachtete die schwarze Null, immerhin kein Minus, und wechselte auf das Sparkassenkonto seiner Eltern. Freitag musste sich die Zahl laut vorlesen, um keine Ziffer vor dem Komma zu übersehen. Eine Viertelmillion Euro, auch in abstrakten Worten wurde der Betrag für ihn nicht greifbarer.

Noch acht Minuten und sechsundzwanzig Sekunden.

Nächste Woche hatte er einen Termin bei seinem Arbeitgeber, und es würde seinem Chef nicht um eine Gehaltserhöhung gehen, das wusste er, auch die Geduld seines Vermieters war nicht weiter strapazierbar.

Noch zwei Minuten und vierundfünfzig Sekunden.

Mit einem Schlag wäre ich alle Sorgen los, dachte Freitag und sah, wie Ophelia52 zu einem vermutlich letzten Schlag ausholte und auf 249 001 € erhöhte.

Noch kann ich überbieten, noch habe ich das Geld für ein neues Leben, auch wenn es nicht mein Geld ist.

Ihm blieben siebenundfünfzig Sekunden.

Er drückte auf ›Bieten‹ und dann auf ›Mein Maximalgebot‹ und tippte 250 000,51 € ein und wagte es nicht, auf ›Angebot bestätigen‹ zu drücken.

Wenn ich das Geld von meinen Eltern nehme, grübelte er, *wäre es, als würde ich ihren Tod akzeptieren.* Das war der Grund, warum Freitag es nie gewagt hatte, auch nur eine einzige Monatsmiete, einen einzigen Schuldschein mit diesem Geld zu begleichen. Aber nach zwanzig Jahren, machte er sich Mut, nach zwanzig Jahren sollte man sein Leben akzeptieren können und endlich mal wieder angeln gehen.

Auch wenn für Freitag die Sätze albern und schwach und wie aus einem philosophischen Ratgeber klangen, glaubte er an die richtige Entscheidung und zählte die Sekunden.

Noch dreizehn. Zwölf. Elf.

Er zählte bis zehn und drückte auf ›Bestätigen‹. Das Programm brauchte zwei Sekunden, die Freitag unendlich lange vorkamen, bis das Gebot übermittelt werden konnte.

Sie sind Höchstbietender. Wollen Sie Ihr Maximalgebot erhöhen?

Bevor Freitag auch nur daran denken konnte, sein Gebot zu erhöhen, war die Auktion beendet. Er starrte auf die Fotos, auf das Einfamilienhaus und auf den Bootssteg. Für einen kurzen Moment glaubte er, dass er in letzter Sekunde noch überboten worden war, und aktualisierte die Internetseite.

Herzlichen Glückwunsch! Sie haben das höchste Gebot abgegeben. Wollen Sie Ihre Ware jetzt bezahlen?

Freitag klickte auf ›Bezahlen‹. Und bevor er realisieren konnte, dass er in diesen Sekunden sein neues Leben bezahlte, wurde mit einer Sofortüberweisung das Sparkassenkonto geräumt.

Freitag ging in die Küche, er musste sich am Herd festhalten, auf zittrigen Beinen und mit noch zittrigeren

Händen goss er sich Leitungswasser in ein Glas. Das Gefühl, er habe sich soeben nicht ein neues Leben gekauft, sondern wurde um sein jetziges betrogen, versetzte ihn in Panik. Hatte er tatsächlich über 250 000 € an einen fremden Menschen überwiesen? Freitag setzte sich wieder vor den Bildschirm, in der Hoffnung, er könne die Überweisung stoppen. Sein Postfach blinkte.

Ich gratuliere Ihnen. Sie haben mein Leben erworben. Es war ein glückliches Leben, bis sich meine Frau von mir getrennt hat. Aber ich bin überzeugt, dass Sie alle Voraussetzungen haben, um hier ein glückliches Leben zu führen. Ich wünsche Ihnen das Beste. Im Briefkasten finden Sie die Schlüssel. Der Briefkastenschlüssel befindet sich in der Lampe neben der Haustür. Keine Angst, in unserem und nun in Ihrem Dorf kann man getrost die Haustür offen lassen, auch wenn einige Nachbarn das Gegenteil behaupten. Wenn Sie ankommen, werde ich bereits in einem anderen Land, vielleicht schon auf einem anderen Kontinent sein. Leben Sie wohl.
Ihr Götz Dammwald
Am Waldsee, Hausnummer 7, Zaun, in der Gemeinde Geistling

Freitag sagte der Ortsname nichts, sein Routenplaner brach vor dem Ziel ab, und Wikipedia bat um Mitarbeit. *Vielleicht ist ein unbekanntes Kaff irgendwo in Brandenburg kein schlechter Ort für einen Neuanfang,* dachte er und wusste, dass er bis zur Abfahrt noch einiges zu erledigen hatte, aber zunächst einen Schlüssel suchen musste – den Schlüssel für einen kleinen Schuppen.

Neujahr

Freitag fuhr mit den öffentlichen Verkehrsmitteln, auch wenn sein Zielort keinen Bahnhof hatte, nicht einmal eine Bushaltestelle, was bei einer Einwohnerzahl von knapp einhundertfünfzig Bewohnern nicht verwunderlich war. Vor seiner Abreise hatte Freitag einen Großteil seines Hausstands eingelagert, viel war es nicht, eine angemietete Garage reichte aus. Seine Wohnung kündigte sich mit Ablauf der nächsten Woche automatisch, und sein Arbeitgeber war über Freitags Kündigung und die »unkomplizierte Lösung« dankbar. Freitag hatte überlegt, von welchen Bekannten er sich verabschieden sollte, und sich für eine Rundmail an alle entschieden. Eine Antwort hatte er bisher nicht bekommen.

Jetzt sah er aus dem Busfenster auf die Überbleibsel der Silvesternacht. Am Wegesrand lagen Raketenköpfe und leere Feuerwerksbatterien, doch je näher er seinem Ziel kam, desto weniger wurde der Müll auf den Wegen, als wäre das neue Jahr in dieser Gegend überhaupt nicht gefeiert worden, als hätte niemand versucht, die bösen Geister aus dem alten Jahr mit einem Feuerwerk zu verjagen.

Freitag stieg zwei Kilometer vor seinem Ziel an einer Landstraßenkreuzung aus. Hier standen nur ein Bushäuschen und ein Schild, auf dem er lesen konnte, dass der Ort Geistling zwölf und der Ort Zaun noch zwei

Kilometer entfernt war. Freitag war von mehreren Feldern umgeben. Obwohl die Flächen vom Winter steinhart und noch nicht bepflanzt waren, ratterte ein Traktor über eines der Felder. Freitag konnte die ersten Häuser in zwei Kilometer Entfernung sehen. *Das muss Zaun sein, ein kleines Kaff am Ende der Welt, kein Wunder, dass es selbst Wikipedia übersehen hat,* dachte er und faltete eine Landkarte, die er sich vor seiner Reise ausgedruckt hatte, zusammen. Er schulterte seinen Rucksack. Zu Fuß wollte er sich an seinen neuen Lebensmittelpunkt herantasten und folgte der Landstraße. Er ließ seinen Blick weiter über die Felder und Wiesen schweifen, durch die er hindurchschritt. Auch hier schien niemand eine größere Silvesterrakete gezündet zu haben, denn auf den Feldern lag nicht ein Raketenkopf.

Bereits nach einem Kilometer musste er stehen bleiben und verschnaufen. Der Fußmarsch war anstrengender, als er vermutet hatte. Aber er konnte nun deutlicher die ersten Häuser erkennen. Und ein größeres Waldstück. *Wann war ich zuletzt in einem Wald spazieren gewesen? Vor etlichen Jahren mit der Schule oder damals, als ich mit meiner Mutter Steinpilze sammeln wollte?,* überlegte er, und zu der Neugierde und Aufregung gesellte sich in ihm ein Gefühl, als würde sein neues Leben mit einem Familienausflug beginnen. Außer Atem blieb er einige Meter vor der ersten Häuserreihe stehen. Er brauchte einige Sekunden, als müsste er sich Mut zusprechen, bevor er die Ortschaft betrat. Die Häuser, die er schließlich vor sich auftauchen sah, würde er allesamt als Bruchbuden bezeichnen, nur wenige hatten den Charme von alten Bauernkaten. Dennoch hatte er den Eindruck, die Bewohner wären glücklich und zufrieden in ihren Unterkünften, denn vereinzelt tauchten, als Versuch, aus den Häusern etwas Schönes zu machen, bunt verzierte Balkone oder Fensterläden auf. Aber in kein einziges Haus würde er einziehen wollen, geschweige denn es für eine Viertelmillion ersteigern. Er bezweifelte, dass er in einer dieser Baracken glücklich und zufrieden sein könnte. Plötzlich bekam er Angst, dass er für sein Vermögen ein Haus ersteigert hatte, das er auch noch ständig renovieren und reparieren müsse.

Bin ich überhaupt schon in Zaun?, fragte er sich, denn er hatte kein Ortsschild gesehen. Erst als Freitag an einer Kneipe mit dem Namen ›Zum Zaungast‹ vorbeiging, ahnte er, dass er sein Ziel bereits erreicht hatte. Er betrat seine neue Heimat wie ein Tourist, sein Gepäck bestand aus einem rollbaren Koffer, in dem sich seine Winterklamotten befanden und das, was er aus seinem Badezimmer für nötig hielt, außerdem trug er in einem Rucksack leere Pfandflaschen und eine Teleskopangel.

Nur die Hauptstraße war asphaltiert. Von ihr gingen links zwei Sandwege und rechts die kleine Straße Am Waldsee ab. Freitag bog in sie ein und war froh, dass der Weg, der zum Haus von Götz Dammwald führte, immerhin festgefahren war. Freitag betrachtete die Reifenspuren, die zu den Häusern und zum Waldsee führten. Seinen Daihatsu hatte er gestern an einen Autohändler in seiner Straße für eine lächerliche Summe von zweihundertfünfzig Euro verkauft.

»Ein Wunder, dass Sie damit noch auf den Hof fahren konnten«, hatte der Autohändler gemeint und sich über ein gutes Geschäft gefreut.

Freitag entdeckte auch auf dem Weg zum See nicht ein Haus, das keine Renovierung nötig hätte. Er versuchte, sich an die Fotos in der Verkaufsanzeige zu erinnern. In Gedanken sah er die idyllischen Haus- und Landschaftsaufnahmen wieder vor sich und dachte daran, dass er alles hingeschmissen hatte, um ausgerechnet hier bei null zu beginnen. Er hatte oft diesen Wunsch nach einem Neubeginn gehabt, war aber nie konsequent in seinem Leben gewesen. Das Angebot von Götz Dammwald hingegen hatte endgültig und konsequent geklungen. Der Verkäufer hatte nicht nur sein Haus, sondern alles, was er besaß, angeboten, und das war nicht wenig, neben einem Seegrundstück auch ein Boot und sogar ein Ferienhaus. Nur die Kleidung, die er am Tag des Verkaufs getragen hatte, wollte der Anbieter behalten, alles andere hatte nun den Besitzer gewechselt.

Es waren nur noch wenige Meter, denn zwischen den Häusern konnte Freitag die Westseite des Waldsees erkennen und erahnen, wie groß und fischreich sein zukünftiges Angelrevier wäre. Er schätzte, dass er bestimmt eine halbe Stunde kräftig rudern müsste, um das gegenüberliegende Ufer zu erreichen.

Und dann stand er mit einem Mal vor der Hausnummer sieben und atmete tief aus: Es war ein frei stehendes Haus und nicht so heruntergekommen wie die anderen Häuser, im Gegenteil. Es war ein hochwertiges Gebäude, so modern und geradlinig, als wäre es erst vor Kurzem gebaut worden. Freitag blieb vor dem Gartenzaun stehen, der das Grundstück vom Weg trennte. Zum Nachbarhaus und zum See war alles offen. Die breite Auffahrt und die zwei rechteckigen Rasenflächen daneben wirkten ebenso gepflegt wie der Weg aus Gehwegplatten, der zur Haustür führte. Auch das Haus schien in einem tadellosen Zustand zu sein, auf den Fensterscheiben waren keine Schlieren zu sehen, und der Dachvorstand war strahlend weiß. Selbst die Dachziegel glänzten. *Was für ein Aufwand,* dachte Freitag. Er öffnete das Gartentor und betrat sein Grundstück. Es war sein Grund und Boden. Noch glaubte Freitag, dass es irgendwo einen Haken an dieser Geschichte gäbe. Aber der Briefkastenschlüssel lag tatsächlich in der Lampe neben der Haustür. Im Briefkasten befand sich zwischen Wurfsendungen und einer Einladung zum Jahresfest der Feuerwehr auch ein Schlüsselbund. Freitag zählte und war erstaunt darüber, dass ein Mensch fünfzehn Schlüssel brauchen konnte. Haustürschlüssel, Kellerschlüssel, Autoschlüssel, Schlüssel für Vorhänge- und Fahrradschlösser und Schlüssel für das Ferienhaus. Vielleicht sogar für ein Bootshaus, überlegte Freitag und musterte den kleinsten Schlüssel, der nach seiner Einschätzung in das Schloss für ein Schließfach oder für eine Geldkassette passen könnte. Freitag entschied sich beim ersten Versuch für den richtigen Schlüssel und öffnete die Haustür. Der Flur war hell und geräumig und der weiße Fliesenboden so sauber, dass Freitag seine Schuhe auszog und auf durchgeschwitzten Socken sein neues Reich betrat. An der Garderobe hingen die Jacken seines Vorgängers, eine Regenjacke, darunter eine Sportjacke und über zwei Garderobenhaken eine olivgrüne Outdoorjacke.

Selbst die Schuhe, die in Reih und Glied auf dem Boden standen, waren geputzt. Nur an den Gummistiefeln klebte ein verkrusteter Schmutzbelag. Freitag öffnete die anderen Türen und versuchte, den Geruch, der ihm aus den Räumen entgegenkam, zu deuten. War es der Geruch wie in einem Neuwagen, oder doch wie in einem Ferienhaus, in dem Reinigungsmittel die jahrelange Anwesenheit von vielen unterschiedlichen Bewohnern zu einem eigenen, im Haus festsitzenden Duft vereinten?

Freitag ging ins Wohnzimmer. Ein Raum, der vermutlich sechzig Prozent der Gesamtwohnfläche im Erdgeschoss beanspruchte. Sonnenlicht schien durch bodentiefe Fenster auf die weißen Wände und den hellen Parkettboden. Der Blick aus der Fensterfront, die über die komplette Rückwand des Hauses ging, war Freitag vertraut – er erkannte die Landschaft mit dem See und dem Bootssteg wieder. Er konnte es nicht fassen, hatte er wirklich das große Los gezogen? Ein für ihn irritierendes, aber schönes Glücksgefühl breitete sich in seinem Magen aus.

Das Wohnzimmer hatte Stil, da war sich Freitag sicher, ohne dass er sich je für Design oder Trends interessiert hatte. Es gab drei Bereiche, eine Essecke mit einem Tisch im Kolonialstil, einen Wohnbereich mit einer Ledersitzecke vor einem gusseisernen Kamin und im hinteren Bereich die Küche mit einer Kochinsel und vielen technischen Geräten. Freitag sah sich um und vermisste Bilder und Dekoration. Die Wände waren makellos weiß, ein einziges kurzes Regal zierte die Wand hinter dem Esstisch. Auf dem Brett standen drei Metallhalter für Fotos, aber statt Bildern klemmten künstliche Fliegen, die Freitag vom Angeln kannte, in den Haltern. Er suchte vergeblich einen Fernseher, aber er würde sich nicht wundern, wenn mit nur einem Knopfdruck ein Bildschirm zum Vorschein käme.

Freitag freute sich über die Espressomaschine in der Küche und über Haushaltsgeräte, für die er vermutlich drei Monatsgehälter hätte opfern müssen. Der Kühlschrank roch nach Zitrusfrüchten und war mit Lebensmitteln und Getränken gefüllt. Freitag betrachtete die Auswahl und fragte sich erneut, wo der Haken an dieser Geschichte war. Warum sollte jemand dieses Leben aufgeben?

Der Grund klebte an der Pinnwand, neben Busfahrplänen und Speisekarten. Ein Passfoto. Die Aufnahme war nicht gerade vorteilhaft, fand Freitag, die Frau auf dem Foto schaute frontal in die Kamera, die Haare waren zerzaust und ihr Blick erschrocken, als wollte man ihr etwas Böses antun. Aber Freitag sah auch, dass es eine schöne Frau war, eine Frau, die um ihre Schönheit wusste. Für Freitag war es offensichtlich, dass sie der Grund war, warum Dammwald alles aufgegeben hatte.

Freitag ging zurück in den Flur und von dort die Treppe nach oben in das erste Stockwerk. Auf dieser Etage befanden sich ein großes Schlafzimmer, ein Badezimmer, eine Abstellkammer und ein Raum, den er als eine Kombination aus Büro und Gästezimmer einordnete. Freitag war es unangenehm, das fremde Schlafzimmer zu betreten. Es war, wie das gesamte Haus, in einem penibel sauberen Zustand. Er warf seinen Koffer auf das gemachte Bett, als könnte er damit dem Zimmer eine persönliche Note geben. Es war ein Doppelbett, und Freitag sah sofort, wo Dammwald geschlafen hatte, denn die Ablagefläche auf dem linken Nachttisch war frei, auf der rechten Seite lag ein dünnes, gelbes Buch, daneben standen eine Lampe und eine Plastikflasche ohne Etikett. Ein Kleiderschrank nahm eine ganze Wandseite ein. Freitag schob die Türen zur Seite. Dammwald hatte nicht gelogen, er hatte nur mit dem, was er an seinem Körper trug, das Haus verlassen, denn der Schrank war voll. Die Ordnung widerte Freitag an, alles war nach Farben sortiert und ordentlich aufgehängt oder sauber gefaltet in den Fächern verstaut, sogar die Unterhosen waren in der Mitte eingeschlagen. *Was für ein Spießer*, dachte Freitag und wusste, er müsste nun sein bisheriges Leben in dieses neue Leben einsortieren, und beschloss, die nächsten Tage erst einmal aus seinem Koffer zu leben.

Der Blick aus den Fenstern reichte weit. Auf dem Waldsee befand sich ein dunkler Streifen, als hätte jemand die Kante, an der die Wassertiefe steil bergab ging, mit dem Lineal gezogen. Er kniff die Augen zusammen. Zwei Menschen standen am gegenüberliegenden Ufer und angelten. Aus dieser Entfernung sahen sie winzig und ihre Angelruten wie dünne Striche aus. Freitag bekam Lust, ans Wasser zu gehen, oder besser, mit dem Boot rauszurudern, um das Gewässer zu erkunden. Er erinnerte sich an den letzten Fisch, den er gefangen hatte, sein erster und einziger Zander, kein kapitaler Fisch, sondern knapp unter dem Mindestmaß, aber sein Vater hatte den Fang stolz am Haken der Fischwaage hochgehalten. »Gut gemacht, mein Junge, die sind schwer zu fangen, die leben dicht am Grund«, hatte er gesagt. Freitag hörte die Worte seines Vaters in seinen Erinnerungen nicht zum ersten Mal, aber heute klangen sie nicht Jahre, sondern nur wenige Stunden alt.

Freitag brauchte als Stärkung einen Kaffee. Er wandte sich von den Fenstern ab und ging nach unten in die Küche. Die Bedienung der Espressomaschine war nichts für jemanden, der seinen Kaffee die letzten zwanzig Jahre mit einem Handfilter aufgebrüht hatte, aber nach drei missglückten Versuchen konnte Freitag einen doppelten Espresso genießen. Er zog seine Socken aus, öffnete die Fensterfront und trat auf die Terrasse. Es war für einen Januartag erstaunlich warm. Obwohl sich der Rasen noch im Winterschlaf befand, ahnte Freitag, wie prächtig die Fläche im Frühjahr aussehen würde. Er stellte sich eine Gartenparty im Sommer vor, mit zahlreichen Gästen, die um einen Pavillon und um ein meterlanges Büfett standen und sich unterhielten und lachten, und rundherum leuchteten Fackeln und Lampions.

Als er das Ufer des Sees erreichte und zurück zum Haus sah, wurde ihm bewusst, wie groß das zum Wasser leicht abschüssige Grundstück war. Es war sein Grund und Boden. Und sein Bootshaus, das er nun in Augenschein nahm, als er sich nach links wandte. Es war gerade so groß, dass das im Inserat angepriesene Ruderboot hineinpassen würde. Aber es war sein Bootshaus!

Wie dekadent das doch klingt, dachte er. Sein Bootshaus! Und noch dekadenter klang es für ihn, wenn er sich sagen hörte: *Meine Sommergäste übernachten in meinem eigenen Ferienhaus.*

Da Freitag die Schlüssel im Haus gelassen hatte, es schon 18 Uhr und dunkel war und er zudem doch kalte Füße bekommen hatte, beschloss er, seinen Rundgang morgen fortzusetzen.

Freitag hatte Hunger. Obwohl er im Kühlschrank eine große Auswahl an Lebensmitteln vorfand, entschied er sich für einen Blick in den Vorratsraum. In der Abstellkammer hinter der Küche wartete ein Vorrat an Konserven und Fertiggerichten auf ihn, aber auch Obst, Gemüse und ein Sack Kartoffeln. Es schien, als wäre der Hausherr nur kurz fort und käme gleich wieder. Freitag musste sich immer wieder sagen: *Das ist alles meins!*

Er wählte für sein Abendbrot Sandwichtoast und eine Dose Rügener Fischsuppe Soljanka. Während die Suppe auf dem Herd köchelte, begutachtete er die Busfahrpläne an der Pinnwand. In dieser Gegend braucht jeder ein Auto, war die Kernaussage, die Freitag in den Plänen erkannte und von seinem Fußmarsch her auch schon selbst erfahren hatte. Selbst die Restaurants in den nächstgrößeren Dörfern und Städten lieferten nur gegen Aufpreis nach Zaun. Nachdem er die letzte Speisekarte studiert hatte, fand er darunter einen Zeitungsartikel. Er nahm ihn vorsichtig ab. Die vergilbten Ränder sahen aus, als hätte jemand den Artikel in Eile aus einer Tageszeitung gerissen.

Angler findet Leiche im Waldsee.

Die Überschrift war reißerisch und gelogen, denn der Angler hatte keine Leiche, sondern nur einen abgetrennten Finger gefunden. Einen Ringfinger ohne Ring, der laut Polizei seit Wochen, wenn nicht sogar seit Monaten im Wasser gelegen haben musste. Die Person, die diesen Finger verloren hatte, konnte nicht identifiziert werden.

Es klingelte. Freitag zuckte zusammen und brauchte einige Sekunden, bis er begriff, woher das Geräusch kam.

Vor der Haustür standen ein Mann und eine Frau. *Was für ein komisches Paar,* war das Erste, was Freitag durch den Kopf ging. Die Frau war einige Zentimeter größer und wirkte deutlich jünger als ihr Nebenmann. Sie trug Ohrringe, die viel zu groß für ihre Ohren waren, und ein blaues Piercing in der linken Augenbraue. Der Mann machte nicht den Eindruck, als legte er Wert auf Schmuck und Glitzer, seine Jacke und die Hose in Flecktarnfarben waren nicht modisch, sondern funktional.

»Hallo, wir sind die Schönfelds von nebenan, wir haben gesehen, dass Sie schon da sind, und dachten …«

Die Frau sah auf Freitags nackte Füße und lächelte, und aufgrund dieses unbeholfenen Lächelns und ihrer tiefen Stimme korrigierte er seinen ersten Eindruck. Sie war älter, vielleicht sogar älter als ihr Mann, der nun ebenfalls verlegen grinste.

»Das ist nett«, sagte Freitag. »Ich bin Clemens.«

»Janette.«

»Ansgar«, sagte der Mann, dessen Stimme eine Vertrautheit und Freundlichkeit ausstrahlte, die Freitag nur schwer mit Ansgars ernstem Gesichtsausdruck in Einklang bringen konnte.

»Also, für mich ist das alles noch ein großes Abenteuer«, gab Freitag zu.

»Für uns war es auch ein Schock«, sagte Janette und strich mit dem Finger eine lange blonde Haarsträhne aus ihrem Gesicht.

»Das kann man sagen«, fand auch Ansgar. »Dass Götz es nicht einfach hatte nach der Trennung, das haben wir alle gesehen, aber diese Geschichte jetzt.« Er zwinkerte Freitag zu. »Du angelst auch?« Er deutete mit einem

Kopfnicken auf den Rucksack, der neben der Treppe stand und aus dem die Spitze einer Angelrute ragte.

»Ja, ich bin Angler«, sagte Freitag. Obwohl er kein richtiger Angler war, er war ein Sammler von Pleiten, definitiv kein Jäger, ein Sozialhilfeempfänger mit vielleicht bald neuen Einnahmequellen und jemand, der auf dem virtuellen Flohmarkt das unerwartete Schnäppchen gemacht hatte.

»Wir angeln hier das ganze Jahr, solange der See nicht zugefroren ist. Morgen wollen wir …«

»Lass ihn doch erst einmal ankommen«, unterbrach ihn Janette.

»So richtig verstehen kann ich das alles auch noch nicht«, sagte Freitag und überlegte, ob er als guter Gastgeber die beiden ins Haus bitten sollte, aber er wusste, das würde ihn überfordern, denn noch fühlte er sich selbst als Gast in seinem eigenen Haus. Er fragte stattdessen: »Ist Götz Dammwald heute abgereist?«

»Wir haben ihn gestern zum letzten Mal gesehen«, antwortete Ansgar. »Wir saßen abends zusammen, es war wie immer, seine Sachen packen musste er ja nicht.« Er schaute lachend zu seiner Frau, die seine Anmerkung nicht witzig fand.

»Im Haus wirkt auch alles so, als würde er gleich wiederkommen«, stimmte Freitag zu.

»Götz kommt nicht wieder«, sagte Janette. »Der zieht das durch.«

»Wäre nicht das erste Mal«, sagte Ansgar.

Freitag sah ihn fragend an.

»Den Dorftratsch erfährst du noch früh genug.« Ansgar holte eine Flasche mit dunkler Flüssigkeit aus seiner Jacke und streckte sie Freitag entgegen. »Wir haben dir zum Einstand etwas mitgebracht.«

Es war ein billiger, aber hochprozentiger Rum. Auf der Flasche klebte ein Zettel mit der Aufschrift *Brotersatz*.

»Selbst gefangen«, betonte Ansgar, als Janette ihrem neuen Nachbarn einen in Zeitung eingeschlagenen Fisch übergab. »Hier aus dem Waldsee.«

Freitag nahm den Fisch mit der rechten Hand, in der linken Hand hielt er die Flasche und zwischen den Fingern immer noch den zerknitterten Zeitungsausschnitt.

»Ralf wirst du auch noch kennenlernen«, sagte Ansgar und zeigte auf den Zeitungsartikel.

»Ralf?«

»Er hat den Finger damals gefunden«, erklärte Ansgar. »Das war schon was, die Polizei hat das ganze Dorf und den Wald abgesucht, es kamen sogar Spezialtaucher, aber in der grünen Suppe, da …«

»Den Fisch kannst du aber ohne Bedenken essen«, fiel Janette ihrem Mann ins Wort und lachte.

»Hat man die Person denn wirklich nicht identifizieren können?«, fragte Freitag, obwohl er sich mit dieser Geschichte nicht befassen wollte. Er ging Zeitungsartikeln und Fernsehberichten von Verkehrsunfällen oder ungeklärten Mordfällen aus dem Weg. Als Kind hatte er jahrelang ›Aktenzeichen XY … ungelöst‹ mit seinen Eltern geguckt, heute schaltete er sofort um.

»Nein«, sagte Ansgar. »Die Polizei hat den Fall einfach nicht weiterverfolgt, obwohl …« Er sah erst seine Frau und dann Freitag an, als bräuchte er für den nächsten

Satz eine Erlaubnis von allen Beteiligten. »Aber du kannst dir die Geschichte ja von Ralf erzählen lassen. Am Sonntag fischen wir am See, und unser Stammtisch drüben beim Zaungast …«

»Ansgar, lass unseren neuen Gast doch erst mal auspacken«, motzte Janette dazwischen.

»Mein Koffer ist noch nicht ausgepackt, das stimmt«, erwiderte Freitag und dachte über die Bezeichnung »unseren neuen Gast« nach.

»Ich werde gleich anfangen«, log er dann. »Aber ein paar Tage wird es wohl dauern, bis ich mich eingelebt habe.«

»Melde dich danach einfach bei uns oder komm in den Zaungast«, meinte Ansgar.

Freitag nickte freundlich und war froh, als die beiden sich verabschiedeten und er die Haustür schließen konnte. Er verfeinerte seine Suppe mit der frischen Forelle und öffnete eine Weinflasche. Der Mond schien zwischen dunklen Wolken hindurch auf den Waldsee. Freitag stellte sich vor die Fensterfront und versuchte trotz Dunkelheit, aus dieser Entfernung Spuren von Fischen, die knapp unter der Oberfläche schwammen, zu erkennen. Aber es gab keine Wasserringe oder Luftbläschen, die Wasseroberfläche war ruhig.

Eine Stunde später zog Freitag seinen Schlafanzug an und legte sich auf das Doppelbett. Die Fußbodenheizung brummte, und die Tagesdecke roch widerlich streng nach Weichspüler.

»Dammwald, Götz Dammwald«, flüsterte Freitag. Noch hörte sich dieser Name für ihn fremd an. Der

Name klang nach dem, was er war: der Name eines fremden Menschen.

Freitag war froh, sein neues Leben mit seinem eigenen Namen beginnen zu können, denn was würden seine Eltern denken, wenn er plötzlich nicht nur ein neues Leben, sondern auch einen neuen Namen hätte? Freitag schob mit dem Fuß seinen Koffer ein Stück zur Seite. Er wollte ein paar Minuten schlafen, nicht träumen, nur schlafen. Der erste Traum im neuen Haus wird wahr, hieß es, und wurde es ein Albtraum, brachte er ein Leben lang Pech. Freitag konnte nicht mehr sagen, wo er es gelesen oder gehört hatte; obwohl es für ihn esoterischer Schwachsinn war, beschloss er, heute nicht zu träumen. Dabei gab es in den letzten Jahren nur einen Traum, an den er sich erinnern konnte. In diesem immer wiederkehrenden Traum rannte Freitag auf einer Straße, er rannte und rannte, die Straße war leer und wollte nicht enden, und nie gab es auf dem Asphalt Bremsspuren, die er im Traum vergeblich suchte.

Das Geheul eines Tieres riss ihn aus seinem traumlosen Sekundenschlaf. Freitag war sich nicht sicher, ob das Geräusch von draußen kam oder ob er doch geträumt hatte. Er trottete im Halbschlaf ins Badezimmer.

»Wo bin ich?«, fragte er das Gesicht, das er im Badezimmerspiegel sah.

»Ich bin in Zaun«, antwortete er sich selbst. *In Zaun. Wohnen in Zaun. Wie hört sich das an? Man hängt höchstens tot oder besoffen über dem Zaun, aber man wohnt doch nicht …*

Ein erneutes lautes Bellen unterbrach Freitags Selbstgespräch. Es klang nicht so, als wollte das Tier – ein Hund? – etwas verjagen, vielmehr klang es, als wollte es ihn warnen. Freitag schaute aus dem Badezimmerfenster, aber er sah kein Tier, nur die Einfahrt und den Sandweg vor dem Haus. Auch aus dem Schlafzimmerfenster konnte Freitag kein Tier erkennen. Er legte sich wieder auf das Bett und lauschte. Irgendwo im Haus klackte eine Stromleitung, als hätte jemand einen Lichtschalter betätigt. Der Wind wehte zwischen den Bäumen und am Haus vorbei. Freitag schloss die Augen und versuchte, zwischen dem Rauschen des Windes andere Geräusche herauszuhören, aber weder hörte er ein Bellen noch ein Klacken. Aber er hörte plötzlich Schritte. Schritte, die so laut und deutlich waren, als liefe jemand mit klobigen Stiefeln auf Beton oder Asphalt. Freitag stellte sich vor, wie jemand um das Haus schlich, um vielleicht seinen Hund zu suchen. Oder war es Dammwald, der zurückgekommen war? Oder ist man in diesem Dorf doch nicht so sicher, wie Dammwald in seiner Mail geschrieben hatte?

Freitag versuchte, sich zu beruhigen, denn die Fenster waren geschlossen, und niemand konnte so laut auftreten, dass man es im ersten Stock hinter verschlossenen Fenstern auf der Gartenseite hören konnte. An die logische Schlussfolgerung, dass die Schritte möglicherweise viel dichter waren, in den eigenen vier Wänden, dachte er nicht und schlief unbeschwert ein.

Dienstag

Unausgeschlafen saß Freitag am Tresen in seiner neuen Küche. Er trank Espresso und testete den roten Knopf einer Fernbedienung. Eine unsichtbare Vorrichtung an der hinteren Wand im Wohnzimmer schob sich wie von Geisterhand zur Seite, und das übermotivierte Grinsen einer Moderatorin von einem Teleshoppingsender begrüßte ihn. *Wahnsinn, dieser Flachbildschirm kostet bestimmt über zweitausend Euro,* staunte Freitag, aber statt eine Nil-Kreuzfahrt zum Tagesangebotspreis zu buchen, ging er in Dammwalds Badelatschen und mit der Espressotasse in der Hand auf die Terrasse. Die Sonne hatte für den zweiten Tag des Jahres erstaunliche Kraft. *Wenn ich jetzt Tabak und einen Filter hätte, ich würde mir eine Zigarette drehen,* dachte er, obwohl er seit drei Jahren Nichtraucher war. Freitags Hausarzt hatte damals an seine Vernunft appelliert, Freitag solle endlich aufhören und an seine Gesundheit denken. In Wirklichkeit war der Hauptgrund, warum Freitag mit dem Rauchen aufgehört hatte, weder seine Lungenschmerzen noch seine Atemnot und schon gar nicht seine Vernunft, vielmehr hatte es finanzielle Gründe. Seine letzte Selbstgedrehte hatte er vor drei Jahren am Todestag seiner Eltern geraucht.

Freitag atmete die frische Morgenluft ein und machte sich auf den Weg zum Ferienhaus. Der Bungalow lag dichter am See als das Haupthaus, von der kleinen Holzterrasse aus waren es keine zehn Schritte bis zum Wasser.

Freitag musste mit seinem Oberkörper gegen die Tür des Ferienhauses drücken, damit sie sich quietschend öffnete. Das Feriendomizil bestand aus zwei kleinen Schlafzimmern, einem Bad und einem Flur, der in den Wohnbereich führte. Das Haus roch, wie Räume riechen, die seit langer Zeit nicht betreten worden waren. Über den Wohnzimmermöbeln waren Plastikfolien gespannt. Freitag riss die Folie über dem Ecksofa auf und war erstaunt – die Folie war kein Staubschutz, sondern das Verpackungsmaterial vom Hersteller. Das Sofa war nagelneu, auch die anderen Möbelstücke waren unbenutzt. Selbst die Teppiche auf dem Parkettboden sahen aus, als wäre Freitag der Erste, der sie betrat. Der Küchenbereich wirkte ebenfalls, als wäre er nie benutzt worden, zudem fehlten die Geräte. Erst als Freitag die Schranktüren öffnete, fand er einen Kaffeevollautomaten, einen Standmixer und eine Brotschneidemaschine.

Die zwei Schlafzimmer sahen identisch aus, nicht nur die Einrichtungsgegenstände, auch deren Anordnung im Raum war gleich. Es lagen keine Tagesdecken über den Betten, sondern Folien. Die sterile Kälte in den Räumen war Freitag unheimlich, die Atmosphäre erinnerte ihn an Tatortbegehungen in der deutschen Fernsehserie, die seine Mutter so gerne gesehen hatte.

Freitag ging nach draußen, sperrte wieder ab, freute sich über den Blick auf den Waldsee und begann einen Rundgang um das Ferienhaus. An der Rückseite entdeckte er einen Holzschuppen oder eher einen schäbigen Bretterverschlag. Er passte gar nicht zu dem Gesamteindruck, den Freitag bisher von Dammwalds Anwesen hatte. Auf dem Dach lagen vergammelte Blätter, die Bretter hatten seit Jahren keine neue Farbe gesehen, und das Fallrohr der Dachrinne hatte faustgroße Dellen. Einige Bretter hatten rote Flecken und Striche. Freitag machte ein paar Schritte zurück und erkannte, dass jemand versucht hatte, die rote Farbe zu entfernen, denn mit etwas Geduld konnte er im Kopf die Striche und Punkte verbinden und lesen:

DEINE GEISTER SCHLAFEN NICHT!

Eine Warnung. Freitag trat wieder an die Bretterwand und kratzte etwas Farbe mit dem Fingernagel ab und stellte fest, dass die Worte nicht mit einem Pinsel geschrieben, sondern auf das Holz gesprüht worden waren. *Diese Dorfgören,* ärgerte sich Freitag, *ist man vor denen nirgendwo sicher?* Das Mehrfamilienhaus, in dem er bis gestern fünfzehn Jahre gelebt hatte, wurde regelmäßig mit Graffitis und Schriftzügen beschmutzt. Einmal hatte ein Satz in Pink quer über den Balkon an seinem Wohnzimmerfenster vorbeigeleuchtet. Grundsätzlich hatte Freitag nichts gegen Kunst im öffentlichen Raum, wie sein Hausmeister es neunmalklug nannte, wenn er auf die Graffitis angesprochen wurde und keine Lust hatte, die Kunst zu beseitigen. Aber schön sollte die Kunst sein, war Freitags Meinung, ohne beschreiben zu können, welche Kunst er an Häuserwänden schön fand. Diesen kaum leserlichen Satz an Dammwalds Schuppen auf jeden Fall nicht. Und überhaupt, was sollte die Warnung bedeuten, welche Geister schliefen nicht?

»Die Tags folgen strengen Regeln«, hatte der Nachbarsjunge aus Berlin Freitag erklärt. Der Junge war der Einzige im Wohnblock gewesen, der sich mit ihm unterhalten hatte. Die anderen Nachbarn waren ihm aus dem Weg gegangen, weil sie wussten, dass er drei Monatsmieten im Rückstand war und noch nie das Treppenhaus geputzt hatte. »Jede Gruppe hat ihre Zeichen, und niemand sollte die politischen Aussagen unterschätzen«, hatte der Junge ihm erklärt und dabei so ernst und überzeugt ausgesehen, dass Freitag damals lachen musste. Ein zwölfjähriger Bengel, der ihm die Welt erklären wollte.

Doch jetzt wüsste er gerne, was der Junge über dieses Graffiti und über Geister, die nicht schliefen, gesagt hätte. Da sich an einigen Stellen Grünspan über die rote Farbe vor ihm gelegt hatte, war sich Freitag zumindest sicher, dass die Warnung vor längerer Zeit an den Schuppen gesprüht worden war. Je öfter er den Satz in seinem Kopf wiederholte, desto größer wurden seine Zweifel. Der Satz hatte weder eine politische Aussage, noch konnte Freitag irgendeine Gruppenzugehörigkeit erkennen.

Und warum sollten Jugendliche an diesem abgelegenen Ort ein Zeichen setzen?, überlegte Freitag und kam zu dem Schluss, dass sein Vorgänger nicht nur Geld und eine schöne Frau, der er nachtrauerte, gehabt hatte, sondern auch Geister.

Freitag ging zurück ins Haupthaus, in dem eine überdrehte Moderatorin eine Kreuzfahrt in den höchsten Tönen lobte. Freitags Magen knurrte, als hätte er seit Tagen nichts gegessen. Während er im Vorratsraum stand und sich nicht zwischen Früchtemüsli und Croissants zum Selberbacken entscheiden konnte, fiel ihm eine weiße Holztür auf, die sich unscheinbar neben dem letzten Regal befand. Hinter der Tür war eine Treppe, die hinunter in einen Keller führte. Freitag schaltete das Licht ein und stieg nach unten.

Die Deckenbeleuchtung bestand aus einer einzigen Glühbirne, die nicht die Kraft hatte, bis in die Ecken des Kellers zu leuchten. Freitags Augen gewöhnten sich aber schnell an die Lichtverhältnisse und erkannten, dass das Untergeschoss der einzige Teil des Gebäudes war, in dem Wert auf Wanddekoration gelegt wurde. Die Hundsaugen eines Raubfisches stierten Freitag an. Barsche, Hechte, Zander und eine Regenbogenforelle hingen an der Wand. Einige Fische waren komplett erhalten, bei anderen war nur der Kopf ausgestopft worden. Aber alle Tiere besaßen Augen, die den Neuling ansahen.

Im hinteren Bereich des Kellers stand eine große Werkbank, darüber hing an der Decke eine lange Leuchtstoffröhre. Freitag drückte den Schalter und wurde geblendet. Es dauerte, bis er sah, dass Dammwald hier nicht sein Werkzeug, sondern seine Angelsachen aufbewahrte. *Meinem Vater würde das Herz aufgehen,* dachte Freitag, denn Dammwalds Ausrüstung zeigte eine Ordnung, die beeindruckte. Für jede Hakengröße, für jeden Wirbel und für jedes Gewicht gab es einen vorgesehenen Platz, die Angelruten waren an der Wand befestigt, die Blinker und Plastikfische baumelten kopfüber an einem Draht, der von einer Wand zur nächsten gespannt war, selbst die Spulen mit den unterschiedlichen Angelschnüren waren griffbereit an einer Seite montiert. Freitag zählte über zwanzig Ruten, für jede Fischart das passende Geschirr.

Jetzt habe ich sogar wieder ein Hobby, freute sich Freitag und nahm eine Rute mit dem Aufkleber *Zander-Power-Spin* aus der Halterung und machte einen Probewurf aus dem Handgelenk. Dann sah er sich weiter um. Unter der Werkbank lagen Farbeimer, zwei Kunststoffkoffer mit Elektrogeräten und einige Schachteln mit Schrauben und Nägeln; weiteres Werkzeug entdeckte er nicht.

Er ging an den toten Fischen vorbei die Treppe nach oben und setzte sich wieder an den Küchentresen. Im Fernsehen wurde das nächste Angebot des Tages angekündigt, eine Vorratsdose, die atmen konnte. Freitag versuchte, sich zu konzentrieren, er wollte seine Chance auf ein neues Leben nicht ungenutzt lassen und wusste, ohne einen Job würde er dieses Leben nicht halten können. *Aber ich habe einen Job,* musste er sich selbst klarmachen. Dammwald hatte das zwischenzeitliche Höchstgebot von 230 000 € nicht gereicht, und aus diesem Grund hatte er zusätzlich nicht nur materielle Werte angeboten, sondern offerierte dem Höchstbietenden kurz vor dem Auktionsende ein rundum neues Leben – sein Freundeskreis wollte den Gewinner in ihre Stammtischrunde aufnehmen, die Nachbarn freuten sich auf den neuen Dorfbewohner, und Dammwalds Arbeitgeber hielt den Arbeitsplatz für einen neuen, motivierten Angestellten frei. Und Dammwalds Job war offensichtlich nicht schlecht bezahlt, womit er auch immer sein Geld verdient hatte.

Sicher wartet mein neuer Chef schon auf mich, fiel Freitag ein, *gleich am ersten Tag unentschuldigt fehlen, das wäre ja ein Start ins neue Berufsleben, das kann ich mir nicht erlauben, aber es wäre typisch.* Freitag beendete sein Frühstück, um eine Etage höher in Dammwalds Arbeitszimmer nach Hinweisen auf seinen zukünftigen Job zu suchen. In dem Raum standen auf der einen Seite ein Gästesofa und auf der anderen Seite ein Schreibtisch, kniehohe Aktenschränke und ein leerer Mülleimer. Freitag nahm auf dem Bürostuhl Platz, lehnte sich gegen die hohe Rückenlehne und rollte durch das Zimmer. An der Wand hing ein Jahreskalender. Freitag wunderte sich, dass nicht ein Eintrag zu sehen war, erst auf den zweiten Blick erkannte er, warum. Dammwald hatte noch vor dem Jahreswechsel den neuen Kalender für dieses Jahr aufgehängt. Die ersten beiden Tage im Januar waren farblich markiert. *Urlaub,* dachte Freitag sofort, Dammwald hatte die ersten beiden Tage im neuen Jahr Urlaub genommen, erst morgen begann also sein neues Arbeitsleben, morgen würde er Geld verdienen. Freitag rollte an den Schreibtisch zurück und öffnete die Schubladen. Die Ordnung, mit der systematisch jeder Stift und jede Büroklammer ihren Platz hatte, wunderte ihn schon nicht mehr. In den Aktenschränken wurden Ordner aufbewahrt, die unter anderem mit *Rechnungen/Haus, Rechnungen/Ferienhaus, Krankenkasse* und *Angelverein Blaues Wunder e. V.* beschriftet waren. Freitag hatte bisher eine andere Ordnung, sein Briefumschlag-System, dafür hatte er von seinem alten Arbeitgeber große Versandtaschen geklaut und seine Belege und Briefe hineingestopft, die Beschriftungen beschränkten sich auf Jahreszahlen und bei jedem zweiten Briefumschlag auf *Sonstiges.*

Zu Dammwalds Arbeitsplatz gehörte nicht nur eine gewisse Ordnung, sondern auch eine gute Ausstattung. Der silberne Laptop und der Drucker waren offensichtlich teure Markenprodukte. Seinen eigenen Computer, der über zwanzig Jahre alt und funktionsfähig, aber selbst für Restmüllsammler nichts mehr wert war, hatte Freitag vor seiner Abreise schweren Herzens entsorgt. Er klappte den Laptop auf. Das Gerät startete die Programme ohne ein Rattern oder Surren. Alles war so leise, dass Freitag den Wind, der um das Haus wehte, hören konnte. Auf dem Bildschirm erschien eine Passwortabfrage. Freitag musste nicht lange suchen, unter der Schreibtischunterlage lag ein Zettel, auf dem ein Datum und die Namen *Götz* und *Katja* und darunter in Klammern ihre Passwörter standen. *Zaungast1411* für Götz und *Zaunqueen2711* für Katja. Für Freitag war sofort klar, dass er sich nie in Katjas Konto einloggen würde, er hatte Dammwalds Leben gekauft und nicht das seiner Frau.

Dammwalds Computer war so aufgeräumt wie alles in seinem Haus. Auf dem Desktop waren die üblichen, vom Hersteller vorinstallierten Programme. Im Dateimanager fand Freitag lediglich einige Musterverträge für die Vermietung des Ferienhauses und Stromabrechnungen. Freitag ging ins Internet und öffnete sein elektronisches Postfach. Acht neue Nachrichten, allesamt Spam-Mails, die Freitag der Reihe nach löschte. Und fast hätte er auch die erste Mail von seinem neuen Chef gelöscht, hätte er nicht im letzten Moment seinen Namen in der Betreffzeile und in der unten eingeblendeten Vorschau den Namen Dammwald gelesen.

Die Firma hieß Jagen24 und hatte ihren Sitz keine fünf Kilometer von Zaun entfernt. Dammwald hatte sein Hobby in gewisser Weise zum Beruf gemacht, denn Jagen24 war laut Internet eines der größten deutschen Versandhäuser für Jagd- und Angelzubehör. Dammwald war im Bereich Reklamationsmanagement tätig gewesen. Sein Vorgesetzter, Frank Maxin, schrieb, dass sich die gesamte Belegschaft freue, morgen um 8:30 Uhr ihren neuen Kollegen begrüßen zu können, und dass Freitag nach einer kurzen Einarbeitungszeit den Platz von Götz Dammwald übernehmen könne. Im Anhang befand sich Freitags Arbeitsvertag. Herr Maxin versicherte, dass Freitag gegenüber seinem Vorgänger keine finanziellen Einbußen machen müsse und nahtlos Dammwalds Platz im Gehaltsgefüge einnehmen könne.

Freitag konnte es nicht glauben, warum sollte Herr Maxin ihm einen Job anbieten, zu Top-Bezügen, ohne Vorstellungsgespräch?

Doch Top-Bezüge waren es nicht. Das laut Vertrag angekündigte monatliche Gehalt war zwar deutlich mehr, als Freitag jemals auf seinem Lohnzettel gehabt hatte, trotzdem fragte er sich, wie Dammwald damit seinen Lebensstandard halten konnte. Selbst wenn seine Frau eine ähnliche Summe jeden Monat verdient hatte, wird es nicht gereicht haben, vermutete Freitag. Oder lief die Ferienhausvermietung so gut?

Freitag druckte den Arbeitsvertrag aus, las die wichtigsten Passagen und unterschrieb mit einem Füllfederhalter. Eine Vollzeitbeschäftigung und eine Probezeit von nur einem Monat. Freitag musste mehrmals auf den Vertrag schauen, um es zu verstehen. Wenn er es nicht vermasselte, würde aus diesem Stück Papier in vier Wochen sein erster unbefristeter Arbeitsvertrag werden. Freitag hatte schon viel in seinem Leben vermasselt, aber diese Chance auf einen Neubeginn wollte er sich nicht nehmen lassen. Er stellte sich im Schlafzimmer vor den Spiegel und fragte sich: *Kann ich mich so bei meinem neuen Chef sehen lassen?*

Freitag hasste Vorstellungstermine, denn er hatte nichts vorzuweisen, keine ausreichende Berufserfahrung, keine Sonderqualifizierungen, nicht einmal einen Schulabschluss. Dabei hatte er als Jugendlicher große Ziele gehabt, er wollte nach dem Abitur Ingenieur werden, Wasser- und Bodenmanagement studieren, er wollte als Naturliebhaber etwas Nachhaltiges und Sinnvolles tun, die Schulnoten und Voraussetzungen dazu hatte er. Jedoch schaffte er es bis heute nicht, den Verlust seiner Eltern zu verarbeiten, trotz der Unterstützung durch seinen Onkel, bei dem er die ersten Jahre nach deren plötzlichem Tod gewohnt hatte. Freitag brauchte lange, um sich wieder auf seinen Alltag einlassen zu können, zu lange. Er brach mit achtzehn Jahren ohne Abschluss die Schule ab. Danach hielt er sich mit schlecht bezahlten Gelegenheitsjobs über Wasser.

»Reklamationsmanagement« hörte sich für Freitag nach einem Schreibtischjob ohne große Verantwortung an, dem man nur einen wichtigtuerischen Namen gegeben hatte, aber sicher war er sich nicht, und der Blick in Dammwalds Kleiderschrank gab ihm auch keine Antwort. Dammwald besaß Anzüge, Stoffhosen, Hemden und Krawatten, aber auch Shirts und Kapuzenpullover. Im rechten Teil des Kleiderschranks, vermutlich dort, wo Dammwalds Exfrau ihre Kleidung aufbewahrt hatte, befanden sich Dammwalds Angelklamotten, dicke Wollpullover, Holzfällerhemden und sogar eine Wathose. Warum der penible Dammwald seine nach Gewässerschlamm stinkende Gummihose mit ins Wohnhaus genommen hatte, war Freitag ein Rätsel. Der Duftbaum Fresh Oriental, der in der Mitte des Schranks befestigt war, überdeckte allerdings alle anderen Gerüche. Freitag zog seine Jeans aus und nahm eine Stoffhose aus dem Schrank. Die schwarze Hose passte, sowohl in der Länge als auch um seinen Bauch herum. Danach zog er ein weißes Hemd an und streckte beide Arme nach vorne, die Länge der Ärmel war perfekt. Auch das graue Jackett saß wie für ihn maßgeschneidert. Die dazu passende Krawatte hing ebenfalls über dem Bügel.

Ich trage definitiv keinen Schlips, beschloss Freitag und stolzierte ins Badezimmer. Er fuhr mit der Hand über sein Gesicht und durch seine Haare, die etwas wirre Frisur und der Vier-Tage-Bart gefielen ihm, aber er wusste, so würde er morgen früh das Haus nicht verlassen können. Freitags Kulturtasche stand auf dem Fußboden. Er hatte sie gestern Abend nicht ausgepackt und stellte sie nun auf den Rand des Waschbeckens. Im Wandschrank lagen zahlreiche Badezimmerutensilien. Dammwald hatte nicht einmal seine Zahnbürste und seinen Rasierapparat mitgenommen. Freitag schnüffelte an den drei Parfümflakons und entschied sich für einen Duft nach Moschus und Vanille. Er nickte seinem unausgeschlafenen, faltigen Gesicht im Spiegel zu und war froh, als er wieder in seine alten Klamotten schlüpfen konnte.

Über die Terrasse ging er durch eine Tür in die Garage,

um sich sein neues Auto anzusehen, denn ihm war ein geländetauglicher, zwei Jahre alter Mercedes der G-Klasse versprochen worden. Der Wagen wartete, rückwärts und ordentlich eingeparkt, auf Freitag. Der G500 war für jedes Gelände tauglich, die riesigen Reifen in den hohen Radkästen würden auch abseits der Straßen Halt und Sicherheit geben, vermutete Freitag und konnte nicht einen Schlammspritzer auf der Karosserie entdecken. Er sperrte auf und sank tief in den Fahrersitz. Der Wagen hatte genug Pferdestärken, ahnte Freitag, nachdem er den Zündschlüssel umgedreht hatte und der Motor aufheulte. Der Kilometerstand betrug siebentausendfünfhundert. Freitag hatte noch nie ein Auto besessen, das weniger als hunderttausend Kilometer auf dem Tacho hatte, auch noch nie eine Rückfahrkamera und eine vollautomatische Klimaanlage. Auf dem Armaturenbrett klebte ein Aufkleber mit technischen Daten: *Böschungswinkel hinten: 30°, vorne: 31°, Rampenwinkel: 26°, Maximale Wattiefe von 70 cm.*

Die Karre fährt sogar durchs Wasser, dachte Freitag beeindruckt, beugte sich nach rechts und öffnete das Handschuhfach, in der das Handbuch für den Bordcomputer lag und eine Fernbedienung, die nicht größer als der Autoschlüssel war. Freitag drückte darauf, und das Garagentor bewegte sich geräuschlos nach oben. Erst als Freitag aus der Garage fuhr und den Geländewagen auf der Auffahrt stoppte, wurde ihm bewusst, wie hoch er saß. Ein Hund lief am Gartenzaun vorbei. Das Tier registrierte den Geländewagen nicht, es lief hechelnd weiter, blieb dann aber mit einem Mal stehen und drehte sich zu seiner Besitzerin um, die mit einer Hundeleine über der Schulter den Sandweg entlangschlenderte. Freitag schätzte die Frau auf über sechzig Jahre alt. Er konnte nicht sagen, warum, aber für ihn war sofort klar, dass sie keine Zugereiste war. Die Dame mit dem sportlichen Walking-Outfit und der blauen Schirmmütze wird ein festes Mitglied der Dorfgemeinschaft sein.

Selbst meine Nachbarn in Berlin würden so nicht durch die Stadt joggen, glaubte Freitag und hörte den Pfiff nicht, aber er sah, wie die Frau mit zwei Fingern im Mund ihren Hund zu sich rief. Der Hund parierte und lief zu seiner Besitzerin zurück, eine Belohnung bekam er nicht. Gemeinsam gingen sie dann diszipliniert weiter, Seite an Seite. Freitag konnte sehen, wie stolz und zufrieden die Frau war, und musste grinsen.

Als sie an seiner Gartentür vorbeikam, drehte sie sich zu ihm und zwinkerte ihm lächelnd zu, selbst der Hund drehte seinen Kopf zu Freitag und bellte. Freitag sah ihr nach, bis sie mit ihrem Hund aus seinem Blickfeld verschwand.

Warum hat die mich so angegrinst, ich kenne sie doch überhaupt nicht?, dachte Freitag, der dieses Lächeln und Zwinkern einfach nicht deuten konnte. Entweder sie wusste, wer er war, und hatte ihn als neuen Nachbarn begrüßt, oder es war die normale Freundlichkeit, wie sie die Großstädter verlernt hatten, oder, und das war für Freitag in diesem Moment die wahrscheinlichste Antwort, sie hatte ihn für Dammwald gehalten. Freitag realisierte erst jetzt, dass er überhaupt nicht wusste, wie Dammwald aussah, wie alt er war, was für ein Mensch er war. *Er wird ein gut aussehender Mann im besten Alter sein,* glaubte Freitag, aber ihm war klar, dass seine Vermutung allein auf das Passfoto einer schönen Frau baute, von der Freitag überzeugt war, dass es Dammwalds Exfrau war.

Freitag stieg aus dem Auto, drehte sich um und zuckte vor Schreck zusammen. Er hatte den fast zwei Meter großen Mann, der vor der Haustür stand, nicht gesehen. Der Mann trug eine blau-gelbe Dienstjacke mit einem Aufnäher, auf dem ein Name und ein Postabzeichen gestickt waren.

»Hallo, haben Sie Post für Dammwald?«

»Nur Werbung«, sagte der Postbote, der noch sehr jung war, wie Freitag jetzt sah. »Eine Postwurfsendung, die an alle Anwohner im Kreis Geistling geht, da muss ich mir keine Gedanken über das Postgeheimnis machen.«

»Jemandem, der auf Weltreise ist, die Post hinterherzuschicken ist ja auch schwierig.«

»Ich dachte, Sie übernehmen seine Rechnungen.« Der Postbote grinste Freitag an. »Aber wie ich Götz kenne, hat er alles geregelt und bezahlt.«

»Ich kenne Dammwald überhaupt nicht, keine Ahnung, wie groß die Fußstapfen sind, in die ich gerade hineintrete«, sagte Freitag und nahm die Werbung, die in einer Folie steckte und nur aus wenigen Blättern bestand.

»Götz war schon in Ordnung, immer nett und freundlich«, sagte der junge Mann und fügte nach einer kurzen Pause hinzu: »Machen Sie sich keine Sorgen, Sie werden sich schnell einleben, bald wollen Sie hier gar nicht mehr weg.« Er lachte. »So, ich muss weiter, Rechnungen und Mahnungen an Ihre Nachbarn verteilen.« Er setzte sich auf sein Fahrrad und fuhr los. Nach einigen Metern drehte er sich um und streckte lachend einen Daumen nach oben. Er radelte weiter und hielt bei keinem der Nachbarn an.

Sind hier alle so anstrengend freundlich?, fragte sich Freitag und setzte den Wagen wieder rückwärts in die Garage und schloss das Tor. Dann ging er ins Haus zurück, schaute fern, machte ein ausgiebiges Mittagsschläfchen und montierte danach im Keller einige Angeln. Nach dem Abendessen tauschte er seine Turnschuhe gegen Dammwalds Wanderstiefel. Sie passten, als hätte Freitag sie seit Wochen eingelaufen. Er überlegte, wann er zuletzt einen Spaziergang gemacht hatte, und zog die Schnürsenkel fest.

Wenn Freitag abends nach dem Abendessen seine Wohnung verlassen hatte, dann fast immer, um in seine Lieblingsbar zu gehen, die ihn trotz zahlreicher Striche auf dem Bierdeckel bediente. Ob die hervorragenden Wanderstiefel und dieser erste Spaziergang etwas an seiner Bequemlichkeit und an seinem Fitnesszustand ändern würden, war zu bezweifeln, denn er ging nur wenige Meter rechts an den Nachbarhäusern vorbei Richtung Hauptstraße und erreichte nach einem Fußmarsch von nur fünf Minuten die Dorfwirtschaft ›Zum Zaungast‹. Über dem Eingang leuchtete eine kleine Lampe, sonst war das Gebäude wie die meisten Häuser in dieser Straße dunkel. Freitag öffnete die dicke Holztür. Der Türgriff fühlte sich so massiv und schwer an, als würde man eine alte Bahnhofshalle betreten. Freitag gelangte aber nur in einen kleinen Raum mit einem Tresen, vor dem acht Barhocker standen. Er sah keinen weiteren Gast und nahm direkt vor der Zapfanlage auf einem der Hocker Platz. Es dauerte zwei

Minuten, bis der Besitzer aus der Küche kam und erkannte, dass ein Gast in der Kneipe war.

»Warten Sie schon lange?«, fragte er, und sah aus, als suchte er in Freitags Gesicht nach einem Hinweis, woher die beiden Männer sich kennen könnten.

»Nein, ich habe Zeit«, sagte Freitag. »Ich bin erst gestern angereist und erkunde gerade das Dorf.«

»Wenn Sie es bis hierher geschafft haben, haben Sie schon das halbe Dorf gesehen.« Der Mann rieb mit dem Daumen in seinem Vollbart und griente. »Wo wohnen Sie denn?«

»Bei Dammwald.«

»Hat er wieder Feriengäste, ich dachte …«

»Nein, ich habe sein Haus gekauft.«

»Ach, Sie sind das, ich habe von der Geschichte gehört, ich bin Michael.«

»Clemens.«

»Freut mich, das ist schon eine abgedrehte Sache, das hätten wir Götz nicht zugetraut.«

»Was, dass er alles verkauft und abhaut?«, fragte Freitag.

»Wir dachten, er verkauft alles und zieht zwei Straßen weiter. Aber gleich eine Weltreise …« Michael schüttelte den Kopf. »Das ist nicht Götz, der war bodenständig, war immer sehr mit dem Dorf verbunden, wenn man das so sagen kann.«

»Die Trennung von seiner Frau hat ihn wohl aus der Bahn geworfen«, meinte Freitag und wusste, wenn man mit Wucht aus der eigenen Bahn geworfen wird, landet man weit entfernt als anderer Mensch.

»Das hätte auch nie jemand gedacht, dass Götz und

Katja …« Michael warf einen Bierdeckel auf den Tresen. »Was möchtest du trinken, ein Pils?«

»Nein, ich trinke kein Bier, ich nehme lieber einen Whiskey-Cola«, antwortete Freitag und nahm den Bierdeckel.

»Kein Bier?«, fragte Michael und stellte das Bierglas, das er bereits aus dem Schrank geholt hatte, wieder weg. »Whiskey mit einem Schuss Cola, auch gut.«

Freitag drehte den Bierdeckel in seiner Hand, auf der Pappe war kein einziger Kugelschreiberstrich. Michael stellte das Glas vor Freitag auf dem Tresen ab.

»Willst du denn in Zaun bleiben?«

»Ich habe mein ganzes Vermögen für das Haus ausgegeben, ich denke, das Geld sehe ich nie wieder.«

»Schon klar«, sagte Michael mit einem Grinsen. »Zaun ist auch nicht bekannt für seine Wertanlagen.«

»Zumindest gibt es hier Feriengäste.«

»Sagt man«, erwiderte Michael. »Ab und zu sollen Fremde gesichtet worden sein.«

»Lief Dammwalds Ferienhausvermietung nicht gut?«

»Doch, eigentlich schon, zu Beginn hat er reichlich Kohle damit gemacht, aber irgendwann war es eben vorbei.«

Freitag sah Michael fragend an.

»Ach, wenn man den Hals nicht voll genug bekommt, und …« Michael hielt inne, als müsste er seine nächsten Worte genau abwägen. »Götz hatte vermutlich schon einen gut bezahlten Job.«

»Hat Dammwalds Ex auch für Jagen24 gearbeitet?«

»Nee, Katja hat keine Gewehre und Angelhaken vertickt«, sagte Michael lachend. »Sie konnte damit nichts anfangen, sie hat in einem Reisebüro in Cottbus gearbeitet und ist dann hierhergezogen.«

»Der Liebe wegen.«

»Ja, das hat schon gut gepasst, zumindest haben wir das alle geglaubt, dann kam plötzlich die Trennung«, meinte Michael.

»Wollte Katja auch eine Weltreise machen?«

»Was Katja wirklich wollte, weiß keiner.« Michael hielt ein Glas prüfend gegen das Licht. »Und irgendwann war sie einfach weg.«

»Und davon hat Dammwald sich nie erholt.«

»Das ist wohl so.«

Michael drehte sich von Freitag weg, um Biergläser in die Regale zu stellen.

»Ich werde mir mal eure Ahnengalerie ansehen.«

Freitag deutete mit dem Whiskey-Cola-Glas in der Hand in den Nebenraum, wo ein großer Glaskasten mit Wimpeln, Pokalen und Fotos an der Wand hing. Freitag sah das Gruppenfoto anlässlich des hundertsten Geburtstages der Freiwilligen Feuerwehr Zaun und dachte: *Zaun hat das, was ein spießiges Dorf ausmacht – einen Angelverein, einen Kegelsportverein und eine Feuerwehr.* Freitag sah den Wimpel der Kegelbrüder Zaun und Pokale und Medaillen, die der Angelverein Blaues Wunder auf Kreis- und Landesmeisterschaften errungen hatte. Neben der letzten Trophäe befand sich ein Bilderrahmen, darin ein Foto, auf dem fünf Angler um einen Setzkescher standen. Es waren zu viele Fische im Kescher, die leblosen Körper drückten gegen das Netz, vor einer Lache aus Blut. Freitag erkannte Ansgar auf dem Foto wieder. Daneben stand eine Person, die den Arm um Ansgars Schultern gelegt hatte. Es war Dammwald. Zumindest glaubte Freitag das.

»Ist das …?«

Freitag drehte sich zur Tür und zum Tresen, aber Michael war verschwunden. Freitag stellte sich dicht an den Glaskasten. Je länger er das Foto betrachtete, desto sicherer war er sich, es musste Dammwald sein. Ein Mann, der trotz Gummistiefeln und einem blutverschmierten Holzfällerhemd sportlich und selbstsicher aussah. *Wenn ich mich mal wieder rasiere, mir mit Gel auch so eine schmierige Frisur mache und ein Jagdoutfit anziehe,* dachte Freitag, *dann …, nein, so schleimig und gut aussehend werde ich nie vor eine Kamera treten.*

»Grüß dich.«

Freitag drehte sich um, aber der Gruß galt nicht ihm, sondern Michael, der wieder hinter dem Tresen stand.

»Hallo, Ralf, früh dran heute«, begrüßte Michael seinen Gast. Ralf nickte, kam in den Nebenraum und ging an Freitag vorbei und nahm, ohne etwas zu sagen, an einem Tisch Platz, auf dem ein Wimpel mit dem gestickten Schriftzug *Angelfreunde Blaues Wunder e. V.* stand. Ralf setzte seine dünndrahtige Brille ab, legte sie auf den Tisch, rieb mit dem Zeigefinger in seinem rechten Auge und wischte dann mit der Hand über sein hageres Gesicht. Freitag blieb vor dem Foto im Glaskasten stehen, aber er spürte, wie die hagere Gestalt ihn musterte.

Als sich die Eingangstür erneut öffnete, trat Ansgar ein. Er sah sich um und zeigte mit ausgestrecktem Arm auf Freitag.

»Clemens, hast du den Weg gefunden?«

Ansgar kam zu ihm, legte seine Hand auf seine Schulter und nickte Ralf zu.

»Ihr habt euch schon kennengelernt?«

»Ich konnte ja nicht ahnen, dass wir heute Verstärkung bekommen«, antwortete Ralf, der seine Brille richtete, die trotzdem nie gerade auf seiner Nase zu sitzen schien. Auf seiner rundlichen, knolligen Nase. Überhaupt, das war das Erste, was Freitag dachte, als er Ralf bewusst ansah: *Ralf sieht rund aus*. Er hatte einen rundlich geformten Bauch und ein rundliches Gesicht und dazu eine Brille mit kreisrunden Gläsern. Aber auf Freitag wirkte Ralf mit diesen molligen Formen nicht gemütlich, dafür sah er zu ernst aus. Selbst wenn er lächelte, zeigten seine Augenbrauen schräg nach unten. Dennoch, Freitag fühlte sich auf eine angenehme und zugleich für ihn überraschende Art neben Ralf sicher.

Freitag wollte Ralf die Hand geben, aber Michael schob ihn zur Seite und stellte zwei Bierkrüge auf den Tisch. Ansgar und Freitag setzten sich. Und obwohl alle genug Platz hatten, rückten sie eng um den Tisch herum zusammen.

»Dann lass uns mal auf unseren Zuwachs aus Berlin anstoßen«, sagte Ansgar und hob seinen Krug.

Die beiden Krüge donnerten gegen Freitags Glas.

»Wir hätten auch auf Deniz warten können«, meinte Ralf, der erneut seine Brille zurechtrückte.

»Der kommt eh immer zu spät«, erwiderte Ansgar und wandte sich an Freitag. »Deniz wirst du heute bestimmt noch kennenlernen, er ist unser türkischer Gastangler.«

»Nenn ihn bloß nicht so«, riet Ralf. »Der dreht durch,

er ist in Deutschland geboren, selbst seine Eltern leben schon seit fünf Jahrzehnten in Zaun.«

»Er hat aber auch mindestens fünf Großmütter im gesamten Ostblock«, meinte Ansgar. »Und alle können sie kochen.«

»Das nenne ich mal eine Familie«, sagte Freitag, obwohl er die Pointe nicht verstanden hatte, was man seinem Gesichtsausdruck vermutlich auch ansah. Denn Ralf erklärte: »Michael probiert gelegentlich Rezepte aus seinen antiquarischen Kochbüchern aus. Mit mäßigem Erfolg. Aber egal, was Michael Neues kocht, Deniz hat es schon einmal in seiner Familie gegessen. Nein, seine Großmütter haben die Gerichte sogar erfunden, sie kultiviert, ohne Deniz' Familie wären die heutigen TV-Köche gar nicht denkbar!« Ralf lachte, dabei rutschte seine Brille wieder von seiner Nase. »Zumindest erzählt er das gerne.«

Freitag versuchte, sich Deniz und den gegelten Dammwald als Stammkunden in dieser Kneipe vorzustellen, aber in seinem Kopf wollte einfach kein glaubhaftes Bild entstehen, auf dem Dammwald zwischen Ralf und Ansgar saß und über Würmer und Angelhaken fachsimpelte.

»Wie kommt man auf so eine bescheuerte Idee, hier ein Haus zu kaufen?«, fragte Ralf und blickte dabei in seinen Bierkrug und nicht zu Freitag.

»Besonders einladend ist euer Kaff nicht, das ist wohl richtig«, antwortete Freitag. »Aber das Angebot hatte auch was, das Haus, dazu ein Boot und ein Ferienhaus, dann noch ein neuer Benz.«

»Und keine Altlasten«, ergänzte Ralf und schaute von

seinem Bier auf, doch er sah nicht Freitag an, sondern zu Ansgar. Der verzog nun auch das Gesicht und meinte: »Nee, Schulden hat der Götz bestimmt nicht gemacht, die letzten Jahre lief es ja gut bei ihm.«

»Dafür habe ich bei dir Schulden«, sagte Ralf und sah Freitag an.

»Du hast Schulden bei mir?« Freitag musste lachen. »Das fängt ja gut an, ich kenne sonst nur den umgekehrten Fall.«

»Ich glaube, Götz wollte seine Schulden auch nicht zurückhaben«, sagte Ralf. »Es ist nur eine Angel, die ich mir von ihm geliehen habe.«

»Du musst auch sagen, warum Götz die nicht wiederhaben wollte«, meinte Ansgar und schaute aus dem Fenster. Das flackernde Licht einer Fahrradlampe steuerte auf das Haus zu.

»Ich glaube, er hat die Rute einfach vergessen, in seinem Keller hängen ja genug«, erwiderte Ralf.

»Was hängt da genug?«, fuhr Ansgar dazwischen und rückte mit dem Oberkörper nach vorne. »Clemens, bevor dir Ralf das gute Stück zurückgibt, solltest du wissen, dass der Kollege damit eine Leiche an Land gezogen hat.«

»Es war ein Stück vom Finger, mehr nicht«, sagte Ralf.

»Mehr nicht ist gut«, grinste Ansgar. »Du bist ja sowieso nur auf die Kapitalen aus.«

»Hattest du den Finger wirklich am Haken?«, fragte Freitag und konnte sich auch diese Szene nur schwer in seinem Kopf vorstellen.

»Ich bin nachts mit dem Boot rausgefahren, aber die Aale wollten nicht beißen.« Ralf nahm einen Schluck aus seinem Krug und erzählte weiter: »Ich habe dann einen Köderfisch vor der Badebucht ausgeworfen und ihn an der Kante quer zur Nordseite geschleppt, ich habe dort schon gut gefangen.«

»Man glaubt es nicht«, warf Ansgar ein. »Aber der Waldsee hat eine unfassbare Tiefe, einige behaupten, dass an der tiefsten Stelle sogar der Kirchturm von Geistling versinken würde.«

Ralf ignorierte Ansgars Einwurf und setzte seinen Bericht fort: »An der ersten Kante geht es steil nach unten. Ich habe den Köderfisch oberhalb dieser Kante geführt, plötzlich zuckte es, aber nur kurz, ich habe gewartet, dann ...«

»Die Raubfische sind vorsichtig bei uns, musst du wissen, Clemens, da braucht man Geduld«, unterbrach ihn Ansgar erneut. »Aber, Ralf, erzähl ruhig weiter.«

»Es gab einen leichten Widerstand, ich habe angeschlagen und die Schnur eingeholt, und ...«

»... und dann war es nur ein Ringfinger und nicht der erhoffte Wels«, unterbrach Ansgar zum dritten Mal seinen Nebenmann und verdrehte die Augen. »Unser Sportsfreund glaubt seit Jahren, dass im Waldsee Monster hausen.«

»Welse können eine Länge von über zwei Metern erreichen«, stellte Ralf klar.

»Aber nicht in unserem Tümpel«, konterte Ansgar. »Auch wenn du glaubst, dass du ihn schon am Haken hattest.«

»Ansgar, du musst es nicht glauben.« Ralf drehte sich zu Freitag. »Aber vor knapp zwei Jahren hatte etwas Gewaltiges angebissen, der Fisch musste eine unglaubliche Kraft gehabt haben. An der gleichen Stelle hatte ich vor drei Wochen plötzlich wieder etwas Großes am Haken, ich konnte es aber einfach nicht vom Grund nach oben ziehen. Ich habe alles versucht, bis meine Rutenspitze wie ein Streichholz gebrochen ist.«

»Ja, manchmal beißen die dicksten Fische, wenn man nicht damit rechnet«, sagte Freitag, er machte eine kurze Pause und fügte dann beiläufig hinzu: »Als wartete man auf einen Geist.« Freitag schaute in die Runde, aber niemand fühlte sich bei dem Wort Geist angesprochen.

»Der Wels hat meine Angel mit einer Mordsgewalt …«, Ralf machte mit seinem Arm eine Bewegung, als hätte er eine Angelrute oder ein Gaff in der Hand.

»Das Monster hat ihm die Angel mit einem Finger weggezogen«, grölte hinter Freitag ein Mann, der einen Fahrradhelm und rote Ellenbogenschützer trug.

»Da ist Deniz ja«, sagte Ansgar und stellte Freitag vor. Ansgar rutschte auf der Bank ein Stück zur Seite, aber Deniz setzte sich auf einen Stuhl und warf seinen Fahrradhelm neben Ansgar auf die Bank. Michael brachte das vorgezapfte Bier.

Mit den Ellenbogenschützern an den Armen und einem lauten »Auf uns!« prostete Deniz allen zu. Nachdem er einen großen Schluck genommen hatte, fuhr er mit der Hand durch seine tiefschwarzen, lockigen Haare, die bis über seine Ohren hingen, dann über seinen Vollbart. Der Bart sah dicht und gepflegt aus. Aber Freitag hatte nicht den Eindruck, dass Deniz einer dieser eitlen Schönlinge war, die er schon in der Schulzeit gehasst hatte, vielmehr war er ihm auf Anhieb sympathisch. Allein Deniz' verschmitztes Lächeln gab ihm die Hoffnung, sie hätten vielleicht einen ähnlichen Humor, auf den man eine Freundschaft aufbauen könnte. Doch Humor und Freundschaften waren Dinge, die in Freitags Leben selten berechenbar waren.

»Du bist also der Glückliche?«, fragte Deniz und prostete Freitag ein zweites Mal zu.

»Der Glückliche«, wiederholte Freitag. »Das wird man sehen, auf jeden Fall bin ich mit einem Schlag mein ganzes Geld losgeworden.«

Freitag ärgerte sich über seine Wortwahl, es war für ihn nicht sein Geld gewesen.

»Richtig, zu viel Geld belastet nur«, lobte Ralf scherzhaft. Freitag nickte, war sich aber nicht sicher, ob es ein Scherz war.

»Wie viel hast du denn für den Schuppen bezahlt?«, wollte Ansgar wissen.

»Zu viel«, antwortete Freitag und korrigierte sich sofort: »Nein, ich denke, allein das Haus ist schon das wert, was ich bezahlt habe, dann noch das Boot, das Ferienhaus und das gesamte Inventar. Dammwald hat schon einen guten Geschmack.«

»Den hat er«, sagte Ansgar eher zu sich selbst, er blickte dabei erneut aus dem Fenster. Davor stand Deniz' Fahrrad, das er gegen die Scheibe gelehnt hatte, ein silbernes Damenrad, an der Lenkstange ein Fahrradkorb, darin zwei verwelkte, fast vergammelte Topfpflanzen. Ansgar schaute Deniz an, als wollte er sagen: »Die brauchen Wasser zum Leben, Wasser, noch kannst du sie retten.«

»Alles, was man für ein glückliches Leben benötigt, hast du ersteigert.« Deniz deutete auf seine Freunde. »Aber das Wichtigste: Du hast dich auch in unsere Stammtischrunde eingekauft.«

»Das hat natürlich den Ausschlag gegeben, darum habe ich kurz vor dem Auktionsende noch einmal alles auf eine Karte gesetzt«, meinte Freitag und fragte sich, was wirklich den Ausschlag gegeben hatte. Er wusste es selbst nicht.

»Natürlich«, sagte Deniz. »Als uns Götz von seinem Plan erzählt hat, dachten wir, er wolle uns verarschen, aber für uns war klar, wer auch immer ein komplettes Leben in der Weltstadt Zaun ersteigert, der muss so verrückt sein, dass er perfekt in unsere Runde passt.«

»Ja, noch bin ich mir nicht sicher, ob ich total verrückt oder einfach glücklich bin«, sagte Freitag ehrlich.

»Im besten Fall beides«, meinte Ralf, der in der einen Hand seinen Krug hielt und in der anderen den Bierdeckel drehte.

»Ich wurde ja auch toll aufgenommen«, gab Freitag zu. »Mit Brot- und Salzersatz, wie es sich zum Einstand gehört.«

»Hast du die Forelle schon gegessen?«, fragte Ansgar.

»Ja, ein frisch gefangener Fisch schmeckt immer noch am besten«, behauptete Freitag, wenngleich er sich beim Essen einen leichten Geschmack nach Gewässerschlamm eingebildet hatte. »Ich habe den Fisch mit einer Dose Rügener Fischsuppe Soljanka verfeinert.«

»Soljanka?«, fragte Deniz interessiert nach. »Wusstest ihr, dass das Wort seinen Ursprung in der russischen Bezeichnung für Dorf hat, also, ein ländliches Gericht, aus Schtschi und Rassolnik. Meine …«

»Nerv unseren neuen Gast nicht«, zischte Ansgar dazwischen.

»Meine Großmutter aus …«

»Deniz!«, ermahnten Ralf und Ansgar ihren Freund gleichzeitig.

»Clemens, willst du auch den Job von Götz übernehmen?«, fragte Ralf, um schnell das Thema zu wechseln.

»Das ist der Plan«, antwortete Freitag. »Ich bin momentan in einer beruflich schwierigen Situation, da kommt mir ein Neuanfang ganz recht.«

Die anderen nickten, und Freitag war froh, dass niemand nachfragte. Sie tauschten ungefragt und wie selbstverständlich ihre Handynummern und E-Mail-Adressen mit Freitag aus. Er erfuhr, dass Ralf als Versicherungsmakler tätig war, Deniz einen gut bezahlten Posten in der IT-Branche hatte und Ansgar als Installateur für Sanitäranlagen sein Geld verdiente.

Freitag konnte dem Gespräch für einen Moment nicht folgen. Er sah, wie sich die Männer mit ihm unterhielten und lachten, als würden sie sich seit Jahren kennen. Drei neue Freunde. Freitag dachte, dass es endlich die perfekte Stammtischrunde sein könnte. Ansgar, ein Kumpel, der trinkfest auf jeder Kneipentour bis zum Schluss durchhielt, dazu Deniz, der Spaßvogel, den man in jeder guten Runde braucht, und Ralf, der Dritte im Bunde, mit dem man sicher stundenlang übers Angeln und über alles andere philosophieren könnte. Freitag konnte sein Glück nicht fassen und stellte sich vor, wie er auch in dreißig Jahren noch hier einkehrte, als wäre es ein familiärer Schutzraum. Ein Ort, wo er sein konnte, wer er war. Der Ort, an dem er dieses Gefühl zuletzt hatte, war sein Elternhaus. Doch seitdem es wie ein Kartenhaus zusammengefallen war, suchte er vergeblich seinen Platz, an dem er heimisch und sorglos sein konnte. Sollte etwa eine kleine Gastwirtschaft am Ende der Welt genau dieser Ort sein? Ein wenig amüsiert über diesen Gedanken und zugleich seltsam glücklich, mischte er sich wieder in das Gespräch ein: »Ich glaube, ich habe Dammwald auf dem Siegerfoto erkannt.«

Freitag zeigte auf den Schaukasten.

»Ja, da haben wir den Pokal geholt«, sagte Ansgar. »Götz ist der breit grinsende Typ neben mir auf dem Foto.«

»Wirkt sympathisch«, schwindelte Freitag, schätzte er Dammwald doch eher als überheblich und selbstverliebt ein. Aber Freitag wusste auch, dass es nur ein Foto war, ein erster Blick, der nichts aussagte. Er traute sich nicht, offen zu fragen, was Dammwald für ein Mensch war, aber trotzdem bekam er von seinen Tischnachbarn die Antwort.

»Götz war schon beliebt, hauptsächlich bei den Frauen«, grinste Deniz und schaute zu Ansgar.

»Aber er ist eine treue, ehrliche Seele«, fügte Ralf hinzu. »Ein Sportsmann, auf den man sich verlassen kann, auch wenn mir sein Faible für Mode auf die Nerven ging. Manchmal hatte ich den Eindruck, sogar die Gummistiefel mussten farblich zur Schirmmütze passen.«

»Das war aber erst die letzten Jahre so«, widersprach Ansgar. »Mit dem Geld kam auch der gute Geschmack. Aber man muss schon sagen, wie Götz sich für den Angelverein eingesetzt hat, das war klasse, auch gegenüber der Feuerwehr war er sehr spendabel.«

Freitag musste schmunzeln, er trat in die Fußstapfen eines großzügigen Mäzens, ausgerechnet er, Clemens

Freitag, der überall Schulden hatte und seit Jahren pleite war.

Bevor die Gläser und Krüge geleert waren, brachte Michael die nächste Runde. Nach dem dritten Whiskey-Cola zog Freitag sein Portemonnaie aus der Hosentasche und prüfte, ob das Geld reichte. Es könnte knapp werden, trotzdem wurde es ein langer Abend. Auf Whiskey folgten Korn und Jägermeister, auf die Diskussion über die sportliche Zukunft der ostdeutschen Fußballklubs folgten Gespräche über die neue Bundesregierung, und immer wieder kamen sie auf das gemeinsame Thema Angeln. Letzteres uferte aus, von der richtigen Hakenform bis zum Fang des Lebens wurde alles bis ins Detail diskutiert. Erst nach Stunden, Michael hatte schon fünfmal auf seine Armbanduhr geschaut und den Tresen demonstrativ zum zweiten Mal mit einem Lappen poliert, löste sich die Stammtischrunde auf. Freitags Geld reichte, um seine Rechnung zu bezahlen, aber viel mehr als einen Euro Trinkgeld konnte er nicht geben, aber das würde sich bald ändern, sagte er sich und verließ als Letzter die Kneipe.

Ansgar war schon außer Sichtweite. Nach einem Anruf von Janette hatte er schnell seine Jacke angezogen und eilig die Kneipe verlassen. Deniz stieg auf sein Fahrrad und radelte los, sein Oberkörper und mit ihm das Fahrrad pendelten gefährlich nach links und rechts. Ralf fuhr mit seinem Fiat nach Hause, obwohl er genauso betrunken wirkte, wie Freitag sich fühlte.

Freitag suchte in seinem Kopf, in dem sich alles drehte, wenn er die Augen schloss, nach dem Rückweg. Rechts die Straße hoch oder nach links laut Straßenschild Richtung Geistling? Nur eine Straßenleuchte warf schummriges Licht. Ob die Laternen defekt oder aus Kostengründen nach Mitternacht abgestellt wurden, konnte Freitag nicht beurteilen. Er entschied sich für links und stapfte los. In der Dunkelheit sahen die Häuser zu beiden Seiten noch älter und renovierungsbedürftiger aus. Als er im Internet nach seinem neuen Wohnort gesucht hatte, hatte er nur wenige Satellitenbilder entdeckt. Aus der Vogelperspektive sah Zaun wie eine Insel aus. Ein fast herzförmiges Gebilde, umgeben von Wasser und Feldern. Er hatte damals beim genaueren Betrachten der Satellitenbilder tatsächlich nicht nur an eine Insel gedacht, sondern auch an ein Herz. Sein neuer Heimatort sah aus wie ein Herz, die einzige asphaltierte Straße trennte die beiden Herzkammern, die kleinen Stichstraßen und Wege schlängelten sich wie winzige Arterien von innen nach außen an die Felder und an das Ufer des Waldsees heran. Nun, da er sich mitten in Zaun befand, musste er über diesen Vergleich schmunzeln. Denn ihm war klar, wenn Zaun ein Herz wäre, dann ein sehr altes, das nur noch langsam schlug, ohne Kraft, sich gegen die Grenzen auszudehnen. Und so komplex wie das menschliche Organ war es auch nicht, dieses Dorf, es war überschaubar und auf das Wesentliche reduziert. Aber es funktionierte. Freitag hatte das Gefühl, die Bewohner würden in ihrem eigenen Kreislauf leben, als hätte der Rhythmus vor Jahrhunderten begonnen und würde noch immer schlagen. Er versuchte, sich vorzustellen, wo sein neues Haus in diesem Kreislauf stand. Zwischen den maroden Häusern wirkte es wie ein Fremdkörper, als wäre Dammwalds Haus nachträglich in die Strukturen wie ein Herzschrittmacher eingebaut worden. Er zweifelte nicht daran, dass Dammwald in diesem Dorf einer der Taktgeber gewesen war. Aber er bezweifelte, ob er selbst das auch je sein könnte.

Als er endlich auf seinem Sofa saß, hatte er das Gefühl, er hätte für den Heimweg nicht fünf Minuten, sondern eine Stunde gebraucht. Es dauerte nicht lange, und er war eingeschlafen. Nach wenigen, kurzen Träumen, an die er sich nicht erinnerte, wachte er wieder auf und ging in die Küche, um ein großes Glas Leitungswasser zu trinken. Das Küchenfenster war einen Spaltbreit geöffnet. Ein Rauschen drang an sein Ohr. Im Halbschlaf glaubte er, das Rauschen käme von einer viel befahrenen Straße. Aber die nächste Autobahn befand sich mehrere Kilometer entfernt.

Wenige Minuten später lag er in seinem neuen Bett, ein Bein hing über der Bettkante, und versuchte, mit den Zehenspitzen den Teppich zu berühren, um das Gleichgewicht in seinem Kopf wiederherzustellen. Als es nicht gelang, nahm Freitag das gelbe Buch vom Nachttisch.

Hamlet habe ich schon in der Schule gehasst. Wieso will ein erwachsener Mensch so etwas lesen? Einen Moment kämpfte Freitag mit dieser Frage und dem Alkohol. Dann tauchten seine neuen Freunde und der Postbote und die Frau mit der Hundeleine vor seinem inneren Auge auf. Alle waren sie sich einig, und Freitag hörte in seinem Kopf den Lobgesang, *immer nett und freundlich, eine treue, ehrliche Seele, bodenständig und beliebt,* er sah den gut aussehenden, gestylten Angler, der alles geregelt und bezahlt hatte, stellte sich vor, wie Dammwald ihn angrinste, und musste kotzen. Er schaffte es noch rechtzeitig ins Badezimmer und übergab sich kniend in die Toilette.

Nachdem er seinen Kopf mit eiskaltem Wasser abgekühlt hatte, ließ das Schwindelgefühl nach. Auf dem Weg zurück ins Schlafzimmer nahm Freitag im linken Augenwinkel ein rotes Licht wahr. Es kam aus dem Büro. Er hatte vergessen, den Computer auszuschalten, was für ihn ungewöhnlich war, denn er achtete darauf, dass alle elektrischen Apparate, die er nicht benötigte, ausgeschaltet waren, kaum ein Gerät war in seiner alten Wohnung im Stand-by-Modus gewesen. Er drückte wahllos eine Taste auf der Tastatur, der Bildschirm leuchtete auf, dort, wo Freitag zuletzt nach Hinweisen über seinen Vorgänger gesucht hatte. Dammwald hatte den Browserverlauf auf seinem Rechner nicht gelöscht, so konnte Freitag sehen, dass dieser in den letzten Wochen auf diversen Angelsport-Websites und auf der Seite seines Arbeitgebers gewesen war, außerdem auf australischen Internetseiten, um sich über Hotels, Ferienhausvermietungen und Geldwechselkurse zu informieren. Freitag klickte auf die letzte Seite, auf der Dammwald gewesen war, und landete auf der mittlerweile deaktivierten Verkaufsanzeige. Freitag sah noch einmal die Fotos von dem Haus, in dem er nun saß, und den Geldbetrag, den er überwiesen hatte. Er suchte nach einem Gegenwert und rechnete aus, dass er sich für diese Summe seinen Traumwagen in drei Ausführungen bestellen oder zehn Weltreisen machen könnte, oder … Freitag begriff, je weiter er dieses Gedankenspiel trieb, desto sinnloser wurde es, er konnte für sein Geld nicht mehr bekommen, als er mit dieser Auktion erreicht hatte.

In letzter Sekunde habe ich alles gewonnen, Ophelia52 wird sich die Pest geärgert haben, freute er sich und klickte auf den Usernamen.

Ophelia52 hatte keine Bewertungen abgegeben und bisher keinen Kauf getätigt. Auch das Profil von Götz Dammwald (Graf.Zeppelin) hatte nur einen einzigen Eintrag. Neben dem Verkauf seines Hauses hatte er einen Kauf getätigt, zwei Transportsäcke für einen unverschämt hohen Preis. Freitag las die Produktbeschreibung und wunderte sich über das Fassungsvermögen von dreizehntausendfünfhundert Litern. Von draußen drang ein Surren in das Arbeitszimmer. Freitag trat an das Fenster. Die Wolken hatten aufgerissen, und inzwischen leuchtete ein blasser Mond vom Himmel. Es dauerte dennoch, bis Freitag die zwei leuchtenden Punkte sah, die auf die Terrasse zusteuerten. Sie hielten den Abstand zueinander, irrten aber über den Rasen wie betrunkene Tiere. Als sich die beiden Punkte aus dem Schatten der Bäume ins Mondlicht bewegten, musste Freitag lachen. Natürlich besaß Dammwald nicht nur ein großes Anwesen, sondern auch einen Mähroboter. Und das im Januar. *Wer im Winter, wo nicht ein einziger Grashalm wächst, seinen Rasen mäht, der ist penibel gründlich oder einfach verrückt,* dachte Freitag und wusste nicht, was ihm mehr Sorgen machen sollte.

Mittwoch

Freitag wachte mit dem Kopf in seinem Reisekoffer auf. Seine Unterhosen und Socken waren auf dem Bett verstreut, ein Pullover lag wie ein Fußabtreter auf dem Boden. Er überlegte, ob er seine Klamotten in den Wandschrank einsortieren sollte, und stopfte alles zurück in seinen Koffer.

Kurz vor acht Uhr, verflucht!, schrie er innerlich und ging ins Badezimmer. Er hatte vergessen, seinen Wecker zu stellen, und wusste, es war ein Wunder, dass er nach dem gestrigen Abend trotzdem so früh aufgewacht war. Freitag stieg in die Duschkabine und versuchte, alles gleichzeitig zu erledigen. Waschen, Zähneputzen, Rasieren. Dann wählte er im Schlafzimmer das Outfit, das er gestern anprobiert hatte. *Jetzt noch etwas Schadensbegrenzung, dann bin ich fertig*, dachte er und befürchtete, dass sein neuer Chef und alle Kollegen sofort sehen würden, dass ihr neuer Mitarbeiter gestern zu lange gefeiert hatte. Freitag roch an seinem Pullover und entschied sich für eine Überdosis von Dammwalds Parfüm, dieses Mal ein Duft nach Kaschmirholz.

Obwohl ihm nur noch zwanzig Minuten bis zu seinem Arbeitsbeginn blieben und er wusste, dass es ihn nicht retten würde, machte er sich einen besonders starken Espresso. Freitag verspürte keinen Hunger, wollte aber etwas essen, weil er Angst hatte, sein Magen würde sonst anfangen zu knurren. Er sah sich schon im Büro des Chefs zum Vorstellungsgespräch sitzen, der unbekannte Herr Freitag, der nicht weiß, wie er auf seinem Stuhl sitzen soll, der neue Kollege, auf den alle gespannt schauen und von dem plötzlich jeder denkt, er sei verrückt oder alkoholabhängig oder beides. Der Neue mit den müden Augen und den Falten im Gesicht, der verdächtig streng nach Kaschmirholz riecht, der Neuling, der nichts vorzuweisen hat, außer, dass er ein fremdes Leben will, und dann macht sein Magen auch noch komische Geräusche.

Freitag nahm eine Porzellanschüssel aus dem Schrank und schüttete Müsli und Kokosflocken hinein, dazu Milch, Joghurt und Himbeeren. Er rührte alles um und dachte: *So gesund habe ich noch nie gefrühstückt. Wie lange die Vorräte von Dammwald wohl reichen werden, hat Zaun überhaupt einen Supermarkt?* Er streckte beide Arme nach vorne, seine Hände und Finger zitterten. Er schlang das Müsli hinunter und machte sich auf den Weg.

Bis zum Ortsausgang fuhr er Schrittgeschwindigkeit. Als er das Ortsschild passiert hatte, drückte er auf das Gaspedal und beschleunigte den Wagen in wenigen Sekunden auf über hundertdreißig Stundenkilometer, um ihn sofort wieder auf siebzig abzubremsen. *Der hat noch Luft nach oben,* dachte Freitag und blickte sich um. Aber es war niemand da, der gesehen hatte, dass er zu schnell gefahren war. Er fuhr normalerweise immer vorschriftsmäßig, egal, ob innerhalb oder außerhalb von Ortschaften. Auf der Autobahn zudem nie schneller als hundertzwanzig. Aber er hatte auch noch nie ein so PS-starkes Auto besessen. *Das darf mir nicht noch einmal passieren, ich muss aufpassen,* beschloss er und versuchte, sich zu orientieren. Mit der Wegbeschreibung, die sein neuer Chef ihm geschickt hatte, fand Freitag ohne Umwege das Industriegebiet der Gemeinde Geistling. Wobei die Bezeichnung Industriegebiet, wie es in der Wegbeschreibung und auch auf der Beschilderung stand, übertrieben war, denn lediglich Abstellflächen und ungenutzte Baugrundstücke befanden sich um das einzige gewerblich genutzte Grundstück. Freitag rollte auf das Firmengelände und musste das riesige Backsteingebäude auf der Suche nach einem Parkplatz einmal umrunden. Es war ein Komplex aus einem Bürogebäude und einer daran gebauten Werkhalle, auf den Parkplätzen standen teure Familienautos, Kleinwagen und tiefergelegte Autos mit getönten Scheiben.

Freitag stieg aus, steckte sich zwei Hustenbonbons, die er in seiner Jackentasche gefunden hatte, in den Mund und steuerte den Bereich des Gebäudes an, von dem er vermutete, er könnte dort den Haupteingang finden. Die Tür sah zwar nicht aus wie die Eingangstür zu einem großen, deutschen Versandhaus, aber sie war offen. Freitag betrat einen Raum, der frisch renoviert und aufgeräumt aussah. Es roch nicht nach Farbe, wie Freitag zunächst dachte, als er das strahlende Weiß an den Wänden sah, sondern nach etwas, das er nicht definieren konnte, es kribbelte in seiner Nase. Der Raum war kahl, nichts stand im farblichen Kontrast zu den weißen Wänden, als wäre Freitag in einer Arztpraxis, nur die massive Holztreppe aus einem anderen Jahrhundert passte nicht in das Bild. Freitag ging die Stufen hoch.

Oben in einem langen Flur angekommen, hörte er, wie hinter den rechts und links abgehenden, verschlossenen Türen gearbeitet wurde, ein Rascheln und Getuschel und dazu Geräusche, als würden schwere Gegenstände verschoben werden. Das Büro von Frank Maxin war am Ende des Flures. Neben der Tür hing ein Schild mit der Aufschrift *Jagen24 Director Office F. Maxin*.

Freitag spuckte die Bonbons in ein Taschentuch, es war 8:28 Uhr, er kontrollierte ein letztes Mal seinen Atem und den Sitz seines Anzuges. Dann atmete er tief durch und klopfte an die Tür.

»Die ist offen«, brüllte jemand aus dem Zimmer.

Freitag öffnete die Tür.

»Hallo, ich bin Clemens Freitag, ich soll mich …«

»Ach, Herr Freitag, schön, dass Sie da sind.« Ein Mann, der deutlich jünger als Freitag war, stand auf und reichte ihm die Hand. »Ich bin Frank, wir duzen uns hier alle, wenn es dir recht ist.«

»Gerne, ich bin Clemens.«

Freitag schüttelte die Hand seines neuen Chefs, sie fühlte sich nicht wie eine Arbeiterhand an, keine lederne Haut, keine mit Hornhaut überzogenen Fingerkuppen, wie Freitag sie damals hatte, als er ein halbes Jahr lang Kisten und Fässer in einer Konservenfabrik geschleppt hatte. Frank war so schnell von seinem Chefsessel hochgesprungen, dass Freitag nicht sagen konnte, ob sein neuer Boss die Füße auf dem Tisch gehabt hatte. Vorstellen konnte er sich das gut.

»Ich freue mich, dass du unser Angebot annehmen willst«, sagte Frank und ließ sich wieder auf seinen Stuhl fallen. »Clemens, setz dich ruhig.«

Freitag nahm auf einem einfachen Besucherstuhl vor Franks Tisch Platz und hielt seine Hände zusammen, als wollte er beten.

»Als Götz mich fragte, ob wir das machen würden, hatte ich zunächst Bedenken, man weiß ja nie, wer sich auf so etwas einlässt, wer kauft schon ein ganzes Leben?« Frank verdrehte die Augen. »Mal ehrlich, es ist schon irgendwie durchgeknallt, aber irgendwann habe ich gesagt, warum nicht.«

»Ich hatte auch Bedenken«, sagte Freitag und erklärte sofort: »Ich habe keine Bedenken, diesen Job anzutreten, aber ein neues Leben an einem neuen Ort zu beginnen, alles hinter sich zu lassen, und das von heute auf morgen.«

»Heutzutage sollte man schon flexibel sein«, meinte Frank grinsend.

»Ja klar, natürlich«, stammelte Freitag und versuchte, Franks Grinsen einzuordnen, sein neuer Chef wirkte auf ihn zu nett, zu jung und zu gleichgültig.

»Götz hat bis zu seinem letzten Tag gearbeitet, ich habe zu ihm gesagt, er soll seine Überstunden abbummeln, er hatte reichlich Plusstunden, aber er saß auch noch am 31. Dezember in seinem Büro.«

Frank blätterte in einer Mappe, die auf seinem Schreibtisch lag.

»Ich habe ihn leider nicht persönlich kennengelernt«, erwiderte Freitag und dachte: *Das kann ja was werden, ich übernehme den Posten vom Klassenstreber, der kein Zuhause hat, wann habe ich denn in meinem Leben jemals Überstunden gemacht?*

»Wir dachten immer, Götz hätte sich hier wohlgefühlt,

er kommt aus der Gegend, hat mit Katja hier das Haus gebaut.«

»Das Haus ist klasse, sehr modern, passt gar nicht ins Dorf«, sagte Freitag und war froh, dass er seinen ersten Gedanken, dass Zaun eigentlich ein hinterwäldlerisches Kaff war, nicht ausgesprochen hatte.

»Ja, wir hatten bei Götz die eine oder andere Betriebsfeier«, verriet Frank. »Aber erzähl doch mal von dir, was hast du bisher gemacht, warum ausgerechnet Zaun?«

»Ich brauchte einen Tapetenwechsel«, antwortete Freitag. »Ich wollte raus aus meiner Stadt, die Luft, die Leute, ich musste mal etwas anderes sehen und machen und …« Freitag merkte, je mehr er redete, desto weiter entfernte er sich von dem, was sein Gegenüber wissen wollte.

»Ich habe dich gegoogelt«, warf Frank ein. »Das mache ich mit allen, die sich bei mir bewerben.«

Freitag rieb mit seinen verschwitzten Händen über seine Oberschenkel.

»Dein Name taucht nur auf dieser Verkaufsseite auf, sonst habe ich nichts gefunden«, sagte Frank. »Götz taucht ja zumindest auf einigen Angelsportseiten, auf der Seite der Gemeinde Zaun und natürlich auf unserer Firmenwebsite auf, aber bei dir konnte ich nicht einen Eintrag finden, in keinem Sportverein, nicht bei Facebook oder auf den anderen Plattformen, auf keiner Firmenseite, nirgends, als hättest du nie gelebt und gearbeitet.«

Frank lachte Freitag an und forderte mit seinem Blick eine Erklärung.

»Ich bin da vorsichtig, gebe in den sozialen Medien selten persönliche Daten preis, ich möchte nicht, dass die Daten in die falschen Hände geraten, und plötzlich ist mein Konto leer«, versuchte Freitag zu erklären und hoffte, sein Gegenüber würde ihm nicht ansehen, dass er log, denn vor was sollte Freitag schon Angst haben? Sein Konto war auch ohne Datenmissbrauch leer geräumt, sein Name tauchte nicht im Netz auf, weil er nicht vernetzt war, weder privat noch beruflich.

Frank zog die Augenbrauen hoch, überlegte und sagte dann: »Aber du weißt, wir brauchen von unseren Kunden die Daten, wir sind ein Onlinevertrieb, wir leben davon, dass uns unsere Kunden vertrauen.«

»Natürlich«, sagte Freitag kleinlaut. »Natürlich, ich habe vor drei Tagen ein komplett neues Leben im Netz gekauft und auch sonst Erfahrungen mit Onlineverkäufen.« Freitag dachte an seine alte Wohnung, in der überall Post-its klebten. Fünfzig Preisschilder für fünfzig mögliche Verkäufe. Eine Stehlampe reicht, hatte er kurz vor seinem ersten Gebot für Dammwalds Leben beschlossen und das letzte Preisschild auf seine Deckenbeleuchtung geklebt. Er hatte ständig nach Dingen gesucht, die er zu Geld machen konnte, und seinen halben Hausstand im Internet angeboten.

»Ich bin mir sicher, du wirst schon der Richtige sein und keine Probleme mit dem Job haben«, meinte Frank.

Es klang für Freitag wie eine oft formulierte Floskel. Frank führte seinen Satz noch einmal mit anderen Worten aus und machte dabei eine Armbewegung, als wollte er etwas über seine Schulter werfen. Erst jetzt fiel Freitag das Freundschaftsarmband in Flecktarnoptik auf, das sein neuer Chef um das linke Handgelenk trug.

»Soll ich dich mal rumführen?«, fragte Frank, stand auf, bevor Freitag antworten konnte, und ging Richtung

Tür. Freitag folgte ihm in den Flur hinaus. »Das Gebäude hat drei Stockwerke, wobei wir nur die ersten beiden nutzen, aber das soll sich bald ändern, wir liefern nämlich weltweit. Und national liefern wir innerhalb von vierundzwanzig Stunden, dafür brauchen wir eine gute logistische Struktur, gute Lagerkapazitäten und natürlich ...« Frank öffnete die Tür des Büros, das neben seinem lag. »Und natürlich hervorragendes Personal.«

»Natürlich, hervorragendes Personal«, wiederholte eine junge Frau mit einem Lächeln, das Freitag sofort sympathisch gewesen wäre, wenn es für ihn nicht zu aufgesetzt gewirkt hätte. Sie hieß Zofie. Freitag wollte sich den Namen unbedingt merken, auch den Namen der nächsten Kollegin, Deborah, die alle Debbi nannten, aber nach dem fünften oder sechsten Namen gab er auf. Er konnte sie sich nicht merken, weil Frank nicht nur die Namen, sondern auch die Aufgaben der jeweiligen Kollegen erläuterte, ein Jörn oder Joris war für die Rechnungsabwicklung zuständig, ein Rüdiger kümmerte sich um alles »was mit dem Finanzamt zu tun hat«, eine Elli oder Ella um die spanischen und portugiesischen Websites, und ... Nach der achten Vorstellung hörte Freitag nicht mehr zu. Zudem legte Frank auf seinem Rundgang ein Tempo vor, als wollte er Freitag schon am ersten Tag aufzeigen: Zeit ist Geld, deine Überstunden sind mein Geld. Aber vermutlich urteilte Freitag zu schnell über seinen neuen Chef, denn als sie im Erdgeschoss des Hauptgebäudes die große Lagerhalle betraten, fing Frank an zu schlendern. Er wusste zu jedem Artikel etwas zu erzählen, über die Bockdoppelflinte der Serie Target2000, mit der ein bekannter, arabischer

Ölscheich jedes Jahr auf Treibjagd ging, oder über die Jagdbekleidung, die in Polen designt und in China genäht wurde und einen wichtigen Modepreis gewonnen hatte, oder über das neuartige Material, mit der Angelruten zehn Prozent leichter, aber umso robuster wurden.

Sie schlichen nahezu durch das gewaltige Regalsystem. Freitag nahm erneut den nicht definierbaren Geruch des Foyers wahr. Männer und Frauen fuhren mit Gabelstaplern und Hubfahrzeugen an ihnen vorbei. Jemand rief aus drei Meter Höhe, auf einer elektrischen Leiter stehend: »Hier oben ist noch Platz.«

Die Führung durch das Lager dauerte eine gefühlte Ewigkeit. Durch einen Seiteneingang verließen sie die Halle, umrundeten das Gebäude und betraten es wieder durch den Eingang, den auch Freitag vorhin gewählt hatte.

»So, jetzt zeige ich dir den wichtigsten Raum«, sagte Frank und stieg die Treppe nach oben. »Unsere Gemeinschaftsküche.«

Die Gemeinschaftsküche bestand aus einer schmalen Küchenzeile mit zwei Herdplatten und einer Spüle, in der sich Tassen, Becher und Gläser stapelten. Daneben stand auf dem Fußboden ein kleiner Kühlschrank und ein Tisch ohne Stühle, unter dem Tisch befand sich der Getränkevorrat, vier Sechserträger Mineralwasser und eine Kiste Bionade.

»Und hier haben wir das Zimmer 110, sozusagen die Notrufzentrale«, sagte Frank und öffnete, ohne zu klopfen, die Bürotür. Er lächelte einer Frau zu, die Freitag heute noch nicht gesehen hatte.

»Das ist Rossana, ihr kümmert euch zusammen um die Nörgler, Besserwisser und Schnorrer.«

Frank lächelte noch immer.

»Alles halb so schlimm«, sagte Rossana und trat ihm entgegen.

Freitag war sich nicht sicher, ob er sie zur Begrüßung umarmen sollte. Sie schien ebenfalls unsicher zu sein, welche Begrüßung angemessen sei. Sie schüttelte mit beiden Händen Freitags rechte Hand und versicherte noch einmal: »Alles halb so schlimm, die meisten Kunden sind ganz umgänglich.«

Rossana war ein wenig älter als Freitag, wirkte auf ihn aber sportlicher und agiler, als er je war und vermutlich je sein würde. Ihre langen schwarzen Locken hatte sie zu einer Hochsteckfriseur zusammengebunden. Sie trug einen dunklen Hosenanzug, der bei ihr nicht förmlich aussah, sondern lässig.

»Wie lange hast du hier mit Götz gesessen?«, fragte Frank.

Freitag hatte das Gefühl, Frank hatte die Frage nur gestellt, damit Rossana es ihrem neuen Kollegen erzählen konnte.

»Oh, das waren bestimmt zehn Jahre«, antwortete sie. »Götz war erst im Lager, dann konnte er ja aus gesundheitlichen Gründen dort nicht weiterarbeiten, seitdem saßen wir hier zusammen.«

»Du siehst, hier triffst du auf Fachkompetenz. Rossana hat sogar den Götz eingearbeitet«, sagte Frank und klopfte Freitag auf die Schulter. »Sie wird dir alles zeigen, ich bin mir sicher, du wirst dich schnell zurechtfinden, und wenn was ist, du weißt ja, wo ich sitze.«

»Na dann«, sagte Rossana, als Frank zurück in sein Büro gegangen war. Um ihr rechtes Handgelenk hing ebenfalls ein Freundschaftsarmband in Flecktarnoptik. Freitag nahm an seinem Schreibtisch, der direkt an den Tisch von Rossana geschoben war, Platz und öffnete die Schubladen.

»Ich glaube, Götz hat alles so gelassen und nichts mitgenommen«, sagte Rossana.

»Ja, ich denke auch, die Schubladen sind voll.«

Der Schreibtisch war in der Tat voll mit Schreibmaterial, Papier und unterschiedlich großen Pappschachteln. Die Ordnung, die Dammwald in seinem häuslichen Arbeitszimmer pflegte, fehlte hier gänzlich. Freitag zog aus einem Fundus an Stiften einen Kugelschreiber heraus.

»Warum konnte Dammwald nicht mehr im Lager arbeiten, hatte er Rückenprobleme?«, fragte Freitag und testete den Kugelschreiber auf der Schreibtischunterlage.

»Rücken, nein.«

Rossana richtete ihren Blick zum Fenster, von dieser Seite konnte man weit über die ungenutzten Grundstücke hinwegschauen und mit etwas Anstrengung sogar die ersten Häuser von Zaun erkennen.

»Nein, der Rücken machte ihm nicht zu schaffen, es war der Geruch in den Lagerhallen.«

»Ah, der ist mir auch aufgefallen«, sagte Freitag, aber deshalb würde er nie einen gut bezahlten Job aufgeben. Eine empfindliche Nase war doch kein Gesundheitsproblem und überhaupt: Was sind schon Kopfschmerzen im Vergleich zu seelischen Schmerzen?

»Man gewöhnt sich an alles, aber wenn man das größte Angebot an Fischfutter, Lockmitteln und sogar an Lebendködern anbieten will, dann herrscht im Lager halt eine ganz eigene Raumluft.«

Rossana lachte, erst jetzt wurde Freitag bewusst, wie angenehm es hier, in seinem neuen Büro roch.

»Richte dich erst mal ein«, sagte sie. »Die Arbeit rennt nicht weg, ich hole mir mal Tee, nachher zeige ich dir die Abläufe.«

Freitag kramte aus den Schubladen einen Tacker, einen Tischkalender und Radiergummis hervor und drapierte sie um die Schreibtischunterlage, ohne zu wissen, was er für seine Aufgaben bräuchte. Der Tischkalender zeigte keine Einträge, und die Minen der Bleistifte waren gebrochen. Auf Rossanas Schreibtisch lag lediglich ein Schmierzettel und darauf ein rosafarbener Kugelschreiber. An der Wand hinter ihr hingen ein Kalender mit kitschigen Motiven von Sonnenuntergängen und eine Fotocollage. Die Fotos zeigten Rossana mit ihrer Familie, offensichtlich hatte sie einen südländisch aussehenden Ehemann und zwei Kinder. Die Wand hinter Freitag war leer, aber nicht makellos, denn er konnte Löcher und die Rückstände von Klebestreifen erkennen.

Freitag startete den Computer, korrigierte die Rückenlehne von seinem Schreibtischstuhl, zog die Tastatur zu sich heran und zuckte zusammen. Götz und Katja Dammwald strahlten ihn an. Es war wirklich ein Strahlen, denn der Bildschirm war extrem hell eingestellt. Dammwald hatte seinen linken Arm um Katjas Schultern gelegt, es sah aus, als hätte Dammwald das Foto mit seinem Handy gemacht, denn sein rechter Arm war nach vorne gestreckt und sein Oberkörper nach links gebeugt. Beide grinsten, wie man grinst für das erste Selfie im Urlaub. Sie trugen T-Shirts, im Halsausschnitt klemmten ihre Sonnenbrillen, Katja hatte einen großen Strohhut als zusätzlichen Sonnenschutz auf dem Kopf. Sie sah nicht so streng und erschrocken wie auf dem Passfoto aus, sondern fröhlich und gelöst. Freitag hatte sich nicht geirrt, sie war eine bildhübsche Frau. Jeden Arbeitstag sah Dammwald dieses Lachen, diese strahlend blauen Augen und diese Vertrautheit zwischen den beiden, jeden Tag, bis zum Schluss. Freitag verstand es nicht. Warum quälte Dammwald sich absichtlich? Warum verkaufte er sein ganzes Hab und Gut, damit er den Verlust nicht mehr täglich spürte, wenn bis zum letzten Tag jeden Morgen dieses Bild auf ihn gewartet hatte?

Freitag drückte auf die Tab-Taste, und die Passwortabfrage erschien. Unter der Schreibtischschublade und in den Schubladen konnte er keinen Zettel mit dem Passwort finden, deshalb gab er *Zaungast1411* ein und wurde prompt freigeschaltet. Auf dem Rechner befand sich ein Betriebssystem, mit dem Freitag noch nie gearbeitet hatte. Rossana setzte sich wieder an ihren Schreibtisch und pustete in ihre Tasse. Kamillengeruch breitete sich aus, aber er verflog nach wenigen Sekunden und schaffte es nicht, Rossanas Parfüm zu überdecken, was Freitag freute.

»Als Götz mir von seinem Plan erzählt hatte, konnte ich es nicht glauben«, gestand Rossana. »Ich habe zu ihm gesagt, er könne doch eine Weltreise machen und nach einem halben Jahr wiederkommen, er müsse doch nicht gleich alles verkaufen. Es kam mir wie eine Flucht vor.«

»Es ist für mich auch nicht nachvollziehbar«, sagte Freitag und dachte: *Ich flüchte ebenfalls vor meinem eigenen Leben, vor Fragen, die mich quälen, mit einem Rucksack voll Schulden, und trotzdem, wie könnte es für mich nachvollziehbar sein? Ich kenne das Leben von Götz Dammwald überhaupt nicht.*

Rossanas Worte rissen ihn aus seinen Gedanken.

»Wenn du ihn kennengelernt hättest, Clemens, dann würdest du es noch weniger verstehen. Das war nicht seine Art, alles hinzuschmeißen, überhaupt irgendetwas hinzuschmeißen und nicht zu Ende zu bringen, das war nicht Götz.«

»Scheinbar war er mit der Trennung überfordert.«

»Ich weiß nicht. In den letzten Wochen hatte ich das Gefühl, er wäre ruhiger geworden, in sich gekehrt, irgendwie eine merkwürdige, stille Form von Nervosität, die ich von ihm nicht kannte. Dabei war er, bevor er diesen Plan hatte, voller Tatendrang gewesen. Er hat jeden Tag von seinen Angeltouren erzählt und von seinem Kumpel Ralf, der irgendeinen großen Fisch an der Angel hatte. Und ich dachte, die beiden wollten zusammen den ›ganz großen Fang‹ machen. Aber da habe ich mich wohl geirrt.«

»Ist er viel verreist?«, fragte Freitag und versuchte, auf dem Bildschirmschoner, der sich wieder eingeschaltet hatte, zu erkennen, wo das Pärchen Urlaub gemacht hatte.

»Nee, nie, ich kann mich nicht daran erinnern, dass er jemals von einem Ort außerhalb von Geistling erzählt hat. Ich habe fast das Gefühl, dass er nie freihatte, dass er hier immer saß und gearbeitet hat.«

»Da ist die Messlatte für mich aber hoch«, grinste Freitag und überlegte, wann er zuletzt woanders war. Vor zehn Jahren mit Bekannten in Ägypten, aber seitdem hatte er das ganze Jahr in einer Großstadt verbracht, die er bis vor wenigen Tagen als Heimat bezeichnet hatte.

Rossana rollte auf ihrem Schreibtischstuhl zu Freitag rüber und erläuterte ihm die Computerprogramme. Sie beide waren dafür zuständig, Kunden, die Fragen hatten oder Beschwerden und Reklamationen meldeten, bei Laune zu halten. Rossana zeigte Freitag, welche Fragen er an die Technikabteilung oder an die Lagerverwaltung weiterleiten sollte, sie zeigte ihm Musterschreiben, mit denen er Kunden vertrösten könnte, sie erklärte ihm, welche Listen zu führen waren, welche Fehlermeldungen am häufigsten waren.

»Neunzig Prozent der Reklamationen schicken wir direkt an unsere Hersteller auf der ganzen Welt«, sagte sie. »Aber bei einer Packung mit rostigen oder verbogenen Angelhaken für 2,50 € lohnt sich der Aufwand nicht.«

Freitag hörte sich alles aufmerksam an und war erstaunt über sich selbst, wie schnell er die neuen Programme verstand, wie problemlos er Rossanas Vorgaben umsetzen konnte, schon am frühen Nachmittag arbeitete er selbstständig die Mails der Kunden ab.

Gegen fünfzehn Uhr ging er in die Küche, er war noch satt von der Lasagne, die er sich zusammen mit seinen neuen Kollegen in der Mittagspause bestellt hatte, aber einen Kaffee könnte er vertragen. Er schaltete die Maschine ein und suchte im Kühlschrank nach Milch. Er sah Plastikdosen und Schüsseln, alle waren beschriftet oder mit Aufklebern gekennzeichnet. Im Ablagefach auf der Innenseite des Kühlschranks standen zwei Sektflaschen und eine H-Milch, auf der Verpackung klebte ein Post-it, darauf handschriftlich vermerkt *Dammwald* und ein Smiley. Freitag nahm die Milch und betrachtete das grinsende Mondgesicht. Es war die gleiche Art von Klebezetteln, die Freitag verwendet hatte, um in seiner alten Wohnung den Hausstand in verkäuflich und unverkäuflich einzuteilen. Freitag war sich sicher, dass Dammwald die Milch bewusst für ihn hier hatte stehen lassen. Während der Kaffee durch den Filter lief, suchte Freitag im Wandschrank Dammwalds Becher, also seinen Becher.

Es gab mehrere mit Aufschriften wie *I like fishing* oder *Eat, sleep, go fishing,* aber es gab nur einen Becher, auf dem *Blaues Wunder* stand. Über dem schnörkligen Schriftzug sprang ein Hecht, der die Form eines Regenbogens hatte. Freitag nahm den Becher, füllte ihn mit Kaffee und Milch, ging zurück in die Notfallzentrale und arbeitete weiter.

»Hier beschwert sich ein Kunde, weil sein Jagdgewehr nicht funktioniert«, sagte Freitag und schaute fragend zu seiner Kollegin.

»Ist es defekt?«

»Nein, der Kunde meint, es funktioniere nur nicht so, wie er es sich wünsche.«

»Also doch defekt.«

»Ich glaube nicht, zumindest schreibt er, dass er einen Fasan damit erlegt habe.«

»Und wo ist sein Problem?«

»Dass er fünfzehn Schuss abfeuern musste, bis er das arme Tier niederstrecken konnte.«

»Dann liegt es an der Einstellung.«

»An der Einstellung des Kunden.«

»Vermutlich«, lachte Rossana. »Schick ihm das Entschuldigungsschreiben Nummer drei und als Wiedergutmachung eine Hunderter-Packung der entsprechenden Patronen.«

Freitag füllte das Entschuldigungsschreiben aus, und während er Name und Anschrift in die Vorlage tippte, dachte er darüber nach, ob eine Hunderter-Packung Schießpulver die Aussagekraft einer ehrlich gemeinten Entschuldigung hatte; wir entschuldigen uns, und der Kunde kann weiter töten.

Als Freitag die vorerst letzte Mail beantwortet hatte, fragte er Rossana: »War Dammwald schon mal in Australien?«

»Wie kommst du darauf? Ich sagte doch, Götz ist nie in den Urlaub gefahren.«

»Er war letzte Woche auf der Internetseite einer australischen Ferienhausvermietung.«

»Vielleicht startet er von dort seine Weltreise, wer weiß das schon.« Rossana hielt inne, als suchte sie nach einem Fehler in ihrem Satz. »Doch, irgendwann hatte er Australien erwähnt, ich weiß aber nicht mehr, in welchem Zusammenhang.«

»Das Bild auf seinem Computer.«

»Nein«, lachte Rossana. »Das ist nicht Australien, das ist das Freibad in Geistling.«

Freitag schaute auf die Uhr und stellte fest, dass er in zehn Minuten seinen ersten Arbeitstag schadlos überstanden hatte.

»Hat Zaun eigentlich einen Supermarkt?«, fragte er und sah durch das Fenster auf die weit entfernten Häuser.

»Nee, Zaun hat keinen Supermarkt, aber ich glaube, der eine Bauer verkauft Milch und Eier, und Götz hat von jemandem in seiner Straße erzählt, bei dem man auch nach Mitternacht noch Bier und Zigaretten kaufen kann.«

»Dann ist ja für alles gesorgt.«

Freitag verstaute die Dinge, die er heute auf den Schreibtisch gelegt und den Tag über nicht gebraucht hatte, wieder in den Schubladen. In der untersten lag auf einem Schreibblock ein Freundschaftsband. Auf dem Band stand *Götz Dammwald, Jagen24.de*.

Freitag verabschiedete sich von seiner Kollegin und suchte noch einmal das Büro von seinem neuen Chef auf.

»Hast du deinen ersten Tag gut überstanden?«, fragte Frank, als hätte er auf Freitag gewartet.

»Rossana hat mir schon alle Tricks gezeigt.«

»Oh, gleich alle«, sagte Frank scherzhaft. »Nur der Chef kennt hier alle Tricks. Es gab nur einen, der noch mehr Tricks draufhatte, und das war dein Vorgänger. Den Götz haben viele unterschätzt.«

»Ein Schlitzohr«, murmelte Freitag nachdenklich.

Frank lachte und wünschte Freitag einen schönen ersten Feierabend.

Freitag fuhr auf direktem Weg nach Hause, als wäre er die Strecke bereits etliche Male gefahren. Er musste sich zwingen, vorschriftsmäßig zu fahren und nicht zu stark auf das Gaspedal zu drücken. Die Verlockung war groß, und bei dem Gedanken daran heulte in seinem Kopf ein Motorengeräusch auf.

Der Briefkasten war leer, keine Rechnung, keine Mahnung, keine Drohung, er solle endlich seine Miete zahlen. Das Haus roch nach einem richtigen Zuhause, auch wenn Freitag den Gedanken albern fand und es wahrscheinlich an den Resten der Knoblauch-Sardellen-Pizza lag, die er gestern auf dem Wohnzimmertisch vergessen hatte. Freitag stellte ein Fertiggericht in die Mikrowelle und zappte durch die Fernsehprogramme, aber weder Sport noch Nachrichten interessierten ihn, die Talkrunden und Quizshows fand er langweilig, auch die Konzentration für einen Spielfilm reichte nicht, denn nicht nur der gestrige Abend im Zaungast, auch der erste Arbeitstag über acht Stunden seit Ewigkeiten zerrten an ihm. So entschied er sich für den Teleshoppingsender und die bekannte, überdrehte Moderatorin, die heute Solarlampen für Wege und Terrassenumrandungen anbot. Die asiatische Reis-Huhn-Kombination aus der Mikrowelle schmeckte würzig und der ostdeutsche Wein unerwartet kräftig.

Wo wird hier in Ostdeutschland überhaupt Wein angebaut?, überlegte Freitag und entdeckte auf dem Etikett das Wort ›China‹. Das Fertiggericht reichte Freitag nicht, er brauchte Nachtisch, auch wenn er wusste, dass es ein Fehler war, seine Waage zeigte seit Wochen ein Übergewicht, das für ihn grenzwertig war, dennoch entschied er sich für eine Tafel Haselnussschokolade. Ein Glas Wein reichte ebenfalls nicht.

»Diese wunderbaren Lampen werden Ihnen den Weg leuchten«, hörte Freitag die Moderatorin schwärmen. Er stolzierte mit dem Rotweinglas in der Hand durch sein Wohnzimmer. *Ist das der Beginn?*, fragte er sich, *der Be-*

ginn vom Paradies? Okay, das Paradies gibt es nicht, aber Zaun ist nah dran. Doch Freitag war sich bewusst, dass er sich Mühe geben musste, um sich nicht selbst aus diesem Paradies zu vertreiben. Er sollte den Kontakt zu den Nachbarn pflegen, besonders in einem Hundertfünfzig-Seelen-Dorf. Er sollte seine neuen Freunde, vielleicht die ersten richtigen Freunde seit seiner Schulzeit, nicht wieder verlieren. Seit dem Tod seiner Eltern lähmte ihn jede neue Bindung, jedes kleine Glück, weil er Angst hatte, es wieder zu verlieren. Aber nicht nur die Angst, auch seine Schuldgefühle, die er niemandem erklären konnte, sahen oft in jeder seiner Taten unentschuldbare Fehler. Deshalb sollte er das Haus und den Garten in einem akzeptablen Zustand halten, sich ab März, wenn der Rasen wuchs, nicht nur auf einen kleinen Mähroboter verlassen. Er sollte anfangen, seine Rechnungen zu bezahlen und die erste Steuererklärung in seinem Leben zu machen, aber das hatte noch Zeit. Auf jeden Fall sollte er lieber Überstunden machen und fleißig sein und nett und freundlich. Freitag lehnte seinen Oberkörper gegen die kalte Scheibe der Fensterfront und exte das halb volle Weinglas.

»Vom Weg abgekommen, vergessen wir jede Richtung, und im schlimmsten Fall den Heimweg.«

Freitag ging drei Schritte zurück, um auf den Fernsehbildschirm zu schauen, hatte er sich verhört, hatte die übermotivierte Moderatorin das wirklich gesagt? Sie lächelte Freitag an und hielt einen Leuchtturm aus Terrakotta in die Kamera.

Freitag machte den Fernseher aus, zerknüllte Papier und warf es zusammen mit zwei Stücken Brennholz in den Kamin. Zwei weitere Holzstücke ergaben das Gerüst für eine Pyramide. Freitag kniete vor dem Kamin, zündete mit einem extralangen Streichholz das Innenleben seines Bauwerks an und beobachtete die Flamme, die sich langsam ausbreitete. Ein Feuer hatte er vor fünf Jahren zum letzten Mal angezündet, als er auf seinem Balkon mit einem Einweggrill sein Abendessen zubereiten wollte, bis die Nachbarn wegen der Rauchbildung die Feuerwehr gerufen hatten. Es wurden die teuersten Bratwürstchen in Freitags Leben.

Er blieb so lange vor dem Feuer sitzen, bis er mit einem Kaminhaken in der knisternden Glut stochern konnte.

Feuer oder Erde. Wasser oder Erdreich.

Freitag hatte damals entschieden, dass die Leichen seiner Eltern verbrannt werden sollten, es war seine bisher schwerste Entscheidung gewesen, die ihm, dem einzigen Kind seiner Eltern, niemand abnehmen konnte. Für Freitag war klar, er wollte nicht verbrannt werden, er wollte nicht, dass sein Leichnam in der Hitze eines Glutofens zu Asche wurde, auch wenn ihm die Vorstellung gefiel, nach dem Tod verstreut in einem Weltmeer zu treiben. Aber was hatten seine Eltern gewollt? Wie konnte er es einfach entscheiden? Diese Fragen quälten ihn bis heute, wenngleich ihm die Entscheidung von seiner Mutter vor ihrem Tod abgenommen worden war, denn sie hatte einmal erwähnt, sie wolle später nicht von Ratten und Käfern aufgefressen werden. Das hatte sie gesagt. Und Freitags Vater hatte zugestimmt.

Aber sicher war er sich nicht gewesen. *Hatte mein Vater etwas gesagt oder nur genickt, oder hatte meine Mutter für ihn gesprochen? Was hatte meine Mutter wirklich ge-*

sagt? Diese Fragen quälten Freitag immer wieder, und jedes Mal waren die Zweifel größer geworden. Hatte seine Mutter es wirklich gesagt, oder hatte sein eigenes Gewissen es ihm nur vorgegaukelt, eine Schutzfunktion des Gehirns. Hatte er die Worte eines Fremden benutzt, um sie in der Erinnerung seiner Mutter anzuheften? Hatte irgendwer im Fernsehen diese Worte gesprochen, im ›Tatort‹ oder bei ›Aktenzeichen XY … ungelöst‹?

Freitag brauchte eine zweite Flasche Wein. Er erhob sich und ging in die Vorratskammer. Auf dem Weg dorthin machte er den Fernseher wieder an.

»Sie glauben, Sie kennen Ihren Garten?«, fragte die Moderatorin mit ihrer anstrengend gekünstelten Freundlichkeit. »Aber da irren Sie sich. Wenn Sie mit geschlossenen Augen durch Ihren Garten gehen, werden Sie ständig stolpern, glauben Sie es mir, dort steht ein Blumentopf, hier die Beetumrandung, dort liegt noch die Gartenschere, aber mit unserer Gehwegbeleuchtung …«

Freitag schaltete den Fernseher wieder aus und ging mit dem offenen Wein zur Terrassentür. Draußen war es kalt und windstill, der Waldsee lag da, als wäre er eine Scheibe, eine perfekte Oberfläche, die ein einzelner Regentropfen zerstören könnte. Freitag ging zum Wasser, zielsicher, auch ohne Beleuchtung. Der Bootssteg war rutschig, der Wind hatte Wellen über die schmalen Holzplanken gedrückt, trotzdem setzte Freitag sich hin. Er winkelte die Knie an, lehnte den Rücken gegen eine Holzdalbe und richtete den Blick auf Beute. Auch wenn er keine Fische unter der Oberfläche sah, kein Blubbern oder Rascheln im Schilf hörte, hätte er gerne einen Versuch gestartet. Nur ein paar Probewürfe mit einem künstlichen Köder. Oder einen Schwimmer mit einem Maiskorn dicht an die Krone von einem der umgestürzten Bäume werfen.

Freitag stellte sich den Schwimmer vor, wie die rote Spitze aus der spiegelglatten Wasseroberfläche ragen und das kleinste Zucken der Spitze seinen Pulsschlag höher schlagen lassen würde. *Morgen,* sagte er sich, *morgen Abend werde ich angeln, nach zwanzig Jahren werde ich endlich wieder angeln gehen.* Er lächelte zufrieden. In diesem Moment platschte es neben ihm, vielleicht zehn oder fünfzehn Meter entfernt im Schilf. Es war so laut, fast ein Donnern. Freitag starrte auf das Schilf, aber kein Halm bewegte sich. *Warum sollte es keine Welse in diesem Gewässer geben?,* überlegte er, der See hatte keinen Zugang zu einem Fluss, aber eine angeblich beachtliche Tiefe. Welse lieben solche Gewässer, und ohne natürliche Feinde werden diese Tiere über zwei Meter groß. Freitag sah sich schon als winzigen Angler neben einem erlegten Riesen stehen. Dennoch schien es ihm utopisch, dass in diesem See, der im Vergleich zu den bekannten Welsrevieren winzig war, Fische mit einer Größe von über zwei Metern hausten. Er hörte in Gedanken Ansgar lästern: »Ralf, du bist ja sowieso nur auf die Kapitalen aus.«

Freitag und sein Vater hatten das Angeln nie als Wettkampf gesehen, stets standen der Spaß und das gemeinsame Erlebnis in der Natur im Vordergrund. *Vielleicht ist es auch der Geist, der im Schilf sein Unwesen treibt,* dachte Freitag und merkte, dass er langsamer trinken sollte, die zweite Flasche war bereits bis zur Hälfte geleert.

Als er auf die Terrasse zusteuerte, sah er einen Schatten. Etwas kauerte vor der Terrassentür. Der Schatten bewegte sich auf Freitag zu. Im Haus war kaum Licht, im Kamin glimmerte die Glut, der Fernseher war ausgeschaltet, nur in der Küche brannte eine Lampe, sodass Freitag nicht mehr als die dunklen Umrisse und die Augen sehen konnte. Hundsaugen. Als hätte sich eine der Trophäen aus dem Keller selbstständig gemacht. Mutig vom Wein, ging Freitag auf den Schatten mit den Hundsaugen zu. Er fragte sich, ob es in dieser Gegend Wölfe oder andere Tiere gab, die ihm gefährlich werden könnten. Dieser Gedanke war kindisch, aber er konnte sich nicht dagegen wehren. Als Junge hatte er häufig Angst vor den kleinsten Tieren und den harmlosesten Hindernissen. Manchmal glaubte er, dass all diese Ängste aus seiner Kindheit nie aufgehört hatten, in seinem Kopf auf den richtigen Moment zu warten, denn sie brauchten oft nur eine Kleinigkeit, um besitzergreifende Gedanken ans Tageslicht zu ziehen.

Aber auf der Terrasse war kein Wolf, sondern ein Hund. Das Tier blieb stehen, der Oberkörper war nach vorne gebeugt, was Freitag sofort als Angriffsstellung deutete.

Freitag drehte die Weinflasche um, der restliche Wein rieselte in den Rasen. Als die Flasche leer war, hob Freitag sie wie eine Schlagwaffe in die Höhe. Das Tier zeigte sich unbeeindruckt. Es bewegte sich ebenfalls auf sein Gegenüber zu. Freitag glaubte, spitze Eckzähne aufblitzen zu sehen, und warf die Flasche neben das Tier auf die

Terrassenplatten. Die Splitter sprangen fast bis in Freitags Gesicht.

Das Tier heulte auf, ein Heulen, in dem keine Bedrohung und keine Angriffslust mitschwang, und flüchtete an Freitag vorbei Richtung See, wo es mit den Schatten der Tannen verschmolz.

Kurze Zeit später lag Freitag in seinem Bett. Wenn er die Augen schloss, hörte er aus weiter Entfernung das Heulen des Hundes, als wollte es ihn noch immer warnen. Aber Freitag wusste nicht, wovor. Er wälzte sich am Reisekoffer vorbei von einer Seite zur anderen. Zur Ablenkung las er einige Seiten in dem gelben Buch:

Woran erkenn ich deinen Freund,
wenn ich ihn finden tu?
An seinem Muschel-Hut und Stab und seinem hölzern Schuh.

Zur Ruhe kam Freitag nicht.

Erst spät flüchtete sich sein müder Körper in einen Schlaf, der dann so tief und fest war, dass Freitag nicht hörte, wie auf der Terrasse der Hund bellte, ein Bellen, das Freitag, wie in der ersten Nacht, nicht verjagen, sondern warnen wollte.

Freitag schlief so tief und fest, dass er sich am nächsten Morgen nicht an seinen Traum erinnern würde. Ein Traum, der ihn nicht über eine Straße hetzte, ihn nicht nach Bremsspuren suchen ließ, sondern ihn in einen Schrebergarten lotste, ihn auf den Rasen knien ließ, um einen Fisch auszunehmen, um mit der bloßen Hand die

Gedärme aus einem aufgeschnittenen weißen Fischbauch zu greifen, um die letzte Mahlzeit des Tieres neben sich auf den Rasen zu werfen, um mit dem Finger den Dreck herauszukratzen aus einem toten Zander, der erbärmlich laut winselte.

Fast wäre Freitag doch aufgewacht.

Donnerstag

Freitag hatte schon wieder vergessen, seinen Wecker zu stellen. Zum Glück klingelte es um 6:59 Uhr an der Tür.

»Welcher Vollidiot klingelt um diese Uhrzeit?«, meckerte Freitag und stieg im Schlafanzug die Treppe nach unten. Aber vor der Haustür war niemand, nur der kalte Januarwind, der über seine nackten Füße zog.

Freitag wusch sich, putzte sich die Zähne und ging mit der Zahnbürste im Mund ins Arbeitszimmer. Er schaltete den Computer ein, um sein E-Mail-Postfach zu kontrollieren. Acht neue Nachrichten. Zahnpasta und Spucke landeten auf dem Schreibtisch. Freitag wischte den Fleck mit dem Ärmel seines Schlafanzuges weg und löschte danach fünf Spammails. Die drei übrig gebliebenen Nachrichten kamen von der Verkaufsplattform, es waren User, die sich nach einigen Artikeln erkundigten, die Freitag vor einer Woche zum Verkauf angeboten hatte. Er schrieb an alle drei: Ich bin nicht mehr auf den Verkauf dieser Ware angewiesen. Danke.

Freitag klickte auf sein Online-Konto und musste grinsen, denn er war tatsächlich nicht mehr auf das Geld aus seinen Verkäufen, die vor einer Woche noch einer Haushaltsauflösung gleichkamen, angewiesen, denn sein erstes Vollzeitgehalt war bereits auf seinem Konto.

So viel Geld für einen Tag Arbeit, was für ein Vertrauensvorschuss!, dachte er. *Doch noch war nichts sicher und nichts erreicht*, sagte er sich und ging zurück in sein Schlafzimmer und wählte vor dem Kleiderschrank nicht wie gestern ein Jackett und eine Stoffhose, sondern eine Jeans und eine Strickjacke aus grau eingefärbter Wolle, darunter ein weißes Hemd. Er drehte sich vor dem Spiegel mit dem Oberkörper nach links und rechts und stimmte sich selbst zu: *Ja, so kann ich mich im Büro sehen lassen!*

Es war 7:32 Uhr. Freitag gönnte sich ein reichhaltiges Frühstück und nahm sich die Zeit für einen zweiten Becher Kaffee.

Bevor er sich auf den Weg zur Arbeit machte, sah er in den Briefkasten. Dort steckte ein Zettel: *Leider konnten wir Sie heute (3. Januar, 6:58 Uhr) nicht erreichen. Bitte wenden Sie sich ab 16 Uhr an die Poststelle Geistling. Ihr Paketdienst.*

Freitag beschloss, das Paket auf dem Nachhauseweg abzuholen, und steckte den Zettel in seine Hosentasche. Es war 8:05 Uhr. Er stieg in den Geländewagen und rollte von der Auffahrt und fuhr einen Umweg, um sich die Bereiche im Dorf, die er noch nicht kannte, anzusehen. Es gab einen Sportplatz ohne Tribüne, mit einem alten Backsteingebäude, auf dessen Dach die Rückstände einer alten Stadionuhr standen. Es gab keinen Supermarkt, keine Bäckerei, keine Tankstelle, aber ein Ehrendenkmal. Ein großer Grabstein, darauf ein aus Stein gemeißelter Soldatenhelm zu Ehren der gefallenen Soldaten im Ersten und Zweiten Weltkrieg. Die Liste der Namen war lang.

Viele Parkplätze auf dem Firmengelände von Jagen24 waren belegt, aber das Büro 110 war noch nicht besetzt. Der Raum roch angenehm, fand Freitag, von den Blumen auf der Fensterbank kam der Geruch nicht, die Blätter der Weihnachtssterne hingen schlaff nach unten. Freitag goss sie mit dem Mineralwasser, das unter seinem Schreibtisch stand, obwohl er nicht wusste, ob es Dammwalds und nun seine Blumen waren. Während der Computer mit einem Rattern hochfuhr, ging Freitag in die Küche, um sich den dritten Kaffee des Tages zu machen. Als er wieder in sein Büro trat, saß Rossana an ihrem Schreibtisch.

»Morgen, Kollege, bist du schon fleißig?«

»Morgen, Rossana, ja, ich gebe mir Mühe. Noch bin ich hoch motiviert«, antwortete Freitag mit einem Schmunzeln und wusste, dass es stimmte, er war motiviert und gewillt, in diesem Job zu bestehen. Er hatte die Arbeitsabläufe schnell verstanden, versendete selbstständig Musterschreiben, leitete Mails weiter, vertröstete Kunden und verschickte Patronen für Jagdgewehre und kostenlose Angelhaken. Doch unter diesem Gefühl, womöglich endlich den richtigen Job gefunden zu haben, lag ein anderes, mulmiges Gefühl. Freitag ahnte, irgendwo befand sich ein Haken an diesem Glücksgriff, den er noch immer nicht fassen konnte. War das wirklich sein neues Leben?

Frank kam erst um 10 Uhr in die Firma und schaute kurz zu Freitag und Rossana ins Büro.

»Ruhiges Leben hier«, meinte Freitag zu Rossana, nachdem Frank sich wieder verabschiedet hatte.

»Ja, er lässt uns in Ruhe, zumindest die, die gut mit ihm können. Frank und Götz, die waren so.« Rossana hob die rechte Hand und kreuzte Zeige- und Mittelfinger.

»Was hat Dammwald gemacht, bevor er hier angefangen hat, weißt du das?«

»Gute Frage. Er war über fünfzehn Jahre in diesem Betrieb, Frank behauptet immer, Götz hätte den Laden mit aufgebaut, was natürlich nicht stimmt, er hat als einfacher Lagerist hier begonnen. Davor hatte er, glaube ich, eine Ausbildung als Bürokaufmann angefangen und wieder abgebrochen.«

»Als ich Dammwalds Haus im Internet gesehen habe, dachte ich …« Freitag überlegte. »Für jemanden, der als Lagerist angefangen hat, da muss man schon diszipliniert und sparsam sein, um sich so etwas aufzubauen.«

»Diszipliniert war er, wobei, für unseren Job hier braucht man nicht viel.« Rossana sah sich um, als suchte sie nach Beispielen. »Götz wusste schon, worauf es ankam, und sparsam war er, fast geizig. Aber irgendwann hat sich das bei ihm gelegt, dann hat er hier sogar mal einen ausgegeben.«

»Hm, vielleicht sollte ich mir etwas für meinen Einstand überlegen«, meinte Freitag.

»Der Letzte, der zu uns gekommen ist, Falko aus der EDV, der hat ein Spanferkel organisiert, aber ich will ja keinen Druck aufbauen.« Rossana zeigte ein Lächeln, das Freitag freute, als wären sie seit Kindertagen befreundet. »Nein, Clemens, kein Zwang, die Kollegen tratschen zwar gerne, aber wenn du einen Kuchen für uns backst, reicht es allemal.«

»Dann werde ich mal in meiner Rezeptsammlung schauen, ob ich einen passenden Kuchen finde, vielleicht etwas mit Fischmehl und Tauwurmaroma.«

Freitag wusste nicht, wann er zuletzt einen Kuchen gebacken hatte, ob er überhaupt jemals versucht hatte, einen zu backen, der nicht zu neunzig Prozent aus einer Fertigbackmischung bestanden hatte. Rossana rollte auf ihrem Stuhl zum Fenster und wühlte in den Ablagefächern, die auf der Fensterbank standen. Freitag betrachtete die große Fotocollage hinter ihr und fragte: »Du hast zwei Kids?«

»Ja, der Große ist achtzehn Jahre alt und studiert in Berlin, der Kleine ist auch schon fünfzehn.« Rossana rollte wieder zurück, in der Hand die gesuchte Auftragsliste. »Und du, hast du Kinder?«

»Nein, ich habe keine Kinder«, antwortete Freitag und dachte: *Ich habe noch nicht einmal eine Partnerin.*

»Keine Kinder«, sagte Rossana. »Kinder sind wunderbar.«

»Doch«, erwiderte Freitag sofort, wobei er sich nicht sicher war. Wollte er wirklich Kinder, die Verantwortung für ein Menschenleben?

»Doch, natürlich«, bekräftigte er sich selbst. »Aber mein Leben verlief nicht immer so, wie ich es mir gewünscht habe, und eine Familie …« Er brach ab, weil er nicht wusste, wie er diesen Satz beenden sollte.

Rossana nickte, schaute ihn an und danach auf ihre Auftragsliste.

»Hat Dammwald Kinder?«

»Nein. Ob Götz sich Kinder vorstellen konnte, weiß ich nicht.« Rossana strich ein Eselsohr auf ihrer Liste glatt. »Ich glaube, Katja hätte gerne eine Familie gegründet.«

»Platz hatten sie ja genug, die Kinder hätten ein eigenes Ferienhaus gehabt«, sagte Freitag, und erst als er den Satz ausgesprochen hatte, merkte er, wie unsinnig seine Worte waren.

»Dass sich Katja von ihm getrennt hat …« Rossana schüttelte den Kopf. »Ich sehe Götz vor mir, als ich ihn gefragt habe, was los sei. ›Du bist doch sonst nicht so schlecht drauf, ist dir am Wochenende ein Fisch durch die Lappen gegangen?‹, das habe ich zu ihm gesagt. Ich dachte wirklich, bei Katja und Götz war der Himmel immer heiter, keine Gewitterwolken, wie sie es eigentlich in jeder Beziehung gibt, aber bei den beiden … Ich sehe ihn noch immer vor mir.« Rossana sah zum Fenster, als würde sich auf der Scheibe die Szene noch einmal abspielen. »Er war gefasst, blickte mich ernst an, vielleicht war sein Entschluss, alles zu verkaufen, bereits am ersten Tag der Trennung beschlossen gewesen. Aber hinter der ernsten Fassade sah ich, dass Götz am Boden lag. Ich habe ihn noch nie so verzweifelt gesehen.«

»Ich glaube, um alles, wirklich alles, hinzuschmeißen, braucht man eine große Portion Verzweiflung.«

»Du hast ja auch alles hingeschmissen«, sagte Rossana. »Oder ist das hier nur eine Übergangslösung, und du bist bald wieder in deiner Heimat?«

»Heimat«, wiederholte Freitag. »Nein, das hier ist keine Übergangslösung.« Er zerlegte im Kopf das Wort Übergangslösung und fragte sich, wann ein Übergang eine Lösung wäre. *Ist in meiner Situation nicht alles ein Übergehen, ein Hinauszögern, ein Verschieben? Gibt es einen Übergang in ein Leben ohne Schulden und Verschulden, ein Leben ohne Striche auf den Bierdeckeln, ohne einen Schuppen, in dem alles vor sich hin gammelt. Gibt es ein Leben ohne Rückstände, ein Leben, in dem das Gewissen nicht unaufhörlich nach Antworten sucht?*

»... ein Neustart in Zaun.«

Freitag nickte, obwohl er Rossana akustisch nicht verstanden und nur ihre letzten Worte wahrgenommen hatte, und deshalb auch nicht wusste, warum sie sich amüsierte. Nun blickte er aus dem Fenster, suchte in der Ferne die erste Häuserreihe von Zaun und stellte sich dahinter den Sportplatz und den Zaungast vor, und dazwischen sein Haus. Er glaubte, in seinem Kopf bereits einen genauen Plan des Dorfes zu haben.

»Ich habe den Eindruck, Dammwald war sehr beliebt in seinem Dorf«, sagte Freitag schließlich. Es war eher eine Frage als eine Behauptung.

»Ich denke schon, Götz war ja ein umgänglicher Typ, eigentlich immer gut drauf und freundlich, er war sehr engagiert in seinem Dorf.«

»Also hatte er keine Feinde?«

»Feinde?«

»Ich meine nur«, murmelte Freitag und wollte es dabei belassen, erzählte seiner Kollegin dann aber doch von dem Graffiti.

»Geister?« Sie lächelte und zupfte an ihrem Freundschaftsband. »Ich weiß nicht, was für Geister in dem kleinen Seelendorf herumfliegen, aber Götz hat nie davon erzählt.«

»Es war bestimmt ein Streich der Dorfjugend. Aber wer versenkt bitte schön abgetrennte Ringfinger im Waldsee?«

»Davon hat Götz erzählt«, sagte Rossana. »War ja

auch groß in der Zeitung.« Sie tippte auf ihrer Tastatur, den Blick abwechselnd auf den Bildschirm und auf ihre Auftragsliste gerichtet. »Seitdem kamen auch keine Feriengäste mehr, von einem Tag auf den anderen. Sonst hat Götz ja gerne erzählt, woher die neuen Gäste kamen oder was sie beim gemeinsamen Angeln gefangen hatten.«

»Fast zwei Jahre lang keine Feriengäste«, sagte Freitag und rechnete. *Die laufenden Kosten und vierundzwanzig Monate lang keine Mieteinnahmen, Dammwald musste wirklich diszipliniert und sparsam gewesen sein.* Dieser Gedanke machte Freitag Angst, denn auch in diesem Leben würden neue Rechnungen und neue Probleme auf ihn zukommen, die alten Fragen bleiben.

»Vielleicht war Katja das Leben auf dem Dorf zu langweilig«, mutmaßte Rossana. »Sie hat sich ja sonst um die Vermietung gekümmert, Götz war nur der Angelguide.«

»Nur der Angelguide?« Freitag schmunzelte. »Das hört sich nach einem Traumjob an.«

»Besonders ohne nervige Gäste.«

»Apropos nervige Gäste.«

Freitag drehte seinen Computerbildschirm zu ihr. Ein Kunde beschwerte sich, weil die Ersatzspule einer extrem teuren Angelrolle fehlte.

»Kein Problem«, sagte Rossana. »Da machen wir die schnelle Lösung: Geh einfach zu Rick ins Lager, lass dir eine Ersatzspule geben, Rick weiß Bescheid und kennt die Firma, da fehlt ständig was. Danach gibst du die Spule gleich in der Versandstelle ab.«

Rick sah genauso aus, wie sich Freitag einen Jäger und Sammler vorstellte, wie jemand, der mit der Angel kapitale Fische jagte und mit dem Gewehr auf Großwildjagd ging und gleichzeitig als Schürzenjäger bekannt war. Die Kälte in den Lagerhallen konnte den solariumgebräunten Mann nicht davon abhalten, auch im Januar eine Dreiviertelhose und ein Poloshirt zu tragen. Alle Knöpfe seines Shirts, selbst der oberste Knopf seiner Hose waren geöffnet. Rick ölte defekte Angelrollen mit einer Konzentration, als suchte er die Lösung für ein komplexes Problem. Er kratzte sich in seinen kurzen dunklen Haaren und drehte sich zu Freitag.

»Ah, der neue Kollege!«

»Du bist Rick?«, fragte er zur Sicherheit noch mal nach.

»So sieht es aus, wie kann ich dir helfen?«

Freitag beschrieb das Problem. Nach zwei Sätzen war für Rick klar, in welches Fach er für die passende Ersatzspule greifen musste.

»Danke. Ist die Versandstelle auch hier unten?«

»Ja, da raus und dann die zweite Tür auf der linken Seite.« Rick zeigte mit dem Arm in die Richtung, in die Freitag gehen musste. »Aber warte, willst du dir meine Sammlung ansehen, du bist doch bestimmt auch ein Jäger?«

»Angler«, erwiderte Freitag, wobei er das nicht unterschreiben würde.

»Angler, das ist gut, ich zeig dir mal was.«

Rick deutete geheimnisvoll an, Freitag solle ihm folgen. Sie gingen an den Regalen vorbei, am Ende der Halle befand sich eine elektrische Leiter. Rick und Freitag stellten sich in die offene Fahrerkabine. Rick drückte einen roten Knopf, die Hubkraft setzte ein, und sie fuhren nach oben. Knapp zwei Meter unter der Decke der über fünf Meter hohen Lagerhalle stoppte die Leiter.

»Da wären wir«, rief Rick und sprang von der Leiter auf das Regal, das erstaunlich stabil und breit war. Freitag folgte ihm, nacheinander traten sie von dort auf das nächste und übernächste Regal. Meterlange Spanplatten lagen auf den Regalbrettern und verbanden sie, sodass sich ein weiterer Raum in luftiger Höhe ergeben hatte. Ricks Ersatzteillager.

»Alles, was das Jägerherz begehrt«, sagte Rick, als Freitag neben ihn trat, und nahm aus einer Halterung ein Gewehr, das nur aus dem Hinterschaft und dem Abzug bestand.

»Die Sachen sind hier aber nicht für den Verkauf vorgesehen?«, fragte Freitag und sah sich um. Er wusste nicht, was Neuware und was Schrott war, denn in Ricks Lager befanden sich schussfertige Gewehre, aber auch abgebrochene Schulterstützen und Läufe, es gab Kisten mit Patronenlager und Munitionshülsen und Handfeuerwaffen.

»Nein. Das sind die Retourwaren, die keiner mehr haben will«, erklärte Rick und zeigte Freitag ein Jagdgewehr mit einem dunklen Holzschaft und einem Doppellauf. »Hin und wieder gibt es richtige Schätze.«

»Wollt ihr die nicht verkaufen?«, fragte Freitag und entdeckte neben den Gewehren auch große Jagdmesser, Harpunen und eine Armbrust.

»Frank will das nicht, keine Konkurrenz zum Hauptgeschäft.« Rick fuchtelte mit einem Gewehrkolben herum.

»Aber wenn irgendwer ein Ersatzteil braucht, dann kann er sicher sein: Ich habe es.«

»War mein Vorgänger ein Jäger und Sammler?«

»Wer, Götz?« Rick schaute skeptisch und belustigt zugleich. »Nee, der Götz war kein Jäger, ein Angler, ja. Aber ein Faible für das Schießen hatte er nicht, wobei …« Rick kontrollierte den Doppellauf einer Schrotflinte. »Vor einem Jahr – oder war es schon vor zwei Jahren? –, egal, da ist ein Heckler-&-Koch-Revolver verschwunden.«

»Aus deinem Lager hier?«

»Ja, im Hauptlager ist ja alles registriert und gesichert, aber hier oben könnte sich jeder bedienen.«

»Und du glaubst, Dammwald …?«

»Einmal habe ich ihn hier oben erwischt, wie er rumgeschnüffelt hat, er meinte, er suche ein Ersatzteil für einen Kunden, aber hier geht nie einer alleine hoch, alle fragen erst mich, weil ich der Einzige bin, der sich hier auskennt.«

»Und du bist sicher, dass die Pistole verschwunden ist?«

»Ja!« Rick sah Freitag an, als wollte der Neuling ihn beleidigen. »Klaro, es ist mein Lager, die Pistole war definitiv hier.« Er zeigte auf eine der Kisten. »Ob auch Munition gestohlen wurde, kann ich nicht sagen. Mir ist nichts aufgefallen, und wenn doch, dann nur wenige Patronen.«

»Also keine Großwildjagd.«

»Eher für einen einzigen gezielten Schuss.«

»Vielleicht wollte er jemanden mit einem Warnschuss vertreiben.«

»Den Fischreiher, damit der Vogel ihm nicht die Fische aus dem Waldsee wegschnappt.«

Oder die Geister aus dem Dorf, schoss es Freitag durch den Kopf, sprach es aber nicht aus.

»Aber ich möchte Götz auch nicht einfach beschuldigen«, ruderte Rick zurück. »Er ist ein feiner Kerl, immer anständig, ich kann mir nicht vorstellen, wie er mit einer Knarre auf ein Tier schießt.«

»Die Fische tötet er ja auch«, sagte Freitag, obwohl er wusste, wie Rick es meinte.

»Hast du dich schon eingelebt?«, wechselte Rick das Thema, sah Freitag aber nicht an und spielte lieber weiter mit dem Doppellauf der Schrotflinte.

»Noch fühlt es sich nicht so an, als wäre das hier wirklich meine Gegend und mein Haus.«

»Aber du bleibst?«

»Ich glaube, sich dort heimisch zu fühlen wird nur eine Frage der Zeit sein«, sagte Freitag. »Dammwald hat Wert auf eine stilvolle Ausstattung gelegt, auch der Garten ist top gepflegt.« Freitag spitzte die Lippen und nickte, als müsste er sich selbst zustimmen.

»Die letzten Jahre wurde er immer fescher. Wenn ich an die ersten Jahre zurückdenke, als er noch im Lager gearbeitet hat.« Rick verzog belustigt das Gesicht. »Er hat schon was aus sich gemacht, aber für Katja hat es dann scheinbar doch nicht gereicht. Vielleicht wollte er es ja auch so.« Rick zog die Schultern hoch, dann lief er über die Bretter zurück und trat auf die Plattform der Leiter. »Wenn du eine Waffe brauchst, weißt du jetzt, wo du eine findest.«

Sie fuhren wieder nach unten. Freitag brachte die

Ersatzspule in die Versandstelle und stellte fest, dass sein zweiter Arbeitstag nur noch wenige Stunden dauerte. Und auch diese vergingen mit der Bearbeitung von einigen Anfragen und Beschwerdebriefen wie im Flug. Freitag überzog seine reguläre Arbeitszeit um eine halbe Stunde, für eine ganze Überstunde reichte seine Motivation noch nicht. Er fuhr zurück nach Zaun, lenkte den Wagen auf die Auffahrt und sah in den Augenwinkeln den Mähroboter, der parallel von ihm über den Vorgarten rollte, als würden sie im Gleichschritt auf das Haus zusteuern. *Der fleißige Wicht muss vom hinteren Teil des Grundstücks über die Gehwegplatten nach vorne gefahren sein,* stellte Freitag erstaunt fest. *Eigentlich müsste ich ihn ausstellen, was will er schon im Januar mähen, aber irgendetwas wird Dammwald sich dabei gedacht haben. Vielleicht war der kleine Helfer für die Dammwalds wie ein Haustier? Das monotone Surren hat zumindest etwas Beruhigendes,* fand Freitag und stieg aus. An der Haustür lehnte eine Angel, fertig montiert mit Schwimmer, Wirbel, Blei und Haken. Am obersten Rutenring baumelte ein Bindfaden mit einem Zettel.

Meine Schulden. Ralf.

Freitag brachte die Angel in den Keller und machte sich einen Snack, Gulaschsuppe aus der Konservendose. Der Feierabend nach einem stressfreien Acht-Stunden-Arbeitstag fühlte sich gut an. Erst um 17:45 Uhr fiel ihm ein, dass ein Paket auf ihn wartete.

Das Navigationsgerät im Geländewagen steuerte Freitag auf dem schnellsten Weg nach Geistling. Es war ebenfalls ein Dorf, hatte aber im Gegensatz zur Gemeinde

Zaun eine Art Fußgängerzone mit einem Supermarkt, einer Bäckerei und dem Getränkehandel ›Die Geistlinger Zapfstelle‹.

Um 18:08 Uhr erreichte Freitag die Postfiliale. Das Personal rollte die Vorhänge herunter, eine ältere Frau wollte gerade den Haupteingang abschließen. Doch Freitag hatte Glück, die Postangestellte nahm den Schein aus seiner Hand, nickte gleichgültig und holte das Paket. Ein quadratischer Schuhkarton. Den italienischen Schuhfabrikanten kannte Freitag nicht, aber den Namen auf dem Adressaufkleber. Er zögerte, es war nicht seine Bestellung, aber hätte Dammwald die Schuhe drei Tage früher bekommen, wären sie im Bestand des Haushaltes gewesen und somit nun in seinem Besitz. Für Freitag klang seine Erklärung logisch, er nahm das Paket und fuhr zurück.

Wenn er den Karton schüttelte, bewegte sich der Inhalt, als wären darin keine Schuhe, sondern eine Flasche oder große Glasperlen. *Und überhaupt,* dachte Freitag, *welche Schuhe passen in einen quadratischen Karton? Frauenstiefel oder Gummistiefel, aber doch keine italienischen Herrenschuhe.*

Freitag fuhr direkt in die Garage, trat durch die Verbindungstür ins Haus und stellte den Karton auf den Küchentresen. Er nahm ein Messer aus dem Messerblock und schnitt das Paket auf. Es waren in der Tat Flaschen und Perlen darin. Zwei leere Bierflaschen und einige Bleikugeln. Außerdem ein Knäuel Angelschnur, ein Schwimmer mit einer abgebrochenen Spitze und eine rostige Konservendose. Die Banderole hatte sich von der Dose gelöst, nur ein vergilbter Schnipsel war übrig geblieben. Eine Maiskonserve, vermutete Freitag und rümpfte die Nase. Die Pappe roch nach Bier und Seetang. In den Ecken des Kartons hatten sich Sand und Kieselsteine gesammelt. Freitag hob die Klappe vom Küchenmülleimer an und überlegte, wie er den Karton in den kleinen Eimer stopfen sollte. Dabei fiel ein gefalteter Zettel aus dem Karton. Zunächst dachte Freitag, es wäre eines der Flaschenetiketten, aber das Papier war zu dick und nicht vergilbt. Er hob es auf, legte es auf die Küchentheke und las die handschriftliche Notiz:

Der See vergisst nicht. Er spült alles an. Der Müll wird uns alle belasten!

Das ist nicht mein Müll, ärgerte sich Freitag und stopfte das ganze Paket in den Abfalleimer. Er musste den Karton mit dem Fuß klein treten. *Sicher irgendein Umweltschützer, der meint, die ganze Welt retten zu können,* glaubte Freitag und stand mit beiden Beinen im Mülleimer. Dann schob er den Metalleimer wieder unter die Spüle und schaute noch einmal kopfschüttelnd auf den Zettel. Er wollte ihn gerade zerknüllen, als er die Warnung auf der Rückseite sah:

Deine Geister schlafen nicht!

Keine pubertierenden Jugendlichen, keine Graffitigangs, sondern Umweltaktivisten, dachte Freitag und steckte den Zettel mit der Warnung vorne an die Pinnwand.

Da er sich vorgenommen hatte, heute angeln zu gehen, stieg er die Kellertreppe nach unten. Die Hundsaugen stierten ihn herausfordernd an. Freitag wünschte, es wären Attrappen, aber es waren echte Tiere, die einmal quicklebendig im Waldsee geschwommen waren, Tiere mit Augen, die ihre Umgebung unter Wasser wahrnahmen, Lebewesen mit Gefühlen und einem Sozialverhalten, mit einem Herz, das pochte. Freitag ging schnell weiter zur Werkbank und überlegte, welche Angel er für seinen ersten Versuch am Waldsee bräuchte. War die Angel, die Ralf sich ausgeliehen hatte, eine kluge Wahl? Welche Wahl hätte sein Vater getroffen – die dreieinhalb Meter lange Rute für schwere Grundbleie oder das dünne, leicht federnde Sportgerät, um einen Schwimmer gezielt werfen zu können? Freitag steckte einige Ruten zusammen, montierte Rollen und fädelte Schnur durch die Rutenringe. Ein Schulterblick in den Vorraum und ihm war, als würden die ausgestopften Fischleichen ihn beobachten.

Nach einer halben Stunde und sechs vormontierten Ruten entschied sich Freitag für das Sofa. Er hatte Lust, auf dem Waldsee zu angeln, aber er war auch müde und unausgeglichen und dadurch genervt von sich selbst. Der Arbeitstag war anstrengend genug gewesen, und dunkel war es auch schon, rechtfertigte er sich und legte ein Stück Angelsehne, auf dem er Knoten geübt hatte, auf den Wohnzimmertisch. Freitag korrigierte seine Entscheidung und wählte statt Sofa gleich das Bett, denn die Eindrücke und Aufgaben an diesem Tag waren zwar nicht außergewöhnlich, aber für jemanden wie ihn, der aus einem langweiligen, nicht abwechslungsreichen Alltag herausgerissen wurde, doch zu intensiv.

Er lag auf der Bettdecke, schaute zur Decke hoch, lauschte dem Rauschen der Blätter im Wind und fragte sich, welche Geister in diesem Dorf noch auf ihn warteten.

Freitag

Freitag wachte erneut vor dem Weckerklingeln auf. Die Müdigkeit und der Schlaf zerrten an ihm, aber er quälte sich aus dem Bett und ins Bad.

Freitag wusch sich, reinigte seine Zähne mit Dammwalds Zahnseide und entschied sich für ein dunkelblaues Hemd und eine dunkelblaue Strickjacke. Der Reisekoffer war vom Bett gefallen. Freitag stopfte die herausgefallenen Unterhosen und Socken wieder hinein und schob den Koffer mit dem Fuß in die hinterste Zimmerecke. Nach einem letzten Kontrollblick in den Spiegel ging er in das Arbeitszimmer, um seine E-Mails abzurufen, aber sein Postfach war leer. Freitag gab in eine Suchmaschine die Begriffe »Geister«, »Waldsee« und »Umweltschützer« ein. Die Suche ergab über hundert Treffer, aber keiner deutete darauf hin, dass in Zaun Geister ihr Unwesen trieben. Das Festnetztelefon blinkte, ein unbekannter Anruf in Abwesenheit, gestern um 1:23 Uhr. Freitag drückte auf den blinkenden Knopf.

»Sie haben eine Sprachnachricht«, ertönte eine Stimme aus dem Lautsprecher des Telefons. »Drücken Sie auf die Rautetaste.«

Freitag drückte die Taste, aber aus dem Lautsprecher kam nur ein Rauschen. Auch beim zweiten Abspielen konnte Freitag keine Stimme heraushören, aber er hatte das Gefühl, der Anrufer hätte draußen gestanden, als würde nicht nur die Übertragung rauschen, sondern auch Blätter im Wind.

Freitag ging nach unten und blieb vor der Garderobe stehen. Er bewahrte alles Mögliche in seinen Jackentaschen auf, hauptsächlich Müll, benutzte Taschentücher, Bonbonpapier, Parkzettel, aber auch seine Schlüssel, Kleingeld und Notizen. Freitag sah in die Taschen von Dammwalds Jacken. Die Taschen waren leer und aufgeräumt, nicht einmal Krümel waren darin zu finden. Nur in den Taschen der Angeljacke fand Freitag ein Tuch, eine Packung Angelhaken und Schnüre. Es waren aber keine Angelsehnen, die sich verknotet hatten und als ein unbrauchbares Knäuel in die Tasche gestopft worden waren, es waren Taue in unterschiedlichen Farben und Stärken, alle in der exakt gleichen Länge. In der Innentasche von Dammwalds Angeljacke befanden sich seine Angelpapiere. *Die muss er vergessen haben,* dachte Freitag sofort und studierte die persönlichen Daten des Fischereischeins:

Name: Götz Dammwald
Geburtsdatum: 25. Mai 1969
Anschrift: Am Waldsee 7, 08975 Zaun
Besonderheiten: Angler des Jahres 2015

Freitag wusste nicht, wo sein eigener Fischereischein war, auch die jährliche Gebühr hatte er seit seinem sechzehnten Lebensjahr nicht mehr entrichtet. Dennoch beschloss er, heute endlich im Waldsee zu angeln, illegal, ohne Papiere.

Der Wohnbereich sieht bewohnt aus, dachte Freitag, nicht wie vor drei Tagen, als er den Raum zum ersten Mal betreten und sich über diese sterile Atmosphäre gewundert hatte. Ein Pullover hing über einer Stuhllehne, und auf dem Wohnzimmertisch waren Zeitungen und ein benutzter Keramikbecher. Auf den zuvor makellos gewischten Oberflächen der Tische und Ablagen und auf dem Fußboden hatte sich bereits Staub gebildet. Freitag machte sich einen Kaffee und schaute aus dem Fenster auf einen faustgroßen Klumpen Vogelkot. *Ich muss mich diese Woche um den Haushalt kümmern und sollte versuchen, Dammwalds hohen Standard irgendwie zu halten,* setzte er sich als Ziel und stellte das schmutzige Geschirr in die Spülmaschine. *Immerhin ein Anfang,* dachte er und suchte in den Schränken vergeblich nach einem Geschirrspültab. Dammwald besaß Geschirr für eine Großfamilie, Suppenteller, Pizzateller, Dessertteller, Kuchenplatten in den unterschiedlichsten Größen und Variationen. Freitag vermutete, dass Katja das Geschirr ausgesucht hatte. Es waren zwei Serien zu erkennen, eine Motivserie, Schlingpflanzen mit pastellfarbenen Blüten, und eine Serie mit gelben und hellgrünen Farbklecksen. Freitag entdeckte auch einen Vorrat an Servietten, auf einigen befanden sich Aufdrucke wie *Schön, dass du da bist* oder *Für meine Lieblingsgäste*.

Wann hatte ich zuletzt Gäste?, fragte sich Freitag, *nicht die Gäste, die kommen, um mit mir Bier zu trinken und Fußball zu gucken, oder die, die kommen, weil ich ihnen noch Geld schulde. Nein, richtige Gäste, die an einer großen, gedeckten Tafel sitzen, die man mit gutem Essen und Wein bewirtet, die, die gerne kommen.* Er überlegte, wen er in seine alte Wohnung hätte einladen können, aber ihm fielen nur Namen und Gesichter ein, die er kennengelernt hatte, weil sie zum Freundeskreis seiner jeweiligen kurzen Liebschaften gehörten. Mit dem Ende der Affären wurde Freitags Freundeskreis jedes Mal auf einen überschaubaren, unzuverlässigen Kreis begrenzt.

Als er nach dem Frühstück vor dem Briefkasten stand, sah er wieder die Frau mit ihrem Hund. Die Dame trug erneut eine blaue Schirmmütze, ihr sportliches Walking-Outfit und über der Schulter die Hundeleine.

»Hallo, ich bin Clemens Freitag.« Freitag versuchte, freundlich zu lächeln, und ging einige Schritte auf die Frau zu.

»Ich weiß«, sagte sie und schaute sich nach ihrem Hund um. »Ich bin Doris, Doris Stoschus, wir wohnen am Anfang der Straße.«

»Ich habe dich gestern gesehen, mit deinem Hund.«

»Ich habe dich auch gesehen.«

Sie pfiff ihren Hund zu sich. Der Hund parierte und rieb wenige Sekunden später seine Schnauze an Doris' Oberschenkel. Freitag ging zum Zaun und wägte kurz ab, ob er sportlich über den Zaun springen sollte oder lieber nicht. Aber er öffnete das Tor und hielt einen Sicherheitsabstand von zwei Metern zum Tier. Noch traute er sich nicht, den Hund zu streicheln.

»Das ist unser neuer Nachbar«, sagte Doris zu dem Hund, und er schien zu verstehen, denn er hob den Kopf, sah Freitag an, bewegte sich auf ihn zu und beschnüffelte seine Schuhe.

»Götz und Katja wohnen hier nicht mehr«, erklärte sie ihrem Hund, und Freitag erklärte sie: »Die beiden hatten immer ein Leckerli für unsere Gräfin, wir können hier nicht einfach vorbeigehen, sie muss immer schauen, ob jemand im Garten ist und ob sie etwas abstauben kann.«

»Das nächste Mal bin ich vorbereitet«, versprach Freitag und schrieb in Gedanken einen Einkaufszettel, auf dem ganz oben Hundekuchen stand.

»Nein, das musst du nicht.« Sie streichelte ihrem Hund über den Rücken. »Unsere Gräfin kann ruhig etwas weniger futtern.«

»Sie sieht doch schlank und sportlich aus«, sagte Freitag, und während er sich selbst diesen Satz sprechen hörte, klangen die Worte für ihn, als würde er nicht den Hund, sondern seine Besitzerin loben, er gestand sich ein, dass er Doris, obwohl sie sicherlich über zwanzig Jahre älter war als er, attraktiv fand.

»Findest du?«, fragte sie, als fühlte sie sich geschmeichelt.

»Gibt es viele frei laufende Hunde in Zaun?«, fragte Freitag. »Nachts läuft manchmal ein Hund durch meinen Garten.«

»Unsere Gräfin kann es nicht sein.«

»Nein, der sah auch nicht so schlank und sportlich aus.« Freitag deutete auf die Gräfin. »Der Hund, den ich meine, schleicht um das Haus und bellt und winselt und …« Freitag überlegte. Er wusste nicht, wie er es beschreiben sollte, denn er hatte das Gefühl, der nächtliche Besucher wolle ihm etwas zeigen oder ihn sogar vor etwas warnen.

»Deine direkten Nachbarn, Janette und Ansgar, die haben auch einen Hund«, meinte Doris und streichelte noch immer Gräfins Rücken und fügte, eher zu ihr als zu Freitag, hinzu: »Ja, Ansgar hat einen Hund, diese Dreckstöle.«

Freitag musste sich das Lachen verkneifen, am liebsten hätte er gefragt, wen sie meinte, Ansgar oder den Hund. Je länger er Doris ins Gesicht sah, desto unsicherer wurde er, wen sie wirklich meinte.

»Hier in der Straße soll es jemanden geben, der Lebensmittel verkauft«, wechselte Freitag das Thema.

Doris starrte ihn einige Sekunden an, bis sie verstand. »Du meinst Karl-Heinz, Flaschen-Heinz. Er verkauft Bier und Schnaps und wohnt in dem Bungalow, das letzte Haus auf der linken Seite. Bei ihm kannst du auch nach zwölf noch klingeln, und er macht sein Garagentor auf.« Doris sah Freitag direkt an, als wartete sie auf eine Reaktion.

»Noch ist meine Vorratskammer gefüllt.«

»Auf der einen oder anderen Gartenparty von Katja und Götz waren wir auch, die beiden sind hervorragende Gastgeber.«

»Das habe ich schon von vielen gehört«, sagte Freitag und sah zum Haus zurück. Er musste langsam wirklich los.

»Ich muss auch weiter, wir werden uns jetzt ja bestimmt häufiger sehen«, sagte Doris und lief mit der Gräfin an ihrer Seite weiter. Nach einigen Metern blieb erst der Hund, dann Doris stehen. Sie redete auf die Gräfin ein, aber der Hund weigerte sich weiterzugehen. Doris leinte ihn an und zog an der Leine, bis er nachgab. Doris drehte sich noch einmal zu Freitag um und schüttelte enttäuscht den Kopf. Aber Freitag war schon auf dem Weg zur Garage.

Freitags dritter Arbeitstag begann. Das Knarzen der alten Holztreppe, der betriebseigene Geruch nach Lockmitteln und Lebendködern im Kontrast zu Rossanas Parfüm, der sich in dem Büro und bereits in Freitags Erinnerung festgesetzt hatte, das alles gab ihm ein vertrautes Gefühl. Auch die Arbeitsabläufe fielen ihm leicht, als wäre er seit Ewigkeiten Teil eines eingespielten Teams. Auf fast jede Frage oder Beschwerde der Kunden hatte er sofort das passende Musterschreiben oder die richtigen Telefonnummern parat. Rossana wollte heute früher gehen, sodass Freitag für einige Stunden auch ihren Arbeitsplatz übernehmen musste. Freitag schaffte es ohne Probleme und fühlte sich zum ersten Mal in seinem Berufsleben nützlich, seine Arbeitskraft wurde gebraucht.

Erst in der Mittagspause realisierte er, dass er seine Arbeitswoche mit zwei Urlaubstagen begonnen hatte und somit kurz vor dem Wochenende stand. Freitag verabschiedete sich gegen sechzehn Uhr mit der ersten Überstunde in seinem Leben und mit zwei Dosen Lebendfutter ins Wochenende. Er fuhr auf dem Heimweg über Geistling. Er war zwar überzeugt, dass die Vorratskammer in seinem Haus ihn noch einige Tage, wenn nicht sogar Wochen, über Wasser halten würde, dennoch hatte er das Bedürfnis, frische Lebensmittel einzukaufen. Er entschied sich für Äpfel, Joghurt und ein Netz mit Erdnüssen. Freitag warf die Einkäufe auf den Beifahrersitz, neben die Laubwürmer und Maden, die aus den Dosen heraus ihr Aroma, das dem betriebseigenen Geruch von Jagen24 stark ähnelte, im Innenraum des Autos verteilten. Ihn störte es nicht, er freute sich auf sein Wochenende, auch wenn er nicht wusste, was er in der freien Zeit machen sollte. *Ich werde angeln gehen, ich könnte beginnen, das Haus und die Fenster zu putzen, oder mich der Gartenarbeit widmen,* sagte er sich, auch wenn es für ihn übertrieben war, denn sein neues Zuhause war nach den ersten Tagen noch in einem Zustand, in dem keine seiner bisherigen Wohnungen jemals war.

Freitag fuhr auf seine Auffahrt, er hörte einen Hund aus weiter Entfernung bellen und wusste, dass er den obersten Punkt seiner Einkaufsliste vergessen hatte.

Statt Hundekekse gibt es später frischen, selbst gefangenen Fisch, das ist ein guter Kompromiss, fand er und verstaute die Einkäufe. Die einsatzbereiten Angelruten warteten im Keller, aber Freitag kümmerte sich erst um sein Abendessen. Danach legte er sich aufs Sofa, nur ein paar Minuten, redete er sich ein, ein paar Minuten Kraft tanken. Aus einigen Minuten wurden einige Stunden. Freitag erwachte mit Rückenschmerzen und der Fernbedienung in der Hand. Er schaltete den Fernseher ein, und die Teleshoppingmoderatorin begrüßte ihn mit dem Angebot des Tages. Ein Staubsauger, mit dem Hausarbeit wieder Spaß macht.

So ein Dreck, dachte Freitag und rollte vom Sofa und schlich in die Küche. Der Tag ist gelaufen, erkannte er, als er auf die Küchenuhr sah, 22.05 Uhr, und beschloss, zumindest etwas für seine Sozialkompetenz zu tun. Er kämmte sich die Haare, zog seine Jacke an und ging nach draußen.

Flaschen-Heinz war etwas für Insider, denn nichts deutete darauf hin, dass man in dem kleinen Bungalow am Ende der Straße etwas kaufen konnte. Auch über der Klingel gab es keinen Hinweis, nicht einmal ein Namensschild. Freitag klingelte trotzdem und hörte, wie der schrille Ton im Flur des Hauses hallte. Freitag wartete, klingelte ein zweites Mal und wollte gerade wieder gehen, als ein Mann im Jogginganzug und mit Badelatschen die Tür öffnete. Wie ein Jogger sah der Mann nicht aus, er war einen Kopf kleiner als Freitag, hatte eine Halbglatze und glasige Augen, als hätte er vor Sekunden tief und fest geschlafen, Freitag schätzte ihn auf Ende siebzig.

»Ich bin Clemens Freitag, ich wohne vorne im Haus Nummer sieben.«

»Du wohnst bei Götz?«, fragte der Mann und reichte Freitag die Hand. »Ich bin Karl-Heinz.«

»Ich habe das Haus gekauft.«

»Götz ist weggezogen?« Karl-Heinz sah Freitag an, als wäre soeben ein guter Freund oder der beste Kunde des Hauses spurlos verschwunden.

»Hast du seine Anzeige im Internet nicht gesehen?«

»Ich habe kein Internet«, erwiderte Karl-Heinz, als wäre es selbstverständlich, dass er in seinem Alter kein Internet hätte, als wäre das Internet in Zaun noch den Jugendlichen vorbehalten.

»Dammwald hat sein Haus im Internet versteigert. Ich habe den Zuschlag bekommen und bin Anfang der Woche eingezogen.«

»Erst Katja, jetzt Götz«, überlegte Karl-Heinz laut.

»Doris hat mir erzählt, dass ich bei dir auch zur späten Stunde noch Getränke kaufen kann.«

»Doris«, wiederholte Karl-Heinz in einem Ton, als wollte er sagen, natürlich weißt du es von Doris. Karl-

Heinz nickte und ging an Freitag vorbei zur Garage. Er schob das Tor auf und lud Freitag ein, sich in dem kleinen Laden umzusehen. In der Garage war kein Platz mehr für ein Auto. In der Mitte standen ein Tapeziertisch und mehrere Campingtische. Das Sortiment war übersichtlich, aber für jede Notlage ausreichend, es gab zwei heimische Biersorten, Korn, Jägermeister, einige alkoholfreie Getränke, aber auch Suppen und Ravioli in Konservendosen, auf einem Tisch befand sich Ware von den Landwirten aus dem Dorf und der nahen Umgebung, einige Säcke mit Kartoffeln, drei Bund Suppengrün und mehrere Gläser Marmelade. Freitag entdeckte auf dem Fußboden einen Stapel Zeitungen und fragte sich, ob es Verkaufsware oder Altpapier war.

»Zigaretten habe ich natürlich auch«, sagte Karl-Heinz.

»Danke, ich rauche nicht mehr.«

Freitag begutachtete die Süßigkeiten, die in großen Plastikbehältern angeboten wurden. Am liebsten hätte er sich eine der dünnen Papiertütchen genommen, um sich etwas auszusuchen, wie damals im Tante-Emma-Laden neben seinem Elternhaus. Freitag hatte es als Kind geliebt, wenn sein Vater ihm Geld für Süßigkeiten gab. »Hier hast du einen großen Taler für eine bunte Tüte«, hatte sein Vater dann immer gesagt.

Freitag zeigte auf zwei Dosen mit einer koffeinhaltigen Limonade. Karl-Heinz legte die Dosen in eine Plastiktüte, danach nahm er zwei Bierflaschen und öffnete sie.

»Kommt auch aus der Gegend«, sagte er und gab Freitag eine geöffnete Flasche. Karl-Heinz erzählte Freitag von seiner Frau, die viel zu früh gestorben war, von seinem Sohn, der ihn nur dreimal im Jahr, wenn er Kohle haben wolle, besuchen komme. Karl-Heinz erzählte, dass er für einen Hungerlohn in der Metallindustrie schuften musste, dass die Arbeit ihn den Rücken und die Lunge gekostet hatte, und wenn er den Laden hier nicht hätte, dann bliebe ihm nur das Fernsehprogramm. Zuletzt erzählte er, dass er sich auch einen Rasenmähroboter im Fernsehen bestellen wolle, genau wie Götz, außerdem glaubte er, dass Götz ein trinkfester Nachbar gewesen sei, aber ein lausiger Angelguide. Karl-Heinz sprach das Wort Angelguide aus, als wäre es ein neumodisches Schimpfwort. Freitag hörte geduldig zu, hatte aber Mühe, sich die für ihn interessanten Sätze aus dem Gejammer seines Nachbarn herauszufiltern. *Zeige Interesse, sei höflich und nachbarschaftlich, so wie Dammwald,* sagte sich Freitag, während er das Gratisbier trank, auch wenn er kein Bier trinken wollte. Er fragte sich, an wen ihn Flaschen-Heinz erinnerte. Erst nachdem die erste Flasche geleert war und Karl-Heinz eine zweite Runde spendierte, fiel es Freitag ein. Der alte Mann erinnerte ihn an den Tretbootvermieter auf dem Campingplatz in der Nähe vom Schrebergarten seiner Eltern. Freitag und sein Vater hatten sich dort mehrmals ein Ruderboot gemietet, um mit ihren Angeln rauszufahren. Als Kind dachte Freitag immer, was für ein cooler Job, jeden Tag draußen am See, und nach Feierabend könne man selbst als sein eigener Chef rausfahren und angeln, jeden Tag, ein Traumjob für den achtjährigen Jungen. Freitag hatte sich damals gewundert, warum der Tretbootvermieter nie gut gelaunt war, warum er nie lächelte. Als Karl-Heinz die Haustür aufgemacht hatte, hatte Freitag an den Gesichtsausdruck des Tretbootvermieters denken müssen.

Wann hatte ich zuletzt an diesen kauzigen Typen gedacht?, überlegte Freitag. Mit dem Abstand von knapp dreißig Jahren konnte er auch keinen Traumjob mehr erkennen, drei Tretboote und ein Ruderboot, ein Bretterverschlag als Kassenhäuschen und selten mehr als eine Handvoll Gäste im Monat.

»Warum glaubst du, dass Dammwald kein guter Angelguide ist?«

»Götz ist ein guter Angler, er hat das Gespür für den großen Fang, einige Kapitale hat er schon an Land gezogen, aber das kannst du nicht mit den Feriengästen machen«, sagte Karl-Heinz und reichte Freitag einen Campingstuhl. »Die Urlauber wollen was fangen, die brauchen ein Erfolgserlebnis, etwas, das sie zu Hause zeigen oder erzählen können. Die meisten sind ja keine richtigen Angler, da reicht ein kleiner Barsch oder ein Aal, und sie sind glücklich.«

Freitag klappte den Stuhl auseinander und setzte sich. Karl-Heinz saß bereits.

»Das verstehe ich«, sagte Freitag. »Ich brauche auch nicht den ganz großen Fang, obwohl es im Waldsee ja richtige Monster geben soll.«

»Monster?«

»Und Geister«, ergänzte Freitag.

»Geister, du meinst Geisterfischer? Die heißen bei uns Schwarzangler.«

»Nein, ich meine die üblichen Dorfgeister.«

»Ich kenne ja unsere Schnapsleichen, aber Dorfgeister – nicht, dass ich wüsste.«

»Geister, die abgetrennte Finger an Angelhaken hängen.«

»Ach, die Geschichte.« Karl-Heinz setzte seine Bierflasche ab und überlegte, aber Freitag glaubte zu erkennen, dass sein Gegenüber nicht überlegen musste, was damals passiert war, sondern eher, dass er überlegte, welche Version der Geschichte er seinem Gast erzählen könne.

»Am Anfang habe ich Ralf nicht geglaubt«, begann Karl-Heinz schließlich. »Aber dann habe ich den Finger gesehen, auf Eis in einem Kochbeutel. Also, wenn du mich fragst, das Ende des Fingers sah aus wie in einem Horrorfilm.«

»Das Ende?«

»Ich meine ja nur, ein Finger fällt nicht einfach von der Hand, man schneidet sich mit dem Messer oder man hackt mit einem Beil daneben, aber der Finger sah anders aus.« Karl-Heinz machte eine Pause und grinste in sich hinein. »Das Ende sah irgendwie zerfleddert aus.«

»Also doch der Riesenwels.«

»Du meinst, jemand hält die Hand ins Wasser, von unten steigt der Wels auf, und *zack*.« Karl-Heinz machte mit seiner Hand eine Schnappbewegung und lachte.

»Wer weiß«, sagte Freitag und summte die Titelmelodie aus ›Der weiße Hai‹.

»Welse fressen vielleicht mal eine Ente, aber mit Sicherheit keinen Menschen.«

»Also doch Geister.« Freitag dachte an das Paket mit dem Müll.

»Selbst gebrannt«, verriet Karl-Heinz und öffnete eine Flasche, die unter dem Tapeziertisch stand.

Freitag lehnte nicht ab, aber eine Süßigkeit wäre ihm lieber gewesen, auch wenn er vermutete, dass die Lakritze und das Weingummi aus den staubigen Plastikbehältern hart waren. Mit dem Selbstgebrannten erreichte das Mitteilungsbedürfnis von Karl-Heinz die nächste Stufe. Er erzählte von seiner Arbeit als Fügetechnische Fachkraft, von der Kreuzfahrt, die er mit seiner Frau machen wollte, von Kühlungsborn bis nach New York, er erzählte, wie schwer ihm die Gartenarbeit falle und wie dankbar er sei, dass sie sich damals für einen Bungalow entschieden hätten.

Als Karl-Heinz etwas von »ein Treppenlift kommt mir nicht ins Haus« sagte, hörte Freitag kaum noch zu. Er warf nur hin und wieder ein anteilnehmendes »Genau« oder »So ist es« ein.

»Alles ebenerdig, kein Dachgeschoss und kein Keller«, erläuterte Karl-Heinz die Vorteile seines Hauses weiter. »Im Keller sind die Leichen und auf dem Dachboden das schlechte Gewissen.«

Karl-Heinz lachte und stand auf, um auf die Toilette zu gehen. *Das ist meine Chance,* dachte Freitag und stand ebenfalls auf, um sich zu verabschieden.

Leicht angetrunken, mit einer Plastiktüte voll Limonade und Alkohol, mit drei Marmeladengläsern und einem Sack Kartoffeln als Begrüßungsgeschenk wankte er nach Hause.

Dort zog er sich um und setzte sich, obwohl es schon weit nach Mitternacht war, vor den Computer. Zehn neue Nachrichten. Er löschte die üblichen Spammails und fand eine Einladung von Ansgar:

Lieber Angelkollege,
ich weiß, ich soll dich nicht hetzen. Was die Frauen immer haben?! Aber vielleicht hast du ja Lust, morgen mit uns auf dem Waldsee angeln zu gehen. Ralf ist auch dabei. Das Boot von Götz ist ja immer startklar. Unsere Boote liegen beim Angelverein. Morgen um 16 Uhr auf dem See? Noch ist er nicht zugefroren.
Gruß, Ansgar

Freitag freute sich über die Einladung, wollte aber noch nicht zusagen. Die zweite Mail kam von seinem einzigen Freund, bei dem er keine Schulden hatte, zumindest konnte Freitag sich nicht daran erinnern. Sie kannten sich seit ihrer Schulzeit. Lars war den Weg gegangen, den Freitag damals hatte gehen wollen. Abitur, Studium des Wasser- und Bodenmanagements in Berlin und ein gut bezahlter, zukunftsorientierter Job als Umwelttechniker.

Hallo Clemens,
lange nichts mehr von dir gehört, und plötzlich finde ich diese Rundmail in meinem Posteingang. Du hast ein Haus mit Boot ersteigert? In Zaun? Wo liegt Zaun?
Melde dich mal wieder!
Beste Grüße, Lars

Freitag drückte auf ›Antworten‹ und schrieb:

Lieber Lars,
alter Freund, vielleicht ist Zaun ein Vorort vom Paradies, zumindest für mich, und das für hoffentlich lange Zeit. Ich habe

sogar ein Ferienhaus ersteigert. Vielleicht magst du mich irgendwann mit deiner Familie besuchen?
Herzliche Grüße, dein Clemens

Freitag malte sich aus, wie er Lars und seine Familie, seine ersten Sommergäste, auf seinem Grundstück herumführte, ihnen das Haus und den See zeigte. Vorher müssten jedoch die Terrassenmöbel und der Grill kontrolliert werden, auch das Gästehaus war noch nicht bezugsfertig. Aber Freitag lehnte sich zufrieden auf seinem Schreibtischstuhl zurück. Der Alkohol drehte sich schwach in seinem Kopf. Bilder von Karl-Heinz oder vom Tretbootvermieter, so genau konnte Freitag sie nicht auseinanderhalten, tauchten in seinen Gedanken auf. Und ein Satz, den Freitag mehrmals in seinem Kopf wiederholte und trotzdem nicht verstand: *Im Keller sind die Leichen und auf dem Dachboden das schlechte Gewissen.*

Freitag kühlte sich im Badezimmer das Gesicht und begann dann, nach einer Dachluke zu suchen. Er war überzeugt, dass dieses Haus einen Dachboden oder zumindest einen Kriechboden hatte, und ärgerte sich wenig später, dass er den Zugang, der sich im Flur befand, bisher nicht registriert hatte.

Freitag zog die Luke mit einem Haken, der an einem Holzstab befestigt war, herunter. Er stieg die Trittleiter nach oben. Kondenswasser tropfte ihm entgegen, und der Geruch nach Schimmel und feuchter Pappe kribbelte in seiner Nase. Zwei Leuchtstoffröhren, die links und rechts über dem Aufgang montiert waren, erhellten den Dachboden nur unzureichend. Freitag konnte zwar auf dem geräumigen Dachboden aufrecht stehen, sich aber kaum bewegen. Es gab zwischen zahlreichen Pappkartons, Müllsäcken und Koffern nur einen schmalen Durchgang, und selbst auf diesem Weg lagen Tüten, Papier und anderer Müll. So aufgeräumt und steril der Wohnbereich war, so dreckig und unstrukturiert herrschte hier das Chaos.

Das ist also das schlechte Gewissen von Götz Dammwald, freute sich Freitag und wühlte sich zu einer Wand aus Pappkartons. Auf ihnen standen Beschriftungen wie *Bücher, Flohmarkt* oder *Sonstiges.* Als Freitag sie öffnete, sah er Bücher, Kleidungsstücke und aussortierte elektrische Geräte, darunter ein Radiowecker, ein Lockenstab und allerlei Computerzubehör. Ihm war klar, dass das meiste auf einen Recyclinghof gehörte, trotzdem schrieb er im Geiste eine Packung Post-its auf seinen Einkaufszettel, obwohl er noch drei Packungen in seinem Koffer hatte. Freitag entdeckte eine Ecke, in der Dammwald alte Angelgeräte deponiert hatte, und fragte sich, was man von den rostigen Ruten und Rollen noch benutzen oder verkaufen könnte. Die Spitzen einiger Ruten waren abgebrochen und somit unbrauchbar, selbst Freitag, der selten etwas in den Müll warf, hätte sie sofort entsorgt. Er ließ die defekten Sachen liegen, stöberte weiter und fand einen Koffer mit Kleidern, die Katja vergessen haben musste. Daneben standen zwei Umzugskartons mit privaten Gegenständen. Fotoalben, Glückwunschkarten und Rechnungen. Freitag ahnte, wenn er etwas über das Leben, in das er mit beiden Beinen getreten war, erfahren wollte, dann war das die Gelegenheit. Er schleppte die beiden Kartons nach unten ins Wohnzimmer und sortierte den Inhalt auf dem Fußboden. Ein Stapel mit längst verjährten Rechnungen, ein Haufen mit Betriebs- und Bauanleitungen. Freitag schätzte, dass ein Großteil der angeschafften Geräte nicht mehr Teil des Haushalts war, denn ein Faxgerät oder eine Aquariumpumpe hatte er bisher nicht gesehen. Auf einen Stapel kamen alle Zeugnisse, Urkunden und Leistungsnachweise, auf einen weitere Glückwunschkarten und abgelaufene Gutscheine. Freitag legte die Fotoalben und die Mappen und Briefumschläge zur Seite, er hob sich die Durchsicht für den Schluss auf, auch wenn er neugierig war.

Er betrachtete seine Arbeit. Dammwalds Leben hatte sich im Wohnzimmer ausgebreitet. Freitag begann mit den Rechnungen und Anleitungen, die er mit wenigen Ausnahmen in einen der leeren Pappkartons warf. Er strich mit einem Filzstift die Beschriftung *Sonstiges* durch und schrieb *Altpapie*r darunter.

Der Stapel mit den offiziellen Dokumenten war aufschlussreicher. Dammwald hatte kein Abitur und somit sicher auch nicht studiert, wie einige seiner Kollegen vermuteten, seine Noten waren durchschnittlich, und die Vermerke in den Zeugnissen der letzten Klasse der Realschule deckten sich nicht mit dem, was Freitag bisher über seinen Vorgänger gehört hatte.

Der Schüler Götz beteiligt sich selten mündlich am Unterricht. Das Sozialverhalten des Schülers fiel durch mehrfaches Fehlverhalten auf.

Der nette Herr Dammwald, amüsierte sich Freitag und verstand nicht, warum jemand das alles aufbewahrte. Sogar die Urkunden der Bundesjugendspiele und das

Schwimmabzeichen in Bronze befanden sich in der Sammlung. Der sportliche Dammwald war in seiner Jugend alles andere als sportlich gewesen, das Bronzeschwimmabzeichen hatte Dammwald erst mit siebzehn Jahren gemacht. Freitag wusste nicht, ob Dammwald ihm nach diesen Erkenntnissen sympathischer war; sein Vorgänger war nicht perfekt, aber fast alle dachten es. Freitag warf die Dokumente nicht in den Altpapierkarton.

Er schob alles zur Seite und betrachtete den Stapel daneben, von dem er sich die wirklich interessanten Details aus Dammwalds Leben erhoffe. Die Fotos stammten nicht aus der Jugend von Dammwald, die vermutlich ältesten Bilder zeigten Katja und Götz beim Bau ihres Hauses vor fünfzehn Jahren. Ein gut aussehendes Pärchen, fand Freitag und entdeckte unten im Stapel eine Art Gästebuch.

Katja und Götz hatten alle Ferienhausgäste fotografiert. Auf jeder Doppelseite des Gästebuchs befand sich oben links der Zeitraum, in dem das Ferienhaus vermietet gewesen war, zum Abschluss der Name und der Wohnort der Gäste. Die Fotoserien ähnelten einander. Das erste Bild war ein Gruppenfoto mit Katja, Götz und den Gästen, danach folgten zwei bis vier Aufnahmen, die Götz, den Angelguide, mit seinen Gästen auf Angeltour oder mit den gefangenen Fischen zeigten. Ein Gemeinschaftsfoto komplettierte die Doppelseite, das gemeinsame Abschiedsessen auf der Terrasse oder die Gäste bei der Verabschiedung mit ihren Koffern in den Händen. Auf allen Fotos grinste Götz in die Kamera, mit einer übertriebenen Freundlichkeit, sodass jede Sympathie, die Freitag in den letzten Minuten für seinen Vorgänger entwickelt hatte, mit einem Schlag verloren ging. Der letzte Eintrag war vor zwei Jahren, für den Zeitraum 11. bis 14. November, das Pärchen Isla und Jack aus Hollywell. Die Fotos fehlten. Der Ort Hollywell sagte Freitag nichts, er war sich nicht sicher, ob es diesen Ort überhaupt gab.

Das letzte Fotoalbum hatte einen dicken grünen Filzeinband, die Bilder darin waren weder chronologisch noch thematisch sortiert. Das Sammelsurium beinhaltete Aufnahmen von Götz bei Arbeiten am Bootssteg oder von Katja mit einer Gartenschaufel in der Hand, kniend in einem Blumenbeet. Andere Bilder zeigten Götz und Katja in einem Einkaufscenter oder auf ihrer Terrasse beim Grillen. Auf vielen Fotos waren auch Janette und Ansgar zu sehen, die vier an einem großen, gedeckten Tisch im Garten oder im Wohnzimmer beim Fondue-Essen oder ›Monopoly‹-Spielen. Wahre Freundschaft zwischen Nachbarn glaubte Freitag in den Bildern zu erkennen. *Was für ein merkwürdiger Ausdruck, wann gibt es wirklich wahre Freundschaft?*, fragte er sich wehmütig. Offensichtlich zwischen den Dammwalds und den Schönfelds, genau so, so harmonisch, stellte sich Freitag eine gute Nachbarschaft vor. Aber auf einem Bild störte irgendetwas diese Harmonie. Freitag konnte nicht sagen, was es war, die Aufnahme zeigte Götz, Katja, Janette und Ansgar einmal mehr beim Monopoly-Spielen. Sie saßen am Esstisch und lachten, Ansgar warf die Würfel, und das Bild zeigte den Moment, als diese auf das Spielbrett fielen. Janette trug eine Wolljacke mit einem flauschigen Pelzkragen, selbst auf dem Foto sahen die Fäden so flauschig aus, dass Freitag am liebsten hineingreifen wollte. Katjas Körperhaltung war merkwürdig nach vorne gebeugt, als hätte sie sich in dem Moment der Aufnahme hingesetzt, in ihrer Hand hielt sie ein Sektglas. Auch vor Götz und Janette standen Sektgläser, nur Ansgar hielt eine Bierflasche fest, und mit der anderen Hand einen Stab. Vermutlich einen Selfiestick, denn Ansgar sah nach oben, als wollte er direkt in die Kameralinse grinsen. Freitag starrte lange auf das Bild und fragte sich, ob es die erste Partie an jenem Abend war, wie viele Siege und Niederlagen zwischen ihnen lagen, wer mit wem in einem Team spielte oder ob alle Einzelkämpfer waren und ob genau das die Harmonie des Bildes störte.

Er stand auf und holte sich eine der Limonaden, die er bei Karl-Heinz gekauft hatte, dann sah er sich die Glückwunschkarten an. Auf einer Karte zu Götz' vierzigsten Geburtstag, die von allen Arbeitskollegen unterschrieben war, stand: *Für unseren Mitarbeiter des Monats Januar bis Dezember.*

Freitag ließ bis auf ein Foto die Kartons und Papierstapel auf dem Fußboden liegen und ging ins Badezimmer und danach ins Bett. Obwohl er müde war, konnte er nicht einschlafen. Er las einige Seiten in Dammwalds Nachttischlektüre und entdeckte Textstellen, die Dammwald mit einem Bleistift unterstrichen hatte:

Ei, Herr, sein Gewerbe gerbt ihm das Fell so, dass es eine lange Zeit das Wasser abhält, und das Wasser richtet so 'ne Blitzleiche verteufelt zugrunde. Hier ist ein Schädel, der Euch dreiundzwanzig Jahre in der Erde gelegen hat/Dieser Schädel da war Yoricks Schädel, des Königs Spaßmacher.

Der Spaßmacher des Hauses als Wasserleiche, fasste Freitag zusammen und stolperte einige Zeilen später über den Namen einer zweiten Wasserleiche:

Was? Die schöne Ophelia?

Es dauerte nicht lange, bis ihm einfiel, woher er diesen Namen kannte, Ophelia52, und passenderweise tauchte die Wasserleiche Ophelia auch noch auf der Seite 52 auf. Freitag glaubte nicht an einen Zufall, inzwischen hellwach, legte er das Foto mit der ›Monopoly‹-Szene als Lesezeichen in das Buch und ging ins Arbeitszimmer.

Der Rechner fragte, ob die zuletzt geöffnete Seite wiederhergestellt werden sollte. Und bevor Freitag reagieren konnte, wurde die Internetseite der Verkaufsplattform geöffnet, als hätte das Gerät geahnt, was sein Nutzer vorhatte. Freitag klickte auf das Profil von Ophelia52, kopierte die E-Mail-Adresse, öffnete sein Postfach und schrieb:

Ich habe Sie überboten und lebe nun vor dem Waldsee in dem Haus, das Sie ersteigern wollten. Ich hatte Glück, dass das System mein Gebot in letzter Sekunde übermittelt hat, sicher hätten Sie mich noch überboten, wenn Ihnen Zeit geblieben wäre. Ehrlich gesagt habe ich kein schlechtes Gewissen, so sind nun mal die Regeln des Spiels, aber ich frage mich, warum Sie das Angebot ersteigern wollten. Haben Sie einen persönlichen Bezug zu diesem Haus?
Viele Grüße, Clemens Freitag

Er überlegte, ob hinter dem Usernamen eine Frau oder ein Mann steckte, zwangsläufig dachte er an die Geschichte mit dem abgetrennten Finger. Warum wurde in dem Zeitungsartikel nicht erwähnt, ob es der Finger eines Mannes oder der einer Frau war?

Freitag wartete, ob Ophelia52 sich meldete, und surfte auf diversen Angelsportseiten herum. Das Postfach blieb leer. Nach einer halben Stunde gab Freitag auf und legte sich wieder in sein Bett. Jetzt konnte er erst recht nicht schlafen. Während er lauschte und auf das Bellen oder Winseln eines Hundes wartete, ließ Freitag den Tag Revue passieren, er dachte an Flaschen-Heinz und an den Tretbootvermieter und an einen flauschigen Pelzkragen. Er wurde müder und seine Gedanken wirrer.

Als der Tretbootfahrer begann, das erste Mal zu lächeln, die Gräfin sich einer Invasion aus Schattenhunden anschloss und die Wasserleiche ein für Freitag vertrautes Gesicht bekam, gab er sich seiner Müdigkeit hin und schlief ein.

Samstag

Auch am nächsten Morgen geisterte die Wasserleiche in Freitags Gedanken umher, aber ihm wollte nicht einfallen, woher er das Gesicht kannte. Es war, als hätte ihn jemand auf der Straße gegrüßt, so freundlich, als kannten sie sich seit Jahren, ohne dass er wusste, wie die Person hieß.

Die Luft eines kalten Januartages wehte durch das geöffnete Fenster in sein Gesicht. Freitag entschied sich gegen seine alten Klamotten, die noch immer in dem Reisekoffer auf dem Fußboden lagen, und für eine Trainingshose und einen Kapuzenpullover aus dem Wandschrank.

Freitag setzte sich mit einer Schüssel Müsli vor den Computer im Arbeitszimmer. Das Postfach war leer. Er stöberte durch die wenigen Dateien und Ordner, die Dammwald auf dem Rechner gelassen hatte. Freitag hätte gerne erfahren, wie hoch die Mieteinnahmen für das Ferienhaus waren, aber er fand keinen Anhaltspunkt, mit welchen Zusatzeinnahmen er rechnen konnte. Er suchte auch vergeblich nach alten Annoncen im Internet.

Freitag beschloss, dass er sich heute um das Ferienhaus kümmern würde und um seine Altersvorsorge, und musste über sich selbst lachen, wann hatte er jemals an seine Altersvorsorge gedacht, überhaupt einen Gedanken an die Zukunft verschwendet? Er war bisher froh gewesen, wenn er die laufenden Kosten tragen konnte.

Sein Briefkasten blinkte. Ophelia52 hatte geantwortet. Ich beglückwünsche Sie zu Ihrem Kauf. Gehen Sie nicht unter, der Waldsee soll seine Tücken haben. Petri Heil!

Freitag wunderte sich über den Anglergruß und schrieb: Petri Dank! Woher wissen Sie, dass ich Angler bin? Haben Sie schon auf dem Waldsee geangelt?

Freitag musste keine Minute auf die Antwort warten. Wer ein Seegrundstück mit Boot und einer so professionellen Angelausrüstung ersteigert, der wird nicht nur ein Schnäppchenjäger sein, der wird nicht nur an Land mit dem Gewehr, sondern auch auf dem Wasser mit der Angelrute jagen.

Freitag las die Nachricht mehrmals und überlegte, was der Spinner ihm damit sagen wollte.

Wo jagen Sie?

Freitag wollte seine Mail wieder aus dem Postausgang löschen, weil er sie blödsinnig fand, aber sie war verschickt, und die Antwort kam umgehend: An Land und auf dem Wasser. Mit der Rute und mit dem Gewehr. Den Waldsee kenne ich wie meine Westentasche. Doch die Weste hängt an einem Nagel und der Nagel an einem dicken Baumstamm. Die Wurzeln von diesem Baum ragen bis unter Ihr neues Haus. Praktisch haben Sie meine Weste gekauft. Sie kennen sich also aus.

Was für ein Schwachsinn, dachte Freitag und wollte nicht mehr darauf eingehen, schrieb dann aber doch: Ich kenne Sie nicht, und ich kenne keine Geister, die nicht schlafen wollen.

Freitag drückte auf ›Senden‹ und googelte Ophelia52, aber der Name tauchte nur auf der Verkaufsplattform auf.

Nach zehn Minuten antwortete Ophelia52: Halten Sie die Augen auf! Wenn Sie etwas jagen und fangen wollen, müssen Sie die Augen aufhalten!

Freitag wollte Ophelia52 schreiben, was er von diesen Mails hielt. Aber etwas verunsicherte ihn. Denn er ärgerte sich nicht nur über die sinnlosen, besserwisserischen Kommentare eines enttäuschten Mitbieters, er las zwischen den Zeilen auch die Warnungen, vielleicht sogar Drohungen, von jemandem, der die Gegend »wie seine Westentasche« kannte. Freitag schloss alle Programme.

Nachdem er die Tür zum Ferienhaus geöffnet hatte, begann er, in seinem Kopf eine Liste zu schreiben. Er wollte zum ersten Mal in seinem Leben strukturiert und zielorientiert vorgehen, um dieses Ferienhaus und anschließend sein Konto mit Leben zu füllen. Die Gartenmöbel putzen und den Geräteschuppen streichen, waren die ersten Punkte auf seiner Liste. Als Freitag das Ferienhaus betrat, notierte er sich: *Duftspray kaufen*.

Nur wer investiert, kann etwas gewinnen, glaubte er und schrieb in Gedanken unter das Duftspray: *Gardinen, Bilder, Teppichläufer* und *Kerzen*.

Freitag entfernte die Folien von den restlichen Möbelstücken und suchte in der Küche Müllsacke. Er holte die Küchengeräte aus den Schränken, befreite sie vom Staub und platzierte sie in der Küche. Müllsäcke fand Freitag nicht, aber das Gästebuch. Es lag unter dem Besteckfach, zusammen mit einer Tourismusbroschüre und der Anleitung für die Brotschneidemaschine.

Nur wenige Gäste hatten sich in dem Buch verewigt, aber die wenigen Einträge geizten nicht mit Lob: »Was für ein Angelerlebnis«, »Dass einer alles hat: Das ist selten« oder »Kleines Nest mit großem Herz«.

Freitag ahnte, dass die Messlatte hoch war, und unterstrich auf seiner imaginären To-do-Liste das Wort *Werbung*. Dann legte er das Gästebuch auf den Tresen und wusste, zusammen mit dem Fotoalbum hätte er einen Kundenstamm für eine erste kleine Akquise.

Als Erstes muss ich die Kunden zurückgewinnen, danach den Kundenstamm jährlich vergrößern, dachte er motiviert und war über sich selbst erstaunt.

Aus dem Fenster im Schlafzimmer konnte er auf die Terrasse der Schönfelds sehen. Die Grundstücke waren groß, bestimmt hundert Meter trennten die Häuser voneinander. Auf dem Weg zurück ins Wohnhaus zählte Freitag immer wieder die Punkte seiner To-do-Liste auf, um sie im Arbeitszimmer sofort auf dem Computer zu speichern. Nachdem er das getan hatte, war er sich zwar sicher, dass er den einen oder anderen Punkt vergessen hatte, trotzdem war er zuversichtlich und verfasste eine Rundmail für »alle, die ihren Sommerurlaub planen«, in der er verkündete, dass im Juli dieses Jahres »das Ferienhaus am Waldsee wieder eröffnet«.

Freitag googelte alle Namen aus dem Gästebuch und aus dem Fotoalbum. Viele konnte er in den sozialen Netzwerken finden, sodass er seine Werbung an über zwanzig Stammkunden schicken konnte. Isla und Jack, die letzten Feriengäste, fand er nicht, aber er wusste nun, wo Hollywell lag. In Queensland in Australien.

Freitag war zufrieden, jene Zufriedenheit, die er auch

gestern auf der Arbeit hatte, und bisher viel zu selten in seinem Leben. *Ich sollte versuchen, dieses Gefühl zu halten, aber dafür muss ich mich ändern,* dachte er und machte einen Spaziergang, um sich im Dorf sehen zu lassen, der neue, aufgeschlossene Nachbar.

Doris stand im Garten und grüßte freundlich, ihre Augen strahlten dabei, dass man zwangsläufig mit einem Lächeln zurückgrüßte. Auch ihr Mann, der mit einer Harke in der Hand neben ihr stand, rief: »Hallo, Clemens.« Später kam ihm noch der Postbote auf dem Fahrrad entgegen, und auch er begrüßte Freitag mit dem Vornamen, als wären sie seit Ewigkeiten befreundet. Selbst die Bewohner, die Freitag heute zum ersten Mal sah, grüßten ihn freundlich. Er befürchtete, dass diese Freundlichkeit anstrengend werden könnte, weil sie erwartet wurde, auch an schlechten Tagen, und von denen hatte er viele in seinem Leben, und diese Tage würden wiederkommen, da war er sich sicher, aber noch genoss er die Januarsonne.

Nach einer halben Stunde beendete Freitag seinen Spaziergang, sein Bedarf an Bewegung und frischer Luft war für heute erfüllt. Er setzte sich an den Computer, öffnete die Mail von Ansgar und antwortete: Klar, Kollegen, ich bin dabei, bis gleich.

Kurz nach 16 Uhr stand Freitag mit einer Wathose und einem Angleroverall bekleidet auf dem Bootssteg. Der See lag ruhig vor ihm. Zwei Boote schwammen auf dem Gewässer. Freitag beeilte sich, denn er konnte erkennen, dass Ansgar und Ralf in den Booten saßen. Er zog sein Ruderboot aus dem Bootshaus und lud seine Angelsachen ein. Nach wenigen Ruderschlägen spürte er die

Anstrengung in den Oberarmen, Schweißtropfen bildeten sich unter seiner Schirmmütze. Das Boot hatte einen Außenmotor, der vermutlich nachträglich angebaut worden war und so winzig aussah, als stammte er ursprünglich aus dem Innenleben eines Benzinrasenmähers. Freitag riss an dem Anlasskabel und benötigte mehrere Versuche, bis der Motor aufheulte. Sofort drehte er sich entschuldigend zu seinen Angelkollegen, die sich von dem Lärm aber nicht belästigt fühlten. Mit zwei PS trudelte das Boot zu den anderen beiden Booten. Einige Meter davor schaltete Freitag den Motor aus und ruderte weiter.

»Mein Freund«, rief Ansgar und hob die linke Hand zum Gruß, mit der rechten Hand hielt er eine Angelrute und eine Dose Bier.

»Schön, euch zu sehen«, sagte Freitag zu Ansgar und zu Ralf, der einige Meter weiter in seinem Boot saß.

»Da ist er ja«, sagte Ralf, so leise, dass Freitag es kaum hören konnte.

»Wir wollen ja nicht die Fische verjagen«, flüsterte nun auch Ansgar und grinste. »Ralf wollte eigentlich weiter Richtung Badebucht, aber ich denke, hier ist ein guter Platz.«

Freitag steckte seine Angelruten zusammen. Die Lage war vielversprechend. Sie befanden sich in Wurfweite zum Ufer, an dem mehrere Bäume standen, deren Äste weit ins Wasser ragten. Gleich der erste Wurf gelang ihm. Der Schwimmer lag optimal vor den Ästen. Freitag freute sich, dass er das Angeln seit seiner Kindheit nicht verlernt hatte. An die zweite Angelrute montierte er einen Blinker, den er, so weit er konnte, Richtung Norden warf. Während Freitag die Schnur wieder einkurbelte, stellte er sich vor, wie der silberne Metallfisch durch das Wasser wackelte und mit seinen Bewegungen einen Beutefisch imitierte. Der Wurf war ohne Erfolg, auch der zweite, dritte und alle nächsten Würfe. Aber Freitag gab nicht auf, auch Ansgar und Ralf versuchten, mit künstlichen Ködern Raubfische zu überlisten.

Freitag hatte mit seinem Vater oft in einem kleinen Weiher auf Barsche und Rotaugen geangelt. Der Weiher war so klein gewesen, dass selbst ein ungeübter Angler problemlos seinen Köder von einem Ufer zum nächsten hätte werfen können. Freitag fand als Kind die Vorstellung unheimlich, dass in diesem kleinen und flachen Tümpel sowohl Raubfische als auch Friedfische schwammen, die Jäger zusammen mit ihrer Beute, die Täter Auge in Auge mit den Opfern.

»Möchtest du auch ein Bier?«, fragte Ansgar, und bevor Freitag etwas sagen oder nicken konnte, hatte Ansgar eine Dose in seine Richtung geworfen. Mit etwas Glück konnte er das Bier fangen.

»Danke für das Doping«, rief Freitag, auch wenn er sich ärgerte. Seine neuen Freunde hätten wissen können, dass er eigentlich kein Bier trank. Er drehte die Hülse in seiner Hand.

Zum Glück kein Bier aus Flensburg, sagte er sich und öffnete es. Ralf ruderte zu Ansgar, um sich sein Bier aus der Kühltasche abzuholen.

»Mehr Wind wäre nicht schlecht«, grummelte Ralf.

»Hauptsache das Bier ist kalt«, meinte Ansgar und warf seinen Blinker Richtung Ufer und legte die Rute beiseite.

»Ansgar, ich wollte dich noch etwas fragen«, begann Freitag, während er seinen Köder langsam einholte. »Habt ihr auch Ärger mit den Dorfgören, mit Graffitis?«

»Graffitis?« Ansgar schaute Freitag an, als hätte dieser einen Scherz auf seine Kosten gemacht. »Nein, unsere Dorfjugend ist fast ausschließlich in meiner Jugendfeuerwehr, die haben keine Zeit für so einen Blödsinn.«

»Irgendwer hat Farbe auf meinen Schuppen geschmiert.«

»Was haben die Kinder denn geschrieben?«, wollte Ralf wissen. Bevor Freitag antworten konnte, fauchte Ansgar dazwischen: »Na, was werden die schon für einen Mist schreiben, wenn die nichts Besseres zu tun haben, als Eigentum zu beschädigen.«

»›Deine Geister schlafen nicht.‹«

»Was?«, rief Ansgar und lachte, ein Lachen, das unbeholfen klang.

»Deine Geister schlafen nicht«, wiederholte Ralf. »Und wieso steht die Nachricht nur auf deinem Schuppen? Dein Schuppen, Ansgar, könnte doch auch die eine oder andere Schönheitsreparatur vertragen.«

»Seine Geister, nicht meine«, erwiderte Ansgar. »Irgendwelche Rotzlöffel, na, Kinder halt.«

»Wer sagt, dass es Kinder waren?«, meinte Ralf. »Du hast doch selbst gesagt, dass du alle in deiner Jugendfeuerwehr unter Kontrolle hast.«

»Warum sollte ein Erwachsener …?«, Ansgar brach ab und sah zu Freitag.

»Warum sollten Geister an einem Gartenzaun haltmachen?«, platzte Freitag heraus, aber kaum ausgesprochen, war ihm diese Frage unangenehm. Er blickte zu seinem Grundstück. Er konnte das Ferienhaus und sogar den Schuppen und dahinter Ansgars Grundstück sehen, aus dieser Entfernung wirkten die Grundstücke klein und die Terrassen nur wenige Fußschritte voneinander getrennt.

»Ich kenne nur Flaschengeister«, war Ansgars Kommentar, bevor er einen Schluck aus seiner Dose nahm und danach den Rest ins Wasser kippte. Ralf ruderte ein Stück weiter. Ansgar tauschte seinen künstlichen Köder gegen einen Regenwurm und lehnte sich auf seinem Angelstuhl zurück und schloss die Augen.

Die nächste Stunde verging ohne das kleinste Anzeichen auf Beute. Die Sonne war fast verschwunden, mit jeder Minute wurde es schwieriger, die Schwimmer und Rutenspitzen zu erkennen. Freitag und Ralf klemmten Knicklichter an ihre Angeln und starrten auf die Leuchtstäbchen und warteten darauf, dass sie endlich einen Biss anzeigten. Ansgar schnarchte und träumte allenfalls von einem großen Fang.

Freitag machte es sich auf seinem Stuhl bequem, immer wieder fielen auch ihm die Augen zu. Wenn er sie öffnete, blickte er als Erstes auf die leuchtenden Rutenspitzen und dann über den See zu seinem Haus. Als er zum gefühlt zehnten Mal aus einem Sekundenschlaf hochschreckte, war es bereits 19:45 Uhr. Seine Angelkollegen waren noch da, aber er konnte nur ihre Umrisse erkennen. Ab und zu hörte er, wie einer der beiden seinen Köder kontrollierte und wieder auswarf.

Freitag war nie mit seinem Vater zum Nachtangeln gewesen, sie hatten unbedingt einmal auf Aal angeln gehen wollen, die nachts am besten beißen, wie sein Vater glaubte. Außerdem hatten sie einmal an der Nordseeküste fischen wollen, bis die Sonne aufgeht. Seine Mutter wollte dann das Sonnenlicht, das sich auf dem Meer spiegelt, fotografieren, und sein Vater den gefangenen Fisch gleich am Strand grillen. Freitag wusste, dass es nur verpasste Angeltouren waren, Nebensächlichkeiten, die aber mit dem plötzlichen Tod seiner Eltern schmerzten, immer noch schmerzten. Er konnte sich nicht daran erinnern, was der Pastor auf der Beerdigung seiner Eltern gesagt hatte; bereits während der Predigt war Freitag nicht in der Lage gewesen, einen einzigen Satz des Pastors bis zum Ende aufzunehmen. Er konnte in seiner Erinnerung sehen, wie dieser mit den Armen gestikulierte, wie sich die Lippen bewegten, als wäre jedes Wort gesungen. Freitag hörte Wörter, konnte sich diese aber weder merken noch zu einem einzelnen Satz verbinden. Alle hatten die Rede gelobt, der Pastor sei so liebenswert und behutsam in seiner Wortwahl gewesen, »herzzerreißend«, so hatten es die Trauergäste beschrieben. Freitag war froh, die Predigt nicht an sich herangelassen zu haben, die Sätze hätten ihn getroffen und wären in der Tat herzzerreißend gewesen. Schon das Ungehörte lauerte wie ein Phantomschmerz in seinen Gedanken. Die Erinnerung an die Beerdigung bestand in seinem Kopf aus wenigen Bildern, die sich mit den Jahren veränderten, es waren zwar stets die gleichen, die wie ein Daumenkino durch seine Gedanken rauschten: der gestikulierende Pastor, das monotone Schreiten des Trauermarsches, die krummen Rücken der Verwandtschaft, die Blumen und Trauerbänder auf dem Gabentisch, die gedeckte Kaffeetafel. Diese Szenen änderten sich in seinem Kopf nicht, aber die Farben, zumindest glaubte Freitag das. Schwarz ist die Farbe einer Beerdigung, das war für ihn klar, allein wegen der Demut und des Respekts gegenüber den Verstorbenen. Aber die Erinnerungen in seinem Kopf hatten zu viele Farben, grelle Farben, die Blüten der Blumen, die goldene Schrift auf den roten Trauerbändern, die farbenfroh dekorierte Kaffeetafel, die Urne aus silbernem Chrom auf einem roten Samtkissen, die Sonne spiegelte sich durch die bunten Fenster, überhaupt der Himmel, ein strahlend blauer, wolkenloser Himmel. Die Farben konnten nicht richtig sein, machte sich Freitag immer wieder verrückt, die Farben in seinen Erinnerungen waren falsch, die Erinnerung an die Beerdigung der Menschen, die ihm am meisten bedeuteten, war falsch.

Freitag öffnete die Augen in der Hoffnung, seine Schuldgefühle wegwischen zu können. Sein Boot war etliche Meter Richtung Norden abgetrieben. Die Leuchtkraft der Knicklichter hatte nachgelassen. Der See lag wie eine schwarze Scheibe vor ihm. Freitag konnte sein Haus nicht mehr erkennen, er sah nur eine kleine Lampe, die auf der Terrasse der Schönfelds leuchtete. *Hier stimmen die Farben*, dachte Freitag und suchte nach seinen Freunden. Aber dort, wo die Boote von Ansgar und Ralf gelegen hatten, konnte er nicht einen einzigen Schatten erkennen.

»Ansgar? Ralf?«, rief Freitag und streckte seine angewinkelten Beine aus, die Fußspitzen donnerten gegen mehrere leere Bierdosen. Er rief noch einmal und wartete auf eine Antwort, aber er hörte nur das Plätschern der Wellen, die gegen sein Boot schlugen. *Habe ich so lange geschlafen?*, fragte er sich und schaute auf seine Armbanduhr. Es war 22:04 Uhr. *Die erste gemeinsame Angeltour, und ich schlafe einfach ein, was bin ich für ein unzuverlässiger Kamerad.* Er kurbelte die Schnur der ersten Rute ein, der Köder schien unberührt, dann holte er den Köder, den er Richtung Norden geworfen hatte, langsam ein. Da sich seine Augen an die Dunkelheit gewöhnt hatten, erkannte er nun die Umrisse seines Wohnhauses am fernen Ufer, daneben das Ferienhaus und am Wasser die eckigen Konturen des Bootshauses. Plötzlich blitzte ein Licht auf, kurz vor dem Wohnhaus.

Freitag vermutete, dass es der Schein einer Taschenlampe gewesen sein musste, und fragte sich gleichzeitig, ob er seinen Augen trauen konnte. Er hörte auf, die Schnur einzukurbeln, der Köder sank zum Gewässergrund. Freitag fokussierte seinen Blick, aber das Grundstück blieb dunkel. Der Wind fuhr leicht über die Wasseroberfläche in sein Gesicht. Alles war still. Freitag hörte seinen eigenen Atem und musste erneut an die Beerdigung seiner Eltern denken. Auch damals war alles still gewesen, obwohl er vor Wut und Verzweiflung schreien wollte, aber jeder Laut wäre gegen die Stille machtlos gewesen.

Gegen die Stille in dieser Nacht war er nicht machtlos. Wenn Freitag sich konzentrierte, hörte er den Wind durch die Baumkronen am Ufer wehen, er hörte kleine Wellen gegen das Boot schlagen – und er hörte einen Hund bellen. Es war eindeutig der Hund, den er die letzten Abende vor seinem Haus vermisst hatte. Aber das war unmöglich, auch wenn das Bellen schwach an sein Ohr drang, konnte das Geräusch diese Entfernung nicht überwunden haben. Andererseits war es für Freitag logisch, dass der Hund auf der Terrasse stand und ihn warnen wollte, wenn sich jemand mit einer Taschenlampe auf dem Grundstück befand.

Freitag wollte so schnell wie möglich zurück zu seinem Haus. Als er erneut begann, die Angelsehne einzuholen, spürte er einen Ruck. Sein erster Gedanke war, dass der Haken am Gewässergrund hängen geblieben war, aber dann merkte er, wie etwas mit einer enormen Kraft an der Schnur zog. Dieses Etwas riss in wenigen Sekunden zwanzig oder dreißig Meter von der Rolle. Freitag versuchte dagegenzuhalten und stellte die Bremse fester. Die Rute bog sich so stark, dass er befürchtete, die Spitze könnte brechen, aber das hochwertige Gerät strotzte der Belastung. Nach einigen Sekunden ließ die Gegenwehr nach, Freitag konnte die ersten Meter der Schnur zurückgewinnen. Bilder von Riesenwelsen, die er aus Angelzeitschriften kannte, und das zerfledderte Ende eines abgetrennten Fingers rasten durch seinen Kopf.

Währenddessen zog sich sein Kampf mit dem Riesenwels – wenn es denn ein Wels war – hin. Freitag konnte einige Meter gewinnen, die kurz danach wieder von der Spule gerissen wurden. Er stand mittlerweile im Boot, um in einem günstigeren Winkel mehr Druck gegen den Fisch aufzubauen, doch er musste aufpassen, das Gleichgewicht auf dem wackligen Untergrund nicht zu verlieren. Seine Augen verfolgten die Schnur, die wie ein Drahtseil durch das Wasser schnitt. Er kurbelte mit schweißnassen Fingern einige Zentimeter Schnur auf die Spule. Mit einem Mal, so schnell, wie sie gekommen war, war die Gegenwehr verschwunden. Freitag konnte Meter für Meter zurückgewinnen, gleichzeitig wuchs die Enttäuschung in ihm, doch nicht mit einem kapitalen Fang den Wiedereinstieg in sein Hobby zu starten. Nur noch wenige Umdrehungen, dann müsste der Köder die Wasseroberfläche durchbrechen. Doch dann wurde er nach vorne gerissen. Er konnte sein Gleichgewicht in letzter Sekunde halten. Schnur raste von der Rolle.

Das ist der Riesenwels, das Monster! Wenn ein Fisch so eine Kraft entwickeln kann, wozu ist er dann noch fähig? Freitag konnte keinen klaren Gedanken mehr fassen, er wollte sehen, was er am Haken hatte, und kämpfte um jeden Zentimeter.

»Du musst im richtigen Moment Schnur geben«, hörte er in Gedanken den Ratschlag seines Vaters, »du musst auf deine Chance warten, dir stehen alle Türen offen, du kannst alles in deinem Leben erreichen.«

Freitag erinnerte sich oft an Sätze, die seine Eltern ihm gesagt hatten, aber selten hörte er sie so klar und deutlich wie in diesem Moment.

»Vertraue deinem Bauchgefühl, mein Junge, du denkst zu viel«, hatte seine Mutter häufig zu ihm gesagt, und fast immer hatte sie recht gehabt.

Das Tier schien zu spüren, dass sein Jäger unaufmerksam war, denn es wechselte seine Richtung, erst schwamm es nach links, dann tauchte es wie aus dem Nichts nach rechts ab wie ein Hase, der auf der Flucht über das Feld seine Haken schlug. Das Tier hatte seine Rettung vor sich, denn es steuerte auf das Ufer zu. Wenn sich die Schnur in den Ästen der umgestürzten Bäume verfing, hätte der Fisch gewonnen. *Und nie-*

mand wird mir glauben, wusste Freitag. *Sie werden mich auslachen, wenn ich ihnen sage, ich hätte mit dem Riesenwels gekämpft, mit dem Fisch, dem Ralf seit Jahren und andere ein Leben lang hinterherjagen.*

Aber noch ist es nicht vorbei, sagte er sich und stand mit wackligen Beinen in seinem Boot. Er hielt die Rute schräg nach oben und versuchte, den Fisch wieder zur Seemitte zu lenken. Aber der Fisch war stärker. Freitag wollte keinen Bruch der Rute riskieren, so konnte sich der Fisch weiter den Bäumen nähern. Freitag ging ungeschickt einen Schritt nach vorne. Eine Bierdose flog über Bord. Er sah die auf dem Wasser schwimmende Dose und dachte: *Wenn das mein Umweltaktivist sehen würde!*

Auf der Spule befanden sich nur noch fünfzehn oder zwanzig Meter Schnur, zu wenig, um eine weitere Flucht des Fisches abwehren zu können. Es gab nur eine Chance. Freitag musste reagieren und zog die Bremse fest.

»Du oder ich«, stimmte sich Freitag laut auf das Finale ein. »Ich will dich sehen, du hast ein Menschenleben auf dem Gewissen, zeig dich!«

Der Fisch zeigte sich nicht, er kämpfte sich mit jeder Minute, die der Kampf anhielt, weiter an die Bäume heran, nur noch wenige Meter fehlten. Freitag zog die Rute so weit nach hinten, dass das Carbongeflecht knackte – wenn das Monster jetzt nicht nachgab, wäre es vorbei.

Der Fisch gab nach und blieb auf seiner Position. Freitag konnte mit der Kurbel seiner Angelrolle einige Umdrehungen machen, aber die Freude über die zurückgewonnenen Zentimeter war kurz, denn diese Pause war für seinen Gegenspieler allenfalls der Beginn für das letzte Aufbäumen. Diesem Aufbäumen konnte Freitag nichts entgegensetzen. Der Fisch zog pfeilschnell in die Tiefe, um dann nach oben zu schießen, als hätte er sich wie ein Taucher vom Grund abgestoßen. Der Fisch durchbrach die Wasseroberfläche. Freitag konnte im Dunkel der Nacht die Gestalt seiner Beute sehen, zumindest einen Teil der Schwanzflosse. Oder war es das Maul? Freitag war sich nicht sicher, konnte nicht einmal sagen, ob es überhaupt ein Wels war, er erkannte nur, dass der Fisch eine unglaubliche Energie hatte.

Freitag blieb keine Zeit für eine neue Taktik. Der Fisch riss die letzten Meter von der Spule. Freitag löste die Verankerung. Als sich das Boot in Bewegung setzte, riss mit einem Knall die Schnur. Freitag fiel rückwärts ins Boot und schlug auf die Holzplanken. Sofort breitete sich ein Schmerz in seinem Kopf aus. Freitag tastete den Hinterkopf ab und spürte Blut.

Er richtete sich zitternd wieder auf und reinigte mit einem Lappen notdürftig die Wunde und seine Hände. Die Wasseroberfläche war ruhig, kein Zeichen, dass hier ein Kampf stattgefunden hatte.

Freitag sah sich um, er wollte sich die Stelle merken, um morgen einen zweiten Versuch zu starten. Er schätzte, dass der Fisch vielleicht hundertzwanzig oder hundertfünfzig Meter von der Badebucht entfernt angebissen hatte, und startete den Motor. Kurz vor seinem Bootshaus stellte er den Motor ab und ruderte die letzten Meter. Er ließ einen Großteil der Angelausrüstung im Boot und schloss das Bootshaus mit einem Sicherheitsschloss ab. Erst jetzt fiel ihm das Licht wieder ein, und er blickte sich auf dem Weg zum Wohnhaus nach allen Seiten um. Aber weder der Hund noch der Schein einer Taschenlampe waren irgendwo zu sehen. Sein Haus war dunkel, keine Außenlampe und kein Bewegungsmelder, die ihm den Weg leuchteten, nur die Batterieanzeige der Ladestation, auf der der Mähroboter auf seinen nächsten Einsatz wartete, leuchtete als kleiner oranger Punkt neben der Hauswand.

Freitag blieb auf dem Rasen stehen, atmete durch und spürte ein Pochen im Hinterkopf, als er aus den Augenwinkeln heraus eine Gestalt wahrnahm. Sie versteckte sich wenige Fußschritte vom Küchenfenster entfernt hinter einem Kirschbaum, was lächerlich aussah, da der Baumstamm nicht dicker als ein Oberarm war. Die Gestalt wackelte in schlaksigen Bewegungen hin und her.

»Hey«, schrie Freitag und machte einen Schritt auf den Fremdling zu, dann lief er los. Als er ankam, erkannte er seinen Irrtum. Am Baumstamm hing eine Weste an einem Nagel. Es war eine olivgrüne, schmutzige Anglerweste.

Freitag nahm die Weste und dachte, dass er schon viele Tage, an denen alles schieflief, erlebt hatte, aber die letzten Stunden hätten kaum verrückter sein können. Er ging ins Haus, legte die Weste auf den Küchentresen und sah, dass der Stoff sehr dunkel, fast schwarz war. Es war auch keine Anglerweste, vorne und hinten befanden sich auf dem Stoff zahlreiche Aufnäher, die darauf hindeuteten, dass der Besitzer Heavy-Metal-Fan war. Einige Musikgruppen wie Black Sabbath und Morbid Angel kannte Freitag, andere Namen wie Deströyer 666 und Wolfmother hatte er noch nie gehört. Die Taschen waren leer, nur in einer einzigen Tasche befanden sich Dreck, etwas Sand und winzige Steine. Die Weste roch, als wäre sie monatelang Wind und Regen ausgesetzt gewesen. Freitag legte sie auf den Esstisch, danach suchte er Verbandszeug.

Der Medizinschrank sah aus wie ein grauer Sicherungskasten und befand sich im Badezimmer. Freitags Wunde war nicht groß, er säuberte sie gründlich mit einem Desinfektionsmittel und verzichtete auf einen Verband.

Wieder unten öffnete Freitag eine Weinflasche, stieg über die Unterlagen und Umzugskartons zum Sofa und schaltete den Fernseher ein. Er brauchte eine Pause. Doch seine Lieblingsmoderatorin hatte frei und wurde von einem Mann vertreten, der im gleichen Singsang, mit den gleichen Floskeln den Weihnachtsresteverkauf ankündigte. Freitag wollte kein Ganzjahreslichterspiel und kein Weihnachtswichtelset kaufen. Sein Magen knurrte, aber er verspürte kein Hungergefühl, die Aufregung der letzten Stunden zerrte an ihm. *Ich muss es Ansgar und Ralf erzählen*, dachte er, *ob sie mir glauben oder nicht*.

Freitag war es gewohnt, alleine zu sein. »Wer mit seinem eigenen Leben überfordert ist, sollte sich psychologische Hilfe und keine neue Beziehung suchen«, hatte seine letzte Freundin zu ihm gesagt. Das war vor fast zwei Jahren gewesen. Auch wenn er sich insgeheim eine Partnerin wünschte, machte es ihm nichts aus, nach Hause in eine menschenleere Wohnung zu kommen und abends alleine in seinem Bett einzuschlafen. Das Gefühl, auf sich selbst gestellt zu sein, war ihm vertraut, doch heute konnte er die Erlebnisse nicht einfach abschütteln. Er stand auf, zog seine Jacke an und ging los. Er musste mit jemandem sprechen.

Bei Flaschen-Heinz leuchtete schwach über dem Garagentor eine einzige Lampe, eine Ovalleuchte in einem Plastikgehäuse mit einem Metall-Schutzkorb davor. Flaschen-Heinz stand vor seinem Haus. Das Erste, was Freitag sah, war die Schaufel, auf der Karl-Heinz sich abstützte.

»Jetzt noch Gartenarbeit?«

»Gegen Ungeziefer hilft nur schweres Gerät«, sagte Karl-Heinz und lehnte die Schaufel gegen die Hauswand und schlurfte auf seinen Badelatschen zum Garagentor.

»Was für Ungeziefer?«

»Ratten.«

»Wasserratten?«

»Die verlassen nicht das sinkende Schiff«, antwortete Karl-Heinz und schob das Garagentor hoch. »Hausratten, die sind scharf auf meine Kartoffeln, die riechen das sofort, wenn der Bauer mir die Säcke auf den Hof geworfen hat.«

»Ich habe heute auch gekämpft und war chancenlos.«

»Willst du Kartoffeln mitnehmen?«, fragte Karl-Heinz, als hätte er Freitags Satz nicht gehört.

»Ja«, antwortete Freitag, ohne zu wissen, was er wirklich brauchte.

»Kartoffelschnaps habe ich auch.«

Karl-Heinz stellte sich hinter seine Verkaufstische.

»Einen Schnaps könnte ich gebrauchen, nach dem, was ich heute erlebt habe«, sagte Freitag und betrachtete die

Ware, die heute irgendwie anders aussah. Der Tisch mit den alkoholischen Getränken war vollgestellt, selbst dort, wo gestern Cola- und Seltersflaschen standen, befand sich heute harter Stoff. Die Süßigkeiten waren verschwunden, und das Altpapier lag nun auf dem Tisch, davor ein Papierschild mit der Aufschrift *kostenlos zum Anfeuern*.

»Mein Tag hat mir auch gereicht«, meinte Karl-Heinz und erzählte von seinem Sohn, »der drei Scheine« haben wollte, und von seiner Hecke, die Löcher habe »wie ein Emmentaler«, er beschwerte sich über die Schmerzen in seinem Rücken, die ein Schneiden der Hecken »nur mit einem Schnaps und unter Qualen« möglich machten.

»Für drei Scheine kann dein Sohn doch die Hecke schneiden.«

»Mein Sohn lebt in Berlin.«

»Und?«

»Berlin!«, antwortete Karl-Heinz, als wäre mit diesem Wort alles geklärt.

»Auch in Berlin werden die Hecken mit der Heckenschere geschnitten, die Berliner sind mit dieser Technik vertraut«, sagte Freitag.

»Mein Sohn hat viel um die Ohren und kein Auto.«

Bei mir war es umgekehrt, dachte Freitag und suchte die Süßigkeiten. Karl-Heinz öffnete zwei Bierflaschen und gab Freitag eine Flasche. Freitag drehte sie in seiner Hand, betrachtete das Firmenlogo und legte einen Daumen auf den Bügelverschluss, obwohl er sich geschworen hatte, nie ein Bier aus dieser Flensburger Brauerei zu trinken.

»Fühlst du dich eigentlich wohl hier?«, fragte Karl-

Heinz, nachdem er seine Flasche bis zur Hälfte geleert hatte.

»Die Stammtischrunde hat mich gut integriert«, antwortete Freitag. »Ich musste mich nicht erklären, die Jungs haben mich einfach, ohne viel zu fragen, aufgenommen. Ich habe das Gefühl, ich würde seit Ewigkeiten dazugehören.«

»Ja, so sind sie«, sagte Karl-Heinz und ergänzte nach einer kurzen Pause, mit einer Geste, als würde er jemanden zitieren: »Wer nicht fragt, hat Angst vor Gegenfragen.«

Freitag nippte an seinem Bier und dachte, dass er diese Angst nur zu gut kannte.

»Kennst du Wolfmother?«, fragte er dann, auch wenn er nicht ernsthaft glaubte, dass Karl-Heinz ein Musikexperte war.

»Wie bitte?«

»Oder Deströyer 666?«

»Was ist das für ein Schweinkram?« Karl-Heinz grinste. »Du bekommst hier sonntags die BILD, aber keine Pornoheftchen.«

»Ich habe eine Weste in meinem Garten gefunden, der Besitzer war wohl Heavy-Metal-Fan.«

»Die gibt es bei uns im Dorf nicht.«

»Die gibt es überall.«

Freitag lachte, und Karl-Heinz lachte mit, weil es sich aus seiner Sicht für einen Gastgeber, insbesondere für einen Gastgeber, der etwas verkaufen wollte, gehörte, freundlich mitzulachen, wenn der Gast einen Scherz macht.

»Ich war ja schon oft in Berlin bei meinem Sohn«,

sagte Karl-Heinz und musterte Freitag, als suchte er etwas Bestimmtes in seinem Gesicht. »Ich bin mir nicht sicher, das wäre wirklich Zufall … Also, du erinnerst mich an jemanden, diese Ähnlichkeit …« Karl-Heinz schüttelte den Kopf. »Die Person, die ich meine, ist aber deutlich älter, ich dachte nur, vielleicht ein älterer Bruder von dir oder dein Vater.«

»Ich bin Einzelkind«, erwiderte Freitag sofort und hoffte, dass Karl-Heinz nicht weiter nachbohrte. Als sein Gegenüber zu einer Frage ansetzte, kam Freitag ihm zuvor. »Ich habe heute meine erste Angeltour auf dem Waldsee gemacht«, startete er den dritten Versuch, seine Geschichte zu erzählen.

»Ohne Guide?«

Karl-Heinz sprach das Wort »Guide« wieder wie ein neumodisches Schimpfwort aus.

»Der Guide saß im Nebenboot.«

»Götz?«

»Nein, Ansgar, und ein Boot weiter Ralf.«

»Ansgar, mein Gott! Ralf kann dir bestimmt den einen oder anderen Tipp geben, aber doch nicht der Ansgar.«

»Ich hatte auch ohne einen Expertentipp einen Riesenwels an der Angel.«

»Woher weißt du, dass es ein Wels war?«

»Ich habe ihn gesehen, ja, also, kurz, er schlug mit der Schwanzflosse durch die Oberfläche.«

Freitag überlegte, was er wirklich gesehen hatte. War es die Schwanzflosse oder der Kopf, war es ein Wels oder etwas anderes gewesen?

Karl-Heinz sah Freitag an, nickte und betrachtete

dann seine rechte Handinnenfläche, als könnte er in der Lebenslinie erkennen, ob Freitag reif für die Wahrheit war.

»Ich würde auf das Gerede der Jungs mit ihren Anglergeschichten nichts geben«, sagte Karl-Heinz. »Ansgar erzählt den ganzen Tag nur Mist, Ralf ist vernünftig, aber ich bin mir nicht sicher, ob er durch seine Brille manchmal mehr sieht als wirklich da ist, und Götz, ja, der Götz …« Karl-Heinz trank einen großen Schluck Bier. »Der Götz ist ein feiner Kerl, aber weißt du, was mich an den Geschichten stört? Der Ralf zieht diesen Finger aus dem See, und alle drehen durch, plötzlich meint Ansgar, er müsse sich aufspielen wie die Wasserschutzpolizei.« Karl-Heinz stand auf und schloss die Seitentür, die einen kleinen Spaltbreit offen stand. »Und einige Wochen später fängt Ralf an, von diesem Riesenwels zu quasseln.«

»Seit heute glaube ich daran.«

»Mag sein, Welse werden ja auch riesig, aber warum so plötzlich?« Karl-Heinz sah an Freitag vorbei. »Götz' Feriengäste blieben auch von heute auf morgen weg.«

»Das hat Katja bestimmt geärgert.«

»Katja?« Karl-Heinz zog eine Miene, als wollte er klarstellen, dass Freitag Katja überhaupt nicht kannte. »Die Katja hat sich über ganz andere Dinge geärgert.«

»Wie meinst du das, Karl-Heinz?«

»Ach, egal, die Katja war sicher auch nicht ohne.« Karl-Heinz nahm eine der Schnapsflaschen, die auf dem Tisch standen, und schenkte ein. »Ich versuche es jede Nacht, aber die Ratten sind zu clever.«

»Sie werden uns überleben, sagt man.«

Karl-Heinz drehte die Schnapsflasche, pulte mit dem Fingernagel das Etikett ab und fragte beiläufig: »Hast du eine Ahnung, wohin Götz wollte?«

»Auf Weltreise.«

»Das glaube ich nicht, seine Welt war hier.«

»Es ist wohl eher eine Flucht«, sagte Freitag überzeugt, auch wenn ihm klar war, dass er in Wahrheit nichts über Dammwald wusste. Das schlechte Gewissen vom Dachboden hatte keine Aussagekraft, konnte nicht annähernd beschreiben, wer dieser Mensch, der sein scheinbar perfektes Leben hingeworfen hatte, wirklich war.

»Flucht«, wiederholte Karl-Heinz, auf seiner Stirn zeichneten sich Falten ab, als müsste er in seinem Kopf suchen, was das Wort ›Flucht‹ heute bedeuten könnte; er kam zu dem Schluss: »Ja! Wenn man Zaun verlässt, muss es wohl eine Flucht gewesen sein.«

»Eine Flucht vor den Erinnerungen«, meinte Freitag und dachte an den Bildschirmschoner auf seinem Arbeitscomputer.

»Vor welchen Erinnerungen?«

»Na, die Erinnerung an Katja natürlich.«

»Götz war kein Kind von Traurigkeit.« Karl-Heinz hatte das Etikett abgekratzt, unter seinen Fingernägeln klebten Papierreste. »Götz und Katja, das Traumpaar aus Zaun, so dachten alle am Anfang. Aber Götz war auch bei den anderen Mädels beliebt, und feiern und trinken konnte er auch.«

»War Dammwald Stammkunde bei dir?«

»Ich bin doch keine Eckkneipe.« Karl-Heinz lachte. »Aber ja, er war oft hier, die letzten Monate sogar häufiger. Zum Schluss schwankte seine Stimmung, es wurde immer schlimmer, so ängstlich und besorgt kannte ich ihn gar nicht.«

»Wovor hatte er Angst?«

»Ich weiß es nicht«, gab Karl-Heinz zu. »Ich habe ihn gefragt: ›Was ist los mit dir, gab es Ärger?‹, aber er hat nur gesagt, es sei alles im Lot. Aber wenn man sich so lange kennt, merkt man, wenn etwas nicht stimmt. Götz kam schon als kleiner Lausbub zu mir, um sich seine Tüte mit Gummibärchen abzuholen.«

»Vielleicht hat ihn die Trennung von Katja doch mehr mitgenommen, als er zugeben wollte.«

»Das glaube ich nicht, die sind im Guten auseinandergegangen, er hat sie auch mehrmals in Dresden besucht. Einmal nannte er es eine Trennung auf Zeit, und vor zwei Wochen sagte er mir, mit der Fernbeziehung laufe es besser als vorher.«

Aber warum gibt Dammwald dann alles auf, die Häuser, seinen Job, seine Freunde?, fragte sich Freitag.

»Glaubst du, Katja würde mir verraten, warum …«

»Die beiden sind weg«, unterbrach ihn Karl-Heinz. »Die haben sich entschieden, aus Zaun zu verschwinden. Götz wollte mir den Grund dafür auch nicht erzählen. Da wird Katja nicht mit irgendeinem Zugezogenen darüber quatschen. Manchmal sollte man alte Geschichten einfach ruhen lassen.«

Freitag nickte, am liebsten hätte er Karl-Heinz aufgefordert, endlich die Wahrheit zu verraten. Doch der erhob sich aus seinem Stuhl, zeigte auf seine Ware und meinte:

»Und was brauchst du heute alles für ein glückliches Leben?«

»Hast du noch Süßigkeiten?«

»Süßigkeiten?« Karl-Heinz grinste und holte die staubigen Behälter.

Auf dem Heimweg aß Freitag seine Beute, eine Papiertüte voll Weingummis und Lakritze, die steinhart, aber für ihn nostalgisch lecker waren. Er genoss die Stille und schlenderte beseelt, beinahe glücklich nach Hause, wo ihn behagliche Wärme empfing. Die Fußbodenheizung arbeitete in allen Räumen rund um die Uhr.

Freitag entschied sich für einen letzten Blick in die Mails. Es war 0:35 Uhr. Er hatte drei neue Nachrichten. Darunter eine Mail von einem ehemaligen Stammkunden aus Bayern:

Sehr geehrter Herr Freitag,
vielen Dank für die Mail. Wir waren vor zwei Jahren zu Gast bei Katja und Götz Dammwald. Es hat uns sehr gut gefallen. Leider teilte uns Herr Dammwald im April vorletzten Jahres mit, dass das Haus bis auf die Grundmauern abgebrannt sei und vorerst nicht wieder aufgebaut werde. Umso mehr freuen wir uns, dass wir unseren Sommerurlaub wieder in Zaun verbringen können. Schreiben Sie uns, sobald das Haus fertig ist.
Bis dahin, herzliche Grüße
Ihre Familie Kroiß aus München

Freitag öffnete die letzte Mail von Ansgar und schrieb:

Wo wart ihr? Ich habe euch nicht mehr gesehen. Ihr habt etwas verpasst, aber das erzähle ich euch, wenn wir uns das nächste Mal im Zaungast treffen. Und noch was: Ein Feriengast schrieb

mir heute, dass das Ferienhaus von Dammwald vor zwei Jahren bis auf die Grundmauern niedergebrannt ist??
Gruß, Clemens

Freitag ging in die Küche, um sich eine Cola aus dem Kühlschrank zu holen. Auf dem Tresen lag der Zeitungsartikel über die »Leiche im Waldsee«. Er klemmte den Artikel zurück an die Pinnwand, dabei fiel sein Blick auf das Datum, 13. März des vorletzten Jahres.

Mit den restlichen Süßigkeiten setzte sich Freitag vor den Computer und surfte auf Angelsportseiten herum, bis sein Postfach blinkte. Ansgar hatte trotz der späten Stunde geantwortet:

Wir haben auf dich gewartet. Wir haben dich gerufen, aber du hast nicht reagiert. Dann sind wir zurückgerudert.
Und was für ein Feuer meinst du? In Zaun ist kein Haus bis auf die Grundmauern niedergebrannt. Definitiv nicht.
Gruß, Ansgar, Vorsitzender der Feuerwehr Zaun

Sonntag

Der erste Sonntag in Zaun begann für Freitag mit Schmerzen im Hinterkopf. Er bediente sich am Medikamentenvorrat und war froh, dass die Wunde an seinem Kopf nicht mehr blutete. Seine Oberarme schmerzten bei jeder Bewegung, aber im Vergleich zu den Kopfschmerzen war dieser Muskelkater für ihn ein schöner Schmerz, zeigte er doch, dass er gearbeitet und mit einem Monster gekämpft hatte.

Das Frühstück bestand an diesem Morgen aus einer großen Schüssel mit Joghurt und Nüssen, die Freitag im Stehen vor dem Küchenfenster aß, mit Blick auf das Ferienhaus. Er dachte, dass heutzutage niemand mehr einfach verglaste Fenster einbaute, auch müsste das Dach irgendwann erneuert werden, die Dachziegel waren bestimmt schon über dreißig Jahre alt. Und die Pergola am Ferienhaus sah aus, als könnte der nächste Sturm sie aus der Verankerung reißen. Er zog nach dem Frühstück Dammwalds Arbeitskleidung an, einen fleckenlosen, fast unbenutzten Blaumann, und ging zum Ferienhaus. Im Schuppen fand er alte Farbeimer und Pinsel und begann, die Pergola neben der Terrasse zu streichen.

»Fleißig, Herr Nachbar«, rief Janette.

»Muss ja«, erwiderte Freitag und schaute sich um. Janette stand nicht in ihrem Garten, sondern bereits auf Freitags Grundstück.

»Willst du wieder vermieten?«, fragte sie und warf einen Blick in die Farbeimer. »Ach, die alte Farbe, magst du nicht mal was Neues ausprobieren?«

Sie grinste Freitag an. Er konnte das Grinsen weder deuten noch ehrlich erwidern, er stammelte: »Doch, mal was Neues wäre nicht schlecht, aber ich will die alte Farbe aufbrauchen, dieses Grün oder Oliv, oder was ist das?«

»Schlammgrün«, sagte Janette und grinste noch immer. Freitag versuchte, konzentriert weiterzuarbeiten, aber er musste sich eingestehen, dass es ihm schwerfiel, denn seine Nachbarin wusste mit ihren Vorzügen zu spielen. Trotz Außentemperaturen von unter zehn Grad trug sie ihren Wintermantel und ihre Strickjacke offen und darunter ein hautenges Oberteil, auf dem sich ihre weiblichen Rundungen abzeichneten.

»Im Sommer möchte ich wieder vermieten«, sagte Freitag, weil er überzeugt war, er könnte es schaffen, dieses Mal würde er seine Ziele erreichen.

»Eine schöne Jahreszeit!« Janette ging einen Schritt nach links und stellte sich in den Wind. »Aber auch der Winter hat seine schönen Seiten.«

»Warum wollte Dammwald das Ferienhaus nicht mehr vermieten?«, fragte Freitag und setzte einen ersten Pinselstrich auf die Pergola. Die Farbe zog schnell in das dünne Holz.

»Die Sache mit der Leiche hat wohl viele Gäste abgeschreckt«, antwortete Janette in einem Ton, als wollte sie ihre eigene Antwort hinterfragen.

»Ein ehemaliger Stammgast schrieb mir, dass das Ferienhaus vorletztes Jahr abgebrannt ist.«

»Das Ferienhaus, nein, Unsinn, das hat nicht gebrannt, hat Götz das gesagt? Er bleibt ein Spinner.« Sie lächelte, als würden Lügen ihren ehemaligen Nachbarn nur noch sympathischer machen.

»Ihr habt euch gut verstanden, oder?

»Wer?«

»Na, ihr alle, Katja, Götz, du, dein Mann?«

»Das stimmt, wir waren nicht nur Nachbarn.«

Janette strich sich mit dem Zeigefinger eine lange blonde Strähne aus dem Gesicht, was sinnlos war, da der Wind immer wieder durch ihr Haar fuhr. Erst jetzt registrierte Freitag, dass an Janettes Ohren keine Ringe, wie am Einzugstag, sondern kleine Stecker klemmten. Die Stecker hatten die Form einer Schlange. Es könnte aber auch ein Seeungeheuer sein. Die Enden drehten sich in ihre Ohren, als wäre es ein einziges Tier, das durch ihren Kopf gekrochen war.

»Hast du noch Kontakt zu Katja?«, fragte Freitag.

»Sie hat das Dorf verlassen, nicht ich!« Janette bewegte sich zur Seite und sah durch das Terrassenfenster, als suchte sie etwas im Ferienhaus. »Katja hat nicht wirklich zu Götz gepasst, Clemens, das kannst du mir glauben.«

Sie blickte Freitag herausfordernd an, aber er zuckte nur mit den Schultern. Janette lächelte, als wollte sie sagen, du kannst es nicht beurteilen, aber ich!

»Wolltest du mir beim Streichen helfen?«

»Ich habe gesehen, dass du draußen bist, da dachte ich mir, ich schaue mal vorbei und frage, ob du dich schon eingelebt hast.«

»Wenn ich schon freiwillig mit der Gartenarbeit beginne.«

»Den Zaungast kennst du ja auch schon«, meinte Janette. »Diese Kaschemme, aber Ansgar und seine Kumpels lieben den Schuppen, ihre elitäre Stammtischrunde.«

Janette berührte mit dem Finger die alte Farbe auf der Pergola. Farbpartikel segelten herunter und landeten auf ihrem Oberarm.

»Ich bin zwar nicht elitär, aber …« Freitag suchte nach einer plausiblen Begründung, die ihn tatsächlich für Janette elitär machen könnte. Janette nickte und deutete an, dass sie wieder zurück in ihr Haus wollte. Freitag betrachtete die Pergola und sortierte im Kopf die nächsten Arbeitsschritte, die er eigentlich machen müsste, die alte Farbe abschleifen, mit Spachtelmasse die Risse ausbessern, danach alles grundieren. *Oder sollte ich das marode Holz gleich abreißen und erneuern? Auf jeden Fall muss ich Farbe kaufen, der beschmierte Schuppen muss gestrichen werden!* Freitag ergänzte seinen Einkaufszettel und dachte, dass er am liebsten jetzt schon in die »Kaschemme« gehen würde.

»Ich werde mir heute Abend den ›Tatort‹ ansehen«, sagte Janette. »Also, falls dir das Anglerlatein im Zaungast zu viel wird.«

»Danke für das Angebot«, erwiderte Freitag.

Janette verabschiedete sich. *Scheinbar sind alle in Zaun gastfreundlich und einige besonders,* dachte Freitag und schaute ihr hinterher.

Nachdem Freitag das erste Element der Pergola gestrichen hatte, entschied er sich für eine Pause. Er ging zurück in sein Haus, nahm eine Dose Eistee aus dem Kühlschrank und stieg die Kellertreppe nach unten.

Er wusste, dass er einen Schlachtplan bräuchte, um den Riesenwels zu überlisten. Deshalb wählte er die größte Rolle und die stärkste Rute aus, weil er glaubte, damit sogar einen Zwanzig-Pfund-Dorsch aus der Brandung ziehen zu können. Er kurbelte die Rolle, langsam, als wäre es ein hochsensibles Uhrenwerk, dabei klackerte das Kugellager rhythmisch. Danach roch er an seinen Fingern, an denen Schmierfett klebte, und bekam Lust, die Geräte am Wasser auszuprobieren.

An der Ausrüstung wird es nicht liegen, war Freitag siegessicher, *es ist nur die Frage, ob der Fisch mir eine zweite Chance gibt.*

Der Erfolgsköder, ein silberblau gestreifter Blinker, lag auf dem Gewässergrund oder hakte noch im Fischmaul. Freitag suchte nach einer Alternative und entschied sich für einige goldene und silberne Blinker und für einen dreiteiligen Wobbler, ein Rotaugenimitat aus einem Kunststoffkörper, der sich wackelnd im Wasser bewegte, sobald man an der Schnur zog. Freitag legte seine Auswahl in eine Stofftasche und nahm sie zusammen mit der Rute ins Wohnzimmer. Der Wohnbereich sah chaotisch aus, das schlechte Gewissen lag verteilt auf dem Boden, zudem standen die Rückstände der letzten Mahlzeiten und diverse leere Flaschen und beschmutzte Kaffeebecher herum. *Das mache ich später,* dachte Freitag, setzte sich auf das Sofa und drückte auf die Fernbedienung. Seine Lieblingsmoderatorin schwärmte: »Die Energiesparlampen leuchten heller und besser als alle bisher Dagewesenen.«

Mit der vertrauten Stimme im Ohr gönnte sich Freitag ein Mittagsschläfchen.

Erst das Piepen seines Handys weckte ihn aus einem zweistündigen Schlaf. Freitag wachte selten von Handygeräuschen auf, weil sein Telefon selten piepte oder klingelte. Die App der Verkaufsplattform blinkte. Die Meldung »Ein Käufer braucht Ihre Hilfe« leuchtete auf. Aber die Nachricht kam von Ophelia52: Sie haben die Weste gefunden. Die Weste kennt den Waldsee. Diesen Wissensvorsprung sollten Sie nutzen!

Freitag beugte seinen Oberkörper nach vorne, um aus dem Küchenfenster sehen zu können. Die dünnen Äste des Kirschbaums bewegten sich unschuldig im Wind.

Warum beobachtest du mich? Ich brauche deine Weste nicht, schrieb Freitag und musste nicht lange auf eine Antwort warten.

Es ist nicht meine Weste!

Wie, es ist nicht deine Weste?, überlegte Freitag und schrieb: Mein Garten ist keine Altkleidersammlung!

Ein Hund bellte. Freitag stand auf, um einen besseren Überblick zu haben, aber er konnte kein Tier erkennen. Der Hund bellte erneut, nun energischer. Freitag stellte sich dicht vor das Terrassenfenster, sein Blick wanderte durch den Garten und am Ufer entlang, aber er konnte das Tier nicht sehen.

Ophelia52 schrieb: Die Weste trägt den Waldsee in sich.

Freitag öffnete die Terrassentür und tippte in sein Handy: Was soll ich mit der Scheißweste?

Der Hund stand am anderen Ende des Grundstücks und pinkelte an die frisch gestrichene Pergola. Es war eine Mischung aus einem Dobermann und einem Pinscher, vermutete Freitag, der das Tier nun zum ersten Mal bei Tageslicht sah. Oder doch ein Riesendackel? Für

Freitag wirkte das Tier, als käme es aus einem vornehmen Haus, obwohl das Fell lang und verfilzt war, aber es bewegte sich in einer Ruhe und Eleganz, als würde es sein Anwesen abschreiten. *Ein davongelaufener Adelshund*, dachte Freitag und ging auf das Tier zu. Der Hund blieb stur, aber nicht verängstigt, stehen. Freitag hielt einen Abstand von vier oder fünf Metern. Er konnte kein Halsband erkennen, sah nur den harten Schmutz im zotteligen Fell des Tieres.

»Hast du kein Zuhause?«

Der Hund blieb vor dem Ferienhaus stehen und bellte in Richtung Schuppen.

»Das ist meine Hütte!«

Freitag bewegte sich am Tier vorbei zum Schuppen. Der Hund folgte ihm. Als er sah, dass Freitag den Schuppen umrunden wollte, bellte der Hund um sein Leben.

»Ist ja gut!«, brüllte Freitag gegen das Bellen an, aber er konnte nicht erkennen, warum der Hund den Schuppen wie seine eigene Hundehütte verteidigte. Es gab kein Schlupfloch ins Innere des Schuppens, lediglich auf der hinteren Seite war der Sand aufgewühlt, als hätte dort ein Tier gegraben. Freitag stocherte mit der Fußspitze in den beiden knöcheltiefen Löchern. Das Handy piepte. Der Hund hörte auf zu bellen und beobachtete Freitag, als wartete er darauf, dass Freitag ans Telefon ging. Ophelia52 hatte geantwortet: Dir gehört die Weste. Dir gehört alles.

Freitag wollte antworten, aber mehr als *Du Vollidiot!* fiel ihm nicht ein, deshalb schaltete er das Handy aus. Als er vom Display aufsah, war der Hund verschwunden.

Freitag war zu spät. Ansgar und Ralf saßen bereits auf ihren Stammplätzen und unterhielten sich. Ansgar unterstrich seinen Monolog mit Armbewegungen, als wollte er eine Landkarte oder einen Bauplan in die Luft malen. Ralf schaute ins Nichts und nickte.

»Bist du wieder aufgewacht?«, fragte Ansgar und hob dabei sein Bierglas.

»Warum habt ihr mich gestern einfach sitzen gelassen?«

»Du hast so süß geschlafen«, antwortete Ansgar und sprach dabei das Wort »süß« aus, als wäre Freitag ein Kleinkind.

»Das kann aber ins Auge gehen, da hat Clemens recht«, sagte Ralf. »Nachts allein auf dem Waldsee, nein, das ist nicht ohne Risiko, aber Ansgar meinte, wir sollten dich schlafen lassen.«

Ansgar warf Ralf einen Blick zu, der Ralf wohl zeigen sollte, dass es besser wäre, ihm nicht mit weiteren Äußerungen in den Rücken zu fallen.

Freitag sah Ansgar verärgert an. Ansgar verstand Freitags Blick und sagte: »Stell dich nicht so an, was ist schon passiert? Erzähl lieber, ob du noch was gefangen hast.«

»Nichts, Ansgar«, sagte Freitag und spielte mit dem Gedanken, den Rest der Geschichte zu verschweigen. Warum sollte er es verraten? Es würde die Chancen verringern, derjenige zu sein, der den Kapitalen irgendwann aus dem Wasser zieht, die Sportskollegen würden sofort nach dem Köder fragen, nach der Technik, nach der richtigen Tiefe.

»Wir auch nicht«, sagte Ralf. »Aber unter Wasser war

etwas Großes auf der Jagd, die Oberfläche war so ruhig, selbst die Forellen und Barsche haben sich verzogen.«

»Ich hatte es sogar am Haken«, sagte Freitag dann doch. »Es hat mit unglaublicher Wucht die Sehne von meiner Spule gerissen.«

»War es ein Wels?«, fragte Ralf und rückte dichter zu Ansgar und Freitag heran. Freitag hätte die Geschichte gerne dabei belassen, aber Ralf gab nicht auf, bis Freitag ihm alle Fakten verraten hatte, vom Zeitpunkt des Bisses bis zur Form des Hakens. Der genaue Ort interessierte Ralf besonders, er hörte erst auf zu fragen, als Freitag ihm die Stelle auf dem Waldsee, so gut er es konnte, beschrieben hatte. Ansgar interessierte es nicht, er wollte nur wissen, warum Freitag heute über seinem Kapuzenpullover eine »so lächerliche Weste« trug.

»Die hing in meinem Garten«, verriet Freitag und wunderte sich über Ansgar, der plötzlich angespannt und gereizt wirkte. Freitag wiederholte im Kopf die Sätze, die er gerade gesagt hatte, aber er konnte sich an kein falsches Wort oder an eine zweideutige Äußerung erinnern, er wollte auf keinen Fall jemanden aus seiner Stammtischrunde provozieren oder verletzen. Er zog die Weste aus und warf sie auf den Tisch. »Angeblich hat sie mir ein Vollidiot aus dem Internet in den Garten gehängt.«

»Wie, jemand aus dem Internet?«, fragte Ralf.

»Es gab damals einen weiteren Mitbewerber auf das Haus von Dammwald, ich habe ihm eine Nachricht geschrieben, er hat nur wirres Zeug geantwortet und gesagt, dass er den Waldsee wie seine Westentasche kennt.« Freitag versuchte, sich an die Nachrichten zu erinnern, und fragte sich, ob Ophelia52 wirklich zugegeben hatte, die Weste an den Baum genagelt zu haben?

»Kennt jemand Deströyer 666?«

Freitag tippte auf den Aufnäher. Ralf schüttelte den Kopf. Ansgar schwieg und trank sein Bier. Freitag zog die Weste wieder an, weil er Angst hatte, er könnte sie vergessen. Er hätte sie am Ende des Tages sicher vergessen, denn der Abend im Zaungast wurde zwar nicht lang, aber hochprozentig.

Um 21 Uhr entschied Freitag, dass er für heute genug getrunken hatte. Er wartete bereits vor dem Tresen, um seine Rechnung zu bezahlen, als er sich noch einmal zum Stammtisch drehte und fragte: »Ihr könnt mir doch sicher erklären, warum Dammwald behauptet hat, dass sein Ferienhaus abgebrannt ist?«

»Hat er das?«, fragte Ansgar in einem Ton, als wäre es nur eine rhetorische Frage. »Das ist Schwachsinn, aber das habe ich dir doch gestern schon geschrieben.« Ansgar spielte mit dem Bier in seinem Mund und schaute ins Glas, als wollte er alles wieder zurückspucken. Er schluckte geräuschvoll und meinte danach: »Vielleicht hatte Katja deshalb keinen Bock mehr auf ihn, keine Lust mehr auf Lügengeschichten.«

»Die Trennung ist wohl auch eine Lüge gewesen«, behauptete Freitag.

»Was sind das für Scheißhausparolen?«, schrie Ansgar lauter, als er es wollte, und fügte mit betont ruhiger Stimme hinzu: »Katja hatte die Schnauze voll.«

»Ich, also …«, stotterte Freitag und suchte verzweifelt nach einem Satz, der Ansgar deutlich machte, dass er ihn nicht angreifen wollte. *Ich kenne Katja nicht, woher soll ich wissen, wie wichtig sie für Zaun ist? Wie wichtig sie scheinbar für dich ist?*

»Das mag ja sein, Ansgar«, sagte Freitag vorsichtig. »Ich habe nur gehört, dass sie sich nach der Trennung weiter getroffen haben.«

»Wer erzählt so einen Mist?«

»Flaschen-Heinz.«

»Flaschen-Heinz«, wiederholte Ralf lachend und ging vor die Tür.

»Ja, wahrscheinlich hat er zu tief in die eigenen Flaschen geguckt«, versuchte Freitag, einen Schlussstrich unter das Thema zu setzen, und verabschiedete sich.

Ralf wartete vor der Tür auf Freitag.

»Du solltest Ansgar nicht auf Katja ansprechen«, sagte Ralf und sah sich um. »Da reagiert er empfindlich, ist wohl einiges schiefgelaufen, die Beziehung zwischen Janette und Ansgar läuft auch nicht nur rosig.«

»Ja? Ich finde, die beiden sind ein komisches, ungleiches Paar, aber auf mich wirken sie einfach wie Gegensätze, die sich ja bekanntlich anziehen.«

Freitag blickte nach links und rechts, auch dieses Mal war er sich nicht sicher, in welche Richtung er gehen musste.

»Janette ist froh, wenn sie ihr eigenes Ding machen kann, glaub es mir!«

Für Freitag klangen Ralfs Worte, als würde jeder im Dorf wissen, was er meinte, als wüsste jeder, was für ein Mensch Janette war. Freitag fragte sich, in welcher Schublade er gelandet war, ob er auf ewig der Taugenichts bleiben würde oder der Reiche aus Berlin, der sich ein neues Leben leisten kann, weil ihm das alte nicht mehr gefällt. Oder war er der Schmarotzer, der sich wie ein Parasit im perfekten Wirt einnistet?

Als Freitag in den Weg zum Waldsee einbog, sah er die Lampe über der Eingangstür seines Hauses leuchten. Aber anstatt ins Haus zu gehen, lief er in den Garten. Wäre Freitags Vater nicht seit zwanzig Jahren tot, er würde jetzt sterben vor Angst, wenn er sehen könnte, wie sein betrunkener Sohn das Bootshaus anpeilte.

Es war zu kalt, die neue Weste konnte Freitag nicht wärmen, auch die Socken waren für einen Angeltrip zu dünn. Aber Freitag ruderte sich warm und steuerte die Stelle an, an der er vorgestern haltgemacht hatte. Er warf einen silbernen Blinker, so weit er konnte, und kurbelte die Schnur ein. Mit jeder Kurbelumdrehung hatte er das Gefühl, der Alkohol würde in seinem Kopf eine Ehrenrunde drehen.

»Janette will ihr eigenes Ding machen!«

Freitag hörte Ralfs Worte und sah Janette vor sich, wie sie in ihrem Sommeroutfit vor der Pergola stand und ihm Ratschläge gab. Während Freitag an seine Nachbarin dachte, musste er auch an seine Mutter denken. So war es oft, wenn er junge Frauen sah, er stellte sich dann vor, wie seine Mutter als Mädchen oder später als junge Frau ausgesehen haben könnte, was für ein Mensch sie gewesen war. Hatte sie auch ihr eigenes Ding machen wollen? Freitag hatte häufig gedacht, dass seine Mutter die bessere Anglerin gewesen wäre, und mit jedem Jahr wurde dieser Eindruck stärker. Er konnte sich seine Mutter gut auf einem Boot vorstellen, wie sie ausgeglichen und in sich gekehrt ruderte und angelte. Er fragte sich, warum seine Mutter nie auf die gemeinsamen Angeltouren mitgekommen war, und wusste, dass sie am liebsten auf ihrer Holzbank vor dem Häuschen im Schrebergarten saß und im Frühjahr die Schmetterlinge im Fliederbusch beobachtete und im Winter die Meisen, wie sie Sonnenblumenkerne aufpickten. Wenn Freitag an seine Mutter dachte, sah er sie vor dem Schuppen sitzen. Jedes Mal hatte er das Gefühl, sie sah älter aus, als sie jemals wurde. In seiner Vorstellung saßen nur Rentner und keine dreißig- oder vierzigjährigen Menschen in einem Schrebergarten und starrten Vögel an.

Der erste Wurf brachte keinen Biss. Freitag warf Richtung Ufer. Auch die nächsten Würfe brachten keinen Erfolg. Er wechselte den Blinker gegen einen gelben Gummifisch mit einem roten Bleikopf und ließ den Köder direkt neben dem Boot zum Gewässergrund sinken. Er hob und senkte die Rutenspitze in gleichmäßigen Bewegungen, sodass der Köder über dem Grund tanzte. Er schätzte, dass sich unter dem Boot eine Wassertiefe von mindestens fünf Metern befand, mit einem sandigen, aber nicht steinigen Untergrund. Doch er wusste, ohne Tiefenkarte oder Echolot blieb es nur eine Vermutung. Selbst sein Vater, der keinen großen Wert auf elektrisches Zubehör gelegt hatte, wollte damals nicht auf die Vorteile eines Echolots verzichten. Auf dem kleinen Bildschirm konnten sie nicht nur die Tiefe ablesen, sondern bekamen auch Informationen über die Strömung und die Beschaffenheit des Untergrunds, selbst Fische, die unter dem Angelboot schwammen, wurden auf dem Bildschirm abgebildet. Freitag überlegte, warum Dammwald, der gut ausgerüstete Angelguide, diese Vorteile nicht nutzte. Auch auf den Booten von Ansgar und Ralf befand sich kein Echolot. Er versuchte, seinen Köder wie einen kranken Fisch über den Grund zu führen, und stellte sich dabei vor, dass sich der Riesenwels bereits genähert hatte, vielleicht schon unter dem Boot lauern würde. Zu oft waren ihre Angeltouren erfolglos gewesen, doch umso größer war die Freude, wenn sein Vater und er einen Fisch mit nach Hause gebracht hatten. Freitags Mutter hatte selten gefragt, ob der Angeltag erfolgreich gewesen war, ob es auch ohne einen Fang Spaß gemacht hatte. In Freitags Erinnerung fragte seine Mutter nie, obwohl ihre Augen leuchteten, wenn er und sein Vater von ihrem Tag schwärmten. Dieses Leuchten in ihrem Gesicht, das Freitag sah, wenn er sich seine Mutter ins Gedächtnis rief, bedrückte ihn, es war ihm fremd und unheimlich, als wäre diese Person nicht seine Mutter, sondern eine Fremde, die seiner Mutter ähnlich sah, eine Frau, die in der Lage war, jederzeit unbekümmert glücklich zu sein. Freitag holte den Köder ein und warf ihn zwanzig Meter zur Seemitte. Ein kalter Wind wehte ihm ins Gesicht und erzeugte einen kurzen, stechenden Schmerz auf seiner Haut, das Gefühl, zu viel getrunken zu haben, war verschwunden.

Nach einer Stunde ruderte Freitag zurück und schleppte den Gummifisch hinter sich her. Kurz vor dem Bootshaus stoppte er und holte die Angelschnur ein. Er fragte sich, ob Ansgar noch immer im Zaungast saß und mit Michael oder mit sich selbst über das Angeln und das Leben philosophierte. Ansgars Stimmungsschwankungen kamen Freitag bekannt vor, zu oft kämpfte er selbst mit seinen eigenen Gefühlen und Wutausbrüchen – aber lagen bei Ansgar die Gründe dafür auch, wie bei ihm, tief verzweigt in seinen Erinnerungen? Ein erfolgloser Angeltag konnte doch nicht allein die Ursache sein!

Für Freitag blieb der Tag ebenfalls erfolglos. Er ließ die Angelausrüstung im Boot liegen und suchte sein Grundstück nach verdächtigen Schatten und Hunden ab. Im Wohnzimmer der Schönfelds brannte Licht. Er stellte sich hinter den nicht gestrichenen Teil der Pergola, dort hatte er eine gute Beobachtungsposition. Auch wenn das Haus der Schönfelds fast hundert Meter entfernt lag, konnte er eine Silhouette im Wohnzimmer der Nachbarn erkennen, eindeutig Janette. Sie öffnete die Schiebetür und trat auf die Terrasse. Ihr Kleid wehte im Wind. *Oder war es ein Nachthemd?*, überlegte Freitag, *in diesem Fummel wird sie es höchstens eine Zigarettenlänge in der Kälte aushalten.*

Janette war nicht nach draußen gegangen, um zu rauchen, sie stand mit einem Weinglas in der Hand auf der Terrasse und blickte in Freitags Richtung. Er wusste nicht, ob sie ihn sah.

Eigentlich müsste ich sie jetzt als guter Nachbar grüßen, sagte sich Freitag, *aber wie peinlich ist diese Situation? Wie soll ich es erklären? Ich hocke hinter meiner Pergola, weil ich einen herumstreunenden Hund jage, weil ich warte, bis meine halb nackte Nachbarin sich zeigt, oder weil fremde Menschen Heavy-Metal-Westen in meinen Garten hängen?*

Freitags Handy piepte. Der Ton war nicht laut, dennoch hatte er das Gefühl, das Piepen würde innerhalb von einer Sekunde durch seinen Körper bis in seinen Kopf schrillen. Eine Nachricht von Ansgar: Wo bleibst du? Ich warte?

Freitag verstand nicht und schrieb: Ich bin zu Hause. Auf was wartest du?

Freitag blickte von seinem Handy auf. Janette hatte sich umgedreht und verschwand in ihrem Wohnzimmer.

Das Handy leuchtete Freitag den Weg zurück zum Haus. Wenige Schritte vor seiner Terrassentür piepte es erneut.

Der Tatort ist geklärt.

Freitag schloss die Tür auf und wusste nicht, was Ansgar meinte.

Mensch, Ansgar, ich war gerade auf dem Waldsee, ohne Tatort und Leiche.

Der Mähroboter fuhr am Küchenfenster vorbei. *Zumindest ist einer produktiv,* dachte Freitag und schlenderte nach oben ins Badezimmer. Neben der Badewanne lag ein Berg mit schmutziger Wäsche. Der Berg bestand nicht nur aus den getragenen Kleidungsstücken der letzten Tage, sondern auch aus der dreckigen Wäsche, die Freitag aus seinem alten Leben mitgebracht hatte.

Freitag stellte den Wecker, legte sich ins Bett und zog die Decke bis zur Nasenspitze. Sein Handy vibrierte unter der Decke.

Ich dachte an den Tatort auf meiner Couch.

Hinter dem letzten Wort befand sich ein Smiley, der Freitag mit einem Augenzwinkern angrinste. Er vermutete, dass Ansgar mehr als nur angetrunken war, und griff nach dem gelben Buch, um sich abzulenken. Er nahm das Lesezeichen, betrachtete die Gesichter und konnte nicht sagen, was ihn an dem ›Monopoly‹-Bild störte. Das harmonische Miteinander, das auf allen anderen Gruppenfotos spürbar war, wirkte hier wie ein schwacher Glanz, den man nur zu sehen glaubte, weil man die anderen Fotos vor Augen hatte.

Du solltest lieber angeln gehen! Und lass die Finger weg vom Hochprozentigen, das bekommt dir wohl nicht, tippte Freitag in sein Handy.

Ansgar antwortete eingeschnappt: Ich jage heute keine Fische, mein Lieber, ich habe Besseres zu tun, meine Sektgläser sind tief genug.

Seit wann trinkst du Bier aus Sektgläsern?

Freitag starrte weiter auf das Foto und glaubte plötzlich zu erkennen, was die Harmonie störte: Niemand beobachtete die fallenden Würfel, niemand schaute auf seine Mitspieler, nur Katja, die sich auf das Sitzpolster ihres Stuhls fallen ließ, schien mit ihrer Bewegung aus dem Bild zu brechen.

Clemens, du weißt nicht, wer ich bin?

Du bist der versoffene Ansgar, dachte Freitag und erkannte auf dem Lesezeichen ein Detail, das ihn irritierte. Auf dem Regal hinter dem Esstisch standen die drei Metallhalter, jedoch klemmten keine künstlichen Fliegen darin, sondern das, wofür die Halter gedacht waren: Fotos. Dammwald hatte also doch persönliche Dinge mitgenommen, was für Freitag nachvollziehbar war, allerdings befanden sich im Haus sogar noch die Grundschulzeugnisse, und das Foto von Katja hing wie selbstverständlich an der Pinnwand. Freitag konnte nicht erkennen, was auf den Bildern zu sehen war. Er steckte das Lesezeichen ins vorletzte Kapitel und schrieb: Ich weiß, wer du bist, Ansgar, ich sehe dein Profilbild auf meinem Handy!

Clemens! Anfängerfehler. Auf der Oberfläche schwimmt nur die Entenscheiße.

Das ist mir jetzt zu blöd, ich muss schlafen, morgen beginnt meine zweite Arbeitswoche, ärgerte sich Freitag und schaltete das Handy aus. In seinen Gedanken setzte er die unterschiedlichsten Bilder auf die Metallhalter, Partyfotos, die die gute Nachbarschaft zwischen den Familien Dammwald und Schönfeld zeigten, Bilder von skurrilen Feriengästen, von Geschäftsmännern in maßgeschneiderten Anzügen, von englischen Adelsfamilien in Wathosen. Freitags Kopf wollte keine passende Aufnahme finden, aber seine Fantasie fand erotische Bilder von Katja.

Während Freitag tiefer in eine erste Schlafphase glitt, suchten seine Gedanken eine weitere Antwort, die Antwort auf die Frage: »Du weißt nicht, wer ich bin?«

Dienstag

Die zweite Arbeitswoche hatte für Freitag begonnen, als wären die Abläufe seit Monaten geprobt und nun eingespielt. Er krabbelte jeden Tag müde, aber zufrieden aus seinem Bett und war stets pünktlich im Büro und bewältigte seine Aufgaben, zudem spürte er in dieser zweiten Woche etwas, das er in seiner bisherigen Arbeitswelt nicht kannte: Anerkennung. Weder sein Chef noch seine Kollegen und insbesondere Rossana, die sich um ihn kümmern und ihn einarbeiten sollte, sparten mit Lob, sie lobten seine schnelle Auffassungsgabe, seine Ideen, die er als Neuling ins Team einbrachte, seine ersten Plusstunden, und sie störten sich nicht daran, dass er für seinen großen Geländewagen stets zwei Parkplätze beanspruchte. Er freute sich darüber, auch wenn er das Gefühl hatte, er hörte in jedem Satz nichts anderes als einen Vergleich mit seinem Vorgänger, ein Spiel, von dem er sich sicher war, er könne es nur verlieren. Aber nicht allein auf der Arbeit bekam Freitag Lob, auch in Zaun geizten die Dorfbewohner nicht mit anerkennenden Worten – Doris Stoschus glaubte, Freitag hätte sich nahtlos in die Dorfgemeinschaft eingelebt, »zumindest sieht man dich genauso oft wie Götz in unserer Straße spazieren«. Janette lobte den »aufgeräumten Garten« und dass Freitags Mähroboter das ganze Jahr durchfuhr, »fleißig und ordentlich, der schlechten Umweltbilanz zum Trotz«. Und Flaschen-

Heinz freute sich über »einen neuen Dauergast«. Diese Sympathiewelle trug Freitag durch den Wochenanfang. Er spürte das für ihn seltene Gefühl, alles richtig gemacht zu haben. Diese Euphorie wurde auch nicht von dem Wäscheberg im Badezimmer gestoppt oder von den bevorstehenden, umfangreichen Renovierungsarbeiten des Ferienhauses, denn bisher beschränkte sich Freitags Einsatz auf die halb gestrichene Pergola. Die Welle der Euphorie strandete erst am Dienstag im Zaungast. Als er die Kneipe betrat, saßen bereits alle am Stammtisch, auch Deniz war wieder dabei. Die Freunde blickten sofort zur Tür.

»Setz dich«, bat Ansgar, der nervös seine Bierflasche drehte.

»Du hast es noch nicht gehört?«, fragte Deniz.

»Ansgar hat es gestern erfahren«, sagte Ralf. Freitag sah Ansgar an, der auf seine Bierflasche starrte, als hätte er keine Lust, die Geschichte noch einmal zu erzählen.

»Als ehemaliger Nachbar trifft es einen doppelt«, meinte Deniz ernst, aber Freitag glaubte, in Deniz' Augen hätte eine kurze Freude aufgeblitzt.

»Ich habe Katja letzte Woche eine Nachricht geschickt, ich wollte wissen, wie es ihr geht«, begann Ansgar zu erzählen. »Ich habe mich schon gewundert, warum sie nicht geantwortet hat, aber dass sie …« Ansgar trank einen Schluck und behielt die Flasche in der Hand.

»Selbstmord«, warf Deniz ein, als würden sie ein Kreuzworträtsel lösen und es wäre ihm lästig, seinen Freunden immer wieder die gleichen Fragen zu beantworten.

»Vielleicht war es überhaupt kein Selbstmord«, sagte

Ralf. Deniz lachte, es war kein Lachen über das, was passiert war, sondern über Ralf, der aus Deniz' Sicht nichts verstand.

»Sie ist nicht die Erste, die in einer Badewanne ertrinkt«, meinte Ralf und schaute Deniz kämpferisch an.

»Jetzt hört auf!«, zischte Ansgar dazwischen.

»Ich verstehe nur die Hälfte«, gab Freitag zu.

»Katja wurde tot in ihrer Badewanne gefunden«, sagte Ansgar und nahm einen weiteren Schluck aus seiner Flasche. Freitag sah, wie schwer es Ansgar fiel, die richtigen Worte zu finden. »Wie gesagt«, begann Ansgar leise. »Sie hat nicht auf meine Nachricht geantwortet. Normalerweise …« Er schluckte. »Und plötzlich postet so ein Spinner auf ihrem Profil: ›Katja, was hast du uns angetan? Ich werde nie wieder in eine Badewanne steigen können, ohne an dich zu denken.‹ Was für ein pietätloses Arschloch.« Ansgar blickte wütend in die Runde. »Aber dann tauchten immer mehr Kommentare auf. Ein Nachbar hat den Rettungswagen gesehen, eine andere Nachbarin behauptet sogar, gesehen zu haben, wie Katja leblos in ihrer Badewanne lag. Ich konnte und wollte es nicht glauben. Doch der letzte Eintrag, den sie selbst gepostet hatte, war schon merkwürdig: ›Ich habe keine Lust mehr, man hört und sieht sich woanders.‹ Das ist das Letzte, was ich von Katja im Netz gefunden habe.«

»Vielleicht war es kein Selbstmord, und sie wurde von einem Verrückten gestalkt«, sagte Ralf.

»Das ist doch Bullshit«, motzte Ansgar, aber er konnte seiner Stimme nicht den Halt geben, wie man es sonst von seinem selbstsicheren Auftreten kannte.

»Fahrt ihr zur Beerdigung?«, fragte Deniz, als könnte er mit dieser Frage den Streit abwenden.

»Sollten wir nicht alle hinfahren?«, schlug Freitag vor. »Ich habe Katja zwar nicht mehr kennengelernt, aber ich habe irgendwie das Gefühl, ich gehöre dazu, wenn ihr versteht, was ich meine.«

Die anderen stimmten zu. Und Freitag begriff, es war die Chance, Dammwald kennenzulernen, doch er war sich nicht sicher, ob es klug war, seinen Vorgänger zu treffen. Was wäre, wenn Dammwald sein altes Leben zurückwollte? Das Haus und alle materiellen Dinge hatte Freitag gekauft, die Kaufverträge über die Häuser lagen beim Notar, aber besaß er auch einen Kaufvertrag über Dammwalds altes Leben, eine gesetzliche Grundlage, die jeder Forderung standhielt? Wer hatte Anspruch auf gute Nachbarschaft, auf eine Stammtischrunde, auf einen sicheren Job?

Freitag ahnte, das Lob, das er diese Woche auf der Arbeit bekommen hatte, wäre nichts mehr wert, wenn Dammwald zurückkäme. Doch noch mehr beschäftigte ihn die Tatsache, dass auch in seinem neuen Leben der Tod in seiner Nähe war, dichter, als es ihm lieb sein konnte. *Ich kenne Katja nicht persönlich, trotzdem fühlt es sich für mich an, als wäre eine gute Bekannte oder Verwandte gestorben. Wenn Katja für Dammwald der wichtigste Mensch war, die Person, die er so geliebt hat, dass er wegen ihr sein ganzes Leben aufgegeben hat, dann wird ihr plötzlicher Tod etwas in ihm ausgelöst haben. Er wird seine Weltreise abbrechen und nach Dresden reisen, natürlich wird er das, und vielleicht wird er nach Zaun zurückkehren. Er wird reagieren müssen. Aber habe ich damals reagiert? Oder habe ich einfach weitergelebt?*

»Träumst du?«

Deniz stupste Freitag mit dem Ellenbogen an. Freitag schüttelte den Kopf und prostete seinen Freunden zu. »Unfassbar, dass ein Mensch …« Freitag wusste nicht, wie er den Satz beenden sollte, ohne etwas Falsches zu sagen. In seinem Kopf meldeten sich weitere Fragen, die ihn seit Jahren beschäftigten: Wie unglücklich muss man sein, um sich das Leben zu nehmen? Ist es möglich, dass die Verzweiflung jede Hemmung und jeden Funken Lebenswillen überwindet? Dieser Gedanke, dass ein Mensch den Freitod wählt, war für ihn zwar immer wieder grausam, aber nicht unfassbar. Denn er wusste, grausame Dinge passieren. In der schlimmsten Phase seines Lebens hatte ein Bekannter zu ihm gesagt: »Alles, was wir uns vorstellen können, kann auch passieren, die allerschönsten und die allerschlimmsten Dinge.« Damals hatte Freitag diesen kitschigen Satz gehasst.

»Katja war ein so positiver Mensch, ich dachte, sie wäre glücklich, auch nach der Trennung«, sagte Ansgar.

»Aber die letzten Jahre«, meinte Deniz und sah aus dem Fenster auf sein Fahrrad, das er vor der Hauswand abgestellt hatte. Der Fahrradhelm hing am Lenker, und die verwelkten Topfpflanzen befanden sich noch immer im Fahrradkorb.

Michael brachte ein Tablett mit Schnapsgläsern und warf einige Speisekarten auf den Tisch. Faltkarten mit mehreren Adressaufklebern, auf denen handschriftlich neue Angebote und Preiskorrekturen gekritzelt waren.

»Jungs, wenn ihr mal etwas Ordentliches essen wollt: Ich habe einen Topf mit Labskaus auf meinem Herd.«

Freitag hatte noch nie in seinem Leben Labskaus gegessen, wusste nicht einmal, was es genau war. Ralf verzog angewidert das Gesicht.

»Ich würde, aber wenn ihr lieber nur trinken wollt«, meinte Ansgar.

»Die Hanseaten haben sich dieses Gericht ja auf ihre Fahnen geschrieben«, sagte Deniz und schnalzte mit der Zunge. »Aber, Freunde, meine Urgroßcousine aus Liverpool.«

»Deniz, doch nicht Liverpool, you will – meinetwegen – never walk alone, aber bitte halt die Klappe«, fauchte Ansgar, wenngleich er sich ein Grinsen nicht verkneifen konnte.

»Bevor ich es vergesse«, sagte Freitag und legte sein Handy auf den Tisch. Ansgar nickte und war über den Themenwechsel sichtbar froh.

»Gestern Nacht ...« Freitag tippte auf seinem Handy, aber er fand nur den Hinweis, dass die letzten Nachrichten aus dem Chatverlauf gelöscht wurden. »Ansgar, du hast mir gestern im Suff merkwürdige Nachrichten geschickt.«

»Ganz sicher nicht!«

Freitag scrollte den Chatverlauf rauf und runter.

»Warum sollte ich?« Ansgar nahm sein Telefon aus der Jackentasche und entsperrte es. »Tatsache, Sonntag sind Nachrichten an dich rausgegangen, aber sie wurden gelöscht.«

»Du warst so betrunken, du kannst dich nicht einmal daran erinnern, dass du mir geschrieben hast?«

»Ich war etwas länger hier, danach bei Karl-Heinz, aber ich war nicht betrunken.«

Was erzählst du mir da, du hast mir einen Scheiß geschickt, ich habe es doch gelesen, wütete Freitag innerlich.

»Warte!« Ansgar überlegte. »Sonntag hatte ich mein Handy zu Hause gelassen, mein Akku war leer.«

»Hat Janette mit deinem Adressbuch gespielt?«, fragte Deniz und drehte sich grinsend zu Freitag.

»Wer weiß, was sie wollte«, sagte Freitag und rief sich die Nachrichten ins Gedächtnis.

»Du kennst doch unsere Mädels«, nahm Ansgar seine Frau in Schutz. »Hier ein Smiley, da ein Zeichen, und die ständigen Abkürzungen, da steigen wir Männer doch gar nicht durch.«

»Da hast du recht«, bestätigte Freitag, auch wenn er sich an keine unverständlichen Zeichen und Abkürzungen erinnern konnte, er erinnerte sich an vollständige Sätze, die ihm etwas mitteilen sollten. Freitag fuhr mit der Hand über sein Gesicht und schloss die Augen, er dachte an das ›Monopoly‹-Foto, sah Janettes wuschelige Jacke, ihren Blick am Spielbrett vorbei und die Würfel, die unbeachtet fielen.

»Mir fehlen drei Fotos«, sagte Freitag. »Dammwald hat sein Versprechen eingehalten und nur die Klamotten behalten, die er am Tag der Auktion getragen hat, aber ich glaube, es fehlen drei Fotos. Natürlich geht es mir nicht um die Bilder, ich finde es nur seltsam, weil Dammwald ansonsten wirklich alles dagelassen hat.«

»Der macht sich nichts aus Fotos, ich glaube, er hat noch nicht einmal ein Bild von Katja in seinem Portemonnaie«, behauptete Ansgar.

»Das ist auch kein Wunder«, meinte Deniz mit einem gehässigen Unterton, den Freitag seinem Nebenmann nicht zugetraut hätte. Deniz lehnte sich zurück und grinste in sich hinein. Freitag dachte an den Bildschirmschoner auf seinem betrieblichen Computer, an das Liebespärchen Götz und Katja. Er hatte es bisher nicht gewagt, das Bild zu löschen.

»Die drei Fotos standen auf dem kleinen Regal neben dem Esstisch«, sagte Freitag.

»Da ist ein Regal?« Deniz schaute zur Seite, als müsste er in Gedanken das Wohnzimmer an die Wand projizieren.

»Bestimmt Familienfotos«, glaubte Freitag. »Oder Bilder mit ihren Feriengästen.«

»Nein«, sagte Ansgar. »Jetzt fällt es mir wieder ein, ich habe mich immer gewundert, warum sie diese langweiligen Bilder dahin stellen, auf den Bildern war nichts.«

»Wie, nichts?«, fragte Freitag.

»Auf den Fotos war der Waldsee, nur das Wasser, mehr nicht«, antwortete Ansgar.

»Götz hat mir von den Bildern erzählt, und …«, Ralf machte eine Pause und atmete die warme Kneipenluft tief ein. Freitag sah sich um, sie waren die einzigen Gäste, überhaupt schien der Zaungast wenige Besucher zu haben und ohne die Stammtischrunde kaum überlebensfähig. Freitag schwor sich, nie im Zaungast die Zeche zu prellen.

»Götz ist ein guter Guide«, erklärte Ralf und zog dabei die Augenbrauen hoch, als könnte man mit diesem Satz das Rätsel schon lösen. »Er ist ein guter Guide, aus diesem Grund hat er die Stellen, an denen er Erfolg hatte, fotografiert.«

»Katja fand die Fotos im Wohnzimmer bestimmt nicht witzig«, sagte Ansgar. »Außerdem kann ich mir kaum vorstellen, dass er anhand dieser Fotos seine Fangplätze wiederfindet, es war wirklich nur Wasser darauf zu sehen.«

»Möglicherweise wollte er nicht, dass sein Nachfolger von dem Guide-Wissen profitierte«, glaubte Ralf. »Und vielleicht wurde ihm erst später, in den letzten Tagen vor seiner Abreise, bewusst, wie erfolgreich und vielversprechend seine Fangplätze sind.«

»Da ist er wieder, der Monsterwallach aus dem Waldsee.« Ansgar wackelte verschwörerisch mit den Händen. Aber Freitag hörte in Ralfs Sätzen keine Ironie, vielmehr glaubte er, dass Ralf etwas ganz anderes meinte. Freitag sah Ralf bestätigend an: »Ich glaube dir, auch wenn ich keine Ahnung habe, was du uns sagen willst.« Ralf nickte Freitag zu.

Die Freunde wechselten das Thema und unterhielten sich die nächsten zwei Stunden über Qualifikationsspiele im Fußball und verpasste Chancen beim Angeln.

Deniz verließ als Erster die Runde, weil sein fünfjähriger Sohn auf eine Gutenachtgeschichte wartete.

»Sonst schläft mein Kleiner nicht ein, außerdem will ich selbst wissen, ob der Wikinger Ove seine Holde endlich flachlegt.«

Es war 21 Uhr. Freitag dachte, dass Fünfjährige eigentlich längst schlafen müssten, und beobachtete aus dem Fenster, wie sich Deniz auf sein Fahrrad schwang und mit wackligen Bewegungen nach Hause fuhr. Kurze Zeit später standen Freitag und Ralf auf und verabschiedeten sich von Ansgar, der erneut sitzen blieb und sich ein ›Herrengedeck‹, ein Bier und Michaels Selbstgebrannten, bestellte. Vor der Tür glaubte Freitag, er könnte den Waldsee riechen, ein vertrauter Geruch, der ihn an den Schrebergarten seiner Eltern erinnerte, an Tage, an denen sein Vater und er nach einem erfolgreichen Angeltag die Fische auf der eigens dafür gebauten Holzbank ausnahmen und reinigten.

»Ich kann es immer noch nicht fassen«, sagte Freitag und nickte Ralf zum Abschied zu. »Ich kenne Katja zwar nur von Fotos, aber irgendwie ist es trotzdem ein komisches Gefühl.« Er wollte sich nicht mit dem Tod von Katja befassen, nicht mit den Fragen belasten, die auch dieser Tod aufwerfen würde. Dennoch wusste er, es würde ihn noch lange beschäftigen.

»Götz verlässt Hals über Kopf das Land, und jetzt …«, sagte Ralf und verzog die Mundwinkel, als hätte er Angst, er würde etwas Dummes sagen. Sein Blick wirkte nicht angetrunken wie die letzten Abende im Zaungast, sondern klar und bestimmend. Ein Auto bog vor ihnen auf die Kreuzung. Ralf musste die Augen schließen, weil die Autoscheinwerfer ihn blendeten. Der Wagen blieb auf der Kreuzung stehen, aber der Fahrer stieg nicht aus und entschied sich nach einigen Sekunden, links abzubiegen.

»Du glaubst, Dammwald hat das Haus verkauft, nicht weil Katja ihn verlassen hat, sondern aus einem anderen Grund?«, fragte Freitag.

»Warum sollte er?«, antwortete Ralf. »Götz und Katja waren keine Kinder von Traurigkeit, nein, da ist was vorgefallen.«

Freitag zuckte mit den Schultern und deutete an, dass er sich nun aber wirklich auf den Heimweg machte.

»Warte«, sagte Ralf. »Ich möchte dir etwas zeigen, aber nicht hier. Wenn du noch ein paar Minuten Zeit hast, komm doch kurz mit.«

Ralf sah zum Fenster, hinter dem Ansgar sein Herrengedeck trank. Freitag stimmte zu, auch wenn er Ralfs Geheimnistuerei kindisch fand, er musste an den Nachbarsjungen aus Berlin denken, *Tags folgen strengen Regeln, jede Gruppe hat ihre Zeichen.*

»Ich wohne im Obergeschoss«, sagte Ralf, als er die Haustür aufschloss. Er wohnte in einer zwei Zimmer großen Einliegerwohnung am westlichen Ortsrand von Zaun.

»Mein Vermieter wohnt unten im Haus, aber ich sehe und höre ihn nie, manchmal frage ich mich, ob er überhaupt noch lebt, bei einem alleinstehenden Rentner von über achtzig Jahren muss man ja immer damit rechnen.«

Ralf war ebenfalls alleinstehend, was Freitag der Wohnung sofort ansah, sie war zwar nicht so unordentlich wie seine alte Unterkunft, aber auch hier fehlte es an Struktur.

»Schau nicht so genau hin!« Ralf warf seine Jacke über einen Stuhl, auf dem mehrere Jacken und Pullover lagen. »Du kannst ja schon mal ins Wohnzimmer gehen, ich hole die Papiere.«

Was für Papiere?, fragte sich Freitag und suchte im Wohnzimmer einen geeigneten Sitzplatz. Er entschied sich gegen das Zweimannsofa und setzte sich in die Essecke, die aus einem Bistrostehtisch und zwei unbequemen Barhockern bestand.

»Gut, sehr gut.« Ralf stellte zwei geöffnete Bierflaschen auf den Tisch. »Oder willst du lieber Kaffee oder Wasser? Schnaps habe ich leider nicht.«

Freitag nahm das Bier, er hasste es, wenn Gastgeber hektisch und übernervös versuchten, alles richtig zu machen, weil er wusste, dass er selbst ein schlechter Gastgeber war. Ralf legte eine Plastikmappe auf den Bistrotisch. Die Mappe erinnerte Freitag an seine dünnen Bewerbungsunterlagen. Er nippte an der Bierflasche, die einen Geruch hatte, als stammte sie aus einem modrigen Kellerloch.

»Eigentlich habe ich doch ein Recht darauf, zu erfahren, was damals wirklich passiert ist«, sagte Ralf und sortierte die Unterlagen, die ordentlich und sortiert aussahen. Freitag nickte, ohne zu begreifen, wovon Ralf sprach, und nippte weiter an seinem Bier. Es roch nicht nur modrig, es schmeckte auch nach Kellerloch.

»Du meinst die Geschichte mit dem Finger?«

»Ja«, erwiderte Ralf. »Natürlich, nach einem halben Jahr hat die Polizei alles eingestellt, es gab keine weiteren Beweise, also wurde die Akte einfach geschlossen, fertig, und die Betroffenen müssen seitdem mit der Ungewissheit leben.«

Freitag ärgerte sich über Ralfs Wortwahl, »die Betroffenen« – was wusste Ralf schon? Die Menschen, die die Person vermissten, waren betroffen, wer auch immer im Waldsee ums Leben gekommen war – wenn überhaupt eine Person vermisst wurde –, denn vielleicht vermisste auch nur jemand seinen Finger. Aber kein Angler, der diesen fremden Finger aus dem Wasser gezogen hatte, konnte betroffen sein.

»Ein guter Freund von mir arbeitet auf der Polizeiwache in Geistling, er hat mir die Polizeiakte kopiert«, sagte Ralf und schob Freitag einen Zettel zu. Freitag nahm das Stück Papier, seine Augen brauchten einige Sekunden, um das Schriftbild, das schief und in einer schlechten Druckqualität war, lesen zu können. Irgendwo hinter Freitag tropfte ein Wasserhahn. Freitag versuchte, seinen Blick zu fokussieren, aber die Buchstaben und Zahlen verschwammen vor seinen Augen, bevor er sie entziffern konnte. Er stellte sich vor, dass der Wasserhahn in der Wohnung unter ihnen seit Tagen tropfte, wenn nicht sogar seit Wochen, und es wäre in Ralfs Ohren nur noch ein Nebengeräusch, an das er sich gewöhnt hatte.

War es der Wasserhahn über einer Küchenspüle oder der über einer Badewanne? Vielleicht war das Wasser schon vor Tagen über den Rand getreten. Freitag konnte sich nicht dagegen wehren, in seiner Vorstellung hing ein lebloser Arm über dem Badewannenrand.

»Und, was hältst du davon?«

Freitag hörte Ralfs Frage, aber sie konnte in seinem Kopf die Bilder von der Wohnung unter ihnen nicht sofort verdrängen, so war er kurz davor, zu antworten »Was für ein schöner Tod, mit über achtzig Jahren«, aber er sammelte sich, schaute auf den Ausdruck und las die Begriffe *fehlender Leichenfund, Beweisaufnahme, Tatbestand*.

»Ohne die Leiche wird der Fall nicht gelöst werden, wie auch?«, antwortete Freitag und musste die Augen schließen, er konnte die Begriffe nicht länger ansehen, weil er befürchtete, dass sie in seinem Kopf Bilder erzeugen würden, die über eine ›Beweisaufnahme‹ und einen ›Leichenfund‹ hinausgingen.

»Das Merkwürdige ist, dass sie die Person nicht identifizieren können, heutzutage, der Finger sah zwar nicht mehr gut aus, aber die DNA, das kennt man doch aus dem Fernsehen.«

Du guckst zu viel ›Tatort‹ oder ›Aktenzeichen XY … ungelöst‹, dachte Freitag und drehte ängstlich die nächste Kopie um. Es war eine Stellungnahme der Freiwilligen Feuerwehr Zaun, sie hatten das ans Ostufer grenzende Waldgebiet durchsucht, ohne sachdienliche Hinweise zu finden, außer einen Schnürsenkel und *mehrere leere Kornflaschen.* Freitag erkannte am Ende des Berichts Ansgars Unterschrift, die der Vorsitzende schwungvoll über drei Zeilen gesetzt hatte.

»Korn trinken hier doch alle.«

»Verdächtige gibt es genug, Clemens, aber wenn jemand die Leiche in den Waldsee geworfen hat und ein einzelner Finger an die Oberfläche kommt, warum taucht dann nicht der Rest auf?«

»Vielleicht stand die Leiche auf dem Speiseplan von deinem Riesenwels.«

»Was wissen wir schon, was unter Wasser wirklich passiert?«, meinte Ralf und blickte nachdenklich an Freitag vorbei.

Freitag sah aus dem Fenster und zählte die vorbeifahrenden Autos. Es waren zwei Fahrzeuge in einer Minute, was in dieser verkehrsberuhigten Zone ungewöhnlich war.

»Es hört sich blöd an, aber …« Ralf hob den Zeigefinger. Freitag war sich nicht sicher, ob Ralf den Oberlehrer spielte und Aufmerksamkeit wollte oder ob er mit dem Finger aus dem Fenster zeigte. »Aber vielleicht wurde tatsächlich eine Leiche im Waldsee versenkt.« Ralf deutete mit dem Zeigefinger nun auf Freitag. »Vor deiner Haustür.«

»Was habe ich damit zu tun?«, wehrte sich Freitag.

»Du hast das Leben von Götz gekauft.«

»Ich habe das Seegrundstück gekauft, wobei ich noch nicht einmal die Unterlagen vom Notar habe.«

»Hast du nicht gesagt, du hast alles gekauft, nicht nur den Grund und Boden, sondern wirklich alles?«

Ralf nahm weitere Kopien aus der Mappe. Es waren Fotografien.

»Der Waldsee«, sagte Ralf.

»Das sehe ich!«

Freitag schaute ein zweites Mal auf die Fotos, die abgebildete Wasserfläche hätte für ihn auch jeder andere See oder Teich sein können.

»Schau genau hin«, sagte Ralf. »Die Aufnahmen sehen exakt so aus wie die Fotos, die auf dem Regal in Götz' Wohnzimmer standen.«

»Ralf, die sehen doch alle gleich aus!«

»Natürlich sehen die Aufnahmen für den Laien alle gleich aus«, gab Ralf zu. »Wenn man aber wie Götz und ich den Waldsee wie seine Westentasche kennt, dann sieht man sofort, wo die Aufnahmen gemacht wurden.«

Ralf tippte auf das Bild und faselte etwas von Spiegelungen auf der Wasseroberfläche, von Ästen, die wie die Finger eines Ertrinkenden aus den Wellen ragten, von der Badebucht, die man am Bildrand erkennen konnte, aber Freitag konnte sich nicht mehr auf Ralfs Erklärungen konzentrieren, Freitag dachte über das Wort ›Westentasche‹ nach. Hatte Ralf diesen Begriff absichtlich benutzt, oder hatte sich dieser in Ralfs Unterbewusstsein geschlichen, weil sie im Zaungast darüber gesprochen hatten?

»Westentasche?«, fragte Freitag vorsichtig nach.

»Nenn es, wie du willst, es ist definitiv die Stelle, an der ich den Finger aus dem Wasser gezogen habe.«

»Der abgetrennte Finger wurde in den Morgenstunden hundertzwanzig Meter vom Nordufer entfernt gefunden«, las Freitag in der Polizeiakte und merkte nicht, wie er die Wörter laut aussprach. Die Sätze in der Akte ergaben für ihn keinen Sinn, obwohl sie in einer einfachen, klaren Protokollsprache formuliert waren. *Wurde der Finger abgetrennt oder abgebissen?*, fragte sich Freitag, *was hatte Flaschen-Heinz über den Finger gesagt?*

»Genau, ich habe den Finger vor der Badebucht an der Nordseite aus dem Wasser gezogen.«

Ralf rückte mit dem Hocker zum Fenster. Freitag überflog in Gedanken den Waldsee, suchte den von Ralf beschriebenen Ort und verglich diesen mit der Beschreibung in der Akte.

Woher weiß ich überhaupt, dass es sich um eine polizeiliche Protokollsprache handelt?, grübelte Freitag und drückte mit der Faust auf die Akte. *Ist das eine Sprache, wie sie in allen Polizeiberichten verwendet wird? Wie soll ich es beurteilen, ich habe nie in einer Polizeiakte gelesen, nicht einmal in der Akte, die vielleicht meinen Familiennamen trägt.*

»Alles gut bei dir?«, fragte Ralf.

»Ich war in Gedanken«, sagte Freitag und schob die

Akte von sich, als wäre es ein Teller mit Essensresten, die ihn anwiderten.

»Ich dachte nur, es sah aus, als …« Ralf machte mit der Hand eine Bewegung, als wollte er seine Gedanken wegwischen. Freitag lächelte und hoffte, dass diese Situation bald vorbei wäre. Der Wasserhahn tropfte noch immer, aber Freitag musste sich anstrengen, um das Tropfen zu hören, er war sich nicht sicher, wo die Geräusche herkamen, aus der Wohnung unter ihnen oder aus seiner Fantasie.

»Als ehemaliger Nachbar trifft es einen doppelt«, wiederholte Freitag und sah dabei in Gedanken Ansgar, der alleine im Zaungast saß und frustriert sein Bier trank, wobei Freitag nicht mehr wusste, wer diesen Satz heute gesagt hatte.

»Ansgar besonders«, meinte Ralf und betonte die Wörter bemitleidend und amüsiert zugleich. »Clemens, du hast alles gekauft, ein vollständiges Leben, aber die Dorfgeschichten kann man nicht einfach kaufen, die musst du dir erarbeiten.«

Ralf nahm seine Brille ab und rieb mit dem Daumen in seinen Augen, sodass Freitag nicht ablesen konnte, ob die Worte ernst gemeint waren. Bevor Freitag etwas erwidern konnte, zeigte Ralf erneut zum Fenster.

»Clemens, wusstest du, man kann nicht nur ein Leben kaufen, so, wie du es gemacht hast, sondern auch ganze Städte, ich habe von einer Geisterstadt in Amerika gelesen, in Utah, drei Quadratkilometer Wilder Westen, wäre das nicht etwas für dich gewesen, Sheriff, Richter und Henker in deiner eigenen Stadt?«

»Ich bin schon mit meinen eigenen vier Wänden überfordert«, antwortete Freitag und schloss die Augen, er sah die Wäscheberge im Badezimmer, den Abwasch in der Spüle und das Chaos im Wohnzimmer und dachte daran, dass er unbedingt mehr Post-its und Reinigungsmittel kaufen müsste. Der Alkohol in seinem Kopf drehte Extrarunden, um weitere Fragen aufzuwirbeln: *Habe ich in meiner alten Wohnung jemals die Badewanne geschrubbt? Wie lange kann ein Wasserhahn tropfen? Welche Rolle spiele ich in diesem Dorf? Sheriff, Richter oder Henker?*

»Clemens?«

Ralf stand auf und öffnete das Fenster. Freitag drückte mit beiden Händen fest in seine Oberschenkel, aber kein Schmerz konnte von den Gedanken in seinem Kopf ablenken. *Reiß dich zusammen,* sagte er sich immer wieder, *du bist nicht überfordert, du bist nur angetrunken!*

»Ich sollte mich auf den Heimweg machen.«

Ralf stimmte ihm zu, mit einem Blick, als hätte er nicht nur Mitleid mit Freitag, der sich angetrunken von seinem Sitz erhob, sondern als machte er sich auch Sorgen um ihn, mit einer Anteilnahme, wie Freitag es sich unter echten Freunden wünschte. Ralf hatte Angst, Freitag würde die Treppen hinunterstürzen, deshalb begleitete er seinen Gast bis zur Haustür und bot an, ihn mit dem Auto nach Hause zu fahren. *Du bist noch betrunkener, als ich es bin, außerdem ist es nur ein kurzer Fußmarsch bis zu meinem Haus,* dachte Freitag und lehnte dankend ab.

Aber heute war sein Nachhauseweg kein kurzer Fußmarsch, zumindest kam es Freitag so vor. Immer wieder drehte er sich um, um sich zu vergewissern, dass er nicht falsch abgebogen war. *Sheriff, Richter, Henker,* zählte er im Kopf auf, um sich zu beruhigen, und wiederholte die Wörter, dabei wippte er bei jedem Schritt und war kurz davor, auf dem Weg wie ein Schulkind ›Himmel und Hölle‹ zu hüpfen.

Nach zwanzig Minuten und einem Umweg von fast einem Kilometer erreichte er den Weg Am Waldsee. Er ging an den alten Häusern vorbei und bildete sich ein, dass sich die Gardinen in den Fenstern bewegten. *Die Leute werden mich beobachten,* ahnte Freitag, *wie lange wird es dauern, bis ich nicht mehr der Neue bin?*

Er sah aus der Entfernung, dass jemand vor seinem Haus stand. Die Person schlackerte mit den Armen und schien unschlüssig zu sein, ob sie weitergehen oder über den Zaun springen sollte. In der rechten Hand hielt sie eine Plastiktüte, die sie mehrmals gegen den Zaun schleuderte. Freitag beschleunigte sein Schritttempo und erkannte Janette. Sie stützte sich nun am Zaun ab, bereit zum Sprung.

»Warum benutzt du nicht das Gartentor?«

Janette drehte sich langsam und unerschrocken zu Freitag um. Aus dem Blick in ihre Augen und aus der unnatürlichen Art, wie sie ihren Kopf bewegte, schloss er, dass sie angetrunken war.

»Ah, mein lieber Nachbar, du bist noch unterwegs? Ansgar liegt schon lange auf seinem Sofa.«

»Da will ich jetzt auch hin.« Er zeigte einige Meter neben Janette auf das Tor. Sie sah in den Vorgarten und meinte etwas irritiert: »Ach, da.«

»Du solltest auch …«

»Was soll ich?« Sie legte ihren rechten Arm um seine

Schultern, mit der linken Hand zupfte sie einen Staubfussel von seiner Jacke. »Wie läufst du denn rum?«

»Man könnte denken, wir wären ein altes Ehepaar.«

»Was meinst du, was die Nachbarn alles denken.« Sie sah an Freitag vorbei, aber er konnte nicht erkennen, ob sie ihren Blick bewusst zu einem der Nachbarhäuser gerichtet hatte, denn als er sich umdrehte, wendete sie ihren Kopf in eine andere Richtung.

»Die lieben Nachbarn, sollen sie doch lästern, Clemens, das kümmert uns doch nicht.«

»Nicht, dass Ansgar eifersüchtig wird.«

Freitag schmunzelte und ging einen weiteren Schritt auf sein Grundstück zu.

»Ansgar, der hat kein Recht, eifersüchtig zu sein«, erwiderte Janette mit einer klaren Stimme, als wäre sie mit einem Schlag nüchtern geworden. »Nein, wenn überhaupt, dann bin ich es, die eifersüchtig sein müsste.«

»Wieso? Ansgar ist doch ein braver Junge.« Freitag betonte seine Worte, damit Janette sofort erkannte, dass er wusste, was für ein Schlitzohr Ansgar sein konnte. Aber Freitag dachte auch an die merkwürdigen Nachrichten, die er gestern bekommen hatte.

»Janette …«, begann er, aber er wusste nicht, wie er sie fragen sollte, was für ein Spiel sie spielte, ohne sich lächerlich zu machen.

»Clemens, wer hätte das gedacht.« Sie kullerte mit ihren Augen und blickte sich nach links und rechts um.

Er glaubte, obwohl zwischen ihnen nun wieder einige Schritte Abstand waren, Alkohol zu riechen. Aber zwischen dem strengen Geruch konnte er auch eine süßliche, fruchtige Note herausriechen. Es kribbelte in seiner

Nase. Bevor er niesen musste, versuchte er, an andere, angenehmere Gerüche zu denken. Der Duft einer frisch gemähten Wiese im Sommer. Eine geöffnete Tüte mit gemahlenem Kaffee. Rossanas Parfüm. Er strich mit der Hand über sein Gesicht. Das Kribbeln in seiner Nase war tatsächlich verschwunden.

»Clemens, du darfst nicht alles so ernst nehmen«, sagte sie und verlagerte dabei ihr Körpergewicht von einem Bein auf das andere. »Katjas Tod beschäftigt Ansgar. Schon vor ihrem Tod hat er sich am liebsten mit unserer Nachbarin beschäftigt.« Janette lachte, und mit diesem leicht überzogenen, fast hysterischen Lachen wurde deutlich, dass sie wirklich zu viel Alkohol getrunken hatte.

»Kontrollierst du deshalb sein Handy?«, wollte Freitag wissen.

»Warum sollte ich? Ich renne Ansgar doch nicht hinterher.«

»Aber du hast mir mit seinem Handy geschrieben.«

»Habe ich das?« Sie betrat sein Grundstück und positionierte sich nur eine Handbreit von ihm entfernt. »Auf eine unbekannte Rufnummer hättest du nicht reagiert, oder, mein lieber Nachbar?«

Ich reagiere auf unbekannte Absender, dachte Freitag, *und vielleicht ist das ein Fehler.*

»Wo treibst du dich eigentlich um diese Uhrzeit herum?«

»Ich war geschäftlich unterwegs«, antwortete sie mit einem süffisanten Grinsen. Freitag sah auf die Plastiktüte, die sie in der rechten Hand hielt, die gleichen, fast durchsichtigen, grünen Tüten, hielt Flaschen-Heinz für seine Kunden bereit. Flaschen konnte Freitag in der Tüte nicht erkennen, eher vermutete er Zigarettenschachteln.

»Dann wünsche ich dir eine angenehme Nacht«, sagte Freitag und deutete an, dass er in sein Haus wollte.

»Wenn du meinst.« Sie ging einige Schritte zurück und blickte den Waldweg rauf und runter. »Wenn du meinst, ich hätte dich noch eingeladen.« Sie hielt die Plastiktüte hoch, so schwungvoll, beinahe hätte die Tüte einen Überschlag gemacht.

»Ich rauche nicht mehr.«

»Clemens, ich habe nicht nur Zigaretten, sondern auch Lakritze und Weingummis.«

Freitag wollte noch erwidern, dass sie die harten Dinger alleine essen könne, aber Janette hatte sich schon umgedreht und befand sich auf dem Heimweg.

Er wartete, bis Janette aus seinem Sichtfeld verschwunden war, und machte einen Kontrollgang um sein Haus und sah, dass sein Boot vor dem Bootshaus auf dem Wasser hin und her trieb. Er hatte das Boot gestern mit einem dicken Tau an einem Metallring festgebunden. Aber das Boot besaß zu viel Spielraum. Der Wind zischte um das Bootshaus, als wollte er das Boot mit letzter Kraft losreißen. Freitag hielt mit der rechten Hand das Seil fest. Die Fasern kratzten auf seiner Haut, die Handinnenfläche wurde heiß, aber Freitag spürte keinen Schmerz, er spürte nur die Kälte in seinem Gesicht und den Wunsch, auf den See zu fahren. Sich einfach treiben lassen. Wie vor fünfundzwanzig Jahren. Damals hatte er mit seinen Eltern am Schwarzen Meer zwei Wochen lang Urlaub gemacht, seine erste Flugreise. Zwei Wochen lang schwimmen, tauchen und sonnen. Und jeden Abend auf dem Bett im Hotelzimmer hatte Freitag das Gefühl, die Wellen würden weiter über ihn hinwegrollen, dabei musste er sich immer wieder sagen, dass er in einem richtigen Weltmeer schwimmen war.

War ich damals wirklich stolz darauf gewesen?, fragte sich Freitag und sah auf den Waldsee. Vor der Badebucht an der Nordseite, so hatte Ralf es beschrieben.

Das Wetter ist gut, das Wasser ruhig, vielleicht wäre jetzt die Chance. Aber was passiert, wenn ich tatsächlich den großen Fang mache? Was ändert sich dann für mich? Die Wertschätzung meiner Stammtischrunde? Bekomme ich ein Porträt in einer der Angelzeitschriften, die ich früher gelesen habe, war es damals nicht mein Ziel gewesen, einmal in der ›Rute und Rolle‹ als Angler der Saison gekürt zu werden, aber was sollte mir das heute bringen? Habe ich nicht schon genug Ziele erreicht?

So angetrunken Freitag vor wenigen Minuten noch gewesen war, so klar waren jetzt seine Überlegungen. Ein Traumhaus, ein sicherer Job, endlich Kumpels, die zwar keine Hemmungen hatten, ihn auf einem See schlafend zurückzulassen, auf die er sich aber sonst sicher verlassen konnte, zumindest hatte er keine Schulden bei ihnen. Er müsste glücklich sein, jetzt, in diesem Moment, ob er den Riesenwels fing oder nicht.

Aber Freitag war sich nicht sicher, ob das, was er seit seinem Einzug in Zaun erlebte, wirklich ein glückliches Leben war. Freitag entschloss sich, nicht mehr mit dem Boot rauszufahren, und schlenderte am Ufer entlang.

»Dann genießen wir eben das schöne Wetter«, hörte

Freitag in Gedanken seinen Vater sagen, »wir genießen die herrliche Luft, und dass wir beide etwas zusammen unternehmen, ist das nicht …«

Mein Vater brauchte keinen Erfolg, dachte Freitag und ahnte, dass es eine Lüge war. *Hat nicht jeder Mensch Ziele in seinem Leben? Aber welche Ziele hat mein Vater verfolgt?* Sein Job in der Stadtverwaltung war nicht für Aufstiegschancen bekannt, sein Schrebergarten und der Angelsport waren seine einzigen Hobbys, wobei sich die Arbeiten im Garten auf das jährliche Schneiden der Hecke und auf das Streichen der Laube alle drei Jahre beschränkten. Auch beim Angeln hatte er keine großen Ambitionen, er hatte immer betont, dass ihn nicht interessiere, ob er etwas fange oder nicht, selbst ohne einen einzigen Biss sei eine gemeinsame Angeltour mit seinem Sohn für ihn ein Erfolg.

Freitag hörte neben sich ein Geräusch. Ein Platschen? Für einen kurzen Moment entstand in seiner Vorstellung ein kurioses Bild, es zeigte den herumstreunenden Hund, der hechelnd neben ihm im Wasser schwamm. Der Hund hatte nicht die Kraft, um zu bellen, nur die Schnauze schaute aus dem Wasser und die Zunge schlabberte das dreckige Wasser. Freitag sah in Gedanken die Augen, die nicht mehr warnen wollten, sondern nach Hilfe bettelten, bis sie langsam im Wasser verschwanden.

Freitag riss seine Augen auf, er stand am Ufer und hatte sich fast hundert Meter vom Bootshaus entfernt. Sein Grundstück und das Dorf dahinter waren dunkel, nur wenige Lichtpunkte konnte Freitag aus dieser Entfernung erkennen. Er ging zurück. Es sah aus, als würde er auf eine schwarze Wand zusteuern. Er stellte sich vor, das Dorf Zaun wäre nur eine Kulisse, in der er sich bewegte, die Landschaft eine Wand aus Pappmaschee, der Mond eine runde Scheibe und die Leute um ihn herum Schauspieler und Statisten. Nur der Hund konnte durch die Kulisse wuseln, wie er wollte, und brachte die Verantwortlichen mit seiner Unberechenbarkeit zur Verzweiflung. Auf dem Weg zur Haustür konnte er nirgends ein Tier erkennen, er sah auch keine verdächtigen Spuren oder Schatten, einzig die dünnen Äste des Kirschbaums bewegten sich im Wind. Erleichtert betrat er sein Haus. Er verriegelte die Haustür, was er in seiner alten Wohnung nie getan hatte. Damals in der Großstadt hatte er keine Angst vor Einbrechern, er hatte sich immer eingeredet: *Was wollen Einbrecher schon bei mir klauen? Wenn sie meinen rostigen Wagen sehen, sparen die sich jede Mühe.* Aber Freitag ahnte, sein neues Haus mit dem Geländewagen in der Garage könnte Begehrlichkeiten wecken. Er drehte den Schlüsselbund in seiner Hand, er kannte zu jedem Schlüssel das passende Schloss, nur die Funktion von dem kleinsten Schlüssel hatte er bisher nicht herausgefunden.

Freitag schlüpfte in bequemere Kleidung und machte sich auf die Suche nach einem winzigen Schloss. Aber weder im Arbeitszimmer noch im großen Kleiderschrank oder in den Nachttischschränken befanden sich eine Geldkassette oder ein kleiner Tresor. Auch die Schubladen vom Schreibtisch hatten keine Schlösser. Freitag zog die Luke vom Dachboden herunter, wischte mit dem Pulloverärmel das Kondenswasser ab und stieg die Treppe nach oben. Die Unordnung und der Geruch nach feuchter Pappe störten Freitag nicht, im Gegenteil, er war jedes Mal froh, wenn Dammwalds makelloses Leben leichte Risse zeigte.

Das passende Schloss fand Freitag nicht, dafür einen Karton mit Angelmagazinen. Die Zeitschriften mussten über zwanzig Jahre alt sein, denn er konnte sich an einige Cover und Überschriften erinnern. Als Jugendlicher hatte er es geliebt, in den Zeitschriften zu blättern und Berichte über neue Köder und Fanggebiete zu lesen. Aus einer Zeitschrift ragte ein mehrfach gefaltetes Stück Papier heraus. Es steckte in einem Bericht über das nächtliche Zanderangeln mit leuchtenden Gummiködern. Nachdem Freitag vor- und zurückgeblättert hatte und erneut auf die Abbildungen von kapitalen Zandern und leuchtenden Ködern sah, erkannte er das für Dammwald Besondere an diesem Bericht: Die Testangler angelten am Waldsee. Freitag konnte den Steg am Nordufer erkennen und vermutete auf einer zweiten Abbildung sogar zwischen den Bäumen das Hausdach der Schönfelds. Freitag klappte die Zeitschrift zu und betrachtete das Cover, die Unterwasseraufnahme eines Hechtes, der nach einem Rotauge schnappte. Dieses Bild kam ihm bekannt vor. Wenn er diese Zeitschrift, die im März vor dreiundzwanzig Jahren erschienen war, ebenfalls gekauft hatte, hatte er den Artikel über das Zanderangeln mit Sicherheit auch gelesen. Die Vorstellung, dass er sich damals gedanklich an den Waldsee begeben hatte, ohne zu ahnen, dass dort dreiundzwanzig Jahre später sein neues Leben beginnen würde, hatte für Freitag etwas von einem Zufall, der so leicht und schön war, dass in seinem Magen eine Aufregung entstand, als hätte er soeben etwas Kostbares gewonnen. Er faltete das Lesezeichen auseinander und sah auf eine Liste. Dammwald hatte im Internetarchiv einer Angelzeitschrift mit den Suchbegriffen »Waldsee« und »Zaun« eine Liste von Zeitschriften bekommen und ausgedruckt. Es gab nur einen Artikel, den Dammwald markiert hatte, der sich tatsächlich mit dem Waldsee in Zaun beschäftigte, der Bericht in jener Ausgabe, die Freitag in den Händen hielt. Auf der Liste klebte ein gelber Post-it. Darauf stand die Zahl 7,50. Freitag löste den Post-it von der Liste. Vor zwei oder drei Jahren hatte er sich von allen alten Büchern und Zeitschriften getrennt.

Aber 7,50 €, das ist doch unverschämt, sagte er sich, *das hätte ich nie verlangt …*

Freitag klebte den Post-it auf die Zeitschrift. Dann fiel es ihm wieder ein, sein Vater hatte diese Zeitschrift abonniert und sich immer über den Adressaufkleber oben links auf der Zeitschrift geärgert. Freitag strich mit dem Daumen über die Stelle, das Papier war rau und gewellt, als wäre die Oberfläche feucht geworden und langsam getrocknet. Die oberste Farbschicht hatte sich an einigen Stellen vom Papier gelöst. Freitag dachte daran, dass die Zeitschriften so aussahen, nachdem sein Vater das Adressetikett mit Wasserdampf entfernt hatte, aber so sahen auch Zeitschriften aus, die über zwanzig Jahre lang vor sich hin vegetierten. Er warf die Zeitschrift neben die Dachluke.

Er stapelte einige Kartons um, dabei fiel der Koffer mit den Frauenkleidern zur Seite. Der Klappverschluss sprang auf, und eine Kollektion aus den 90-ern verteilte sich über mehrere Kartons. Er stopfte die Kleidungsstücke wieder in den Koffer und dachte an das Foto von Katja, das an der Pinnwand hing. Die hübsche Katja hätte ihm auch gefallen, davon war er überzeugt und wühlte in dem Koffer. Er fühlte einen seidenen Stoff, zog ein schwarzes Oberteil heraus und versuchte, sich Katja darin vorzustellten, aber die Bilder in seinem Kopf sahen falsch aus. Die Frau, die ihn jeden Morgen im Büro auf seinem Computerbildschirm anlächelte, war schlank, neben ihr wirkte selbst der sportliche Dammwald übergewichtig. Freitag schätzte, dass die Bluse bestimmt fünf Nummern zu groß war. Auch die anderen Kleidungsstücke gehörten zu einer Frau, die eindeutig Gewichtsprobleme hatte. Auf einem pinken T-Shirt stand *But always on the top*.

Freitag stieg ohne ein passendes Schloss, dafür mit einer Angelzeitschrift die Treppe nach unten. Aus dem Wäscheberg im Badezimmer war ein Gebirge geworden, das den Weg zur Toilette versperrte. Er warf zwei kleinere Berge in die Badewanne. Während er seine Unterhosen und Anglerklamotten betrachtete, warf er auch die restliche Schmutzwäsche in die Badewanne. Eine Unterhose fiel herunter und landete vor der Badewanne. Er ließ die Unterhose liegen und stellte sich vor den Spiegel. Zwischen getrockneten Wasserflecken zwei Augen, die sich selbst nicht erkannten. Er zwinkerte sich zu und begann, sich die Zähne zu putzen. Die Zahnbürste war der einzige Gegenstand, der es aus der Kulturtasche in Dammwalds Spiegelschrank geschafft hatte. Freitag drehte den Wasserhahn auf und beobachtete, wie der Schaum linksdrehend auf den Weg in die Kanalisation verschwand.

Freitag grübelte, warum Katja sich umgebracht haben sollte, es ergab für ihn keinen Sinn. Vielleicht war es nicht Götz, der an der Trennung zerbrochen war, sondern Katja. Aber sie hatten doch die besten Voraussetzungen für ein glückliches Leben, jeden Morgen ohne Geldsorgen aufwachen, den Tag auf der Terrasse mit dem Blick auf den Waldsee beginnen, wo waren die Risse, die so tief gingen, um all dies für immer aufzugeben?

Freitag spülte seinen Mund aus und spuckte das Wasser in den Abfluss. *Alle mochten die Dammwalds, alle haben gesehen, wie erfolgreich und perfekt die Dammwalds waren,* überlegte Freitag und sah im Spiegel die Wäscheberge hinter sich, die so groß waren, dass sich ein Mensch darunter verstecken könnte. Dieses Bild von einem Menschen, der wie lebendig begraben unter der Wäsche kauerte, wollte nicht aus Freitags Kopf weichen. Selbst in seinem Bett, die Decke bis unter das Kinn gezogen, konnte er an nichts anderes denken. Um sich abzulenken, wanderte er in Gedanken durch das Haus, in der Hoffnung, in den hintersten Ecken die Risse und schimmligen Stellen im Traumhaus der Familie Dammwald zu finden.

Freitag fiel auf, dass es kein Kinderzimmer gab. Natürlich, das war es, Katjas nicht erfüllter Kinderwunsch, der Grund für die Trennung und vielleicht sogar für ihren Selbstmord. Für Freitag war diese Begründung logisch, bis er ein zweites Mal gedanklich durch das Haus wanderte. Aus seiner Sicht war der Grundriss nicht familienfreundlich. Die Wohnfläche war enorm, aber auf wenige Zimmer verteilt, einzig das Arbeitszimmer könnte man zu einem Kinderzimmer umfunktionieren. Aber um Platz für weiteren Nachwuchs zu schaffen, müsste man Wände einreißen, somit war für Freitag klar, die Dammwalds hatten nie ernsthaft vor, eine Familie zu gründen. Freitag war davon überzeugt und hörte gleichzeitig Rossana sagen: »Ich glaube, Katja hätte gerne eine Familie gegründet.«

Es geht mich auch nichts an, sagte sich Freitag, *vielleicht hat sie einen Abschiedsbrief geschrieben, ja, einen Abschiedsbrief.*

Freitag schloss die Augen, er wollte in eine Traumwelt flüchten, aber er konnte nicht schlafen.

Wenn es Selbstmord war, wird sie eine Nachricht für die Angehörigen hinterlassen haben.

Freitag versuchte, an etwas anderes zu denken, aber es gelang ihm nicht, zu oft hatte er in seinen Gedanken die letzten Zeilen seiner Eltern geschrieben. Er griff nach der Angelzeitschrift und begann zu lesen, er las schneller, als sein Gehirn die Informationen verarbeiten konnte. Erst auf der Doppelseite, in der das Lesezeichen steckte, konnte er sich wieder auf die Sätze konzentrieren, Sätze über das Fischen mit einem leuchtenden Körper, über die Nachtaktivität der Zander, über das Führen der Köder in Grundnähe. Dammwald hatte etwas mit einem Bleistift unterstrichen. Die Striche waren schwer zu erkennen, als hätte Dammwald versucht, sie wieder wegzuradieren. Ein Absatz mit Informationen, die Freitag schon etliche Male in Zeitschriften und Fachbüchern gelesen hatte. Er wusste, dass Zander ihre Nahrung am Grund aufnehmen, dass die Chancen auf einen Fang in Binnengewässern an den tiefsten Stellen am höchsten sind. Der Artikel verriet, dass es an der tiefsten Stelle im Waldsee über zwanzig Meter nach unten ging. »Über zwanzig Meter«, sagte Freitag laut, um sich die Entfernung vorzustellen. Ansgar hatte recht, man könnte den Kirchturm von Geistling im Waldsee versenken. Freitag stellte sich den Waldsee aus der Vogelperspektive vor und konnte den See mit einem Blick erfassen. Zwar war für ihn diese unglaubliche Tiefe nicht realistisch, aber er glaubte den Angaben in der Zeitschrift. Er vermutete, dass die Tester Tiefenkarten studiert oder ein Echolot benutzt hatten. Er warf die Zeitschrift neben sich auf das Bett. Die Vorstellung, einen kapitalen Fisch aus zwanzig Metern an die Oberfläche zu ziehen, und die Frage, ob an dieser Stelle Ralfs Riesenwels sein Unwesen trieb, lenkten Freitag ab. Er schloss die Augen und fiel in eine erste, brüchige Schlafphase. In diesem Dämmerzustand vermischten sich die Orte und Gedanken. Er suchte die tiefste Stelle vor der Badebucht, er blickte von der Rader Hochbrücke in den Nord-Ostsee-Kanal und fragte sich, als sein Puls endlich in die Ruhephase glitt, wie tief eine Badewanne wirklich war.

Mittwoch

Was für ein Tag ist heute?

Mit dieser Frage wachte Freitag vor dem Weckerklingeln auf und hoffte, es wäre bereits Wochenende und nicht erst Mittwoch. Obwohl er müde und verkatert war, konnte er nicht wieder einschlafen. Er setzte sich ins Arbeitszimmer und schaltete den Computer ein. Der Rechner surrte leise, was Freitag nervte, auch der Bildschirm war für ihn heute viel zu hell eingestellt. Er klickte auf eine Suchmaschine und gab die Begriffe »Badewanne«, »Katja« und »Dresden« ein. Bevor er in der Lage war, auf ›Start‹ zu drücken, zögerte er einen Augenblick, denn er hatte Angst vor Bildern, die nie wieder aus seinem Kopf verschwinden würden. Er wusste, diese Bilder könnten in seiner Vorstellung ein Eigenleben entwickeln, sie würden sich dann mit den Gesichtern derer, die er vermisste, zu neuen, schlimmen Vorstellungen vereinen. *Ich schlafe eh zu wenig und träume zu schlecht*, dachte er und drückte dennoch auf ›Start‹. Erst auf der vierten Seite des Suchergebnisses tauchte der Zeitungsartikel auf. Ein kleiner Artikel in der Rubrik ›Aus dem Polizeibericht‹:

Friedrichstadt (Altstadt). In einem Mehrfamilienhaus in Friedrichstadt ist am Freitag eine weibliche Leiche gefunden worden. Der leblose Körper der Frau wurde nach bis-

herigen Informationen offenbar in einer Badewanne im zweiten Stock gefunden. Laut Ermittler soll es sich um die 37-jährige Mieterin handeln. Gemeldet wurde der Fund der Polizei am Freitagmorgen gegen 10 Uhr. Weitere Informationen folgen.

Freitag fragte sich, welche Informationen folgen könnten, für ihn war alles gesagt, es gab nichts, was für die Allgemeinheit noch von Interesse wäre. Er verzichtete darauf, nach weiteren Artikeln zu suchen, weil er überzeugt war, dass er die Antwort auf die Frage nach dem Warum nicht im Internet finden würde. Er klickte auf die App der Verkaufsplattform, in der eine Nachricht von Ophelia52 mit einem Dateianhang auf ihn wartete. Freitag öffnete den Anhang, ein Foto, das sich schrittweise aufbaute. Die Betreffzeile der Mail war leer, und die Nachricht selbst bestand aus nur sechs Wörtern:

Für denjenigen, der am Beckenrand sitzt.

Das Foto sieht aus wie eine düstere Kunstfotografie, dachte Freitag, *und es sieht aus wie eine Drohung.* Es kann nichts anderes sein, glaubte er und starrte auf eine Badewanne. Es war der Blick in ein Badezimmer aus einer anderen Zeit. Grüne Wandkacheln, die Freitag an das Haus seiner Großeltern erinnerten, die Kacheln hatten ein florales Muster, als wären sie aus einem Katalog für Inneneinrichtungen im Vintage-Style. Über der Badewanne hatte der Künstler das Wort *Sex* mit einem Pfeil nach unten gesprüht. Freitag verglich es mit dem Graffiti auf seinem Schuppen, aber es waren zu wenige Buchstaben, er konnte keine Gemeinsamkeiten finden, wobei das E, diese kleinen, verschmierten Ecken, für Freitag eine gewisse Ähnlichkeit mit dem Schriftzug hatten. Die Gespräche der letzten Tage rasten durch seinen Kopf. Ophelia52 wusste von Katjas Leiche! Es konnte alles kein Zufall sein! Freitags Gedanken forderten eine Erklärung, aber in seinem Kopf ergab sich nur eine Frage: *Ist es eine Drohung oder eine Warnung?*

Hund oder Mörder, Ophelia52, was bist du?

Freitag drückte auf ›Senden‹, auch wenn er das Gefühl hatte, er würde sich mit dieser Frage auf ein kindisches Spiel einlassen. Aber je länger er das Foto betrachtete, desto mehr hoffte er, es wäre wirklich nur ein Kinderstreich. Mit jedem Detail, das Freitag entdeckte, verflog die gestellt wirkende Atmosphäre, sie wurde für ihn authentischer, fast greifbar nah. Eine geöffnete Shampooflasche auf dem Rand der Badewanne, auf dem Fußboden eine Klopapierrolle und überall Wasserflecken. Freitag wusste, er besaß kein Kunstverständnis, hatte nie verstanden, warum ein einfarbiges Bild ein Vermögen kosten kann, ein schwarzes Irgendetwas auf einem schwarzen Nichts, aber bei dieser Fotografie war er sich sicher, es kann keine Kunst sein, jemand hatte dieses Badezimmer aus einem einzigen Grund fotografiert. Drohung oder Warnung?

Freitag surfte im Internet und aktualisierte alle zehn Sekunden sein Postfach, bis sein Wecker im Schlafzimmer klingelte. Er schaltete den Wecker aus, ging auf die Toilette und versuchte, nicht auf die Wäsche in der Badewanne zu schauen. Dammwalds Kleiderschrank war so gut bestückt, dass Freitag noch zwei Wochen lang jeden

Tag etwas Sauberes anziehen konnte, das farblich aufeinander abgestimmt und passend zur Jahreszeit war.

Der Signalton einer neuen Nachricht ertönte. Ophelia52 hatte geantwortet: Ich liebe meinen Hund, der beste Freund des Menschen. Gibt es das heute noch unter den Menschen? Einen besten Freund? Ich sitze am Rand und sehe, wie Sie einfach töten.

Das ist ein Psychopath, war Freitag überzeugt und antwortete: Was willst du von mir? Das Haus? Mein neues Leben?

Freitag schickte die Nachricht ab. Keine drei Sekunden später folgte eine automatische Antwort: Herzlichen Dank für Ihre Nachricht. Ich bin für eine Woche auf Geschäftsreise ohne E-Mail-Zugang. Aber bald bin ich wieder in Ihrer Nähe und kümmere mich um Ihr Anliegen. Auf Wiedersehen!

Freitag las die Nachrichten mehrmals, mit jedem weiteren Mal wurde für ihn die versteckte Drohung deutlicher.

Ich sitze am Rand und sehe, wie Sie einfach töten.

Freitag starrte auf die Buchstaben, ohne die Bedeutungen hinter den Wörtern zu verstehen. Das große S stach aus dem Satz hervor, als hätte es allein die Kraft, ein Urteil zu sprechen.

Freitag fuhr einige Minuten zu spät auf den Firmenparkplatz. Bereits sieben Autos blockierten neun Parkplätze. Freitag bemühte sich, seinen Wagen in eine Lücke zu fahren, ohne die Markierungen mit seinen Reifen zu berühren, was ihm nicht ganz gelang. Jeden Morgen hatte Freitag das Gefühl, die Kollegen stünden am Fenster und beobachteten den Neuling, denn er wusste, nichts anderes war er, der Neuling, eine Kopie des Dammwald, die sich noch beweisen musste.

Jemand öffnete ein Fenster im zweiten Stock, als Freitag das Treppenhaus betrat. Er hörte etwas, das sich wie »Schlampe« oder »Scheiße« anhörte. Die Eingangstür fiel hinter ihm ins Schloss. Freitag bemerkte, dass auf dem Türschild zur Notfallzentrale noch Dammwalds Name klebte. *Und wo ist mein Name?,* dachte Freitag und sah, dass Rossana bereits einen Becher mit Kaffee auf seinen Schreibtisch gestellt hatte.

»Ich war heute Morgen etwas durcheinander«, sagte Rossana. »Es war irgendwie spooky, ich habe gesehen, dass dein Geländewagen nicht auf dem Parkplatz stand, da war für mich klar, dass ich einen Kaffee für dich aufsetze, das machen wir beide ja immer so, ich bin also hoch und habe Kaffee gekocht. Erst als ich den Becher auf deinen Schreibtisch gestellt habe, habe ich begriffen, Götz ist ja gar nicht mehr da.«

»Ihr hattet einen Wer-zu-spät-kommt-Kaffee-Deal?«, fragte Freitag und lachte. Rosanna lachte ebenfalls, aber ihr Lachen wirkte unsicher, als befürchtete sie, Freitag wäre beleidigt.

»Wenn du möchtest, Clemens, können wir auch einen Deal machen, ich trinke Tee mit drei Stück Kandis.«

Sie lächelte und sortierte ihre Papiere auf der Fensterbank. Auf Freitags Bildschirm leuchtete das Urlaubspärchen. Er klickte das Foto schnell weg und sichtete seine Aufträge. Es war eine Anzahl, die Freitag in den nächsten drei Stunden abarbeiten könnte, aber statt damit zu beginnen, loggte er sich in die Datenbank ein. Alle Bestellungen und Kundendaten der letzten zehn Jahre waren archiviert, eine Datenmenge, die einen Großteil der Kapazitäten des Betriebsservers beanspruchte, die Freitag nun mit dem Suchbegriff »Dammwald« auf fünf Einträge beschränkte. Aber keine Bestellung hatte einen Bezug zu Götz oder Katja. Freitag suchte weiter. Über sechshundert Bestellungen wurden nach Dresden verschickt, in den letzten zwei Wochen zehn, diese Woche gab es nur eine Bestellung. Er scrollte durch die Liste. Angelhaken, Filetiermesser, Spulen, Taue. Er wusste nicht, wonach er suchen sollte, und reduzierte die Liste auf Bestellungen aus Zaun. Eine niedrige dreistellige Anzahl. Die Namen Ansgar, Ralf, Deniz und Karl-Heinz tauchten oft auf, alle Bestellungen waren mit einem Mitarbeiterrabatt versehen und beinhalteten erstaunlicherweise nicht nur Angelbedarf, sondern auch Munition und Ersatzteile für Schusswaffen. Flaschen-Heinz wird seine Ratten vielleicht nicht nur mit einer Schaufel, sondern auch mit Schießpulver bekämpfen, das war für Freitag nachvollziehbar, aber warum bestellte Ralf vor einem Jahr einen Smith-&-Wesson-Revolver und Ansgar letzte Woche ein Zielfernrohr für eine Selbstladeflinte? Freitag konnte nicht mehr stillsitzen, die Gedanken überschlugen sich, formten aus den Informationen der letzten Stunden Bilder von einem Mörder, der in einer Badewanne auf sein Opfer lauerte. Sein Gedächtnis gab weitere Bilder frei, die Freitag aus schlechten Horrorfilmen kannte, Filme, die keinen Sinn ergaben. Seine vermeintlichen Freunde konnten sich damals darüber amüsieren, aber für Freitag trafen die Filme auch heute noch einen Bereich in seinem Kopf, der ihn lähmte, eine Angst, er könnte etwas verlieren, mit einer Wucht, die man nicht mit Bildern erklären konnte. Er ging in die Küche und bemerkte nicht, wie Frank hinter ihm den Raum betrat.

Frank suchte im Kühlschrank nach Milch und erzählte Freitag von den Problemen mit der Übermittlung der richtigen Daten an die Steuerverwaltung.

Ich habe noch nie eine Steuererklärung abgegeben, dachte Freitag und hörte seinem Chef nicht mehr zu.

»Frank, darf ich dich mal etwas fragen?«

»Wenn du wüsstest, was die Steuerprüfer alles fragen.« Frank schlug die Kühlschranktür etwas zu laut zu.

»Gibt es für uns eigentlich einen Mitarbeiterrabatt, ich meine nur, falls …«

»Ich dachte schon, du fragst gar nicht mehr.« Frank löffelte Zucker in seinen Kaffee. »Also, wenn du dir bei deinen Bestellungen zwanzig Prozent abziehst, geht das in Ordnung«, erklärte Frank, ohne von seinem Kaffeebecher aufzusehen. »Nutzt hier eh keiner, ich glaube, dein Vorgänger hat in fünfzehn Jahren nicht einmal danach gefragt, aber das steht dir zu, brauchst du neues Angelgeschirr?«

»Nein, ich brauche ein Kleinkaliber für den Hausgebrauch.«

»Sind die Nachbarn so nett?« Frank zog die Augenbrauen nach oben und schmunzelte. »Dann such dir etwas Schönes aus.«

Als Freitag sein Büro betrat, goss Rossana die Blumen und schüttelte dabei grinsend den Kopf. Sie hörte Freitag nicht und zuckte zusammen, als er sich auf seinen Schreibtischstuhl setzte.

»Ich bin es nur«, sagte Freitag. »Ich mache heute länger, ich könnte deine Aufträge übernehmen, falls du rechtzeitig Feierabend machen möchtest.«

»Das passt mir gut«, antwortete Rossana. »Fällt dir

nach zwei Wochen in Zaun schon die Decke auf den Kopf?«

»Nein«, antwortete Freitag und wusste nicht, was er als Begründung sagen sollte, *ein Psychopath ist auf Geschäftsreise, und wenn er wieder in meiner Nähe ist, kümmert er sich um mich, Rossana, ob du es mir glaubst oder nicht, wahrscheinlich bin ich hier am sichersten, wer weiß das schon, aber das kann ich dir ja nicht erzählen, glaub mir, ich bin nicht verrückt!*

Rossana machte einen neugierigen, ratlosen Gesichtsausdruck, als versuchte sie, seine Gedanken zu lesen.

»Nein«, wiederholte Freitag. »Auf mich wartet zu Hause ja niemand.«

Rossana sah Freitag an wie eine Mutter, die ihrem Kind behutsam zuredet, »ärgere dich nicht, irgendwann kommen bessere Zeiten«.

»Clemens, dann gehe ich heute etwas früher, aber arbeite nicht zu viel.«

Zu viel arbeiten wollte Freitag nicht, er arbeitete ruhig die Fälle ab und wartete auf den richtigen Zeitpunkt. Kurz nachdem Rossana in ihr Auto gestiegen war, verließ auch Frank das Gebäude. *Was ist das für ein fauler Chef?*, dachte Freitag und wusste, er würde es genauso machen, aber er wusste auch, die Wahrscheinlichkeit, dass er jemals der Chef seiner eigenen Firma sein würde, tendierte gegen null. Er sah zufrieden auf die leeren E-Mail-Postfächer. Nachdem Frank mit seinem Sportwagen den Parkplatz verlassen hatte, entschieden sich weitere Kollegen, vorzeitig den Feierabend einzuläuten. Freitag müsste, um auf sein Tagessoll zu kommen, bis 16:30 Uhr arbeiten. Um 17 Uhr war er auf seiner Etage alleine, er blieb noch eine Stunde in seinem Büro und spielte einige Computerspiele. Aber weder das Zerstören von Kristallkugeln mit einer Laserkanone noch das taktisch kluge Stapeln von Holzkisten brachte die gewünschte Punktzahl. Als das letzte Auto vom Parkplatz gefahren war, schaltete Freitag seinen Computer aus und stellte sich vor das Fenster. Der Parkplatz vor dem Haus wirkte im Dämmerlicht wie eine unüberschaubar große Fläche, und der leere Fahrradständer sah für ihn wie ein Fischgerippe aus. Je länger er nach draußen sah, desto mehr verschwammen die Konturen, wurden zu einem Nichts, das er nicht als Bedrohung empfand, vielmehr entstand in ihm das beruhigend schöne Gefühl, in diesem Nichts verschwinden zu können. Er schlich die Treppe nach unten, öffnete die Tür zum Lager, lauschte und glaubte zu hören, wie die Holzböden in den meterhohen Regalen unter der Last arbeiteten. Er schaltete das Licht nicht ein, weil er nicht wusste, wie viele Lampen er mit dem Betätigen eines Schalters erhellen würde. Er befürchtete, dass das Licht einer voll ausgeleuchteten Halle sogar in Zaun zu sehen wäre. Er bewegte sich mit dem Licht seines Handys durch die Gänge, bog wahllos links oder rechts ab und richtete dabei seinen Blick immer wieder nach oben, auf der Suche nach Ricks Ersatzteillager. Er glaubte, auf einem der Regale husche ein Schatten vorbei, und dachte an eine mit Fischfutter fett gefressene Ratte und lief gegen den Hubwagen. Freitag stieg auf den Fahrersitz und fuhr mit dem Wagen bis zum obersten Regalbrett, aber der Eingang zu Ricks Versteck war auf der anderen Seite. Er fuhr mit dem Hubwagen um die Regalwand, schrammte mit dem Reifen eine Holzpalette und fragte sich, als er viel zu schnell das Regal umrundet hatte, wo sich die Bremse befand. Er drückte alle Hebel, die er im Dunkeln erkennen konnte, und brachte den Wagen wenige Zentimeter vor der Wand zum Stehen.

Ricks Sammelsurium war zu umfangreich. Freitag konnte sich nicht entscheiden, ob er eine Schreckschusswaffe oder eine Einzellader-Sportpistole nehmen sollte. Es müsste eine kleine, unauffällige Waffe sein, nur als Abschreckung im Notfall. Er drehte die Trommel eines Revolvers und überlegte, woran er erkannte, ob die Waffe noch funktionstüchtig war. Er entschied sich für eine Handtaschenpistole mit dem harmlos klingenden Namen »FN Baby«.

Er schlich mit seinem Diebesgut und einem schlechten Gewissen aus dem Lager. Es war nicht nur die Tatsache, dass er gerade einen Diebstahl begangen hatte und ohne Waffenschein im Besitz einer Schusswaffe war, der Grund für sein schlechtes Gewissen lag tiefer. Die Waffen in Ricks Ersatzteillager waren betrieblich gesehen Müll, sie wurden aus allen Konten herausgebucht. Freitag glaubte, dass niemand rechtlich gegen ihn vorgehen würde, solange er die Waffe nicht benutzte, denn wo kein Kläger, da kein Richter. Aber genau an diesem Punkt begann für Freitag das schlechte Gewissen, das ihn mit Fragen quälte. Wie weit konnte er gehen, wenn ihn Diebstahl und Betrug nicht kümmerten? Warum brauchte er eine Waffe, wenn er nie einen Menschen töten würde? Wäre nicht die Möglichkeit dazu schon eine Straftat, wenn nicht sogar die größere?

Freitag blieb vor seinem Auto stehen, drehte sich um

und sah über den leeren Parkplatz zur Firma. Das Fenster im zweiten Stock war noch geöffnet. Er schloss das Auto auf und stieg ein. Eine Handvoll Patronen klimperte in seiner Hosentasche. Er entfernte sich auf der Hauptstraße mit knapp achtzig Stundenkilometern vom Tatort.

Ich habe keinen wirtschaftlichen Schaden angerichtet. Ich habe niemanden in seinen persönlichen Rechten verletzt. Ich habe auf keinen Menschen und auf kein Tier geschossen.

Freitag wiederholte diese Sätze, obwohl er wusste, sie waren trügerisch und konnten sein schlechtes Gewissen nicht beruhigen. Er schaltete das Radio ein und erhöhte die Lautstärke, bis seine Ohren keine verständlichen Sätze, sondern nur ohrenbetäubenden Krach wahrnehmen konnten.

Ich bin im Besitz einer Mordwaffe. Ich habe mich strafbar gemacht. Ich könnte in einer Notsituation einen Menschen töten.

Freitag wollte diese Sätze nicht denken, aber sie waren stärker. Ein VW-Bus auf der gegenüberliegenden Fahrbahn hupte. Freitag zuckte zusammen und riss das Lenkrad nach rechts.

Verdammt, das war knapp, ich muss mich konzentrieren, in dem Auto saß eine junge Mutter mit ihren Kindern, die haben ihr Leben noch vor sich, ein Aufprall mit achtzig Stundenkilometern hätte alle töten können.

Freitags Beine zitterten. Er wusste, wenn er die Augen schließen würde, würde sich sein schlechtes Gewissen nehmen, was es wollte, und ihn auf der Rader Hochbrücke absetzen und so lange nach Spuren suchen lassen, bis er den Verstand verlor.

Im Schritttempo steuerte Freitag sein Auto durch Zaun. Er rollte in die Garage, verriegelte alles und entschied sich für einen Kontrollgang. Es gab keine Fußabdrücke und keine Hundespuren. Auch im Haus konnte Freitag keine Anzeichen auf einen Einbrecher entdecken.

Nach dem Abendessen entschloss sich Freitag zu einem Spaziergang durch die Siedlung. Die erste Person, die er sah, war Doris Stoschus. Sie stand vor ihrem Blumenbeet und redete auf irgendjemanden ein. Freitag konnte nicht hören, was sie sagte, geschweige denn sehen, mit wem sie sich unterhielt. Er überlegte, ob er die Chance nutzen sollte, um sich ungesehen und ohne Small-Talk-Verpflichtung vorbeizuschleichen, aber rief dann doch: »Guten Abend, Frau Nachbarin.«

Doris drehte sich überrascht, aber nicht erschrocken um.

»Ah, Clemens, grüß dich.« Sie bückte sich, um ihren Mähroboter aus dem Blumenbeet zu heben. »Richtig programmiert ist der kleine Racker noch nicht, da hilft auch kein gutes Zureden.«

»Dammwald hat meinen Roboter so programmiert, dass er wirklich jeden Grashalm erwischt«, sagte Freitag. »Doris, gibt es eigentlich jemanden in Zaun, der keinen Mähroboter hat?«

»Götz hat damit angefangen, oder war es Ansgar? Ich weiß es nicht mehr. Götz hat immer gesagt, der Roboter müsse auch im Winter fahren, um den Rasen optimal zu pflegen und auf das nächste Jahr vorzubereiten, mein Mann meint ja, das wäre totaler Quatsch, aber okay.«

Woher soll ich wissen, wie man einen englischen Rasen pflegt? Das interessiert mich auch nicht, ein Garten ist doch eine Nutzfläche und kein Statussymbol, dachte Freitag und lächelte.

»Aber euer Haus ist wirklich chic und sehr gepflegt«, sagte Freitag, weil er glaubte, dass er etwas Nettes sagen sollte, obwohl er fand, dass auch dieses Haus zwar gepflegt, aber uralt war.

»Danke, mein Großvater hat es gebaut«, verriet Doris. »Wir wohnen in der fünften Generation in Zaun. Wer hier geboren ist, stirbt auch hier.«

»Dammwald ist weggezogen.«

Doris schielte an Freitag vorbei und verzog amüsiert die Mundwinkel.

»Ach, der Götz war schon vor seiner Abreise von allen guten Dorfgeistern verlassen.«

Für einen kurzen Moment glaubte Freitag zu verstehen, was Doris ihm damit sagen wollte, aber bevor er nachhaken konnte, fragte sie: »Hast du Janette heute schon gesehen?«

Sie grinste, als wäre in dieser Frage eine Pointe, die alle im Dorf verstehen würden, nur Freitag nicht.

»Gestern«, antwortete Freitag, wobei er sich nicht sicher war, er sah in seiner Vorstellung, wie Janette leicht bekleidet auf ihrer Terrasse stand und ihm zuwinkte, aber er konnte nicht sagen, ob er sie gestern oder vorgestern gesehen hatte.

»Ich habe Janette heute gesehen, ich war auf meiner morgendlichen Runde mit unserer Gräfin.« Doris schüttelte den Kopf, als würde sie, genau wie Freitag, Janette deutlich vor sich sehen. »Also, so, wie die wieder rumgelaufen ist, so würde ich nicht mal im Hochsommer vor die Tür gehen, aber na ja.«

»Die ist wie unser Roboter, der mäht auch das ganze Jahr durch!«

Doris sah ihren Ehemann, der hinter der Hundehütte hockte, empört an.

»Joachim«, ermahnte sie ihn, aber in ihrem Gesicht konnte Freitag sehen, wie sie sich über den Scherz ihres Mannes amüsierte.

»Das wird heute nichts mehr«, sagte Joachim und richtete sich umständlich auf, in der einen Hand hielt er zwei mit rotem Plastik ummantelte Drähte und in der anderen Hand ein Cuttermesser.

»Ich will deinen Mann auch nicht von der Arbeit abhalten«, sagte Freitag zu Doris, die sich noch immer über die Äußerung ihres Mannes freute.

»Nein, ich höre sowieso auf, die WLAN-Verbindung vom Mähroboter repariere ich morgen«, sagte Joachim und ging einige Schritte auf Freitag zu, blieb vor dem Zaun stehen und sah zum Mond, der sich hinter zwei Wolken versteckte. »Es ist auch viel zu dunkel, um draußen zu arbeiten.«

»Ich werde jetzt trotzdem meine Runde drehen«, sagte Freitag.

»Pass auf dich auf, es ist wirklich schon düster«, rief Doris und hielt die Hand vor ihr Gesicht, um ein Lachen zu verbergen.

Freitag hatte nicht vor, sich lange draußen aufzuhalten, er steuerte auf den Zaungast zu. Da niemand am Stammtisch saß, setzte er sich an den Tresen. Michael begrüßte ihn und schenkte ungefragt einen Whiskey-Cola ein.

»Wo ist der dreckige Rest der Runde?«, fragte Freitag mit einem Grinsen.

»Ansgar ist unterwegs, und Deniz muss bestimmt auf die Kinder aufpassen, und Ralf sitzt wahrscheinlich zu Hause.«

Freitag war der einzige Gast. Der Kneipenraum wirkte auf ihn trostlos, nicht nur, weil Gäste fehlten, es gab auch keinen Gegenstand, der Hoffnung machte, nichts schien in den Räumen auf Besucher zu warten. Freitag würde am liebsten auf alles ein Post-it kleben. Auf den Tischen lagen keine Gedecke, keine Speisekarten und keine Bierdeckel, nicht einmal Salz- oder Pfefferstreuer. Auf den Stühlen befanden sich keine Sitzkissen, und an den Wänden hingen nur die längst verblichenen Fotos der Dorfvereine. Freitag beschloss, dass sich Michael heute ein anständiges Trinkgeld verdient hatte, und zählte das Kleingeld in seinem Portemonnaie.

»Katjas Selbstmord hat Ansgar ganz schön getroffen«, sagte Michael.

»Ist er zur Beerdigung gefahren?«

»Jetzt schon?«

Michael hielt ein Bierglas gegen das Licht und entfernte danach mit einem Lappen die Wasserflecken.

»Du meinst, die Polizei ermittelt noch?«

»Clemens, es ist doch alles Wahnsinn.«

Michael reihte das Glas zu den anderen sauberen Gläsern ins Regal ein, sein Blick blieb einige Sekunden auf den Reihen haften, als würde er zählen, aber er kannte die Anzahl. Alle Gläserreihen waren komplett. Nur ein einziges Glas fehlte.

»Katja war ein fröhlicher Mensch, Clemens, wie kann so ein fröhlicher Mensch einfach … Eine Sünde!«

»Im Sommer wollen wieder Feriengäste kommen«,

verriet Freitag, um Michael damit aufzumuntern. »Auch wenn Dammwald einigen erzählt hat, dass das Ferienhaus abgebrannt sei.«

»Das glaube ich nicht! Wobei, ich traue es Götz zu, dass er das nur behauptet hat, um einige Spinner loszuwerden.« Michael rieb seine Hände mit dem Lappen trocken und sah dabei an seinem Gast vorbei zur Zimmerdecke und versuchte, sich alle Gäste ins Gedächtnis zu rufen. »Ich habe fast alle kennengelernt, Götz ist mit ihnen immer nach der ersten Angeltour hierhergekommen, um im Zaungast mit ihnen anzustoßen, das gehörte zu seinem Programm, gefangen haben sie ja meistens nichts. Und die letzten beiden Gäste, die waren schon speziell, wie hießen die noch, Jakob und Inga oder so ähnlich, sie wollten einmal um die Welt reisen, glaube ich zumindest, mein Australisch ist nicht so gut.«

»Isla und Jack«, sagte Freitag.

»Ja genau, die waren auf großer Weltreise und haben einen Zwischenstopp in Zaun gemacht.«

Michael nahm ein Glas, sah in die Oberfläche wie in einen Spiegel, in dem er sein Grinsen sehen konnte. »Clemens, glaub mir, wenn die beiden Kohle für eine Weltreise hatten, hat Götz sie bestimmt abgezockt.«

»Wie meinst du das?«, fragte Freitag mit einer Schadenfreude über die kleinen Schwachstellen des scheinbar perfekten Dammwald.

»Na ja, nicht hinterhältig, aber Götz weiß schon, wie er seine Schäfchen ins Trockene bringt. Vor Jahren war ein Geschäftsmann hier. Der Typ hat geprahlt, wie viel Kohle er an der Börse gemacht hat. Am Ende des Tages war es Götz, der geprahlt hat. Jede Flasche Bier, jeden Haken, jeden einzelnen Wurm hat er ihm berechnet.«

»Der Dammwald hat es schon zu etwas gebracht«, erwiderte Freitag, obwohl er diese Art von Geldgier hasste, zudem glaubte er, dass Michael übertrieb – war Dammwald wirklich so abgebrüht, der Mann, der im gesamten Dorf beliebt war und als großzügig und freundlich galt?

»Eine Weltreise und Zaun als Zwischenstopp, Clemens, Leute gibt es.« Michael schenkte Freitag Whiskey nach. »Ich glaube, die beiden wollten weiter nach Skandinavien und von da mit dem Schiff nach Island.«

Freitag zog aus der Jackentasche sein Portemonnaie und berührte dabei einen metallenen Gegenstand.

»Habt ihr in Zaun eigentlich einen Schützenverein?«, fragte Freitag und knöpfte die Taschen seiner Jacke zu.

»Hier schießt keiner auf Tontauben.«

»Ich dachte nur.«

Freitag spürte, wie sein Herz schneller schlug, als müsste er sich in diesem Augenblick rechtfertigen.

Warum habe ich bloß gefragt, ärgerte er sich, *jeder Satz könnte mich jetzt verraten, was sollen die Leute denken? Kaum bin ich in Zaun eingezogen, schon bewaffne ich mich mit einem geklauten Revolver, und meinen Job wäre ich auch los, wenn das rauskommt.*

»Ich dachte nur, weil …«, stammelte Freitag. »Ansgar und Ralf sind doch Sportschützen, oder?«

»Wie kommst du darauf?«

»Dann habe ich mich wohl verhört«, ruderte Freitag zurück und hoffte, dass Michael nicht weiter nachhakte.

»Nein, auch noch einen Schützenverein, das wäre zu

viel für unsere Gemeinde, Ansgar ist schon mit der Feuerwehr und seinem Angelverein überfordert.«

»Ist Ansgar auch der erste Vorsitzende im Zauner Angelverein?«

»Nein, der tut nur so«, antwortete Michael. »Das bist du!«

»Wie, ich?«

»Du hast doch alles ersteigert und übernommen, also auch das Amt von Götz. Zehn Jahre lang war Götz der Präsident.«

»Jetzt bin ich schon Präsident, das ging aber schnell.«

»Mit dem Amt ist man in Zaun automatisch der Bürgermeister der Herzen.«

Freitag grinste, dabei wusste er nicht einmal, ob Zaun überhaupt einen Bürgermeister hatte. Er sah zum Stammtisch und zu den Gruppenfotos an den Wänden, er konnte die Gesichter nicht erkennen, aber er wusste, wo der erste Vorsitzende auf dem Bild zu sehen war.

»Wenn ich etwas zu sagen hätte, ich würde …«, sagte Freitag und überlegte. Er hatte sich oft vorgestellt, was er machen würde, wenn er Macht und Geld hätte, wenn man ihm zuhören würde, es waren etliche Dinge, die ihm dann durch den Kopf schwirrten, von denen er aber wusste, sie waren materiell und wertlos, weil sie nur an der Oberfläche kratzten.

»Erst einmal Echolote für alle!«

»Das muss für euch Angler ja das Thema schlechthin sein«, sagte Michael.

»Ich frage mich ja nur, warum wohl niemand auf dem Waldsee Echolote benutzt.«

»Ich halte mich aus den Fachgesprächen der Stammtischrunde raus, ich bin ja kein Petrijünger. Aber mit den Jahren könnte ich jetzt schon mitreden und einen Barsch von einem Zander unterscheiden.«

Michael grinste in sich hinein, seine Mundwinkel zuckten, was Freitag überheblich, aber auch irgendwie sympathisch fand.

»Wie die sich hier gestritten haben, ich dachte, die schlagen sich die Köpfe ein«, verriet Michael. »Wenn alle der Meinung sind, sie wollen beim Angeln ein Echolot nutzen, dann soll doch jeder machen, was er will, aber der erste Vorsitzende hat sich natürlich durchgesetzt.«

»Dammwald war gegen Echolote?«, fragte Freitag nach und sah den Angler Dammwald vor sich, wie er breitbeinig und überzeugt mit der Siegesbeute in der Hand für ein Foto posierte.

»Götz hat von einem ungleichen Kampf geredet, Mensch gegen Tier, was weiß ich, vielleicht wollte er sich auf den Ursprung des Angelsports besinnen und mit der Harpune seine Fische fangen. Letztendlich wurde es in die Satzung aufgenommen. Keine Echolote auf dem Waldsee.«

»Ein ehrlicher Kämpfer«, sagte Freitag, auch wenn er das Gefühl hatte, diese Bezeichnung war für seinen Vorgänger unpassend, vielleicht benutzte der ehrliche Sportsfreund heimlich das Echolot, um sich einen Vorteil zu verschaffen und als Erster den Riesenwels zu fangen? Ehrgeiz hatte Dammwald, davon war Freitag überzeugt, sonst hätte sein Vorgänger es nicht so weit gebracht, aber er konnte sich Dammwald nicht wirklich als listigen, hinterhältigen Menschen vorstellen. Aus Freitags Sicht konnte man das Ansehen, das Dammwald bei seinen

Nachbarn, Kollegen und Freunden hatte, nur mit einer ehrlichen und fairen Art gewinnen. Bei diesem Gedanken verzog Freitag das Gesicht, denn die Schlussfolgerung war für ihn unausweichlich: Er müsste an sich arbeiten, um sich dieses Ansehen zu verdienen und um die Vorschusslorbeeren, die er gerade erntete, nicht zu verlieren.

Ich habe eine Waffe geklaut, das war ein Fehler, aber ich werde niemanden mehr wegen Geld anlügen müssen, ich werde ein besserer Mensch, schwor sich Freitag.

»Du bist so still, alles in Ordnung bei dir?«, fragte Michael und hob eine Bierkiste mit leeren Flaschen auf den Tresen. »Ralf war in letzter Zeit auch so komisch.« Michael trug die Kiste in die Küche und versuchte, zur Aufmunterung ein Lied zu pfeifen, was ihm misslang, weder war das Lied melodisch noch fröhlich. Er kam mit einer vollen Bierkiste wieder.

»In der Badewanne«, sagte er eher zu sich selbst als zu seinem Gast und stellte die Kiste unter den Tresen. *Auch kein besserer Tod,* dachte Freitag und sah zum leeren Stammtisch, gerne würde er sich jetzt mit Ralf und Deniz über Fußball unterhalten. Freitag trank einen zweiten und einen dritten Whiskey und verdoppelte das Trinkgeld. Er trank zu viel und zu regelmäßig. Den ersten Alkohol probierte er bereits mit vierzehn Jahren. Einen Schluck aus der Bierflasche, die sein Vater nach dem Schneiden der Hecke im Schrebergarten immer getrunken hatte. Beide hatten gelacht, weil das Bier für den Sohn so herb gewesen war, dass er sich schütteln musste, um danach gleich noch einen zweiten Schluck zu nehmen. Freitag dachte oft daran, er sah das Lachen seines

Vaters und seine Mutter, die im Hintergrund verärgert den Kopf schüttelte, er sah die Meisenknödel und die giftgrünen Äpfel und den Heckenabschnitt, der im gesamten Schrebergarten verteilt lag. Freitags Vater trank selten Bier, er hatte kein Lieblingsbier. Wenn er Bier kaufte, entschied er sich für aktuelle Sonderangebote, aus diesem Grund konnte Freitag nicht mehr sagen, welche Biersorte sie damals getrunken hatten. Aber je häufiger er sich diese Szene in den vergangenen Jahren ins Gedächtnis gerufen hatte, desto stärker wurden die Farben, bis er glaubte, um die Flaschen herum waren die blau-weißen Banderolen einer Flensburger Brauerei.

»Ich muss jetzt aber«, sagte Freitag und stand auf.

Um 22 Uhr ging niemand mehr in Zaun spazieren. Freitag genoss die Ruhe. Schon nach einer Woche kannte Freitag den Pfad, den er gehen musste, damit kein Bewegungsmelder ihn erfasste. Der Glaube, sich unerkannt durch die Nachbarschaft bewegen zu können, beruhigte ihn; wenn er nicht angesprochen wurde, musste er sich vor niemandem rechtfertigen oder beweisen. In Zaun waren die Abstände zwischen den Straßenlaternen groß, auch der höchste Punkt auf dem Weg zum See lag im Dunkeln. Von hier hatte Freitag einen Ausblick auf den See und auf das Haus von Flaschen-Heinz. Hinter dem Haus befanden sich zwei mit einem Stacheldraht voneinander getrennte Wiesen, die bis zum Ufer des Waldsees reichten. Das Haus lag tiefer als die anderen Grundstücke in dieser Straße, und nichts deutete darauf hin, dass hinter dem Garagentor Lebensmittel, Alkohol und Zigaretten verkauft wurden. Ein kleiner Punkt leuchtete neben dem Haus auf. Freitag musste genau hinsehen, um den Schatten zu erkennen. Karl-Heinz saß auf der Bank vor seinem Haus und rauchte. Freitag dachte an den Tretbootvermieter und an den Sohn von Karl-Heinz, der ihn nur dreimal im Jahr besuchte, »wenn er Kohle haben wollte«. Wenn Freitag sich den Sohn vorstellte, sah er Ralf in seiner kleinen Wohnung am Bistrotisch sitzen und in der Etage unter ihm den Nachbarn, der wiederum Karl-Heinz ähnelte und bewegungslos in der Badewanne lag. »Der Job in der Metallindustrie hat mich den Rücken und die Lunge gekostet«, hörte Freitag in Gedanken Karl-Heinz schimpfen und verfolgte den Rauch, der in dünnen Schwaden am Haus vorbeizog. Freitags Handy klingelte. Er wischte sofort über das Display, weil er Angst hatte, Karl-Heinz würde es hören, was aus dieser Entfernung unmöglich war. Aber statt den Anruf abzulehnen, hatte Freitag das Gespräch angenommen. Er ging einige Schritte zurück und schaute auf das Display, auf dem Ansgars Profilbild aufleuchtete.

»Ansgar, was willst du?«

»Ich … Clemens … ich …«

Freitag konnte Ansgar nicht verstehen, es rauschte und zischte, als würde er neben einem Dampfkochtopf in einer Großküche stehen.

»Ansgar?«

»Ich wollte … warte … gleich.«

Die wenigen Worte, die Freitag heraushören konnte, gaben ihm zumindest die Gewissheit, dass er mit Ansgar und nicht mit Janette telefonierte.

»So, nun müsste es gehen, kannst du mich jetzt besser hören?«

Im Hintergrund rauschte und zischte es noch immer, aber Freitag konnte Ansgar jetzt verstehen.

»Ansgar, was willst du denn?«

»Wieso ich?«, fragte Ansgar. Die Hintergrundgeräusche verschwanden plötzlich, als hätte Ansgar die Hand auf den Lautsprecher gelegt.

»Du hast mich doch angerufen.«

»Michael hat mir eine Nachricht geschickt, also, wenn du Probleme hast, ich …«

Freitag konnte nicht heraushören, ob Ansgar den Satz bewusst abgebrochen hatte oder ob die Telefonleitung unterbrochen worden war. Allerdings hörte Freitag an der Art, wie Ansgar einzelne Silben in die Länge zog, dass Ansgar angetrunken war.

»Ich habe keine Probleme«, sagte Freitag und ärgerte sich über Michael. *Warum ruft er Ansgar, ausgerechnet Ansgar, an, und warum überhaupt, nur weil ich nicht gut drauf war? Daran wird er sich gewöhnen müssen.*

»Wir haben alle Probleme … das ist doch … zum Kotzen, und überhaupt … man … wer soll das verstehen?«, brabbelte Ansgar.

»Was hat Michael denn zu dir gesagt, was ist so wichtig, dass du mich um diese Uhrzeit noch anrufst?«

»Nichts, schon gut.«

»Sag doch, was du willst!«

»Clemens, da kann man einfach nur durchdrehen.«

Dieses Gefühl habe ich seit Tagen, dachte Freitag und blickte sich nach Karl-Heinz um. Der Lichtpunkt war verschwunden.

»Warum warst du heute nicht im Zaungast?«

»Ich musste mal raus, mir wurde alles zu viel, die zwei

neuen Aufträge kamen mir da ganz recht, ich habe die Scheißtoiletten repariert, und jetzt sitze ich hier.«

»Wo, in einer Kneipe?«

»So ähnlich«, sagte Ansgar.

Erneut hatte Freitag das Gefühl, Ansgar würde nach jedem Satz die Hand auf sein Handy legen.

Der Lichtpunkt tauchte wieder auf und bewegte sich zur Garage.

»Ansgar, ich muss auflegen, mir wird kalt.«

»Dann zieh deine blöde Weste an.«

Freitag war kurz davor, das Gespräch ohne ein weiteres Wort wegzudrücken, als plötzlich die Garage von Karl-Heinz hell aufleuchtete. Das Licht der Leuchtstoffröhren im Innenraum war so grell, dass es durch die Spalten links und rechts am geschlossenen Garagentor vorbei bis auf die Auffahrt schien. Freitag bildete sich ein, dass er sogar aus dieser Entfernung das Klimpern von Flaschen hören konnte.

»Clemens, ich kann es immer noch nicht begreifen«, sagte Ansgar, seine Stimme klang wehleidig und kraftlos, als hätte er vorher geweint oder vor Schmerz geschrien und sich nur für dieses Telefonat wieder zusammengerissen.

»Was?«, fragte Freitag in einem patzigen Ton, dem man sofort anhörte, dass er gestresst war. Freitag ermahnte sich, er müsse aufmerksamer und fürsorglicher mit seinen Mitmenschen umgehen. *Sei nicht so ein Arsch, kümmere dich um deine Freunde, bevor du sie wieder verlierst!*

»Clemens, vor einer Woche hat Katja mir noch eine Mail geschickt, und jetzt …«

»Ich verstehe, ich …«

»Nichts verstehst du!«

Freitag sah, wie Karl-Heinz mit zwei Flaschen in der Hand aus der Garage kam.

»Vielleicht hat Dammwald …« Freitag wusste nicht, wie er den Satz formulieren sollte, Ansgar würde sofort hören, was er wirklich meinte: Warum jammerst du nicht Dammwald spätabends die Ohren voll?

»Götz, hör mir auf mit Götz«, schrie Ansgar.

»Vielleicht kann er dir sagen, was passiert ist.«

»Was passiert ist, kann ich dir sagen. Katja hat sich das Leben genommen. Das ist passiert!«

Freitag hörte, wie Ansgar schnaubte, als würde er jeden Moment das Handy gegen die Wand schleudern.

»Aber könnte es nicht vielleicht auch ein Unfall …«, sagte Freitag vorsichtig, aber bevor er die Frage zu Ende gestellt hatte, schrie Ansgar dazwischen.

»Unfall, es war kein Unfall, Katja hat sich umgebracht.«

»Das vermutest du!«

»Ich weiß es, weil …«

Wieder hatte Freitag das Gefühl, Ansgar würde die Hand auf sein Handy legen.

» … sonst … Schuld …«

»Ansgar, ich verstehe nur die Hälfte.«

»Katja hat … ich weiß …«

»Beruhige dich«, sagte Freitag und tastete in seiner Jackentasche nach dem Revolver. Er wusste, dass die Tasche zu klein war, schnell könnte die Waffe herausfallen, und nicht auszudenken, wenn jemand sie finden und zur Polizei gehen würde.

»Hörst du mir überhaupt zu?«, brüllte Ansgar. »Ich glaube nicht. Hast du überhaupt verstanden, was ich dir gerade gesagt habe?«

»Ich …«

Freizeichen.

»Ärger, mein Freund?«

Freitag drehte sich erschrocken um. Karl-Heinz stand mit zwei Flaschen Bier hinter ihm.

»Ansgar hat zu tief ins Glas und jetzt zu weit über den Tellerrand geguckt.«

»Ganz deiner Meinung«, sagte Karl-Heinz, obwohl er Freitag nicht verstanden hatte. Er reichte Freitag eine Bierflasche. Freitag strich mit dem Daumen über das grün-weiße Etikett und war dankbar, dass es ein Bier aus der Geistlinger Brauerei war.

»Komm, Junge, gib her!«

Karl-Heinz nahm Freitag die Flasche ab und öffnete sie mit einem Feuerzeug. Freitag sah, wie Karl-Heinz sich darüber freute, dass er helfen konnte. Sie prosteten sich zu. Karl-Heinz sah an Freitag vorbei zu seiner Garage, in der noch immer Licht brannte. Freitag wüsste gerne, was der alte Mann in diesem Moment dachte. Vielleicht dachte er: *Ich habe zwar kein Internet, aber ich kann dem Jungen von nebenan doch noch zeigen, wie man mit einem Feuerzeug eine Bierflasche öffnet.* Oder Karl-Heinz dachte an seinen Sohn, oder er dachte an nichts und wartete darauf, dass ihm jemand eine neue Geschichte aus dem Dorf erzählte.

»Ansgar ist nicht zu Hause«, sagte Karl-Heinz, es war keine Frage, sondern eine Feststellung, in der für ihn eine Schlussfolgerung steckte, die Freitag nicht verstand.

»Woher weißt du das?«

»Janette spielt gerne mit offenen Karten, wenn du verstehst, was ich meine.«

»Ich weiß nicht, wo Ansgar sich gerade herumtreibt, aber er hörte sich angeschlagen an.«

Freitag trank sein Bier, das für seinen Geschmack zu herb war, er schüttelte sich und nahm trotzdem einen weiteren Schluck.

»Du siehst auch angeschlagen aus«, sagte Karl-Heinz und machte eine ungelenke Bewegung mit seinem Arm, kurz überlegte er, ihn um Freitags Schultern zu legen.

»Es passieren merkwürdige Dinge.«

Freitag wusste nicht, wie er es beschreiben sollte, ohne sich lächerlich zu machen. Karl-Heinz sah ihn fragend an und nickte aufmunternd, als wollte er sagen: »Du kannst mir alles erzählen, mein Junge, ich habe Zeit.«

»Ich fühle mich in meinem neuen Haus nicht sicher.«

»Auch in alten Häusern fühlt man sich oft nicht sicher, ich wohne seit fünfundsechzig Jahren in Zaun, kenne jeden und schrecke trotzdem nachts hoch, wenn jemand an meiner Tür klingelt.«

»Ich habe keine Angst vor den Dorfbewohnern.«

»Aber das solltest du«, behauptete Karl-Heinz und prostete Freitag noch einmal mit einem Augenzwinkern zu. »Damit lachen dich die Ratten aus.« Karl-Heinz zeigte auf Freitags ausgebeulte Jackentasche. Freitag legte seine Hand auf die Tasche, in der Hoffnung, den Revolver mit dieser Geste noch verbergen zu können.

»Du brauchst schwereres Gerät.«

»Für die Ratten oder für die Dorfbewohner?«

»Du brauchst einen klaren Kopf und einen gescheiten Verstand.«

Freitag zeigte Karl-Heinz sein FN Baby. Er wollte erzählen, dass er sich von einem Verrückten bedroht fühle dass Ophelia52 bald wiederkomme. Aber Karl-Heinz lachte, als hätte Freitag einen Fehler begangen, den nur Kleinkinder machen.

»Schau dir die Aussicht an«, sagte Karl-Heinz und deutete mit einem Kopfnicken zum Waldsee. »Egal, wie der Tag läuft, diese Aussicht ist es wert.«

Freitag nickte und trank sein Bier hastig aus, ohne die Flasche abzusetzen. Nun war er es, der am liebsten einen Arm um die Schultern seines Nebenmannes gelegt hätte. Karl-Heinz bot Freitag ein zweites Bier aus seiner Garage an, aber Freitag war bereits aufgestanden, drückte den Revolver tief in seine Tasche und verabschiedete sich.

Freitag kontrollierte die Terrasse und ging um das Ferienhaus und um den Schuppen, aber er konnte keine Hinweise auf einen Besucher entdecken. Das Boot lag so im Bootshaus, wie Freitag es festgeschnürt hatte. Die Angelsachen waren auf dem Boden verstreut. Freitag sortierte die Kleinteile in den geräumigen Angelkoffer, dazu zog er die Schubfächer heraus, um die Haken und Wirbel in die richtigen Fächer zu legen. Unten im Koffer lagen Dosen und Schachteln mit weiteren Kleinteilen, aber auch Sand, kleine Bleikugeln und Reste von Schnüren in unterschiedlichen Farben und Stärken. Freitag sammelte den Dreck und die Schnurreste auf. Das abgeschnittene Ende von einem schwarzen Faden fiel ihm auf, es war viel zu dick, um es zum Angeln verwenden zu können. Er drehte das Stück in seiner Hand und überlegte, wofür Dammwald es benutzt haben könnte, er hätte damit das Boot anbinden können. Das Ende war zerfranst und deutete an, dass Dammwald Probleme hatte, es mit seinem Anglermesser zu trennen.

Freitag ging ins Haus. Die Räume waren kalt. Weil er vergessen hatte, die Fenster im Badezimmer und in der Küche zu schließen, und der kalte Wind einmal durch das Haus gezogen war. Freitag drehte die Heizung höher und tippte auf die Fernbedienung des Fernsehers, der Kanal, den er zuletzt gesehen hatte, schaltete sich automatisch ein. Die Teleshoppingmoderatorin fuchtelte freudestrahlend mit einem Deoroller herum, als wäre er die Lösung all ihrer Probleme.

»Schützen Sie sich vor den Eindringlingen mit unserem Anti-Insekten-Roll-On. Zecken, Mücken, Stechfliegen. Wer treibt sich bei Ihnen herum? Noch sind die Plagegeister im Winterschlaf, aber glauben Sie mir, es dauert nicht mehr lange, dann stechen sie wieder zu.«

Freitag schaltete einen Kanal höher, aber auch dort hielt die grinsende Moderatorin den Deoroller in die Kamera. Er schaltete den Fernseher aus, lehnte sich zurück und sah aus dem Fenster. Die Aussicht über das Grundstück an den Bäumen vorbei auf die spiegelglatte Oberfläche des Waldsees gefiel ihm, sie gab ihm ein genauso schönes, erhabenes Gefühl wie die Aussicht, die er mit Karl-Heinz genossen hatte.

Das lasse ich mir nicht nehmen, dachte Freitag, *nicht von Dammwald, falls er Heimweh bekommt, nicht von irgendeinem Psychopathen, der es nicht verkraftet, dass ich ihn überboten habe, und auch nicht von einem der Dorfbewohner.* Wollte Karl-Heinz ihn wirklich vor irgendjemandem aus dem Dorf warnen? Vor wem sollte er sich fürchten? Ansgar trank zu viel Alkohol und redete dann wirres Zeug, Janette war sicherlich kein Kind von Traurigkeit, und Doris tratschte gerne, aber wer von ihnen war wirklich gefährlich? *Ich sollte einen klaren Kopf behalten, das hat Karl-Heinz gesagt, und vielleicht ist das der entscheidende Punkt. Warum sollte ich mein neues, fast perfektes Leben riskieren? Ich werde nie wieder etwas klauen, ich werde ein besserer Mensch.*

Er ging ins Bett, aber er ahnte, er würde nicht schlafen können, die Bilder in seinem Kopf würden sich nicht vertreiben lassen. Aus diesem Grund stieg er noch einmal auf den Dachboden, um sich eine Bettlektüre zu holen. Freitag entschied sich für eine Zeitschrift über das Brandungsangeln und warf sie auf sein Bett. Neben dem Bett standen mehrere leere Flaschen. Deshalb trottete Freitag bis ganz nach unten, um sich eine neue Flasche Wasser zu holen. Dabei zählte er seine Schritte. Eine dreistellige Zahl von der oberen Etage bis zum Keller. Er stellte sich diese Zahl immer wieder vor, für eine einzelne Person war dieses Haus riesig. Sogar im Bett dachte er noch an diese Zahl und an sein großes Haus. Freitag blätterte durch die Zeitschrift und betrachtete die Bilder. Er las die ersten Zeilen von einigen Artikeln, aber kein Bericht konnte sein Interesse wecken.

Freitag betrachtete gerade Fotos über das Angeln auf Korallenforellen in ›Darwin & Melville Island‹, als es unter ihm polterte. Das Geräusch kam nicht von draußen. Er legte die Zeitschrift neben sich und lauschte. Es war still, trotzdem hörte er unzählige Geräusche, irgendein elektrisches Surren, das Klackern der Stromleitungen und das Blubbern der Heizung. Sein erster Gedanke war, dass seine Pistole aus der Tasche gefallen sein könnte. Aber der Revolver lag auf dem Kopfkissen neben ihm. Die Geräusche vermischten sich in seinem Kopf. Er wurde das Gefühl nicht los, dass er nicht mehr alleine war, denn aus dem Lärm, der in seinem Kopf schwirrte, war ein Geräusch deutlich herauszuhören: Schritte. Als schleiche jemand mit schweren Arbeitsschuhen die Holztreppe hoch.

Das kann nicht sein, das bilde ich mir ein, sagte sich Freitag und konnte seinen Herzschlag nicht normalisieren, er überschlug sich in seiner Brust. Die Schlafzimmertür war geöffnet. Die Bewegungsmelder der Lampen im Flur sprangen bei der kleinsten Bewegung an, aber alles blieb dunkel. Das Geräusch wurde lauter und klarer. Es waren eindeutig Schritte. Freitag drückte den Revolver an seine linke Brust. Der Eindringling kam näher. *Solange der Bewegungsmelder nicht reagiert, ist er noch nicht auf der oberen Stufe der Treppe,* dachte Freitag und kroch leise aus dem Bett. Aber dann fiel ihm ein, dass das Licht möglicherweise nicht ansprang, weil die Geräusche auch aus einem der Nebenzimmer kommen könnten. Vielleicht ging der Eindringling nebenan auf und ab und wartete schon länger auf ihn. Freitag sah auf das FN Baby, das in seiner Hand lächerlich, ja fast wie Spielzeug, wirkte. Er bewegte sich langsam zur Tür. Mit jedem Schritt konnte er weiter in den Flur sehen. Die Türen zum Büro und zur Abstellkammer waren geschlossen, nur die Badezimmertür stand offen. Freitags Blick fiel auf den Wäscheberg, seine Vorstellungskraft spielte mit seinen Nerven, er glaubte, der Berg würde sich bewegen, er hörte sogar ein Rascheln.

Reiß dich zusammen! Hier ist niemand! Freitag wusste, er hatte die Haustür verriegelt und alle Fenster geschlossen, aber er wusste auch, er würde sich nicht beruhigen können, bis er nicht alle Zimmer kontrolliert hatte. Er blieb auf der Türschwelle stehen. Mit großen Schritten, als würde er eine viel befahrene Straße überqueren, flitzte er über den Flur ins Badezimmer. Als Erstes lugte Freitag hinter die Tür. Aber dort hingen nur seine Handtücher. Er stellte sich vor die Badewanne, er hatte das Gefühl, das Zittern seiner Arme und Beine würde bis in seinen Brustkorb ziehen und sich zwischen den Herzkammern treffen.

Es ist alles gut! Hier ist niemand!

Freitag wiederholte die Sätze, bis er genug Mut gesammelt hatte. Er fuhr mit dem ausgestreckten Arm durch die Wäsche, und sein Herzschlag setzte für eine Sekunde aus. Seine Finger berührten einen harten, runden Gegenstand. Einen Kopf. Einen Menschenkopf. Freitag zog den Arm aus der Wäsche. Sein Herz entschied sich, doch weiterzuschlagen, nur schneller als zuvor. Er starrte auf den Duschkopf, den er in der Hand hielt, und brauchte einige Atemzüge, um zu verstehen.

Freitag öffnete die Tür zur Abstellkammer und erkannte mit einem Blick, dass sich niemand in dem Raum befand. Es sei denn, der Eindringling hätte sich hinter den Kartons und Kisten selbst eingemauert. Das Schloss der Bürotür war nicht eingerastet. Er stieß die Tür mit der Fußspitze auf. Das Zimmer war so, wie er es vor

Stunden verlassen hatte. Er sah aus dem Fenster auf die Terrasse und auf den Garten und hoffte vergeblich, den Hund zu sehen.

Es polterte.

Ein dumpfes Geräusch. Freitag dachte, dass vermutlich eine der leeren Flaschen neben dem Wohnzimmertisch umgefallen war, und ging zur Treppe. Die Lampen im unteren Bereich waren ausgeschaltet, dennoch wirkten die Räume im Vergleich zu den letzten Nächten heller. Bei jedem Schritt knackten die Treppenstufen unter seinen Füßen. Die Haustür war verschlossen und mit der Sicherheitskette gesichert. Freitag schlich ins Wohnzimmer und sah, dass die Terrassentür offen stand. *War ich so betrunken gewesen, dass ich vergessen habe, die Tür zu schließen?*, fragte er sich. *Und wieso habe ich die Tür überhaupt geöffnet?*

Er wollte die Tür wieder schließen, als er reflektierende Lichtpunkte auf der Kühlschranktür sah. Das Licht kam aus dem Keller. Er war vor wenigen Stunden im Keller gewesen, und er war sich sicher, dass er das Licht ausgeschaltet hatte, allein, um Strom zu sparen, auch die Kellertür hatte er geschlossen, weil er nicht wollte, dass die kalte Luft ins Wohnzimmer zog und die Heizkosten in die Höhe schnellten. Er stellte sich auf die erste Stufe der Kellertreppe. Jemand war im Keller. Freitag hörte, wie der Eindringling die Angelsachen durchwühlte. Ruten oder Kescherstangen fielen zu Boden. Etwas Schweres, vermutlich ein Angelkoffer, wurde auf dem Boden verschoben. Freitags Hände schwitzten, konnten kaum den Revolver festhalten. *Wo ist mein Handy? Ich muss die Polizei alarmieren,* dachte er und trat eine Stufe weiter nach unten. Die Augen der ausgestopften Tiere starrten ihn an.

»Man darf nicht vor den eigenen Problemen flüchten!«

Sein Vater hatte diesen Satz zu ihm gesagt. Freitag wusste nicht mehr, warum, aber er sah seinen Vater deutlich vor sich, er stand in der Küche, schnitt Brot und lächelte seinen Sohn an.

»Man darf nicht vor den eigenen Problemen flüchten.« Er reichte seinem Sohn eine Brotscheibe und das Messer. »Die Marmelade ist noch vom letzten Jahr, aber bald fahren wir wieder ins Alte Land.«

Freitag hörte die Worte seines Vaters so klar, als wäre er es, der unten im Keller tobte und nun zu ihm hochrief. Weitere Gegenstände fielen zu Boden. Freitag wollte schreien und sich wehren, es waren seine Sachen, sein Haus, sein neues Leben, aber er spürte seine Herzschläge bis zum Hals pochen und wusste, die Worte hätten nicht die Kraft, jemanden zu verjagen. Er trat eine weitere Stufe nach unten und konnte erkennen, dass nur das Licht im hinteren Teil des Kellers eingeschaltet war. Er wusste, wie leichtsinnig sein Handeln war, der Eindringling hätte jetzt leichtes Spiel mit ihm. *Vielleicht wühlt der Eindringling nicht in meinen Angelsachen, weil er etwas sucht,* überlegte Freitag, *sondern um mich in den Keller zu locken. Der Psychopath ist von seiner Geschäftsreise zurückgekehrt und wieder in meiner Nähe.*

Freitag musste früh in seinem Leben Verantwortung übernehmen, aber er war kein mutiger Mensch, er trat selten in den Vordergrund, sein Handeln war stets passiv, eine Initiativbewerbung war für ihn ein Fremdwort, er wartete, bis die Dinge auf ihn zukamen. Aber in diesem Moment ging er beherzt einen weiteren Schritt nach vorne. *Es ist mein Leben, das lasse ich mir von niemandem nehmen,* schwor er sich und ballte seine linke Hand zu einer Faust, mit der rechten umklammerte er den Revolvergriff. Freitag befand sich zwei Schritte vor dem nächsten Raum und konnte diesen bis zur Hälfte einsehen. Die drei Filetiermesser, die im hinteren Bereich an der Wand hingen, fielen klirrend zu Boden. Er wagte sich einen großen Schritt in den Raum hinein, jeder Muskel war angespannt. Aber Freitag sah niemanden, nur seine Angelsachen, die auf dem Boden verteilt lagen. Hinter ihm ein Geräusch, das er nicht zuordnen konnte. Er drehte sich um und wurde zu Boden gerissen. Sein Hinterkopf schlug auf den harten Kellerboden. Er tastete sofort den Hinterkopf ab, aber der Schreck war heftiger, als der Sturz letztendlich war, so konnte er ohne Schmerzen aufstehen. Als er wieder stand, sah er, warum er gestürzt war. Der Grund saß auf der Treppe und blickte von der obersten Stufe hinab auf seinen Gegner.

»Du blödes Viech«, schrie Freitag.

Der Hund bellte, aber dieses Mal hatte Freitag nicht das Gefühl, dass der Hund ihn warnen wollte, sondern glaubte, dass der Hund kurz davor war, ihn anzugreifen. Freitag griff nach einem Kescher und fuchtelte damit herum, aber der Hund ließ sich davon nicht beeindrucken. Freitag bewegte sich auf den Hund zu, bis das Tier sich umdrehte und aus dem Keller verschwand. Er trieb das Tier durch das Wohnzimmer und durch die geöffnete Terrassentür nach draußen.

»Verschwinde aus meinem Haus!«

Der Hund rannte zum See, blieb vor dem Bootshaus stehen und drehte sich kläffend um. Freitag schloss die Tür und lehnte sich gegen das Fensterglas, als könnte er mit seinem Gewicht die Tür fester im Schloss verriegeln.

Freitag lag im Bett und konnte jetzt erst recht nicht einschlafen. Er horchte durch das geöffnete Fenster in die Nacht hinein, aber er hörte kein Bellen, keinen Lärm, nur den Wind, der durch die Bäume am Ufer entlangwehte. Freitag ärgerte sich noch lange darüber, dass er die Terrassentür vergessen und vorher zu viel Billigbier getrunken hatte, und er dachte an die Moderatorin mit ihren Deorollern.

»Schützen Sie sich vor den Eindringlingen. Noch sind die Plagegeister im Winterschlaf, aber glauben Sie mir, es dauert nicht mehr lange, dann stechen sie wieder zu.«

Erst spät, er war schon zweimal fast eingeschlafen, fiel ihm der Gedankenfehler auf. *Wie blöd muss man sein,* dachte er im Halbschlaf, *wie konnte ich glauben, ein Hund könnte in mein Haus einbrechen, ein Hund, denk doch mal nach! Wie kann ein Hund die Kellertür öffnen, wie soll er das Licht im Keller anknipsen?*

Mit diesem Gedanken schlief Freitag endlich ein. Wäre er nüchtern und noch länger wach gewesen, er hätte den Hund gehört, der um das Haus schlich, wie ein Löwe um seine wehrlose Beute, und er hätte verstanden, dass der Hund zwar draußen, aber der Eindringling noch immer im Haus war, er hätte erneut Schritte und das Knacken der Holztreppe gehört, er hätte einen fremden Atem gespürt und gesehen, wer von seiner Geschäftsreise zurückgekommen war. Und Freitag hätte ihn sofort erkannt.

Aber Freitag schlief, als hätte er seit Tagen nicht geschlafen, und träumte von einem Schwarm Stechmücken, die über dem Waldsee schwirrten. Der Schwarm wurde von einer riesigen Welle erfasst. Nur eine einzige Mücke überlebte, sie flog zum Ufer und landete, als wäre sie ein dressierter Adler, auf der Schulter ihres Herrn. Der Mann trug eine Regieklappe und lachte so laut, dass Freitag fast aufgewacht wäre.

Donnerstag

Es dauerte, bis Freitag die Stimme erkannte, die auf ihn einredete. »Nieselregen und Windstille. Das beste Wetter.« Er glaubte, der Nachrichtensprecher würde ihn darauf hinweisen wollen, dass heute das optimale Wetter zum Angeln wäre, und schlug mit der flachen Hand auf den Wecker. Erst nach dem dritten Versuch schaltete sich das Radio aus. Die Uhrzeit und das Datum blinkten weiter. Freitag wälzte sich von einer Seite zur nächsten, aber keine Position ließ ihn zurück in einen Dämmerzustand fallen. Unter seinen Beinen knirschte das dünne Papier der Angelzeitschriften. Er drehte den Kopf zur Datumsanzeige des Weckers, die auf dem Nachttisch blinkte: In genau zwei Monaten wäre der Todestag seiner Eltern, exakt drei Tage und drei Monate danach könnte er seinen sechsunddreißigsten Geburtstag feiern, und sieben Tage später wäre sein Vater fünfundsiebzig Jahre alt geworden.

Freitag konnte sich gegen diese Gedankenspiele nicht wehren, sobald er ein Datum sah, begann er zu rechnen, selbst Uhrzeiten konnten ihn quälen, denn für ihn wiederholte sich täglich der Zeitpunkt des Todes seiner Eltern, laut Bericht um 17:59 Uhr. Und jedes Mal fragte sich Freitag, wie sich ein Pathologe auf die Minute genau festlegen konnte, mit einer Selbstgewissheit, als würde er nicht ahnen oder verstehen, wie wichtig diese Zeitangabe für die Angehörigen war, als wäre es nur eine Zahl, die sich endlos wiederholt.

Nicht nur der Radiowecker, auch Freitags Handy blinkte. Eine neue Nachricht:

»Lass uns fischen! Der See liegt ruhig vor deiner Haustür. Die Köder sind ausgelegt. Ich warte auf dich! Nur, wer sich stellt, wird zum Jäger und bleibt nicht das Opfer.«

Ansgar, du Vollidiot! Michael hat recht, am liebsten würdest du wie ein Urzeitmensch auf Jagd gehen und die Welse mit der bloßen Hand fangen, dachte Freitag und konnte sich Ansgar gut als Krieger mit freiem Oberkörper, blutverschmierten Händen und gegelten Haaren vorstellen.

Auf dem Weg ins Badezimmer hätte Freitag sich beinahe stranguliert, nur knapp verfehlte sein Kopf die Schlaufe. Es war eines der Frauenkleider, das in der geschlossenen Dachluke klemmte und herunterhing. Er zog an einem der Träger und riss das Kleid heraus. Das Geräusch, wenn dünne Seidenfäden reißen, war für Freitag unnatürlich laut, als wäre es das Einzige, was er in diesem Augenblick hörte. Er war sich sicher, dass er das Kleid nicht mehr verkaufen konnte, der Riss war zu groß, aber trotzdem kontrollierte er Größe und Material. Eine 48 in Seide und Kaschmir. Im Badezimmer warf er den Fetzen auf den Mülleimerdeckel, der schräg auf einem Berg aus leeren Klopapierrollen, zerknülltem Zeitungspapier und einer aufgerollten Zahnpastatube stand. Er kickte seine Kulturtasche in die Ecke und putzte sich die Zähne mit einer Bürste, für die Dammwald fünf Euro bezahlt hatte, und mit einer Zahnpasta, die noch teurer war. *Das ist doch dekadent,* fand Freitag, *ich hätte beim Einkaufen nicht auf die Preisschilder schauen sollen, aber wahrscheinlich werde ich bald auch so unverschämt viel Geld für Zahnpasta ausgeben. Ich werde versuchen, den Standard zu halten, ich muss, sonst …* Freitag spuckte ins Waschbecken. Nieselregen trommelte leise gegen das Fenster. Er beschloss, heute nicht angeln zu gehen, egal, wie sehr Ansgar ihn nervte, nicht bei diesem Wetter. Der Blick in den Spiegel zeigte die Spuren der letzten Nacht, Falten auf den Lidern und verzweigte rote Äderchen in den Augen. Freitag überlegte, ob der Hund tatsächlich in sein Haus eingebrochen war, und sah in seiner Erinnerung nicht den nächtlichen Besucher, sondern die spitzen Zähne und die Hundsaugen der ausgestopften Tiere an der Kellerwand. Er duschte, er brauchte das kalte Wasser, um zu verstehen, was er gestern schon befürchtet hatte: Der Hund konnte nicht allein in das Haus eingebrochen sein!

Freitag überprüfte jedes Zimmer, aber er konnte in keinem Raum Spuren eines Einbruchs entdecken. Nur im Keller herrschte Chaos. *Das räume ich später auf,* sagte er sich, *jetzt nicht, später werde ich alles wieder in den für einen Götz Dammwald angemessenen Zustand bringen.*

Freitag öffnete das Fenster im Arbeitszimmer, der Raum roch nach grün gefärbtem Brackwasser, als würden in einer der Ecken seine dreckigen Gummistiefel stehen. Er schaltete den Computer ein. In seinem Postfach befand sich eine neue Nachricht von seinem Freund Lars.

Hallo Clemens, ich hoffe, es geht dir in deinem neuen Reich gut. Ich bin diese Woche beruflich unterwegs und ganz in deiner Nähe. Ich weiß, es ist sehr spontan, aber vielleicht hast du ja Zeit. Was meinst du? Gruß, Lars.

Wenn Freitag eine Nachricht von vermeintlichen Freunden oder Bekannten bekam, war seine erste Befürchtung, dass er Schulden begleichen sollte. Über Nachrichten von Lars hingegen freute er sich immer, war er sich doch sicher, bei seinem einzigen Freund keine nennenswerten Schulden zu haben, trotzdem war fast jede Neuigkeit mit Neid und Frust verbunden. Er gönnte Lars das scheinbar glückliche und erfolgreiche Leben, das dieser in Berlin lebte, aber eine Frage, die Freitag nicht verdrängen konnte, beschäftigte ihn auch in diesem Moment: *Lebt Lars nicht das Leben, das ich immer leben wollte? Ein Leben als Umwelttechniker in einer anerkannten Firma, dazu ein Familienglück mit Ehefrau und zwei Kindern?*

Doch heute hatte dieser Gedanke nicht die Energie, einen ganzen Tag zu ruinieren, heute fluchte und zeterte Freitag nicht und schrieb:

Lieber Lars, ich bin angekommen, hier in Zaun, am Arsch der Welt. Vermutlich der schönste und merkwürdigste Arsch, den ich kenne. Das Ferienhaus ist noch nicht bezugsfertig, aber für ein paar Nächte sollte es reichen. Also, wenn du möchtest, ab 15 Uhr bin ich wieder zu Hause. Du bist herzlichst eingeladen. Dein Clemens.

Ein grüner Punkt blinkte. Lars war online.

Lieber Clemens, ich muss abends noch in einem Hotel irgendwo an der polnischen Grenze einchecken. Aber vorher schaue ich mir den merkwürdigsten Arsch der Welt an. Ich freue mich. Auf das Angebot, in deinem Ferienhaus zu übernachten, komme ich gerne zurück. Bis später. Gruß, Lars

Freitag freute sich und schaltete den Computer aus. Nach der Arbeit das Wohnzimmer aufräumen, den Müll und das Leergut entsorgen, beim Bäcker in Geistling einen Kuchen kaufen, danach … Jeder weitere Punkt auf seinem Plan motivierte ihn mehr. Freitag dachte daran, dass Lars sein erster Gast in Zaun war, der erste und vielleicht auch einzige Gast aus seinem alten Leben. Eine Vorfreude breitete sich in seinem Bauch aus, aber gleichzeitig war ihm die Situation auch unangenehm, weil er auf einmal das Bedürfnis hatte, es allen recht machen zu müssen. Er nahm sein Handy, um Ansgar zu schreiben, dass er heute leider nicht mit ihm angeln gehen könne, weil er Besuch von einem guten Freund bekomme, aber morgen würde es bestimmt klappen. Er suchte Ansgars Nachricht, aber er fand sie nicht. *Das kann doch nicht sein,* ärgerte sich Freitag und suchte weiter, bis die Mail im Spamordner auftauchte. Im Halbschlaf hatte er nicht auf den Absender geachtet, für ihn kam nur Ansgar infrage, wer sollte ihn sonst in diesem Ton zum Angeln auffordern? Aber die Nachricht war von der Verkaufsplattform weitergeleitet worden, Absender: Ophelia52. Freitag las die Mail mehrmals, in der Hoffnung, dass endlich der schlechte Scherz auftauchte, sich alles als harmlos herausstellte.

Die Köder sind ausgelegt.

Freitags Hände schwitzten. Er ging ins Badezimmer und danach ins Schlafzimmer und wieder zurück ins Büro. In allen Räumen sah er aus dem Fenster, als würde die Gefahr oder die Lösung seiner Probleme draußen auf ihn warten.

Der See liegt ruhig vor deiner Haustür. Ich warte auf dich!

»Was soll die Scheiße?«, schrie Freitag.

Nur, wer sich stellt, wird zum Jäger und bleibt nicht das Opfer.

Warum soll ich mich stellen? Für was?, fragte sich Freitag und klickte auf ›Antworten‹.

Wer auch immer du bist, hör auf damit! Sag, was du willst, oder verschwinde aus meinem Leben!

Freitag warf das Handy auf den Schreibtisch und beschloss, zur Polizei zu fahren. Er zog sich im Schlafzimmer um und sah auf den Revolver, der wie selbstverständlich neben den Angelzeitschriften lag. Er steckte den Revolver in die Hosentasche und änderte seinen Plan: *Ich gehe zur Arbeit, danach kaufe ich Kuchen, putze das Haus und bereite alles vor, ich gehe nicht zur Polizei, es wird sich alles von alleine klären, ich mache mich nicht lächerlich, ein Götz Dammwald würde es auch nicht tun!*

Freitag fühlte das kalte Metall in seiner Hosentasche und schwor sich, dass er keine unangenehmen Fragen beantworten würde.

Als Freitag vor dem Garagentor stand, musste er seinen Plan ein zweites Mal ändern.

»Wer … das kann doch nicht wahr sein!«

Freitag trat einige Schritte zurück, um die Straße vor dem Haus einsehen zu können. Er war froh, dass er niemanden sah, denn es war ihm peinlich. Quer auf dem

Garagentor befand sich ein neues Graffiti. Die Buchstaben waren verwischt und die Farbe an einigen Stellen zu dick aufgetragen, aber er konnte die Aufforderung lesen, die Drohung, die dahintersteckte ebenfalls.

Stell dich, du Schwein!

Ich habe nichts gemacht, verteidigte sich Freitag in Gedanken, aber er wusste auch, dass er in seinem Leben zu oft gelogen und zu oft Rechnungen geprellt hatte, er hatte zu viele Striche auf zu vielen Bierdeckeln, er hatte noch immer Schulden überall in Berlin. Aber sein Lebensmittelpunkt war nicht mehr in Berlin, sondern in Zaun, und kaum jemand wusste, dass er nun hier lebte.

Stell dich!

Wenn das die Nachbarn sehen, dachte Freitag und drückte auf die Fernbedienung. Das Garagentor fuhr nach oben, und die Drohung verschwand aus seinem Sichtfeld.

Während Freitag in der Garage nach Reinigungsmitteln suchte, sah er, wie Doris mit ihrer Gräfin am Haus vorbeiging. *Geh weiter, ich habe keine Lust auf Small Talk, bitte geh weiter,* hoffte Freitag und versteckte sich hinter einer Regalwand. Die Gräfin stoppte direkt vor der Einfahrt und sah strafend in Freitags Richtung, als wollte sie ihm deutlich machen: »Wenn du noch einmal meine Leckerlis vergisst, belle ich so laut, dass die gesamte Nachbarschaft es hört!«

»Komm, wir müssen weiter«, rief Doris und sah ebenfalls in Freitags Richtung, aber er konnte in ihrem Gesicht nicht erkennen, ob sie ihn entdeckt hatte. Die Gräfin lief auf das Grundstück, stoppte einen halben Meter vor der Garage und schnupperte.

»Nun komm!« Doris grinste und ließ den Karabiner der Hundeleine um ihre Hand kreisen. »Los, komm, dein Götz ist nicht zu Hause.«

Doris kicherte, und obwohl es nur ein leises Kichern war, hallte es noch in Freitags Kopf nach, als die beiden bereits verschwunden waren. Er notierte in Gedanken zwei weitere Punkte auf seinem Einkaufszettel: *Terpentin* und *Bürsten*.

Freitag überprüfte die Vorräte im Keller. Noch hatte er genug Getränke und Essen, um das ganze Dorf einzuladen. Er stieg ins Auto und rollte vom Grundstück, ohne das Garagentor wieder herunterzufahren, und hoffte, dass er es noch rechtzeitig ins Büro schaffte.

Er war der Letzte, der auf den Firmenparkplatz fuhr, aber er kam pünktlich im Büro an. Rossana war bereits fleißig und so in ihre Arbeit vertieft, dass sie nicht bemerkte, wie er durch die offene Tür ins Büro kam. Er blieb stehen, betrachtete seine Kollegin, wie sie sich offensichtlich über etwas, das sie auf dem Bildschirm sah, wunderte. Sie strich eine Haarsträhne aus ihrem Gesicht und blies Luft in ihren geschlossenen Mund. Mit runden Wangen und einem verdutzten Blick starrte sie auf den Bildschirm. Freitag musste kichern. Rossana drehte sich erschrocken zu ihm um und prustete die Luft aus, mit einem Gesichtsausdruck, der ihn noch mehr amüsierte.

»Ich habe dich gar nicht gehört, ich …«, stammelte sie. »Ich … hmm … Clemens, eine Sache musst du dir merken, bei uns ist ganz wichtig: Wenn du ein technisches Problem hast, einfach nichts anmerken lassen und immer intelligent gucken.«

»Ich merke schon, ich habe es hier mit richtigen Profis zu tun.«

Sie lachten. Ein ehrliches, freundschaftliches Lachen.

Freitag stand weiterhin in der Tür und dachte, dass zwischen einem komischen und einem wundervollen Gesichtsausdruck manchmal nur ein Lächeln lag.

Er schaltete seinen Computer ein, klickte den Bildschirmschoner sofort weg und begann, seine Anfragen abzuarbeiten. Aber das technische Problem trat auch bei seinem Rechner auf.

»Das wird heute nichts mehr«, meinte Rossana. Sie hatte ihn ebenfalls beobachtet, wie er an den Fehlermeldungen verzweifelte.

»Dann können wir heute ja rechtzeitig in den Feierabend gehen«, sagte Freitag, obwohl er Angst hatte vor dem, was ihn zu Hause erwarten könnte. Rossana zwinkerte ihm zu und ging in die Küche.

Als sie wieder ins Büro kam, nahm sie aus ihrer Schreibtischschublade einen roten, geöffneten Umschlag und drückte ihre Finger darauf, als wollte sie die Lasche wieder verschließen. Danach sortierte sie die Zettel und Mappen auf der Fensterbank, aber Freitag sah an ihrem Blick, dass sie gedanklich woanders war, und er mochte auch diesen Gesichtsausdruck an ihr.

»Bereust du es eigentlich?«, fragte sie, mit einer langsamen, bedachten Stimme, als hätte sie diese Frage schon seit Tagen mit sich herumgetragen.

Freitag wusste nicht, was er antworten sollte, natürlich bereute er es, denn zu Hause wartete ein Verrückter auf ihn, aber er hatte auch endlich einen tollen Job, und nach Berlin wollte er definitiv nicht zurück.

Sie lächelte ihn an, weil sie sah, dass er nicht wusste, wie er reagieren sollte.

»Clemens, ich kann es nachvollziehen, wenn du enttäuscht bist, Zaun ist ein Kaff, und das hier«, sie zeigte mit dem Finger durch das Büro und lächelte dabei noch immer. »Du hast so viel Kohle für alles ausgegeben.«

»Es war nicht mein Geld.«

»Schon klar, ich könnte das auch nicht einfach von meinem Konto bezahlen.«

»Ich habe das Geld geklaut.«

»Geklaut?«, fragte Rossana. In ihrem Gesicht blitzte eine Freude auf, als hätte er einen für ihn typischen Scherz gemacht.

»Ich habe das Geld meinen Eltern geklaut«, sagte Freitag ernst.

»Deinen Eltern?«

Sie versuchte zu lächeln, aber ihr gelang es nicht, weil sie sah, dass ihm die Situation unangenehm war. Es war ihm nicht peinlich, wie Rossana zunächst vermutet hatte, aber sie erkannte, dass die Geschichte ihn belastete.

»Du hattest sicher andere Pläne, als hier in Zaun zu landen?«, fragte sie vorsichtig.

»Die hat jeder«, antwortete er. »Ich wollte …« Er sprach nicht weiter und fragte sich, was er damals wirklich wollte, was wusste ein sechzehnjähriger Junge schon von dem, was im Leben auf ihn wartete.

Rossana blickte ihn fragend an. Aber es war nicht dieser Ausdruck, den er kannte, wenn neugierige, sensationsgierige Menschen eine Geschichte erwarten, es war etwas anderes in ihrem Blick.

»Wenn du möchtest«, sagte sie. »Ich höre dir gerne zu.«

»Ja, ich, tja, meine Ziele …« Er suchte vergeblich nach einem Anfang. Wie erzählt man eine Geschichte, die man seit seinem sechzehnten Lebensjahr mit sich herumträgt, die einen täglich beschäftigt und die man bisher nur einem Kinder- und Jugendpsychologen erzählen konnte, der sie mit medizinischen Fachausdrücken und ohne Lösungsansätzen kommentiert hatte, wie erzählt man einer Person, die einem wirklich wichtig ist, diese Geschichte? *Vielleicht muss man tatsächlich auf den richtigen Moment warten, und auf den richtigen Menschen*, dachte Freitag und begann:

»Ich hatte Ziele, ja, große Ziele und Träume, die man mit sechzehn Jahren hat, aber dann fuhr ein Lkw quer durch mein Leben und zerstörte alles. Ein Lastwagen, der Bierfässer nach Dänemark transportieren sollte und vorschriftsmäßig mit dem Tempomat unterhalb des Tempolimits fuhr.« Freitag sah an Rossana vorbei aus dem Fenster, als könnte er auf dem Firmenparkplatz und auf den Feldern dahinter sehen, was damals wirklich geschah. »Doch ich kann den Lastwagenfahrer nicht für das Unglück verantwortlich machen, ich kann ihn nicht dafür hassen, dass er mein Leben zerstört hat. Meine Eltern waren von der Fahrbahn abgekommen, in den Biertransporter gerast und von dort die Autobahnbrücke hinab in den Nord-Ostsee-Kanal gestürzt. Die Bierfässer hatten sich auf allen vier Spuren verteilt.«

Freitag schluckte, kurz hatte er die Befürchtung, er könnte Rossana langweilen, sie mit seinen Problemen nerven. Aber sie lächelte ihn verlegen an, als wollte sie ihrem Kollegen helfen, ohne zu wissen wie. Sie setzte sich auf ihren Schreibtischstuhl, rollte zu Freitag und wollte etwas sagen, doch er kam ihr zuvor.

»Bis heute ist es für mich unbegreiflich, wie der SUV meiner Eltern über die Sicherheitsplanken die Brücke hinabstürzen konnte. Die Verkehrspolizei hat mir erzählt, dass der Wagen die Bierfässer vor sich hergeschoben hat, ein oder zwei Fässer unter das Fahrzeug gerutscht waren und so den Überschlag über die Absperrung unterstützten. Mein Vater musste den Wagen stark beschleunigt haben, und das macht für mich alles noch unbegreiflicher. Papa fuhr auf der Autobahn nie schneller als hundertdreißig Stundenkilometer.«

Rossana legte eine Hand auf seine Schulter. Er war überrascht, aber nicht überwältigt, denn es fühlte sich für ihn schön und richtig an. Er lächelte dankbar.

»Rossana, ich bereue meine Flucht nicht, denn mit dem Unfall starben nicht nur meine Eltern, sondern auch meine Ziele.«

»Das verstehe ich, Clemens, welche Ziele hast du jetzt?«

Freitag wusste es nicht und schüttelte den Kopf.

»Wartet jemand in Berlin auf dich?«

»Nein, nur Schulden.«

Rossana zog aus dem Umschlag zwei längliche Zettel.

»Der Unfall ist so lange her, Rossana, aber ich kann ihn nicht aus meinen Gedanken verdrängen. Vielleicht bin ich deshalb so ein miserabler Autofahrer.« Er grinste und zeigte aus dem Fenster auf den Firmenparkplatz. Sein SUV stand schräg und viel zu weit vorne in der Parklücke.

»Clemens, dann kann ich dich hierfür sicher nicht begeistern.«

Rossana faltete die Zettel, als wüsste sie nicht, wie sie es Freitag überreichen sollte.

Er sah auf die zwei Tickets vor ihm.

»Du möchtest Sonntag ins Kino?«

»Ins Autokino.«

Freitag musste schmunzeln, er hätte nicht gedacht, dass es hier noch Autokinos gab, er kannte sie nur aus amerikanischen Filmen.

»Meine Freundin hat abgesagt, und ich dachte, vielleicht magst du mitkommen.« Sie zupfte einen winzigen Krümel von ihrer Bluse und starrte auf den Nylonstoff. »Clemens, schon gut, ist eh ein Mädelsfilm, bestimmt kein Film für dich, oder magst du Liebeskomödien?«

»Wenn sie gut ausgehen?«

»Ja, das sind die besten, das hatte ich schon lange nicht mehr.«

»Warum gehst du nicht mit …?«, fragte Freitag und zeigte auf die Fotocollage an ihrer Wand.

Rossana drehte sich um, als müsste sie selbst nachschauen, was an ihrer Wand hing.

»Das ist schon lange vorbei«, verriet sie. »Aber er ist der Vater meiner Kinder, somit gehört er irgendwie dazu.«

»Verstehe«, sagte er, obwohl er nicht verstehen konnte, warum dieses hübsche Pärchen auf den harmonischen Aufnahmen kein Pärchen mehr sein sollte. Freitag nickte und konnte sich gut vorstellen, etwas mit Rossana zu unternehmen. *Wann wurde ich zuletzt von einer Frau gefragt, ob ich mit ihr ausgehe?*, überlegte er und konnte sich nur an wenige Einladungen erinnern; und Fotos, auf denen ein harmonisches Pärchen abgebildet war, hatte er noch nie besessen. Nur ein Foto von seinen Eltern trug er in seinem Portemonnaie mit sich.

»Gerne«, sagte Freitag leise.

Rossana holte aus ihrem Schreibtisch einen Stapel Fotos. »Hier, Clemens, meine Söhne angeln auch. Hast du schon mal so einen Fang gemacht?«

Sie zeigte ihm ein Foto, auf dem ihre beiden Söhne mit einem kapitalen Spiegelkarpfen abgebildet waren. Freitag schätzte, dass der Fisch bestimmt ein Gewicht von beinahe zwanzig Pfund hatte. Obwohl sich die beiden Angler mit ihrem Fang vor der Kamera positioniert hatten, wirkte die Aufnahme wie ein Schnappschuss. Der größere der beiden Jungs hielt den Fisch mit beiden Händen am Bauch fest. Der kleinere hatte den Mund weit zu einem Schrei aufgerissen. Auch Rossana und ihr Mann, die im Hintergrund standen, schauten nicht in die Kamera, vielmehr amüsierten sie sich darüber, wie ihre Sprösslinge versuchten, den Fang, der scheinbar wieder zum Leben erweckt war, unter Kontrolle zu bekommen.

»Plötzlich fing der Fisch wieder an zu zappeln.« Rossana lachte und fuchtelte dabei mit beiden Armen herum. »So lief mein Großer am Ufer entlang, sein kleiner Bruder hinterher. Am Ende landeten alle im Wasser.«

»Also konnte sich der Karpfen noch vor der Suppenschüssel retten«, sagte Freitag und wollte den Blick nicht vom Foto abwenden. Das Bild gefiel ihm, er hatte das Gefühl, es würde ihn an ein anderes Bild erinnern. Er konnte zwar nicht sagen, woher dieses Gefühl kam, aber es war, als hätte er die Szene vor Jahrzehnten miterlebt.

»Der Stärkere hat gewonnen.«

»Wie bitte, was hast du gesagt?«

Freitag sah auf und blinzelte in Rossanas Richtung, als müsste er sich nach einem Sekundenschlaf an das Tageslicht gewöhnen.

»Sorry, ich war kurz in Gedanken, das Bild …« Er wusste nicht, wie er es beschreiben sollte. Er nahm eine Nadel von der Pinnwand, die an der Wand neben seinem Schreibtisch hing, und sah Rossana an, als wünschte er sich eine Erlaubnis von ihr. Sie nickte. Er steckte das Foto an seine Pinnwand. Und während er das Bild hin und her schob, als wäre es ein Gemälde, sah er aus den Augenwinkeln, wie sich Rossana freute, so herzlich, wie man sich über ein ehrlich gemeintes Kompliment freut.

Nach einigen Stunden war das technische Problem behoben, aber weder Rossana noch Freitag hatten Lust, jetzt noch mit der Arbeit zu beginnen. Sie waren beide der Meinung, dass die Aufträge bis morgen warten könnten.

Kurz vor dem Feierabend bekam Freitag einen Anruf von seinem Chef.

»Clemens, komm bitte in mein Büro!«

Freitag hörte in dieser Bitte einen Befehlston und eine versteckte Drohung heraus, sodass er sich sofort von seinem Schreibtischstuhl erhob und auf den Weg machte. Auf dem Flur atmete er noch einmal durch. *Bin ich jetzt meinen Job los? Hat Frank herausgefunden, dass ich einen Revolver geklaut habe? Oder hat er sein Urteil gefällt und festgestellt, dass es keinen zweiten Götz Dammwald für sein Unternehmen geben kann?* In Freitags Kopf entstanden noch mehr Fragen, aber er zwang sich, ruhig zu bleiben, und öffnete Franks Bürotür.

»Komm rein, Clemens, normalerweise störe ich meine Mitarbeiter nicht kurz vor Ladenschluss, aber das habe ich gerade erst gesehen.« Frank hielt einen Computerausdruck in Freitags Richtung. »Ich wollte die Personalakte von deinem Vorgänger archivieren, da sehe ich, der Götz hat noch einen Tag Sonderurlaub. Bei uns gibt es nämlich für besondere Verdienste auch mal einen Tag mehr Urlaub.«

»Was hat Dammwald denn für einen besonderen Dienst geleistet?«, fragte Freitag und staunte über das Outfit seines Chefs. Unter seinem Jackett trug er ein T-Shirt von einem Musikfestival. Das Shirt war schon älter, denn unter dem Schriftzug *W:O:A* stand die Jahreszahl 2012.

»Götz hat ständig Sondereinsätze geleistet. Zuletzt hat er einen Großkunden, der nach mehreren fehlerhaften Sendungen schon abspringen wollte, zurückgewonnen.«

»Oh, ich will gerne dazulernen, verrätst du mir, wie er das gemacht hat?«

»Einige Kollegen behaupten, er habe dem Unternehmer aus eigener Tasche Geld geboten«, scherzte Frank. »Nein, wenn ich wüsste, wie er das wieder hinbekommen hat, würde ich dir den Trick verraten.«

»Ja, der Dammwald hat schon einiges hinbekommen.«

»Auf jeden Fall steht ihm und somit dir noch ein Tag

Sonderurlaub zu. Und ich würde dich bitten, den Tag doch am besten gleich morgen zu nehmen.«

»Morgen?« Freitag mochte keine spontanen Ideen und Planänderungen. Er hasste Dinge, die er nicht vorhersehen oder beeinflussen konnte, Zufälle, die sein Leben bestimmten. Aber gegen einen Urlaubstag hatte er natürlich keine Bedenken.

»Also, es wäre mir ganz recht«, meinte Frank. »Dann könnte ich es jetzt gleich verbuchen und die Akte Dammwald schließen. Der Tag soll ja nicht verfallen, er steht dir zu. Bleib doch morgen einfach zu Hause.«

»Wenn ich meinem Chef damit eine Freude mache.«

Die beiden grinsten sich erleichtert an. Wobei Freitag sich kaum vorstellen konnte, warum Frank so interessiert daran war, ihn in den Kurzurlaub zu schicken. Die Archivierung der Akte konnte aus seiner Sicht kaum der Grund dafür gewesen sein.

»Dann verabschiede ich mich jetzt ins Wochenende.«

»Bis bald, Clemens, das hast du dir wirklich verdient«, sagte Frank lachend.

Freitag beeilte sich, denn er hatte noch einiges zu erledigen.

Die Bäckerei in Geistling hatte eine große Auswahl an Kuchen und Torten. Freitag entschied sich für einen »handgefertigten, in alter Tradition gebackenen« Käsekuchen und fragte nach einem Baumarkt. Der nächste Baumarkt befand sich zwanzig Kilometer entfernt.

Freitag nahm den Umweg in Kauf und brauchte somit für seinen Nachhauseweg über eine Stunde, aber er hatte an alles gedacht, auf dem Beifahrersitz lagen neben dem Käsekuchen ein Hundeleckerli und eine Flasche Terpentin.

Als Freitag auf sein Grundstück fuhr, musste er so stark abbremsen, dass auf der Pflasterung schwarze Gummispuren zurückblieben. In seiner Garage parkte ein silberner Mercedes-Kombi mit Berliner Kennzeichen. Er schnallte sich ab und wollte aussteigen, als jemand auf das Autodach klopfte. Lars stand vor dem Auto und winkte. Freitag stieg aus und umarmte seinen Freund. Lars' Schultern waren kräftig, auch der restliche Köper wirkte durchtrainiert, was Freitag wunderte, denn er hatte immer gedacht, dass Lars genau wie er eine Abneigung gegen Diäten und Fitnesswahn hatte.

»Schön, dass es geklappt hat«, sagte Freitag und suchte nach seinem Haustürschlüssel.

»Das ist hier ja wirklich am Arsch der Welt.«

Lars fuhr mit der Hand durch seine blondierten Locken. Als Freitag ihn das letzte Mal gesehen hatte, waren seine Haare kürzer und straßenköterblond gewesen.

»Aber schön hast du es hier, wirklich.« Lars sah sich um. »Schön ruhig.«

»Die Nachbarn lassen mich in Ruhe.«

»Nicht wie die streitlustigen Rentner bei dir im Block.«

»Das Angrillen mache ich dieses Jahr auch nicht auf meinem Balkon.«

Freitag schloss die Haustür auf und machte eine einladende Geste, die affektiert wirkte. Lars grinste und zeigte auf seine Turnschuhe.

»Lass deine Schuhe an, ich habe heute eh noch nicht gesaugt.«

Freitag musste nicht überlegen, ob er sein neues Haus überhaupt schon einmal gesaugt hatte. Trotzdem spürte er eine Freude, als könnte er etwas Außergewöhnliches präsentieren. Er hatte das Gefühl, zum ersten Mal auf etwas stolz zu sein, und führte seinen Gast durch das Haus. Alle Räume kommentierte Lars mit einem anerkennenden Nicken.

»Eine Waschmaschine hast du nicht ersteigert?«, fragte Lars und zeigte auf den Wäscheberg im Badezimmer.

»Du glaubst gar nicht, was ich alles ersteigert habe, aber momentan ist es zeitlich schwierig.«

»Du hast also auch einen neuen Job?«

»Ich arbeite für eine große Online-Firma im Bereich Reklamationsmanagement.«

Lars nickte erneut. Freitag glaubte, es war wirklich ein anerkennendes Nicken, auch wenn er das Wort Reklamationsmanagement übertrieben fand, aber er war überzeugt, Dammwald wäre noch selbstsicherer und arroganter aufgetreten.

»Du angelst wieder?«

Lars deutete mit dem Kopf in Freitags Schlafzimmer. Die Angelzeitschriften lagen noch immer im ungemachten Bett.

»Ich habe sogar ein eigenes Boot und einen Anlegeplatz direkt vor der Haustür.« Freitag versuchte, sich das Grinsen zu verkneifen und die Sätze so unaufgeregt wie möglich klingen zu lassen. »Wenn du Lust hast, können wir im Sommer gemeinsam fischen gehen, du kannst in meinem Ferienhaus übernachten. Wir fahren mit meinem Boot raus, hier soll es sogar kapitale Welse geben.«

Freitag zeigte aus dem Fenster und sprach in Gedanken seine eigenen Worte nach: *In meinem Ferienhaus, mit meinem Boot.*

»Lars, der See ist tiefer, als man auf den ersten Blick vermutet.«

»Davon habe ich schon gehört.«

»Von dem Waldsee?«

»Nein, nicht direkt«, antwortete Lars. »Ich meine nur, es gibt ja viele Gewässer, denen man es nicht ansieht, also, ich meine die Tiefe.«

Lars trat dichter an das Fenster, er wollte nicht den See, sondern Freitags Terrasse und den Garten bewundern. Freitag überlegte, was er über das Grundstück sagen könnte, aber er wusste weder, wann es erschlossen wurde, noch, wie hoch die Quadratmeterpreise in Zaun waren. Er wusste nicht einmal, wie groß sein Grundstück war, aber es störte ihn nicht, der Anblick aus dem Fenster reichte ihm. *Das alles gehört mir!*, sagte er sich immer wieder und hätte seine Freude beinahe laut ausgesprochen.

»Lass uns nach unten gehen, ich mache uns einen Kaffee.«

Als Freitag hinter Lars die Treppe hinunterging, konnte er sehen, wie muskulös die Schultern seines Freundes waren.

»Aber Zeit für die Muckibude hast du noch?«

»Ich musste was für mich tun.«

Ich habe auch etwas für mich getan, dachte Freitag, *ich habe mir ein neues Leben gekauft.*

Lars nahm am Wohnzimmertisch Platz. Freitag schaltete die Kaffeemaschine ein und las seinem Gast die Kaffeespezialitäten vor, die auf dem Display zur Auswahl standen. Während das Mahlwerk kurz aufheulte und die Maschine begann, das Wasser zu erhitzen, sah Freitag aus dem Küchenfenster auf den Kirschbaum. Er dachte an den Duft von frisch gebackenem Kuchen und an seine Mutter, die in ihrer Küche stand, das Mehl an den Händen an ihre Schürze wischte und danach mit dem Finger den Teig aus der Rührschüssel naschte.

»Ich habe Käsekuchen gekauft«, sagte Freitag.

Der Wind hatte zwei größere Äste vom Kirschbaum gerissen, die Äste lagen über Kreuz vor dem Gemüsebeet. Freitag beschloss, das Beet im Frühjahr zu bepflanzen und regelmäßig Unkraut zu zupfen. Die Beete müssen ordentlich sein, selbst der Garten von Ansgar und Janette war akkurat.

»Wie geht es Janine und den Kindern?«, fragte Freitag und setzte sich an den Tisch.

»Janine arbeitet wieder, die Kleine ist vormittags bei unserer Tagesmutter, die Große kommt im Sommer auf das Gymnasium.«

Lars' Blick wanderte durch das Wohnzimmer, als suchte er nach Hinweisen auf Freitags Familienstand, nach einem Anzeichen auf ein Leben, das eine Zukunft hat. Freitag ahnte, was sein Freund in diesem Augenblick dachte: *Wer kann sich Clemens schon in einer großen Patchworkfamilie vorstellen als zuverlässigen und verantwortungsbewussten Ehemann und Vater, Clemens wird das Haus nicht mit Leben füllen, er wird wie immer scheitern und wegrennen!*

»Ich kann mein Glück kaum fassen«, sagte Freitag und sah sich ebenfalls demonstrativ um. Er musste an Rossana denken, an die selbstbewusste, alleinerziehende

Mutter, und fragte sich, wie verantwortungsbewusst und zuverlässig er wirklich sein konnte.

»Im Gegensatz zu deiner Butze in Berlin nicht schlecht, das hast du hier wirklich alles im Internet ersteigert?« Lars beugte sich nach vorne, um besser aus der Fensterfront sehen zu können. »Und einen Mähroboter, Clemens, du wirst ja richtig spießig.«

»Hier haben alle einen, der muss auch das komplette Jahr marschieren, da gibt es keine Winterpause.«

»Das ist ja wie bei mir auf der Arbeit.«

»Arbeitest du noch für Seebach?«

»Die zahlen am besten.«

»Ich kann mich auch nicht beschweren, mein neuer Chef hat mich sofort eingestellt, mit einem richtig guten Einstiegsgehalt«, erwiderte Freitag, als müsste er sich rechtfertigen oder beweisen. Er war damals, als Lars ihm von seinem »Traumangebot« erzählt hatte, auf der Internetseite von der Seebach Analytics GmbH gewesen und hatte sich das Firmenprofil angesehen. »Analysen im Bereich Trinkwasser, Umwelt und Hygiene. Zukunftsorientiert und unabhängig.«

Freitag prostete seinem Freund zu und überlegte, was sie jetzt unternehmen würden, wenn sie in Berlin wären, vielleicht würde Lars ihn in ein neues Szenelokal schleppen, oder sie würden einen von Lars' Freunden besuchen, mehr fiel Freitag nicht ein.

»Ich zeige dir nachher den Garten und das Ferienhaus«, schlug Freitag vor. »Das Ferienhaus ist für Gäste noch nicht hergerichtet, aber das werde ich als Nächstes machen, die ersten Gäste haben schon für den Sommer zugesagt.«

»Clemens Freitag wird Hotelier.«

Freitag lachte, wobei ihm die Bezeichnung »Hotelier« gefiel. Was hätten seine Eltern dazu gesagt? Ihr Sohn ist jetzt Hotelier in der wunderschönen Gemeinde Zaun.

»Der Ort ist nett«, sagte Lars. »Aber, Clemens, mal ehrlich, warum sollte jemand hier Urlaub machen wollen?«

»Das habe ich mich auch gefragt, aber offensichtlich lohnt es sich, wir hatten hier schon Gäste aus Australien.« Freitag stutzte über seine eigenen Worte, Dammwald hatte Gäste aus Australien, nicht »wir«, nicht er.

»Ich werde Angeltouren anbieten, vielleicht als Angelguide arbeiten.«

Für Freitag hörte sich die Bezeichnung »Angelguide« noch attraktiver als »Hotelier« an, seinem Vater hätte es gefallen.

»Wenn ich mehr Zeit habe, Clemens, gehen wir hundertprozentig zusammen angeln und jagen die Welse, aber die letzten Wochen war ich beruflich sehr eingespannt.«

Lars berichtete von seinen Projekten, die er mit Seebach vorantrieb, er schweifte in fachspezifische Theorien ab und verwendete Begriffe, die Freitag noch nie gehört hatte.

»Aber ich will dich nicht mit meinen Problemen nerven«, meinte Lars. »Was interessieren dich irgendwelche Analysewerte.«

Nein, dachte Freitag, *das interessiert mich wirklich nicht mehr.*

»Kommst du denn in Berlin noch zum Angeln?«, fragte Freitag.

»Dafür habe ich keine Zeit, das schaffe ich nicht neben Familie und Job«, antwortete Lars in einem Ton, der vorwurfsvoll und sich selbst bemitleidend zugleich war. »Ich würde gerne mal wieder mit dir um die Häuser ziehen.«

»Das machen wir«, sagte Freitag und freute sich, dieses Jahr wieder Zeit mit seinem Kumpel zu haben, aber diese Zeit wollte er in Zaun und nicht mehr in Berlin verbringen.

»Soll ich dir den Rest zeigen?«

Freitag stand auf, bevor Lars antworten konnte, und öffnete die Terrassentür. Als Erstes führte Freitag seinen Gast zum See, er ging dabei mit langsamen, großen Schritten über das Grundstück und erzählte von den ersten Tagen in Zaun, von den netten Nachbarn und von dem kapitalen Fisch, den er an der Angel gehabt hatte. Er erzählte von einem Neuanfang und verschwieg die Dinge, die ihm Sorgen machten. Der Wind drückte auf den Waldsee, erzeugte Wellen, und je länger sein Blick das Wasser verfolgte, desto mehr wurden für ihn die Bewegungen zu einer einzigen Bugwelle, die etwas Großes hinter sich gelassen hatte. Das Wasser schaffte es bis in das Bootshaus. Obwohl das Boot fest angebunden war, bewegte es sich vor und zurück, als wollte es sich mit letzter Kraft losreißen. Freitag stellte sich so dicht an das Ufer, dass das Wasser die Spitzen seiner Schuhe berührte.

»Ich glaube, heute wäre ein guter Tag, die Fische müssten in Beißlaune sein«, meinte Freitag.

»Ich würde heute nicht auf den See rudern, Clemens, schau dir die schwarzen Wolken an, wenn es plötzlich anfängt zu donnern, da sollte man lieber vorsichtig sein.«

Freitag hatte die dunklen Wolken nicht gesehen.

»Das Unwetter ist noch weit weg, außerdem beißen Zander nach einem Gewitter doch am besten.«

»Ich dachte, du hast es nur auf den Riesenwels abgesehen.«

»Den großen Fang habe ich schon gemacht.«

Lars stimmte ihm zu, auch wenn es für Freitag so wirkte, als müsste er überlegen, ob Freitag mit dem großen Fang wirklich das Leben in Zaun meinte.

»Jetzt hast du dir unseren Kindheitstraum erfüllt«, sagte Lars, und nun war es Freitag, der nicht wusste, was sein Gegenüber meinte.

»Weißt du es nicht mehr?«, fragte Lars. »Wir haben damals immer gesagt, irgendwann, wenn wir unser eigenes Geld verdienen, werden wir auch unser eigenes Boot haben und auf den großen Seen angeln oder auf der Ostsee auf Dorsch oder endlich bei uns im Kellerteich mit dem Echolot die berüchtigte Zanderkante finden.«

»Echolote wollen die hier im Angelverein nicht.«

»Echt?« Lars schüttelte den Kopf. »Auch noch ein spießiger Dorfverein.«

Eigentlich sind meine Vereinskollegen Ansgar und Ralf alles andere als spießig, dachte Freitag, *außerdem bin ich der Präsident von diesem spießigen Angelverein.*

»Da liegt die Goldgrube.«

Freitag führte Lars zum Ferienhaus, zeigte ihm alle Zimmer und erzählte von den neuen Möbeln, die alle in Folie verpackt waren, von den Dingen, die er noch kaufen müsse, und von der Akquise der Gäste, die er bereits gestartet habe. Er berichtete etwas übertrieben von dem »unglaublichen Zuspruch der ehemaligen Stammkunden«, von der »enormen Begeisterung«, endlich wieder in Zaun Urlaub machen zu können.

Lars zeigte sich beeindruckt und deutete auf den Schuppen.

»Und da versteckst du das richtige Gold, deine Angelausrüstung?«

»Nein, wie kommst du darauf? Das teure Angelgeschirr würde ich doch nicht in dem Schuppen lassen.« Freitag war froh, dass Lars aus diesem Winkel nicht auf den Schriftzug sehen konnte.

»Ich dachte nur«, meinte Lars. »Früher hast du deine Angelsachen ja auch in einem Schuppen aufbewahrt. Ich denke oft daran, wie wir damals in dem Kabuff saßen und Pläne ausgeheckt haben. Wir haben Wetten abgeschlossen, wer von uns den ersten Meter-Hecht fängt. Und erinnerst du dich an den Flaschengeist?«

»Natürlich, das Teufelszeug«, sagte Freitag sofort, obwohl er einige Sekunden benötigte, um sich die Flasche ins Gedächtnis zu rufen, diese grüne Schnapsflasche, auf der immer eine dicke Staubschicht war, mal nannte sein Vater es »das Wundermittel«, mal war es »das Teufelszeug«. »Ein Tropfen in das Futter oder auf deinen Köder, und die Fische spielen verrückt«, hatte Freitags Vater den Kindern erzählt, dennoch hatte er ihnen verboten, das Wundermittel zu benutzen. »Man müsse damit sparsam umgehen«, hatte er gesagt. Freitags verstorbener Großvater hatte das Rezept gekannt, es seinem Sohn allerdings nie verraten, so gab es nur diese eine letzte Flasche.

Freitag und Lars hatten diese Geschichte geglaubt, denn neben der Flasche standen zwei Pokale, die Freitags Vater dank seiner Geheimwaffe bei Angelwettbewerben gewonnen hatte. Freitag konnte sich an einen gemeinsamen Ausflug erinnern, an dem sein Vater aus seinem Angelkoffer eine Dose mit einem winzigen Schwamm holte und alle Köder damit betupfte. An jenem Tag hatten Freitag, sein Vater und Lars so viele Barsche und Rotaugen gefangen, dass sie einen Zehnlitereimer damit füllen konnten.

»Die Flasche müsste noch immer auf dem Regal stehen«, überlegte Freitag laut.

»Du hast den Schrebergarten noch?«

»Nicht wirklich, seit dem Tod meiner Eltern bin ich nicht mehr dort gewesen, aber die Pacht bezahle ich trotzdem weiter, vom Konto meiner Eltern, ich habe den Dauerauftrag nie gelöscht.«

»Nicht dein Ernst.«

»Der Garten liegt direkt neben den Bahngleisen, niemand wollte das Grundstück haben«, log Freitag, denn er hatte nie daran gedacht, den Garten zu verkaufen, seine Eltern hatten ihren Schrebergarten geliebt, er war ihr Ein und Alles gewesen. Er stocherte mit dem Fuß im Sandboden vor dem Schuppen und fragte sich, wo das Loch war, das der Hund oder ein anderes Tier gegraben hatte.

»Und wer kümmert sich um das Grundstück, das müsste doch total verwildert sein, oder fährt da auch ein kleiner Mähroboter seine Runden?«

»Ich habe keine Ahnung.«

Freitag trat mit den Füßen gegen den Schuppen. Der

Sand fiel von seinen Schuhspitzen, der Boden war aufgewühlt, aber das Loch konnte er nicht entdecken.

»Die Nachbarn werden dich hassen, Clemens, einen Garten einfach verwildern lassen, da verstehen die Gartenfreunde bestimmt keinen Spaß. Wahrscheinlich haben die den Garten einfach plattgemacht. Und die Kohle kassieren die trotzdem.«

Freitag hatte immer versucht, die Vorstellung zu verdrängen, dass der Garten nicht mehr existierte oder von Fremden genutzt wurde. An seinem letzten Tag in Berlin hatte er sich vorgenommen, die Angelsachen aus dem Schuppen zu holen, aber er hatte sich nicht getraut.

Sie gingen zurück in Richtung Terrasse. Der Mähroboter fuhr an ihnen vorbei und steuerte auf die Gemüsebeete zu, bis er plötzlich stoppte. Vor ihm lagen die heruntergefallenen Äste. Der Roboter rollte zurück, als müsste er Anlauf nehmen, aber statt das Hindernis zu umrunden, fuhr er darauf zu. Die Scheren kratzten am Holz, und die Reifen hingen auf der linken Seite in der Luft, für einen Moment sah es so aus, als würde der Roboter umkippen. Als er wieder festen Boden unter den Rollen hatte, beschleunigte er und fuhr weiter seine Runden, die einem System folgten, das für Freitag undurchschaubar blieb.

»Noch ist es zwar kalt, aber die Luft ist herrlich. Lass uns draußen sitzen! Ich muss nur noch die Plane vom Terrassentisch nehmen«, sagte Freitag, löste die Knoten und hob die Abdeckung an. Das Regenwasser, das sich auf der Plane gesammelt hatte, floss zur Seite und auf Lars' Sportschuhe. Unter der Plane befanden sich ein Tisch aus massivem Holz und darunter mehrere Stühle.

»Die Schrauben muss ich noch mal nachziehen«, sagte Freitag und klappte zwei Stühle auseinander. Er strich mit der Hand über die Tischplatte, dachte daran, dass die Versiegelung auch irgendwann erneuert werden müsste, und schrieb es auf seine imaginäre To-do-Liste. Er wollte die anstehenden Arbeiten auf keinen Fall vergessen, vor Wochen wäre er sich sicher gewesen, er hätte sie vergessen, und wenn er sie nicht vergessen hätte, hätte er sie ignoriert. Aber dieses Mal war er überzeugt, dass er alles pflichtbewusst erledigen würde.

»Ist ja fast wie Urlaub, Clemens.«

Lars setzte sich, lehnte sich zurück und schlug die Beine übereinander.

Freitag ging in die Küche, um weiteren Kaffee zu holen. Draußen bellte der Hund. Aber das Mahlen der Bohnen und das anschließende Erhitzen des Wassers waren so laut, dass Freitag sich nicht mehr sicher war, ob das Bellen real gewesen war. Freitag sah auf die Terrasse. Lars hatte seinen Stuhl auf die andere Seite gestellt, sein Blick war angestrengt, als suchte oder beobachtete er etwas. Als Freitag wieder auf die Terrasse trat, grinste Lars ihn an, als hätte er etwas gefunden, was Freitag ihm verheimlichen wollte.

»Schöne Nachbarn hast du, Clemens.«

Freitag sah sofort zum Ferienhaus und auf das Grundstück dahinter, aber er konnte Janette nicht erkennen.

»Ist meine Nachbarin wieder halb nackt durch ihren Garten gehüpft?«

»Vielleicht sollte ich doch länger bleiben.«

Lars grinste und erzählte Freitag ausführlich von dem »terminlich getakteten« Arbeitsplan, den ihm sein Chef gegeben hatte. Freitag hörte nach dem zweiten Satz und dem Wort »Wasserhygienekonzept« nicht mehr zu und suchte Janette, aber er konnte sie noch immer nicht sehen, die Terrassentür der Schönfelds war geschlossen, und die Fenster waren dunkel, als wäre niemand im Haus. Als Freitag sich wieder auf das Gespräch konzentrieren konnte, hörte er, wie Lars von der Dachsanierung, die sein Vermieter ständig hinauszögerte, und von den Vorbereitungen für den zehnten Geburtstag seiner Tochter sprach. Freitag versuchte, aus dem Monolog einen Dialog zu machen, aber weder hatte er Erfahrungen in Dacharbeiten noch Ideen für einen gelungenen Teenagergeburtstag, er erzählte von seinem Versuch, die Pergola zu streichen, von Janette, die ihn daran hindern wollte, von Rossana, die ihn ins Autokino eingeladen hatte, und von dem Hund, der bei ihm eingebrochen war.

»Ein Hund ist bei dir eingebrochen?«, fragte Lars. »Was hat er denn geklaut, die Fernbedienung für deinen Mähroboter?«

»Ich bin nachts aufgewacht und habe gehört, wie er im Keller wühlte.«

»Wollte er deine Vorräte plündern?«

»Er hat meine Angelausrüstung total durcheinandergebracht«, sagte Freitag und überlegte, ob er Lars die Schätze im Keller zeigen sollte, die Ausrüstung war so hochwertig und beinahe vollständig, dass sein Gast sicher beeindruckt wäre. Aber dann fiel ihm ein, dass er das Chaos, das der Hund verursacht hatte, noch nicht beseitigt hatte.

»Hat dieser teure Klotz keine Alarmanlage?«, fragte Lars und berichtete von seinen »neureichen« Nachbarn, von seinen Zielen als stellvertretender Geschäftsführer, von seinen Aufstiegschancen und vom Ende der Karriereleiter. Freitag nickte und dachte an die erste und einzige Mail, die Dammwald ihm geschrieben hatte: *Keine Angst, in unserem und nun in Ihrem Dorf kann man getrost die Haustür offen lassen, auch wenn einige Nachbarn das Gegenteil behaupten.*

Freitag wusste nicht, welche Nachbarn Dammwald gemeint hatte, vielleicht Ralf oder die Tratschtante Doris.

»Oder, Clemens, wie siehst du das?«

»Ich?«

Freitag sah Lars hilflos an. *Was bin ich für ein Freund?*, dachte Freitag, *mein einziger Kumpel aus Berlin besucht mich, und ich höre ihm nicht zu.*

»Sorry, Lars, ich war in Gedanken, ich habe noch so viel auf meiner Liste, das Haus und …« Freitag brach den Satz ab, nicht weil er die Liste nicht fortführen konnte, sondern weil ihm bewusst wurde, wie lächerlich seine Ausrede war. Er wollte das Gespräch wiederaufnehmen und Interesse zeigen, aber ihm fiel keine Frage ein.

»Schon gut, ich muss ja auch bald los.«

Lars rückte mit dem Stuhl nach hinten, sah noch einmal zum Ferienhaus oder zum Haus der Schönfelds und stand auf.

»Ich habe noch Zeit, Lars, so war das nicht gemeint.«

»Mein Chef ist sauer, wenn ich nicht rechtzeitig im Hotel bin und den Tagesbericht abschicke.« Lars streckte beide Arme, als hätte er gerade seinen Mittagsschlaf gemacht. »Mein Chef sagt immer, ich solle mir auf die Fünfsternehotels nichts einbilden, Geschäftsreisen seien keine Wellnessurlaube. Wenn der wüsste.«

Freitag wiederholte in Gedanken das Wort »Geschäftsreise« und stellte sich dabei einen gelben Post-it mit der Aufschrift *Aber bald bin ich wieder in Ihrer Nähe* vor.

»Ich hoffe, du bist jetzt häufiger hier in der Gegend«, sagte Freitag und räumte das Geschirr ab.

»Schwierig, aber so weit ist Berlin ja auch nicht entfernt.«

»Das stimmt«, erwiderte Freitag, auch wenn ihm die Vorstellung, nach Berlin zu fahren, nicht gefiel. Sie gingen in die Küche. Freitag stellte die Becher in die Spüle und dachte an die fehlenden Geschirrspültabs. Lars blieb vor der Pinnwand stehen, sein Blick fiel auf das Foto. Er zwinkerte Freitag zu, als wollte er seinen Freund loben und sagen »So eine attraktive Frau hätte ich dir nicht zugetraut.«

»Katja«, sagte Freitag. »Auf dem Foto schaut sie etwas grimmig in die Kamera.«

»Neues Leben, neue Liebe oder umgekehrt?«

»Glückliche Fernbeziehung.«

»Das freut mich für dich.«

Lars klopfte seinem Freund auf die Schulter.

Katja, meine Katja, eine glückliche Fernbeziehung, die Wörter klangen für Freitag vertraut und richtig, er wiederholte sie, lautlos, nur seine Lippen formten diese Lüge immer wieder, bis Lars ihn fragend ansah.

»Ja, Katja und ich«, sagte Freitag, aber in seiner Vorstellung sah er nicht Katja, sondern seine Kollegin, die vor ihrem Computer saß und verdutzt auf den Bildschirm blickte.

»Das ist ja abgedreht.« Lars tippte auf den Zeitungsartikel. »In so einem Dorf hat wohl jeder seine Leichen im Keller.«

»Und Geister.«

»Dorfgeister gibt es auch?« Lars grinste, als hätte Freitag einen zweideutigen Witz erzählt. »Aber glaub mir, sie ist noch da, also nicht der Dorfgeist, sondern die Leiche, die verrottet nicht so einfach. Wusstest du, dass zum Beispiel Angelschnüre im Meer sechshundert Jahre überstehen?«

Freitag zeigte sich interessiert und erzählte ausführlich von dem Monsterwallach und von dem Ort vor der Badebucht. Lars sprach über Wasserqualitätsmerkmale und erklärte die neuesten Labormethoden. Freitags Blick fiel auf den Zettel an der Pinnwand, von dem er gedacht hatte, es sei die Warnung eines Umweltaktivisten.

Deine Geister schlafen nicht!

Freitag war froh, dass Lars den Zettel nicht beachtete.

Nach drei Stunden deutete Lars an, dass er nun aber wirklich die Rückfahrt antreten müsse.

Freitag rollte sein Auto von der Auffahrt, damit Lars seinen Benz aus der Garage fahren konnte. Danach fuhr Freitag in die Garage und sah im Rückspiegel, dass Lars an der Straße hielt. Freitag stieg aus und ging nach vorne. Lars saß in seinem Auto und notierte etwas mit einem Stift auf seinem Laptop. Seine Bewegungen waren flüssig aus dem Handgelenk, als würde er zeichnen. Als Freitag einen Schritt vom Benz entfernt und kurz davor war, an die Scheibe zu klopfen, warf Lars seinen Laptop umgedreht auf den Beifahrersitz. Das Fenster auf der Beifahrerseite fuhr nach unten.

»Bis bald, Clemens, und sag Bescheid, wenn du die Leiche aus dem Wasser gezogen hast.«

»Das mache ich, und du fahr vorsichtig!«

Freitag drückte auf die Fernbedienung der Garage. Mit einem surrenden Geräusch schloss das Garagentor. Lars legte den Vorwärtsgang ein und hielt inne. Er öffnete den Mund und wollte Freitag etwas zurufen, aber dann nickte er, als hätte er endlich verstanden, was Freitag ihm seit Stunden versucht hatte zu erklären.

Erst nachdem Lars losgefahren und vermutlich schon in der nächsten Ortschaft war, verstand Freitag die Geste. Er ballte seine Hände zu Fäusten, als würde mit einem Schlag ein Schmerz durch seinen Körper ziehen.

Was denkt Lars jetzt von mir? Keine zwei Wochen, und sein Kumpel Clemens hat schon Schulden in seiner neuen Heimat gemacht, und er hat Feinde, die Drohungen an sein Garagentor sprühen. Freitag öffnete das Tor wieder und versuchte, nicht weiter darüber nachzudenken, und ging auf die Terrasse, um den Tisch und die Stühle wieder abzudecken. Der Garten befand sich im Winterschlaf, die Bäume und Sträucher waren kahl, der Boden steinhart und die Dienste des Mähroboters sinnlos, dennoch empfand Freitag beim Anblick seines Gartens Glück und Zufriedenheit. Er notierte im Geiste die Punkte, die er demnächst erledigen müsste, damit der Garten in diesem Zustand bleiben würde. Die Arbeitsschritte fielen ihm sofort ein, als wäre er seit Jahrzehnten für dieses Grundstück verantwortlich. In seinem alten Leben gab es nicht viel, für das er verantwortlich war. Eigentlich war er bisher immer nur für sich selbst verantwortlich gewesen. Und diese Verantwortung hatte er nie sehr ernst genommen. Doch jetzt in seinem großen Garten, mit dem Blick auf sein Haus, beschloss Freitag, dass er sich nicht mehr treiben lassen würde. Er hatte etwas zu verlieren. Ein richtiges Leben. *Im Sommer könnte ich hier meinen sechsunddreißigsten Geburtstag feiern,* überlegte er, *es könnte ein richtiges Fest werden. Ich habe alles, Geld, um eine richtige Party zu finanzieren, den Platz dafür, und es würden sogar Leute kommen.*

In Gedanken platzierte er im Garten ein großes Zelt, einen Schwenkgrill und ein reichhaltiges Büfett und verschob die Dinge wie auf einem Spielbrett. Girlanden leuchteten in seiner Vorstellung, und Musik war bis auf den Waldsee zu hören. Ansgar, Ralf und Deniz würden sich eine Party in Zaun nicht entgehen lassen. Aus Berlin würde sicher nur Lars mit seiner Familie kommen. Aber Freitag könnte einige Kollegen einladen, er war überzeugt, neben Frank, Rick, Zofie und Falko würde auch Rossana eine Einladung von ihm gerne annehmen. *Es wird ein richtiges Fest,* freute er sich.

Auf dem Terrassentisch stand noch die geöffnete Zuckertüte, die er vorhin einfach auf den Tisch gestellt hatte, weil er auf die Schnelle kein geeignetes Gefäß finden konnte, weder einen Zuckerstreuer noch einen Zuckertopf aus Porzellan, den es in seiner gut sortierten Küche sicher irgendwo in den Schränken gab. *Das muss sich ändern,* war ihm klar, *ich sollte mir ein Beispiel an meiner Mutter nehmen, sie hatte immer darauf geachtet, dass alles einer gewissen Ordnung entsprach, besonders wenn Gäste kamen. Selbst wenn meine Schulfreunde mich besucht hatten, hatte sie darauf geachtet, dass mein Zimmer aufgeräumt war. Sie hatte immer Kekse in großen*

Dosen und Limonade in Glaskaraffen hingestellt. Meine Geburtstage waren stets akribisch vorbereitet gewesen, es waren tatsächlich Feste, auf die ich damals stolz gewesen war. Seine Mutter war nach den Geburtstagen erschöpft und müde gewesen, daran konnte er sich erinnern, auch an die Frage, die sie am Ende jeder Geburtstagsfeier stellte.

»War es so, wie du es dir gewünscht hast?«

Nie hatte er verneint, nie hatte er etwas Negatives gesagt. Seine Mutter hatte dann mit einem Lächeln erwidert: »Das habe ich gerne gemacht, mein Junge«, und begonnen, die Reste der Feier aufzuräumen.

Freitag erinnerte sich an seinen sechzehnten Geburtstag, der letzte mit seinen Eltern, er hatte einen Laptop geschenkt bekommen, ein silbernes Markenprodukt, das neu ein Vermögen gekostet hätte. So ein Gerät hatte er sich gewünscht, aber er war wütend und enttäuscht gewesen. »Man verschenkt doch keine gebrauchten Sachen«, hatte er sich beschwert. »Was seid ihr für Eltern? Der Mist funktioniert doch keinen Monat.«

Der Laptop funktionierte viele Jahre, letztendlich bis zum Schluss, bis Freitag ihn vor seiner Abreise nach Zaun mit etwas Überwindung entsorgt hatte. Er wusste, dass seine Reaktion ungerecht gewesen war, seine Eltern hätten ihm gerne etwas Besseres geschenkt, aber sie konnten es sich nicht leisten. Seine Mutter musste sich damals eine Träne verkneifen. Immer wenn er seinen Laptop aufgeklappt hatte, musste er daran denken. Einmal war er so wütend auf sich selbst gewesen, dass er auf die Tastatur geschlagen hatte. Aber auch das hatte der Computer unbeschadet überlebt.

Seit er in Zaun wohnte, waren seine Wutausbrüche kontrollierbar, nur vor seinem schlechten Gewissen war er nirgends sicher.

Freitag schlenderte durch seinen Garten. Auch wenn der Boden hart war, konnte er sich gut vorstellen, wie er im Sommer barfuß durch das taunasse Gras gehen würde. Zufrieden trat er ins Haus. Das Wohnzimmer war ausgekühlt, weil die Terrassentür seit Stunden offen stand. Ausgekühlte Wohnungen kannte Freitag nur zu gut. Aber jetzt musste er nicht mehr sparen. Er schloss die Terrassentür und regulierte die Fußbodenheizung auf das Maximum von dreißig Grad. Auch in den Räumen der oberen Etage schaltete er die Heizung auf die höchste Stufe. Er wusch sein Gesicht, putzte sich die Zähne und schlüpfte in Dammwalds Schlafanzug. Früher hatte er Angst vor den Rechnungen gehabt, vor denen, die jedes Jahr kamen, ohne dass er etwas gekauft hatte. Nie konnte er Rücklagen bilden, stets war sein Konto zur Monatsmitte leer gewesen. Zu oft musste er seinem Stromanbieter oder den Stadtwerken seine Situation erklären. Jeder Mensch braucht doch Wasser und Strom zum Leben. Zu selten hatten die Menschen in den Büros seine Probleme verstanden und seine Bitten akzeptiert. *Nie wieder werde ich irgendwo für irgendetwas betteln,* schwor er sich und warf die Decke vom Bett. *Heute Nacht werde ich nicht frieren. Und bald wird es ein Fest geben. Ein Fest, wie es ein Götz Dammwald feiern würde.* Freitag dachte lange darüber nach, bis er glücklich einschlief.

Freitag

Obwohl Freitag hundemüde und mit Gliederschmerzen aus seinem Bett gekrochen war, spürte er eine Zuversicht, als wäre er endlich in der Lage, Murphys Gesetz und allen Unwägbarkeiten zu trotzen. Heute würde nichts schiefgehen! Voller Tatendrang räumte er im Wohnzimmer den Tisch auf und ordnete seine Listen im Kopf. Seit gestern Nacht gab es zwei neue Listen. »Vorbereitungen für die perfekte Gartenparty« und »Meine Geburtstagswünsche«. Den letzten Wunschzettel hatte er mit dreizehn oder vierzehn Jahren geschrieben. Auf der Liste, die er gestern im Halbschlaf geschrieben hatte, befanden sich allerdings lediglich drei Wünsche: eine zweite Chance auf den Monsterwallach, jeden Morgen glücklich in Zaun aufwachen und die Antwort auf eine alte Frage.

Die Liste der Partyvorbereitungen hingegen war so lang, dass Freitag am liebsten schon heute beginnen wollte, die Punkte abzuarbeiten. Er drückte auf die Kaffeemaschine und wählte aus dem Küchenschrank eine Tasse, die er noch nicht benutzt hatte. Sie roch wie fast alle Dinge, die er zum ersten Mal in diesem Haus in die Hand nahm, nach Plastik und Citrusfrüchten wie desinfizierte Neuware aus China. Die Gegenstände in Dammwalds Haus waren nicht neu, jedoch hochwertig. Aber überall gab es Gebrauchsspuren. Ein Haarriss auf dem

Henkel der Tasse. Zahlreiche Einkerbungen im Holz des großen Schneidebretts. Die Abnutzungen auf den Messergriffen. Es gab in diesem Haus ein Leben, bevor es verkauft wurde. Dieser Gedanke gefiel Freitag, ohne dass er begründen könnte, warum. Er lehnte sich gegen die Kühlschranktür, trank seinen Kaffee und dachte daran, dass bekanntlich alle guten Partys in der Küche endeten. In seinem Kopf tauchten Bilder von einer guten Party auf, einer Feier, wie auch Dammwald sie vielleicht feiern würde, denn sie stammten eindeutig aus diesem Haus. Freitag benötigte einige Sekunden, bis er verstand, woher er diese Bilder kannte. Es waren die Erinnerungen an den Traum der letzten Nacht. Er hatte tatsächlich von seiner Party geträumt. Es war ein rauschendes Fest gewesen. Alle waren sie gekommen. Seine Stammtischrunde, Lars mit seiner Familie, die Kollegen und auch Rossana. In seiner Erinnerung hatte er sogar mit Rossana getanzt. Lars hatte mit Ansgar um die Wette getrunken. Deniz hatte alle in die Tradition seiner Urväter von der perfekten Fleischzubereitung auf dem Schwenkgrill eingeweiht. Freitag schloss die Augen, um sich besser an seinen Traum erinnern zu können. Jedes der Bilder erfreute ihn, bewiesen sie doch, dass er ein guter Gastgeber war, zumindest in seiner Traumwelt. Lars hatte das Wetttrinken gegen Ansgar verloren und torkelte über den Rasen auf das Haus zu. Freitag ging mit geschlossenen Augen einen Schritt zur Seite. Lars brüllte: »Wahrscheinlich haben die den Garten einfach plattgemacht.«

Dieser Satz hallte in Freitags Kopf nach, die Worte klangen für ihn echt und bedrohlich, weil er wusste, dass Lars sie nicht nur in seinem Traum gesprochen

hatte. Er riss die Augen auf, um die Traumgestalten zu verjagen.

Freitag begann einen Rundgang um sein Haus. Er kontrollierte, ob er das Ferienhaus abgeschlossen hatte, ob die Knoten im Bootshaus fest genug waren, er überprüfte die Ladestation vom Mähroboter und lief sein Grundstück noch einmal ab.

»Wahrscheinlich haben die den Garten einfach plattgemacht. Und die Kohle kassieren die trotzdem.«

So beiläufig und emotionslos Lars die Sätze gesagt hatte, so drastisch klangen sie jetzt in Freitags Kopf.

»Einfach plattgemacht.«

Meine Eltern haben den Garten geliebt, und ich …, dachte Freitag. *Ich bezahle für das kleine Stück Land, das meinen Eltern so viel bedeutet hatte. Es gehört mir, genau wie der Schuppen und die Angelsachen darin.*

Freitag suchte im Haus nach seinem alten Schlüsselbund. Die Schlüssel lagen zwischen Telefonbüchern, Gummibändern und leeren Batterien in der mittleren Schublade einer Kommode im Flur. Freitag steckte den Revolver in seine Jackentasche und verließ das Haus. Er stieg in seinen Geländewagen und versuchte, das Navigationsgerät für seinen Ausflug zu programmieren, aber er konnte sich nicht mehr an den Namen der Gartenkolonie erinnern. Er erinnerte sich an das Willkommensschild am Eingang der Kolonie, aber nicht an den Schriftzug auf dem Schild. Auch der Straßenname fiel ihm nicht mehr ein. »Wir gehen in unseren Garten«, hörte er seine Mutter sagen, sein Vater sprach immer von »unserer Laube«. Die Laube befand sich zwanzig Minuten mit dem Fahrrad vom Haus seiner Eltern entfernt, somit vermutlich im gleichen Berliner Ortsteil. Freitag gab »Berlin, Spandau, Gartenkolonie« in das Navigationsgerät ein. Eine freundliche Frauenstimme teilte ihm mit, dass sie den Zielort nicht finden könne. Freitag tippte die Anschrift seines Elternhauses ins Gerät, vergrößerte die Karte und stellte sich einen Radius von zwanzig Fahrradminuten vor. Er suchte vergeblich den Campingplatz mit der Tretbootvermietung und fuhr mit dem Finger auf der Karte entlang, bis er eine Bahnstrecke kreuzte, wählte dort eine Straße mit besonders vielen Grünflächen aus und drückte auf ›Start‹.

»In neunzig Metern rechts abbiegen und der Straße folgen.«

Freitag rollte von der Auffahrt und folgte der Hauptstraße.

»Sie haben Ihren Heimatort verlassen.«

»Heimatort«, wiederholte Freitag und drehte das Radio lauter. Auch wenn er die Dörfer, durch die er fuhr, zum ersten Mal sah, kamen sie ihm vertraut und heimisch vor, erst als er auf die Autobahn fuhr, verschwand dieses Gefühl. Er steuerte seinen Geländewagen direkt auf die linke der drei Fahrbahnen und beschleunigte. Die Tachonadel zeigte schnell hundertneunzig Stundenkilometer an. Noch nie war er so schnell gefahren, aber er wollte keine Zeit verlieren, als hätte er nicht jahrelang jedes Zeitgefühl von sich geschoben. Doch je weiter Freitag sich von seinem »Heimatort« entfernte, desto vorsichtiger fuhr er. Mit jedem Kilometer, den er sich Berlin näherte, wurden die Fahrbahnen voller. Er wechselte auf die mittlere Fahrbahn. An den Rastplätzen standen die Lastwagen in langen Reihen, die Restaurants warben mit leckeren Menüs und mit Snacks to go. Freitag wollte nicht anhalten und hoffte, dass das Benzin auch für die Rückfahrt reichte, deshalb drosselte er das Tempo, steuerte seinen Wagen auf die rechte Spur und ließ sich von mehreren Lkws überholen.

Er verließ rechtzeitig die Autobahn, fuhr durch Spandau, vorbei an dem Haus, in dem ein Freund seiner Eltern gewohnt hatte, vorbei am Supermarkt, in dem seine Mutter immer eingekauft hatte, und vorbei an einem kroatischen Restaurant, in dem noch eine offene Rechnung auf ihn wartete.

»Sie haben Ihren Zielort erreicht.«

Freitag sah am Zielort keinen Schrebergarten, nicht einmal Grünflächen.

»Bitte wenden!«

Freitag wendete nicht, er fuhr im Kreis weiter.

»Möchten Sie zu Ihrem Heimatort zurückkehren?«

Während Freitag sich fragte, wie die Frau aussah, die mit ihm sprach, sprang die Ampel vor ihm auf Rot. Zu spät stand der Geländewagen still, die Vorderreifen berührten die Haltemarkierung und hätten beinahe einen Mann getroffen. Der ältere Mann, der mit seinem grauen Parka und den kniehohen Gummistiefeln aussah wie ein Landwirt nach getaner Arbeit, wollte eine Schubkarre, in der eine Schaufel kopfüber in einem Sandhaufen steckte, auf die andere Straßenseite schieben. Der Mann blickte sich erschrocken um, als wäre er es, der sich entschuldigen müsste. Aber Freitag hob sofort entschuldigend die Hände, fuhr weiter und sah im Rückspiegel, wie der Mann in einen Seitenweg einbog. *In einer Großstadt gibt es keine Bauern!* So sinnlos diese Behauptung war, die

Freitag durch den Kopf ging, so logisch war für ihn: Wenn der Mann mit der Schubkarre nicht auf seinen Bauernhof wollte, dann wollte er mit Sicherheit in seinen Schrebergarten. Freitag bremste und fuhr rechts mit den Vorderreifen gegen den Bürgersteig. Absolutes Halteverbot war für Freitag selten ein Hindernis gewesen. Heute schloss er zumindest sein Auto ab. Er ging zurück und folgte auf dem Sandweg der Spur von einem einzelnen Reifen, bis der Weg in eine geteerte Fläche überging.

Das Willkommensschild war sicherlich keine zwanzig Jahre alt, dennoch hatte Freitag das Gefühl, es schon einmal gesehen zu haben: *Gartenfreunde Laubenpieper Spandau.*

Freitag bewegte sich auf den schmalen Wegen durch die Kolonie und glaubte, einiges wiederzuerkennen. Den Kastanienbaum, der früher Freitags Taschengeld aufgebessert hatte. Fünfzig Pfennig für eine Plastiktüte voll Kastanien hatte er vom Tante-Emma-Laden neben seinem Elternhaus bekommen. Er erkannte das Gartenhaus mit dem schiefen Dach, das noch immer oder schon wieder schief war. Und den Garten, in dem so viele Gartenzwerge standen. Die Zwerge hatten in den letzten zwanzig Jahren Nachwuchs bekommen, aus zehn waren über dreißig Zwerge geworden. Eine Kolonie in der Kolonie. Und dann sah Freitag den Jägerzaun. Schon damals blätterte die grüne Farbe ab. Freitag strich mit dem Zeigefinger über die Farbreste. *Wie konnte der Zaun hier noch immer stehen?*, fragte sich Freitag. *Ist es noch unser Garten?*

Er öffnete die Pforte, zählte drei Apfel- und zwei Birnenbäume und erinnerte sich daran, wie er auf der

Holzbank klein geschnittene Äpfel gegessen hatte, aber in seiner Erinnerung hatte es nur einen Baum im Garten seiner Eltern gegeben. Er war überzeugt, irgendjemand würde den Rasen regelmäßig mähen, die Büsche stutzen und das Obst ernten, kein Nachbar in der Kolonie könnte tatenlos zusehen, wenn ein anderer Garten verkommt. Allerdings bedeckte eine dicke Schicht Moos das Dach vom Schuppen und Teile der Dachrinne. Die ursprüngliche Farbe war nur noch spärlich zu erkennen, die Kieselsteinumrandung war verschwunden und die einzige Fensterscheibe zerbrochen.

Aber der Schlüssel passte.

Freitag traute sich nicht, ihn umzudrehen, insgeheim hoffte er, dass die Tür für ewig verriegelt blieb. Seine Finger umklammerten den Türgriff, das rostige Metall, das so oft von seinen Eltern und von ihm heruntergedrückt worden war. Zwei Schrauben hielten das Schloss an der Tür. Freitag starrte auf die glänzenden Köpfe und verstand, jemand hatte die alten Schrauben, die er zusammen mit seinem Vater in das Türblatt geschraubt hatte, einfach durch neue ersetzt.

Nicht nur Mut, sondern auch Kraft benötigte Freitag, um den Griff nach unten zu drücken, der gesamte Mechanismus war eingerostet. Aber kaum war dieser Widerstand überwunden, sprang die Tür leichtgängig auf. Freitag hatte einen ekelerregenden Geruch nach Schimmel und Verwesung erwartet, aber es roch nach Vanille und Früchten. Der Raum hatte sich nicht verändert, rechts der Stapel mit den zusammengeklappten Plastikliegestühlen, links der halbhohe Schrank, auf dem die Elektrokochplatte stand, daneben hingen die Angeln an der Wand. Es war noch alles da, seine Lieblingsangel, die Angelkoffer und die Tüten mit dem Futter. Freitag öffnete eine der Futtertüten und tauchte die Finger in die Mischung aus verschiedenen Mehlen und Lockmitteln. Das Futter war nicht verschimmelt, was ihn erstaunte, als wäre er gerade Zeuge eines Naturereignisses geworden. Allerdings waren die letzten zwanzig Jahre nicht spurlos an den Ruten und Rollen vorübergegangen, die Rutenringe waren rostig, und die aufgespulte Angelsehne war brüchig, über allem lagen Staub und Fliegenkot.

Wie konnte ich nur? Die Sachen kann ich wegschmeißen, Papa, es tut mir leid, aber ich konnte nicht, ich … Freitag biss sich auf die Unterlippe, als könnte ein leichter Schmerz seine Gedanken vertreiben. *Ich hätte mich um den Garten kümmern müssen, ich hätte … Mama, Papa, ihr würdet es nicht glauben, ich habe jetzt ein Haus, meinen eigenen Grund und Boden, ich habe einen sicheren Job, ein schuldloses Leben, zumindest hoffe ich das. Und, Papa, ich habe ein eigenes Boot, wie gerne würde ich mit dir auf den Waldsee fahren, wie gerne würde ich euch mein neues Leben zeigen, zeigen, was aus eurem Sohnemann geworden ist, ich bin jetzt Reklamationsmanager und Hotelier und Angelguide, hättet ihr das gedacht?*

Freitag wurde für einen kurzen Augenblick schwindelig und hielt sich an einem Kescher fest. Im Nylonnetz befand sich ein weiteres Netz, darin verpuppte und größtenteils verweste Insekten.

Ein Handy klingelte.

Freitag fragte sich, wer von den Nachbarn sein Handy so laut gestellt hatte, bis er begriff, dass es in seiner

Hosentasche klingelte. Auf dem Display stand ›Anonym‹.

»Ja?«

»Wo treibst du dich herum?!«

»Wer ist denn da? Ophelia? Was, was soll das?«, stotterte Freitag. Er wollte schreien, aber etwas irritierte ihn.

»Zumindest kennst du meinen Namen. Aber glaubst du, mein Freund, du kannst einfach weglaufen?«

Die Muskeln in Freitags Gesicht und in seinen Oberarmen spannten sich an, irgendetwas in der Stimme des Anrufers kam ihm bekannt vor.

»Redest du nicht mehr mit mir?«, schrie Ophelia52. »Du kannst nicht fliehen.«

»Was redest du für eine Scheiße? Du bist in mein Haus eingebrochen!«, sagte Freitag, obwohl er sich nicht sicher war, ob es wirklich Ophelia52 war.

»In dein Haus?«

»Was glaubst du eigentlich, wer du bist?!«

»Gute Frage.«

Woher kenne ich die Stimme?, fragte sich Freitag.

»Ich weiß, wer du bist«, behauptete Freitag. Stille. Dann hörte Freitag ein Rascheln, als würde jemand am anderen Ende aus einem Bett steigen.

»Du weißt nicht einmal, wer du bist.«

»Ich bin Götz Dammwald«, sagte Freitag. Dieser Satz fiel ihm leicht, als hätte er ihn schon tausendmal gesagt. Ophelia52 lachte, als hätte sich Freitag soeben verraten. Aber Freitag schwieg, denn für ihn klang seine Aussage nicht wie eine Lüge, die man richtigstellen müsste.

»Jawohl, du bist unser Götz Dammwald, unser Unschuldsengel.«

»Was willst du jetzt von mir?«, schrie Freitag. Sein Blick fiel auf das Regal neben den Angelruten, dort lagen Dosen mit Angelbleien und Haken, daneben zwei Pokale und das Teufelszeug.

»Du bist Götz Dammwald, denk daran! Du kannst dich nicht verstecken.«

»Ich habe dir nichts getan«, sagte Freitag und versuchte, seine Stimme zu zügeln.

»Einige behaupten, wir wären Freunde.«

»Wer behauptet das?«

»Ein gewisser Clemens Freitag.«

Fast hätte Freitag »Wer ist das?« geschrien. Freitag tastete nach dem Revolver in seiner Tasche. Aber ihm war klar, dass er damit niemanden erschrecken könnte, hier im Schuppen wäre er einem Feind schutzlos ausgeliefert.

»Dann weiß Clemens sicher auch, dass du bei mir eingebrochen bist.«

»Ich bin doch kein Dieb, was denkst du von mir, lieber Götz? Ich habe dich nur beim Schlafen beobachtet.«

Freitag schluckte, er wusste nicht, was schlimmer war, die Vorstellung, der Fremde hätte ihn nachts im Schlaf beobachtet, oder sein »lieber Götz«, was gefährlicher und hinterhältiger als jede Vorstellung klang, weil er überzeugt war, es war keine nett gemeinte Floskel, der Anrufer wollte ihm drohen und wusste vermutlich, wo er, Clemens Freitag, in diesem Moment steckte. Allein in einem kleinen Gartenhäuschen.

»Du bist in mein Haus eingebrochen!« Freitag nahm das Teufelszeug vom Regal. »Ich werde dich anzeigen, dafür gehst du in den Knast.«

»Das ist doch ein Kavaliersdelikt, was ist das im Vergleich zu …« Ophelia52 schnaufte in den Lautsprecher, nicht weil ihn das Gespräch anstrengte, vielmehr hatte Freitag das Gefühl, sein Gesprächspartner würde seine Luft für den entscheidenden Satz sammeln.

»Dich im Schlaf zu beobachten, was ist das?«, schrie Ophelia52. »Das ist nichts im Vergleich dazu, einen Menschen im Schlaf zu töten.«

Es reicht, dachte Freitag und wollte das Gespräch beenden.

Etwas fiel hinter ihm zu Boden.

Freitag konnte nicht sagen, was es war, aber er war sich sicher, dass das Geräusch aus seiner Nähe kam.

»Hörst du mich?«, schrie Ophelia52 weiter. »Im Schlaf getötet!«

Freitag sah vorsichtig durch das gebrochene Fensterglas, aber er konnte niemanden im Garten erkennen.

»Götz, wie tötet man einen Menschen im Schlaf, mit einem Kissen oder lieber mit einem Beil?«

»Hör auf!!«

»Das willst du nicht hören. Ausgerechnet du. Oder lieber seinen Freund im Schlaf mit einer Angelsehne strangulieren? Was würdest du empfehlen? Eine 30er Nylonschnur oder ein Stahlvorfach? Oder doch lieber das Filetiermesser?«

Freitag drückte auf ›Anruf beenden‹. Er hörte, wie der Wind durch die blätterlosen Baumkronen zog, wie das Holz um ihn herum arbeitete. Die Schuppentür war einen Spaltbreit geöffnet. Freitag wagte sich nach draußen, bewaffnet mit seinem Revolver und dem Teufelszeug. Er sah keine umgefallene Harke, keinen abgebrochenen Ast, nichts, das den Lärm verursacht haben könnte. Die Gartenpforte stand offen.

»Was machen Sie da?«

Freitag drehte sich um, er war nicht in der Lage, einen einzigen Laut von sich zu geben. Erst als er den älteren Mann auf dem Nachbargrundstück sah, der ihm lachend zuwinkte, konnte er wieder einatmen.

»Haben wir endlich wieder Nachbarn?«, fragte der Mann.

»Nein, also …«, antwortete Freitag, er konnte nicht sagen, ob der Mann vor ihm der Landwirt war, den er vor einigen Minuten beinahe überfahren hätte, zumindest trug sein Nachbar ebenfalls einen grauen Parka und kniehohe Gummistiefel.

»Ja, ich bin Clemens Freitag, der Neue, ich habe das Grundstück gepachtet.«

»Das freut mich, ich bin Rainer, meine Frau und ich haben uns schon gewundert.«

Er sah an Freitag vorbei zum Schuppen und dann auf die Beete und Büsche.

»Ja, es muss einiges gemacht werden«, sagte Freitag und konnte sich nicht vorstellen, in diesem Garten zu arbeiten, er wollte den Schuppen abschließen und den Schlüssel im Waldsee versenken und nie wieder an diesen Ort zurückkehren.

»Einiges ist gut.« Der Mann lachte und trat mit dem linken Gummistiefel gegen einen maroden Zaunpfahl. »Wir haben seit fünf Jahren unsere Parzelle, seitdem …« Der Mann schüttelte den Kopf. »Wir haben Rüdiger gefragt, unseren ersten Vorsitzenden, den hast du ja bestimmt auch schon kennengelernt, also, der meinte, der Garten sei schon seit zig Jahren verpachtet, aber der Pächter könne sich nicht darum kümmern, warum auch immer. Rüdiger mäht alle paar Wochen den Rasen.«

»Das muss man ja auch, der arme Rasen«, sagte Freitag und sah sich immer wieder um.

»Ich habe auch schon zwei- oder dreimal den Rasen gemäht, man kann die Parzelle doch nicht einfach so verkommen lassen, was muss in den Köpfen der Leute vorgehen?«

»Ja, es gibt schon merkwürdige Menschen«, erwiderte Freitag und ging einige Schritte zur Seite, er wollte so schnell wie möglich in sein Auto.

»Rüdiger meinte, der Gartenfreund zahle fleißig seine Pacht. Aber was soll das? Der muss auch mal an die Nachbarn denken, wie sieht das denn aus, überall Unkraut, und der Zaun bricht auch bald auseinander.«

Der Mann trat ein zweites Mal gegen den Zaun.

»Es tut mir leid, aber ich muss schon wieder los«, sagte Freitag und bewegte sich zur Pforte.

»Wir werden uns ja bestimmt bald wiedersehen.«

»Bestimmt«, log Freitag und erreichte die Pforte. »Hast du dieses Jahr noch keinen Rasen gemäht?«

Freitag zeigte auf Rainers Grundstück.

»Im Januar?«

»Mein Mähroboter mäht das ganze Jahr durch.«

Rainer grinste unsicher, weil er nicht wusste, ob es ein Scherz war. Freitag nickte Rainer zu und verschwand.

Erst als Freitag in seinem Auto saß, alle Türen verriegelt waren und er sich vergewissert hatte, dass niemand auf dem Rücksitz lauerte, startete er den Motor.

»Möchten Sie zurück zu Ihrem Heimatort?«, fragte die Frauenstimme aus dem Navigationsgerät. Er schaltete das Gerät aus und fuhr einige Runden um die Gartenkolonie.

Wie sieht ein Psychopath aus?, fragte er sich und gab sich selbst die Antwort: *Vermutlich wie du und ich.*

Freitag fuhr im Kreis, weil sein Gewissen ihn hemmte, geradeaus zu fahren, sich auf dem direkten Weg von der Kolonie zu entfernen. *Der Garten war für meine Eltern das Größte, ihr Zufluchtsort, ich habe mich nicht darum gekümmert, ich habe ihr Geld genommen, um mir ein neues Leben zu kaufen, und jetzt renne ich wieder weg. Ich lasse den Lieblingsort meiner Eltern zurück und laufe vor einem Verrückten davon.*

Freitag drehte eine weitere Runde und sah zu viele Menschen, die verdächtig normal aussahen, aber keine Person, die seinen Blick erwiderte. Als er zum dritten Mal am kroatischen Restaurant vorbeigefahren war, hielt er an und stieg aus. Vor zwei Jahren war er mit einigen Bekannten dort gewesen, sie hatten Wein getrunken und gut gegessen, am Ende hatte das Geld nicht gereicht, und der Wirt war auf knapp hundert Euro sitzen geblieben.

Freitag betrat das Restaurant. Der Gastraum war leer, nur ein Gast saß am Fenster, ein Mann, der sich auf seinen Laptopbildschirm und nicht auf den Teller neben sich konzentrierte. Der Mann trug einen Anzug, der Knoten seiner Krawatte war so eng um den Hals gebunden, dass Freitag allein dieser Anblick genügte, um sich vorzustellen, wie seine Atemwege langsam zugeschnürt wurden.

»Hallo, was kann ich für Sie tun?«

Freitag erkannte den Wirt sofort wieder, das freundliche Lachen, diese Gastfreundlichkeit, die ehrlich und nicht aufgesetzt wirkte.

»Wir haben noch einen Tisch am Fenster frei.«

»Ich möchte nicht hier essen.«

»Sie möchten Ihr Essen mitnehmen, gerne, nehmen Sie doch Platz.« Der Wirt deutete auf einen Tisch neben dem Tresen. »Ich bringe Ihnen die Mittagskarte.«

Freitag konnte nicht abschätzen, ob der Wirt ihn erkannt hatte. Er brachte die Karte und einen Kräuterlikör.

»Zum Wohl«, sagte der Wirt und ging zum Gast mit dem Laptop. Freitag entschied sich für ein Gericht mit drei verschiedenen Fleischsorten. Während er auf sein Essen wartete, sah er auf sein Handy. Aber es gab keine weiteren Anrufe oder Nachrichten, Ophelia52 schwieg und ließ die Drohungen in Freitags Kopf wirken. Die Vorstellung, im Schlaf mit einer Angelsehne stranguliert zu werden, erzeugte in ihm Bilder, von denen er ahnte, dass sie ihn nie wieder ruhig einschlafen lassen würden.

»Bitte sehr, Ihre Bestellung.«

Der Wirt stellte eine Plastiktüte auf den Tisch, daneben einen Teller, auf dem die Rechnung lag. Zwölf Euro. Der Wirt nahm das leere Schnapsglas und bewegte sich zum Tresen. Freitag legte hundertzwanzig Euro auf den Teller, nahm die Tüte und ging. Er hörte, wie der Wirt ihm etwas hinterherrief.

Die Eingangstür fiel ins Schloss, und kalte Luft wehte Freitag ins Gesicht.

Er drückte auf den Autoschlüssel. Mit einem leisen Knacken entriegelten sich die Türen vom Geländewagen.

Er stieg ins Auto und suchte auf dem Navigationsgerät nach gespeicherten Routen, aber er fand nur eine Strecke zu einem Angelsee in Loschwitz. Danach tippte er »Rader Hochbrücke« in das Suchfeld. Vierhundertzwanzig Kilometer. Freitag wusste nicht, ob ihn diese große Zahl beruhigte, und drehte das Radio auf die maximale Lautstärke. Er konnte auf der gesamten Rückfahrt keinen klaren Gedanken fassen.

Der Verrückte könnte schon zu Hause auf mich warten. Ich muss zur Polizei! Die werden mir aber nicht glauben und denken, ich sei der Verrückte, die werden mir unangenehme Fragen stellen. Wo haben Sie überhaupt den Revolver her? Ihr Name ist wirklich Götz Dammwald? Wo sind denn Ihre Papiere? Ah, Sie können sich nur mit Ihren Angelpapieren ausweisen? Was erzählen Sie uns denn da? Angelschnüre und Filetiermesser? Aber hier steht es, Sie sind Götz Dammwald! Herzlichen Glückwunsch! Sie werden verfolgt? Wissen Sie, wie viele Leichen wir suchen, wie viele Finger im Waldsee schwimmen, und Sie haben Angst vor einem Stückchen Angelschnur?

Das Hupen eines Lkws riss Freitag aus seinen Gedanken. Freitag lenkte seinen Wagen ruckartig nach rechts. Der Lkw überholte ihn, der Fahrer machte eine Geste, die eindeutig war. Freitag wechselte die Fahrbahn, beschleunigte den Wagen wieder und erreichte Zaun in weniger als einer Stunde.

Der Mähroboter stand im Vorgarten, als wartete er auf Anweisungen. Freitag fuhr in die Garage und drückte auf die Fernbedienung.

Sollen die Nachbarn denken, was sie wollen, ich habe andere Sorgen, dachte er, während sich das Garagentor langsam senkte. Es hätte ihn nicht gewundert, wenn er einen neuen Schriftzug oder zerbrochene Fensterscheiben entdeckt hätte, aber alles schien so, wie er es vor drei Stunden verlassen hatte. Er verriegelte die Haustür und schloss alle Fenster. Im Schlafzimmer legte er seinen Revolver auf dem Nachttisch ab und zog sich einen wärmeren Pullover an. Als Letztes schloss er das Fenster im Arbeitszimmer. Er putzte mit der Hand über das Fensterbrett, zurück blieben Staub und schwarze Sandspuren auf der Innenfläche seiner Hand. Er setzte sich an den Schreibtisch und wählte die Nummer der Polizei, ohne eine Idee, wie er glaubhaft erklären könnte, was ihm widerfahren war. Wie sollte er beschreiben, dass er Angst vor einem Verrückten habe, ohne selbst als Verrückter abgestempelt zu werden?

Freitag wurde mehrmals weitergeleitet, es dauerte, bis der zuständige Polizeibeamte endlich abhob.

»Ich glaube, ich werde von einem Psychopathen verfolgt«, sagte Freitag aufgeregt.

»Sie glauben es?«, fragte der Beamte nach.

»Er hat ein Graffiti auf mein Garagentor geschmiert und …«

»Nicht jeder Jugendliche ist ein Psychopath.«

»Er will mich mit einer Angelschnur töten.«

»Das hat er auf Ihre Garage geschrieben?«

»Nein.«

»Aber Sie glauben es? Mit einer Angelschnur?«

»Ja, ich …«

»Okay«, unterbrach der Beamte, hörbar genervt. »Bevor Sie mir weiter Ihre Geschichte erzählen, brauche ich zunächst Ihre Daten.«

»Es ist keine Geschichte!«

»Gut, dann nennen Sie mir bitte zunächst Ihren Namen und Ihre Anschrift.«

»Ich wohne Am Waldsee, Nummer sieben, hier in Zaun.«

»Okay.« Der Beamte pustete in den Hörer und tippte auf einer Computertastatur. »Dann spreche ich also mit Götz Dammwald, ist das richtig?«

»Vielleicht, also, nein, doch.«

»Vielleicht?«, fragte der Beamte nach, in einem Ton, der deutlich machte, dass seine Geduld begrenzt war.

»Götz Dammwald«, sagte Freitag langsam und betont, als ginge es dem Beamten um die richtige Buchstabierung.

»Sie erzählen mir, dass jemand Sie mit einer Angelschnur belästigt, gleichzeitig verunsichert Sie die Frage nach Ihrem eigenen Namen? Geben Sie mir bitte die Nummer von Ihrem Personalausweis.«

»Die habe ich nicht.«

»Die Nummer oder den Ausweis?«

»Beides.«

»Dann nennen Sie mir bitte Ihr Geburtsdatum.«

»Ich …«

»Sie kennen Ihr Geburtsdatum nicht?«

»Doch, ich …«

»Ich kann Ihnen die Nummer von einem sehr guten Psychologen geben, der könnte …«

Freitag drückte das Gespräch weg. *Warum glaubt er mir nicht?*, dachte Freitag. *Ich lebe das Leben von Götz Dammwald, sein Geld ist nun mein Geld, seine Schulden, wenn er welche hat, lasten auf meinen Schultern, seine*

Freunde sind meine Freunde, somit sind seine Feinde auch meine Feinde, ob ich mein Geburtsdatum kenne oder nicht!

Freitag schaltete den Laptop ein, es dauerte nicht lange, bis alle Programme einsatzbereit waren. Es waren wenige Programme, die er nutzen konnte, und noch weniger Daten, die etwas über Dammwald verrieten. Freitag war überzeugt, dass man ein Leben nicht restlos löschen konnte, und suchte nach Papierkörben und Apps für Systemwiederherstellungen. Aber egal, was er versuchte, es tauchten keine privaten Bilder oder Dateien auf, Dammwald blieb auf dem Rechner ein fremder User. Mit jedem weiteren Klick ärgerte sich Freitag mehr.

Ich habe das Leben von Dammwald gekauft, ich lebe es, mit allen Vorzügen und Nachteilen, mit allen Freunden und mit allen nervigen Nachbarn. Ich lebe mit Gefahren, die ich bisher nicht für möglich gehalten habe, ich habe also auch ein Recht auf die persönlichen Daten, sie gehören nun zu meinem Leben.

Freitag gab auf und wollte den Rechner herunterfahren. Auf dem Startmenü steuerte er mit dem Cursor auf das Feld ›Abschalten‹. Unter dem Feld befand sich die Option ›weitere Benutzer‹. Er klickte diese Option an, und der Name ›Katja‹ erschien, darunter eine Passwortabfrage. Er nahm den Zettel mit den Passwörtern, der sich unter der Schreibtischunterlage befand, und tippte *Zaunqueen2711* ein und drückte auf ›Bestätigen‹. Der Rechner arbeitete und schien dann in einer Dauerschleife hängen zu bleiben. Freitag wartete auf eine Fehlermeldung, als sich plötzlich der Desktop neu aufbaute und Katja und Götz auf dem Bildschirm erschienen. Es war das gleiche Foto, das Freitag auch jeden Tag auf der

Arbeit sah. Katja hatte ihr digitales Leben nicht gelöscht. So konnte Freitag in ihren Dokumenten und Dateien stöbern und erfuhr, dass sie sich vor drei Jahren in einem Reisebüro in der Nähe von Geistling beworben hatte, dass sie ihren Handyvertrag wechseln wollte und dass sie viel Zeit mit dem Computerspiel ›The Sims‹ und ihren virtuellen Familien verbracht hatte. Ihr Internetverlauf lenkte Freitag auf Mode- und Beautyblogs, auf Websites von Reisebüros und Schmuckdesignern. Auf dem rechten Bildschirmrand leuchtete die Werbung einer Online-Versandapotheke auf. *Endlich Durchschlafen mit Bachblüten.* Freitag klickte auf *Amazon* und wunderte sich nicht, dass Katjas Passwort gespeichert war und er sofort ihr Konto einsehen konnte. Die Bestellungen der letzten Jahre bestanden aus typischen Dingen, die im Internet bestellt werden, Bücher, Elektrozubehör, Haushaltsartikel, und doch fiel Freitag etwas auf. Die Bestelllisten wurden mit den Jahren immer länger. Zu Beginn hatte Katja in großen Abständen bestellt, in der Bestellübersicht befanden sich nur wenige Artikel, gebrauchte Taschenbücher oder reduzierte Computerspiele. Das änderte sich mit dem Weihnachtseinkauf vor zwei Jahren, denn die Rechnung zeigte einen vierstelligen Betrag. Fortan waren die Bestellungen umfangreich und teuer. Katja kaufte seitdem keine Schnäppchen mehr, sondern Schmuck, Parfüm und teure Elektroartikel.

Freitag überlegte, woher der plötzliche Reichtum kam, die Mieteinnahmen waren angeblich eingebrochen, aber gleichzeitig hatte Katja das Geld mit vollen Händen ausgegeben. Hatte Frank seinen neuen Angestellten mit dem Arbeitsvertrag über den Tisch gezogen? Bekam

Freitag wirklich das gleiche Gehalt wie sein Vorgänger? Was war sein Job wert? Was war ein Götz Dammwald wert?

Freitag gab nicht zum ersten Mal ›Götz Dammwald‹ in eine Internetsuchmaschine ein. Das Ergebnis blieb enttäuschend. Es gab unendlich viele Einträge, aber außer auf Jagen24.de und auf der Seite vom Angelverein Blaues Wunder tauchte Götz Dammwald nirgends auf.

Ich arbeite für Jagen24, ich bin der erste Vorsitzende im Blauen Wunder, das bin ich, dachte Freitag, *aber wo ist der alte Dammwald?*

Freitag ging ins Wohnzimmer und stellte sich vor das Terrassenfenster und sah auf den Garten, auf das Bootshaus und auf die glatte Oberfläche des Waldsees. Ein Angler fischte auf dem See, sein Boot schaukelte ganz leicht, und gelegentlich blitzte ein Metallköder auf. Freitag fragte sich, ob es das war, was Ophelia52 von ihm wollte, wollte er diesen Ausblick?

Er konnte nicht sagen, ob er dieses Gefühl mochte, wollte er wirklich etwas besitzen, das Begehrlichkeiten weckte? Konnte man stolz auf ein bisschen Glück im Leben sein? Oder überwog die Angst, etwas zu verlieren, das es wert war, es bis zum letzten Atemzug zu verteidigen? Freitag wusste keine Lösung.

»Ich soll mich stellen, das ist es, was du willst. Aber ich bin unschuldig, ich habe für all das hier bezahlt, ich mache jeden Tag meinen Job, aber du willst, dass ich mich stelle. Willst du, dass ich mich dir gegenüberstelle, Mann gegen Mann, bewaffnet mit Messer und Angelsehne?«

Freitag lehnte seine Stirn gegen die Fensterscheibe. Erst jetzt wurde ihm bewusst, dass er seine Wut laut gegen die Scheibe geschrien hatte. Und dass er einen Zuhörer hatte. Der Hund saß auf der Terrasse und blickte Freitag mit großen Augen an. Freitag machte mit den Armen Bewegungen, von denen er selbst nicht wusste, ob sie sein Herumschreien entschuldigen oder den Hund verjagen sollten. Der Hund blieb unbeeindruckt sitzen. Freitag öffnete schwungvoll die Terrassentür, aber der Hund wich nicht zurück, er wedelte mit dem Schwanz und hechelte, dabei wippte sein Kopf. Es schien, als wollte er Freitag zunicken. Freitag trat auf die Terrasse. Der Hund bellte, es klang nicht, wie in den ersten Nächten, nach einer Warnung, vielmehr nach einer Aufforderung. Der Hund rannte los, blieb wieder stehen und bellte. Als Freitag einige Schritte in seine Richtung gemacht hatte, hörte der Hund auf zu bellen und lief weiter. Freitag rannte dem Hund hinterher. Nach wenigen Metern kam er sich lächerlich vor, er verfolgte einen herumstreunenden Hund, bei Minusgraden, in T-Shirt und Badelatschen. Aber er lief weiter, am Ferienhaus und am Garten der Schönfelds vorbei. Mit jedem Schritt wurde ihm nicht nur bewusst, wie lächerlich er aussehen musste, sondern auch, wie leichtsinnig seine Verfolgungsjagd war.

Vielleicht hat der Hund doch einen Besitzer, dachte Freitag, *und dieses Herrchen ist ein Psychopath, und ich laufe jetzt direkt in seine Falle. Oder sollte mich der Hund nur von meinem Haus weglocken? Die Terrassentür ist noch offen, und alles, was ich habe, befindet sich wie auf einem Tablett serviert, selbst mein Revolver liegt griffbereit auf dem Nachttisch.*

Aber Freitag ahnte, in diesem Spiel, das der Verrückte mit ihm spielte, ging es nicht allein um das Haus, nicht um materielle Dinge, es musste etwas anderes sein.

Noch konnte Freitag das Tier sehen. Der Hund lief zum See, schlug kurz vor dem Wasser einen Haken nach links und steuerte auf die Straße zu. Freitag hatte Mühe, ihm zu folgen, obwohl der Hund häufig stoppte, aber sobald der Abstand auf wenige Meter geschrumpft war, rannte der Hund wieder los. Freitag konnte die Straße sehen. Ein Auto fuhr verdächtig langsam vorbei und bog dann Richtung Dorfmitte ab. Aber der Hund wollte nicht zur Straße, er lief nun direkt auf das Haus der Schönfelds zu, immer schneller, als bräuchte er diesen Anlauf. Der Hund sprang über den Gartenzaun und verschwand hinter dem Haus. Freitag blieb vor dem Zaun stehen, er konnte den Hund nun weder sehen noch hören. Er ging am Gartenzaun entlang und hielt Abstand, damit kein Bewegungsmelder ihn registrierte. Das Grundstück der Schönfelds war kleiner als Freitags Garten, aber fast identisch aufgebaut, mit der rechteckigen Terrasse, mit den mit Ziegelsteinen umrandeten Blumenbeeten und mit dem Holzschuppen hinten links.

Der könnte auch mal einen neuen Anstrich vertragen, dachte Freitag, als er am Schuppen vorbeischlich. Aber Ansgar schien der gleichen Meinung zu sein, denn neben dem Schuppen standen Farbeimer und Dosen, und auf der Rasenfläche waren rote Streifen. Freitag wunderte sich, denn für ihn würde ein roter Anstrich nicht zum blauen Dach passen. Erst auf den zweiten Blick fiel ihm auf, dass die Streifen nicht durch einen Pinsel auf den Rasen gekommen waren, sondern durch eine Sprühdose.

Freitag ging zurück in sein Haus und schloss die Terrassentür sofort wieder. Er drückte dabei den Griff fest nach unten, bis das Plastik knackte. Das Wohnzimmer war so chaotisch und unordentlich wie immer.

Freitag stellte sich einen geschlossenen Raum vor, und in seinem Kopf sah sein Haus tatsächlich wie ein Quadrat aus, ein einziger Raum, aus dem niemand fliehen konnte, weder der Einbrecher noch er selbst.

»Komm raus!«, schrie Freitag und wollte seine Wut weiter herausbrüllen, aber seiner Stimme fehlte jede Kraft, allein das Atmen fiel ihm schwer. Es war niemand im Wohnzimmer, auch nicht im Flur oder in der Küche. Die Kellertür war abgeschlossen, trotzdem öffnete Freitag sie und knipste das Licht an. Er hatte das Gefühl, sein Herzschlag würde aussetzen, die Blutversorgung für immer kappen. Aber alles war still. Nur der Kühlschrank brummte. Es verging keine Sekunde, in der Freitag seinen Kopf nicht in alle Himmelsrichtungen drehte, keine Ecke, in der er sich sicher fühlen konnte. Er kontrollierte die Haustür, die weiterhin zweifach verriegelt und mit einer Kette gesichert war. Auch in den Zimmern der oberen Etage konnte er nichts Verdächtiges erkennen. Die Luke zum Dachboden und alle Fenster waren geschlossen. Er stand im Badezimmer und starrte so lange auf den Wäscheberg, bis sein Kopf ihm vorgaukelte, die Unterhosen und Shirts würden sich bewegen. Er griff mit beiden Armen in die Wäsche und schrie, als hätte sein Kehlkopf zum ersten Mal seit Tagen einen Schall erzeugt: »Wo bist du, du krankes Schwein, hör endlich auf!«

Freitag schleuderte seine Klamotten durch das Badezimmer, ließ sich auf die Fliesen fallen und japste nach Luft. *Es ist niemand im Haus, niemand, es ist niemand hier,* versuchte er, sich klarzumachen, und wiederholte die Sätze, auch wenn er wusste, sie würden ihm keinen Schutz geben.

Er setzte sich mit dem Revolver in der Hand auf seinen Schreibtischstuhl und schrieb Ansgar eine Nachricht.

Warum bist du so feige? Sag mir ins Gesicht, was du willst!

Wenn Ansgar für die Graffitis verantwortlich war, wer war dann Ophelia52?, fragte sich Freitag und spürte, wie die Angst seinen Körper aufwühlte. *Wenn sich tatsächlich Ansgar hinter diesem Namen versteckte, warum sollte sein Freund ihn mit einer Angelsehne erwürgen wollen?*

Freitag drückte auf ›Senden‹. Aber Ansgar war offline. Und er blieb den ganzen Tag offline, so, wie Freitag vor dem Computer sitzen blieb, unfähig, einen klaren Gedanken zu fassen. Jedes Geräusch versetzte ihn in Panik. Knarrten der Bürostuhl oder die Stufen der Holztreppe? Waren es Schritte oder nur seine eigenen Herzschläge? Das Gedankenkarussell in seinem Kopf drehte sich mit jedem Geräusch schneller.

Es war bereits 17:30 Uhr, er dachte daran, was wäre, wenn der Verrückte nur darauf wartete, dass er endlich die Augen schließen würde. Er konnte vom Fenster im Arbeitszimmer auf den Kirschbaum sehen, auf die dünnen ausgestreckten Äste und auf das Haus der Schönfelds, das weit hinten in Schattenumrissen erkennbar war. Er sah den Mähroboter, der mitten auf dem Rasen stand, die Batterieanzeige leuchtete grün, und die Vorderseite des Fahrzeugs zielte auf den Kirschbaum. Freitag hatte Durst und traute sich mit dem Revolver im Anschlag in den Keller, um sich eine Flasche Wasser und einen Rotwein zu holen. Die Stille wirkte für Freitag in der untersten Etage noch bedrohlicher, als wäre das Haus kurz davor, über ihm einzustürzen und alles zu begraben.

Als Freitag wieder ins Arbeitszimmer kam, blinkte die App der Verkaufsplattform. Post von Ophelia52, eine Nachricht mit Dateianhang. Freitag klickte auf die Mail, und sofort wurde der Bildschirm schwarz. Ein Video startete. Die erste Szene zeigte ein ›Monopoly‹-Spielbrett, danach eine Hand, die über das Spielbrett wischte, nur ein Hotel blieb auf der Parkallee stehen. Eine weibliche Stimme schrie etwas aus dem Hintergrund, das Freitag nicht verstand. In der nächsten Szene riss jemand die Kamera zur Seite. Janette grinste in die Linse, frontal und viel zu dicht. Die Person hinter der Kamera ging einige Schritte zurück. Die Linse bewegte sich dabei nach oben und unten, als sollte Janette von Kopf bis Fuß erfasst werden.

»Gefällt dir das?«, grölte Janette lachend und strich mit beiden Händen über ihren nackten Oberkörper.

»Ich kaufe die Schlossallee und diesen Puff«, rief jemand aus dem Hintergrund und warf mit einer Spielkarte nach ihr.

»Mit deiner Kohle kannst du dir alles kaufen«, schrie Janette zurück und bewegte sich auf die Kamera zu. »Du kannst alles haben!«

Die Kamera schwenkte zur Seite und richtete ihren Fokus auf Katja, die, nur mit einem Slip bekleidet, auf dem Küchentresen saß. Ansgar stand hinter ihr, mit der einen Hand hielt er eine Sektflasche fest, mit der anderen griff er nach Katjas linker Brust.

»Wir kaufen den Puff zurück, und das Schloss auch«, brüllte Ansgar und kippte den Sekt über Katjas Oberkörper.

»Und du, Götz, was willst du?«, fragte Janette und riss die Kamera zu sich.

»Ich will alles«, antwortete eine männliche Stimme, die Freitag zum ersten Mal hörte, und doch schien sie ihm auf eine befremdliche Art vertraut, als wäre es seine eigene Stimme, die er nun auf Tonband hörte. Die Kamera fiel zu Boden. In der letzten Szene waren ein Tischbein und ringsherum verstreut auf dem Parkettboden die Karten und Spielfiguren zu sehen. Der Film startete automatisch von vorne. Freitag sah in Janettes Gesicht. Er konnte sich vorstellen, dass viele Männer um Katjas Gunst gekämpft hatten, so, wie er sich sicher war, dass Janette schon etliche Männer um den Finger gewickelt hatte. In der Nachricht stand kein Wort, nur ein Satz in der Betreffzeile:

Du gehörst nicht dazu!

O doch, war Freitags erste Reaktion, *ich gehöre dazu, Dammwald gehört dazu. Es sind meine Freunde, Ansgar ist eigentlich mein Kumpel und mein Angelkollege, ich täusche mich doch nicht. Katja mochte ich auf den ersten Blick, und Janette, ja, meine kecke Nachbarin, sie könnte auch mich um den Finger wickeln. Es sind meine Freunde, was fällt dir ein, Ophelia52, wer bist du überhaupt, dass du einen Keil zwischen uns treiben willst?*

Freitag spürte, wie sich der Zorn in ihm zu einer Welle aufbauschte. Aber diese Welle brach mit einem Schlag ab, mit einem Geräusch, das er nicht lokalisieren konnte. Er dachte sofort an einen Schlüsselbund, an das Klimpern, wenn Metall gegeneinanderschlug, beim umständlichen Versuch, im Dunkeln einen Schlüssel ins Schloss zu stecken. Er glaubte, er könnte hören, wie unter ihm ein Mensch langsam, aber aufgeregt atmete.

Freitag tastete sich in den Flur und wagte einen Blick die Treppe hinunter. Die Haustür war verschlossen. Aber die Kette hing nicht mehr im Schloss. Er klammerte sich an seinem Revolver fest, um einen weiteren Schritt nach vorne zu wagen. Eine Stufe. Zwei Stufen. Er beugte sich über das Treppengeländer. Im Wohnzimmer brannte Licht.

»Herzlich willkommen.«

Freitag hörte die Stimme deutlich, sie kam aus dem Wohnzimmer, eine weibliche Stimme, die ihm bekannt war.

»Ich habe ein Angebot für Sie, das Sie nicht ablehnen können.«

Freitag stieg die Treppe hinunter und blieb vor der Wohnzimmertür stehen. Der Fernsehbildschirm flimmerte, und seine übermotivierte Lieblingsmoderatorin gestikulierte mit beiden Armen.

»Dieses Angebot gibt es heute nur für Sie!«

Die Deckenbeleuchtung und eine Lampe in der Küche waren eingeschaltet, aber Freitag konnte niemanden erkennen. Mit jedem Schritt sah er sich nach allen Seiten um. Er wagte sich in die Küche, öffnete die Kellertür und schaltete das Licht ein. Hundsaugen starrten ihn an. Am liebsten hätte Freitag den ausgestopften Zander von der Wand geschlagen.

Hier ist niemand, hier kann niemand sein, sagte er sich und versuchte, gleichmäßig zu atmen.

Als er wieder in der Küche war, stellte ihm seine Lieblingsmoderatorin ein Ultimatum.

»Das ist Ihre letzte Chance!«

Er schaltete den Fernseher aus und spürte, dass sich etwas verändert hatte, er konnte nicht sagen, was es war, aber irgendetwas stimmte nicht. Er brauchte einige Sekunden, bis er begriff, was ihn störte. Es war die Anzahl der Stühle. Er hatte sechs Stühle, die am Esstisch standen. Sechs Stühle, drei auf der linken und drei auf der rechten Seite. Aber heute standen fünf Stühle auf einer Seite und nur ein einzelner Stuhl mittig auf der gegenüberliegenden. Erst beim genauen Betrachten erkannte er den vermeintlichen Grund dieser Inszenierung. Auf dem Tisch lagen Gartenabfälle. Äste, Kieselsteine und Muttererde. Alles um einen eckigen Gegenstand drapiert. Eine Art Geldkassette. Freitag sah das kleine Schloss und wusste, wo sich der Schlüssel dafür befand. In seiner Jackentasche im Flur.

Er holte seine Jacke und setzte sich mit dem Schlüsselbund in der Hand auf den einzelnen Stuhl. Er fühlte sich, als wäre er es, der nun auf der Anklagebank Platz nahm, vor ihm die fünf freien Stühle für die Sheriffs, Henker und Richter. Unter der Kassette lag ein Stück Papier. Er faltete es auseinander. Auf der Rückseite Dreckspuren, als hätte jemand mit Absicht seinen sandigen Finger dort abgewischt und einen Fingerabdruck hinterlassen. Auf der Vorderseite eine mit Computer geschriebene Botschaft:

Die Katze muss miauen und der Hund seinen Lauf ha-

ben. Ich glaube, der Hund heißt Hamlet, schau, was er für dich ausgegraben hat.

Freitag war sich sicher, dass niemand seinen Hund Hamlet nannte, und überlegte, wo er den ersten Satz schon einmal gelesen hatte. Freitag drehte den Schlüssel um, und das Schloss sprang auf. In der Kassette waren drei Fotos, die er zum ersten Mal in den Händen hielt und trotzdem sofort erkannte. Auf den Fotos war nichts zu sehen. Nur Wasser.

War es das, was noch fehlte?, fragte sich Freitag. *Ist der Haushalt jetzt komplett?*

Er hielt jedes Bild dicht an seine Augen, dann am ausgestreckten Arm, aber egal, wie er die Fotos betrachtete, es blieb dabei, sie zeigten einzig und allein Wasser. Unter den Fotos lag ein goldener Ring.

Der Ring vom Ringfinger ohne Ring, dachte Freitag sofort und stand auf. Er hängte die Sicherheitskette vor die Haustür und setzte sich an den Schreibtisch. Der Computer war im Stand-by-Modus. Er betrachtete die Fotos und wollte die Geräusche, die er hörte oder sich einbildete, nicht deuten, er wollte sie mit jedem Atemzug weiter verdrängen und endlich schlafen. Freitag schloss die Augen und stellte sich vor, er würde durch Zaun spazieren, vorbei am Zaungast, der verzweifelt auf Gäste wartete. An der Hauswand lehnte das Fahrrad von Deniz, die Blumen im Korb blühten endlich frühlingshaft. Deniz stand daneben, gestikulierte mit beiden Händen und versuchte, Freitag etwas über die Bierbraukunst seiner Großväter aus Lettland zu erklären. Oder waren es seine Verwandten aus Dänemark? Einige Straßen weiter sah Freitag die Fenster von Ralfs Wohnung, die so dreckig waren, dass jemand Augen in den Schmutz gemalt hatte. Freitag ignorierte den strafenden Blick und wanderte weiter zum Haus der Stoschus. Das Haus wurde von allen Seiten mit Strahlern beleuchtet. Doris und Joachim liefen im Garten herum. Joachim hielt sein Handy in die Luft, als suchte er ein besseres Netz, und Doris lachte laut über einen Scherz auf Kosten der Nachbarn. Wenige Meter weiter saß Flaschen-Heinz vor seiner Garage und trank Bier, er schaute nach oben und prostete Freitag lächelnd zu.

»Alles gut, schlaf nur, mein Junge, ich passe auf dich auf.«

»Mein Hals, ich bekomme keine Luft mehr, mein Hals!« Freitag griff mit beiden Händen an seinen Hals, als würde ihm die Kehle zugeschnürt werden.

Ein Traum, es war ein Traum, beruhigte er sich, seine Hände spürten kein Seil und keine Angelschnur, nur verschwitzte Haut.

Er sah im Halbschlaf auf die drei Fotos, die vor ihm auf dem Schreibtisch lagen. Nun erkannte er auf den Bildern, was dort wirklich abgebildet war, er sah nicht mehr nur eine endlose Wasserfläche, er sah den Waldsee und wusste, wo die Fotos gemacht wurden, er sah vor sich den Ort, an dem er mit einem Ungeheuer gekämpft hatte. Freitag war sich sicher, es war die Stelle, an der Ralf den Finger an die Oberfläche gezogen hatte.

Samstag

In Freitags Kopf tanzten Janette, Ansgar und Katja halb nackt ihr Spiel, und er hatte jetzt stärker als zuvor das Gefühl, dass er dazugehörte. Er war mittendrin in ihren erotischen Fantasien, als er mit dem Kopf auf dem Schreibtisch aufwachte. Er rieb sich den Schlaf aus den Augen und den Schweiß von der Stirn, aber die Traumgestalten blieben in seinem Kopf. Er schlug mit der Faust auf die Computertastatur, damit der Bildschirm aufleuchtete und zum letzten Bild zurückkehrte. Auf dem Bildschirm erschien das Video, zu einem einzelnen Bild erstarrt: Janette mit einem verzerrten und nicht mehr verführerischen Grinsen im Gesicht. Er rollte mit dem Stuhl zur Seite, zwei leere Flaschen kullerten unter den Schreibtisch, und ein großer Rotweinfleck kam zum Vorschein. Er wählte Ansgars Handynummer, ließ zehnmal klingeln und wählte dann die Festnetznummer. Es dauerte, bis der Anruf angenommen wurde.

»Ansgar«, brüllte Freitag in sein Handy.

»So stürmisch, so kenne ich dich ja gar nicht.«

»Janette?«, fragte Freitag verwirrt, obwohl er die Stimme sofort erkannte. »Wo ist Ansgar?«

»Bei der Arbeit, wieso? Schreist du immer so?«, antwortete Janette, eher belustigt als verärgert.

Freitag hörte, wie im Hintergrund Wasser laut plätscherte, als hätte Janette einen Wasserhahn aufgedreht.

»Hör mir zu, wenn Ansgar seine Scheißprobleme nicht in den Griff bekommt …«

Das Plätschern wurde lauter und brach dann plötzlich ab.

»Was redest du da?«, fragte Janette. »Ich weiß nicht, was Ansgar zu dir gesagt hat.«

»Was er gesagt hat?« Freitag war hellwach, sein Herzschlag raste. »Dein Mann ist krank im Kopf.«

»Clemens, beruhige dich, Ansgar ist momentan, wie soll ich sagen, also Katjas Selbstmord hat ihn schon mitgenommen, aber das habe ich dir doch erzählt.«

»Was glaubst du, was mich in den letzten Tagen alles mitgenommen hat?«

»Ich weiß nicht, wovon du sprichst«, wiederholte sie ruhig.

»Ansgar hat seine Drohung auf mein Garagentor geschmiert, ich habe die Farbe bei euch im Garten gefunden.«

Freitag wollte ihr von den Anrufen erzählen, er wollte ihr erklären, dass in ihrem Bett ein Psychopath liege, dass sie nie wieder ruhig schlafen werde.

»Der Tod von Katja, das hat ihn schon brutal getroffen«, sagte Janette. »Ich bin nicht eifersüchtig, aber …«

»Dein Mann muss in die Psychiatrie eingewiesen werden.«

»Ja, das Gefühl habe ich auch.«

»Ich meine es ernst.«

Freitag biss seine Zähne zusammen, um nicht zu schreien. Die Bilder der letzten Nacht wirbelten durch seinen Kopf. Janette, die sich verführerisch auf ihn zubewegte, Ansgars Hand auf Katjas Brust.

»Hat Ansgar einen Schlüssel für mein Haus?«

»Nicht nur für das Haus«, antwortete Janette. »Ich lasse gerade Wasser in meine Badewanne laufen, ein herrliches Schaumbad.«

Freitag hörte, wie sie mit der Hand durch das Wasser strich und dabei lachte.

»Wo ist Ansgar jetzt?«

»Eigentlich wollte er längst wieder zurück sein«, sagte Janette, ihre Stimme klang weder traurig noch wütend. Er konnte von seinem Fenster aus sehen, wie Janette ihr Badezimmerfenster öffnete. Danach hörte er Schritte, kurze Zeit später öffnete sie die Terrassentür. Der Wind zog an ihrem Gesicht vorbei. Freitag konnte es sehen, weil ihr Nachthemd flatterte. Wasser tropfte davon herunter, als würde sie im Regen stehen.

»Stell dich nicht so an, Clemens!«

»Was hast du gesagt?«

Freitag war sich nicht sicher, der Wind rauschte zu laut. Was hatte Janette gesagt? »Stell dich nicht so an!«? Oder hatte sie gesagt: »Stell dich, du Schwein!«?

»Deine Geister schlafen nicht«, sagte Freitag und wartete auf eine Reaktion, die ausblieb, weil Janette sich eine Zigarette anzündete. Er konnte sehen, wie sie den ersten Zug nahm, danach den Rauch ausblies und die Asche in den Wind schnipste. Sie sah in seine Richtung. Er ging einen Schritt zurück.

»Verstecken hilft nicht«, sagte sie und blies den zweiten Zug so geräuschvoll aus, dass er es durch das Telefon hören konnte. Janette zog an ihrer Zigarette und wendete den Blick nicht von ihm ab, als wäre es ein Spiel. Wer sich zuerst bewegt, hat verloren.

»Komm doch rüber, Clemens!«

Janette lachte, dieses Mal klang es für Freitag nicht wie ein Auslachen, es klang eher schüchtern und ängstlich. Aber er wusste, Janette war alles andere als schüchtern und ängstlich.

»Clemens, vielleicht können wir beide das Problem klären, ich hätte da eine Idee, wir könnten …«

Freitag warf das Handy auf den Schreibtisch und dachte, *Joachim Stoschus, dieser Spießer, hatte recht, die ist wie unser Roboter, der mäht auch das ganze Jahr durch.*

Er drückte auf die Computertastatur, der Bildschirm leuchtete auf und zeigte Janettes freien Oberkörper. Er verschob das Bild in den Hintergrund und loggte sich in Katjas Profil ein. In ihrem E-Mail-Programm befanden sich nur belanglose Nachrichten. Versandbestätigungen, Rechnungen, Newsletter. Er musste sich durch viele Ordner klicken, bis er eine Nachricht fand, die ihm vielleicht helfen könnte, eine Mail, die Dammwald an seine Frau weitergeleitet hatte.

»Schatz, guck mal, welch netter Besuch sich hier ankündigt«, hatte er geschrieben und eine Mail aus Hollywell in Queensland, Australien, angehängt. Isla und Jack Anderson schrieben, dass sie sich freuten, Götz und Katja kennenzulernen, dass sie über einen Bericht in einer Angelzeitschrift auf das Ferienhaus aufmerksam geworden seien und dass Jack unbedingt mit Dammwald einen Zander fangen wolle. Im Anhang befanden sich zwei Fotos, ein Bild zeigte Isla und Jack vor ihrer Holzhütte in Hollywell, das andere Foto war auf einer Gartenparty aufgenommen worden. Den Grund dieser Feier konnte Freitag nicht erkennen, aber er vermutete, dass der Anlass etwas Großartiges gewesen sein musste, etwas, das das Leben der beiden Australier gravierend verändert hatte. Isla und Jack könnten Geschwister sein, fand Freitag, beide hatten eine ähnlich wirre Lockenfrisur und das gleiche verschmitzte Lächeln, und sie trugen beide Arbeitsschuhe und Holzfällerjacken, als hätten sie soeben ihre Holzhütte selbst gebaut. Auf dem Partyfoto trugen die beiden zwar keine Arbeitskleidung, waren aber auch nicht festlich angezogen. T-Shirts und bunte Stoffhosen. Freitag traute ihnen sofort zu, von heute auf morgen eine Weltreise zu machen.

Freitag wunderte sich zwar, weil die Zander im Waldsee eigentlich nicht so groß und berüchtigt sein konnten, um eine Weltreise in Zaun beginnen zu lassen. Aber Jack und Isla hatten einen Aufenthalt von drei Tagen eingeplant, bevor sie weiter nach Kopenhagen reisen wollten. Sie hatten ein Doppelzimmer im »beliebtesten und hyggesten Hotel Dänemarks« gebucht. Freitag rollte auf seinem Schreibtischstuhl zurück, weil er glaubte, er hätte aus den Augenwinkeln heraus gesehen, dass Janette noch auf der Terrasse stand und rauchte, aber es war nur ihr Nachthemd, das über einem Gartenstuhl hing. Er rieb mit der Hand über sein Gesicht, immer wieder tauchten Bilder der letzten Nacht in seinem Kopf auf. Er fragte sich, ob Ansgar wirklich in der Lage war, jemanden zu töten.

Die Angst, das Spiel würde erst beginnen, machte Freitag wahnsinnig. Auf dem Computerbildschirm strahlte das Partyfoto der Andersons.

Ich sollte die beiden einladen, dachte Freitag, denn sie waren ihm auf den ersten Blick sympathisch, auch wenn er Paare, die sich im Partnerlook kleideten, albern fand. Auf beiden pinken T-Shirts der gleiche Schriftzug: *Living down under, but always on the top*. Er brauchte einige Suchbegriffe und etliche Klicks, bis er im Netz etwas über Jack und Isla Anderson aus Hollywell erfuhr. Sie tauchten nicht namentlich auf, aber in einem zwei Jahre alten Zeitungsartikel wurde vom dritthöchsten Lottogewinn Australiens berichtet, von einem jungen Paar aus Hollywell, das sein Glück nicht fassen konnte, aber schon Pläne hatte, was sie mit dem Geld machen wollten. Sie wollten zum Angeln nach Deutschland und von dort eine Weltreise starten.

»Der dritthöchste Lottogewinn«, sagte Freitag laut und versuchte, sich eine Summe vorzustellen, zehn Millionen, hundert Millionen? Er klickte sich weiter durch die Suchergebnisse und stieß einige Seiten später auf einen Blog mit dem Titel »Isla und Jack on tour«. Die Startseite zeigte einen Globus, auf dem mehrere Fähnchen steckten. Freitag klickte auf das Fähnchen, das sich auf dem australischen Kontinent befand. Eine neue Seite wurde geöffnet, auf dem ein Foto von Isla und Jack zu sehen war. Sie standen mit Koffern und Reisetaschen vor einem großen Flughafengebäude. Beide lachten und hielten Sektflaschen in die Kamera. Freitag ging zurück zur Startseite und klickte auf die einzige Fahne, die in Deutschland steckte. Auf dem Bildschirm erschien ein weiteres Foto, Freitag erkannte sofort den Waldsee. Dammwald und Jack saßen im Ruderboot. Dammwald hielt sein Handy am ausgestreckten Arm und war nur am linken Rand zu sehen. Der Fokus war auf Jack gerichtet, der stolz seine Beute in die Kamera hielt. Einen

Hecht, der vermutlich nicht mehr als drei Pfund wog. Freitag klickte nun auch auf die anderen Fähnchen. Aber hinter den anderen Markierungen befanden sich lediglich die Ortsangaben der nächsten Ziele – Kopenhagen, Reykjavík, New Orleans, Ottawa –, aber kein weiteres Foto. Freitag wechselte zurück auf das Foto aus Zaun. *Ein kapitaler Fang ist das nicht,* dachte er und scrollte nach unten, wo er einige Kommentare entdeckte.

»Weiter seid ihr noch nicht gekommen? Wo um Himmels willen liegt dieses ›Zaun‹? Wir warten auf Postkarten von den großen Städten mit den richtig großen Fischen. Euer Max«, schrieb ein User auf Englisch, und eine Sienna_47 kommentierte: »Wer weiß, wo die beiden untergetaucht sind, vielleicht ist Jack in irgendeiner Nussschale gekentert, aber wahrscheinlich sitzen die auf einer Insel und trinken Cocktails, wer will schon in Hollywell leben.«

Er gab in die Suchmaschine »das beliebteste Hotel Dänemarks« ein und bekam eine Auswahl von Unterkünften und entschied sich für ein Hotel, das von der Fachpresse als »Kopenhagens Nr. 1« gefeiert wurde. Freitag wählte die Nummer der Rezeption. Eine junge Frau meldete sich.

»Hallo, mein Name ist …« Freitag stockte. »Vielleicht können Sie mir helfen.«

»Das ist mein Job«, sagte die Frau auf Deutsch mit dänischem Akzent.

»Freunde von mir waren vor zwei Jahren im beliebtesten Hotel Dänemarks.«

»Dann waren sie bei uns«, sagte die Frau lachend.

»Ich möchte gerne ein Doppelzimmer für meine

Freunde reservieren, am liebsten das Zimmer, das ihnen damals so gut gefallen hat.«

»Dann schauen wir mal«, sagte die Frau. »Jetzt bräuchte ich den Namen von deinen Freunden.«

»Jack und Isla Anderson.«

»Okay … ja … ich schaue … aber …«

»Vor zwei Jahren.«

»Ja, aber das Zimmer wurde damals storniert.«

»Das wundert mich.«

»Wie ist dein Name?«

»Dammwald, Götz.«

»Du hast das Zimmer selbst storniert«, sagte die Frau amüsiert. »Hier steht es, Stornierung einen Tag vor Anreise, durch einen Anruf von Götz Dammwald.«

»Verstehe.«

Freitag glaubte auf einmal, etwas zu verstehen, was er aber weder fassen noch beweisen konnte. Er bedankte sich und legte auf.

Zaun war die erste und letzte Station der beiden Australier gewesen, überlegte er und dachte an den Finger, den Ralf aus dem Wasser gezogen hatte, und daran, was Lars gesagt hatte.

»Angelschnüre können im Meer über sechshundert Jahre überstehen.«

Freitag ging ins Schlafzimmer und sah aus dem Fenster auf den Waldsee.

Wer weiß, was ich wirklich an der Angel hatte, sagte er sich, *aber eine Leiche wehrt sich nicht mehr, eine Leiche kann keine Schnur von der Spule ziehen. Ich habe den Fisch doch gesehen, wie er aus dem Wasser gesprungen ist. Oder habe ich mir das eingebildet? Was habe ich wirklich gesehen? Vielleicht war das der Grund? Hatte Ralf nicht geprahlt, dass er etwas Gewaltiges an der Angel hatte, wenige Tage, bevor dieses Leben im Internet zum Verkauf stand? War nicht Katja der Grund von Dammwalds Flucht, sondern die Angst, dass weitere Leichenteile an die Oberfläche kommen könnten?*

Freitag kontrollierte die Fenster und Türen, er lief durch das Haus, nur um in Bewegung zu sein, aber er konnte nicht vor seinen Gedanken wegrennen, sie blieben, forderten ihn auf zu handeln. *Irgendwann werden die Leichen an die Oberfläche kommen!* Diese Behauptung entstand in Freitags Kopf und ließ ihn nicht mehr los. Er schloss die Augen, zählte langsam bis zehn und stellte sich vor, er stünde auf einer meterhohen Brücke, darauf eine mehrspurige Straße. Er starrte in Gedanken lange auf dieses ihm bekannte Bild. Bis ein Stein aus dem Brückenpfeiler klatschend ins Wasser fiel. Er zuckte vor Schreck zusammen, aber es war kein Stein, sondern sein Kaffeebecher, der zu Boden gefallen war. Kaffee war bis in sein Gesicht gespritzt und brannte kurz auf seiner Haut. Er spürte keinen Schmerz, nur noch Angst vor den nächsten Schritten. Er schob mit dem Fuß die Scherben zur Seite, ging zurück ins Arbeitszimmer und wählte die Nummer der Polizei. Erneut dauerte es, bis er bei einem zuständigen Beamten gelandet war.

»Sie müssen mir helfen«, begann Freitag das Gespräch, seine Stimme überschlug sich. »Sie müssen mir helfen, hören Sie, helfen Sie mir!«

»Wie kann ich Ihnen denn helfen?«

»Ich werde bedroht.«

»Wo befinden Sie sich gerade?«, fragte der Beamte. Es

knackte in der Leitung, als würden sie unterbrochen werden. Freitag erinnerte das Geräusch an die Eisenbahn, mit der er als Kind gespielt hatte, an das mechanische Umstellen der Gleise.

»Zu Hause«, antwortete Freitag.

»Wie lautet denn Ihre Wohnanschrift?«, fragte der Beamte, als diente diese Frage nur dazu, Zeit zu gewinnen. »Sie rufen von Ihrem Mobiltelefon aus an? Ist das richtig?« Der Beamte schlürfte ein offensichtlich viel zu heißes Getränk. »Also, ich kann Sie nicht orten.«

»Ich wohne in Zaun.«

»Dann versuche ich es anders«, sagte der Beamte. »So, da haben wir es, Sie wohnen also in Zaun, Am Waldsee Nummer sieben, in der Gemeinde Geistling.«

»Ich werde bedroht, und es wurde bei mir eingebrochen.«

»Unter dieser Anschrift ist ein Herr Götz Dammwald gemeldet, ich spreche also mit Herrn Dammwald?«

»Nein, also, ja.«

»Sie sind sich nicht sicher?«

»Also …«

»Sie befinden sich jetzt aber im Haus von Herrn Dammwald. Und in dieses Haus wurde eingebrochen! Und Sie sind nicht der Eigentümer des Hauses?«

»Ich habe das Haus gekauft.«

»Aber …«

»Ich bin Götz Dammwald!«

»Gut, hätten wir das auch geklärt. Sie haben gestern doch schon einmal angerufen«, sagte der Beamte. »Götz Dammwald aus Zaun, ich habe hier einen Eintrag.«

»Gestern konnte oder wollte mir niemand helfen.«

»Unter Ihrer Handynummer ist ein Clemens Freitag registriert.«

Es geht um mein Leben, ärgerte sich Freitag und sagte: »Ich bin Götz Dammwald!«

Freitag sah aus dem Fenster zum Haus der Schönfelds. »Natürlich bin ich Götz Dammwald.«

»Aber Sie telefonieren mit dem Mobiltelefon von Clemens Freitag.«

Es ist das Letzte, was mich noch mit dem Berliner Clemens Freitag verbindet, dachte Freitag und wusste, dass der Beamte es nicht verstehen würde.

»Sie sind also Götz Dammwald? Sie wissen sicherlich, dass Falschaussagen in einem möglichen Strafverfahren zu Ihrem Nachteil wären.«

»Wie bitte?«, fragte Freitag und wiederholte im Kopf das gerade Gehörte und dachte immer wieder: *Ich bin es, der bedroht wird, ich bin es, der um sein Leben fürchtet.*

»Ich muss mich nur vergewissern, mit wem ich spreche, das verstehen Sie doch, Herr Dammwald.«

Der Beamte sprach den Nachnamen so ironisch aus, als wäre es eine rhetorische Frage oder der Versuch, alles ins Lächerliche zu ziehen. Beides ließ Freitag verzweifeln.

»Sie müssen mir doch helfen!«

»Sind Sie sicher, dass Sie Götz Dammwald sein wollen?«

Freitag wusste, dass es ein Fehler war, trotzdem beendete er das Gespräch und ließ das Telefon fallen. Aus dem Badezimmerfenster der Schönfelds flackerten Lichtpunkte auf, als sendete jemand ein SOS.

»Sind Sie sicher, dass Sie Götz Dammwald sein wollen?«

Hat der Beamte das wirklich gesagt? Natürlich bin ich mir sicher, schrie Freitag innerlich, *ich bin Götz Dammwald, ich trage seine Kleidung, ich wohne in seinem Haus, ich mache seine Arbeit, ich habe seinen Posten als erster Vorsitzender des Angelvereins übernommen! Was will der Beamte noch?*

»Was wollt ihr?«, schrie Freitag und schlug mit beiden Händen auf das Fensterbrett.

Das Haus der Schönfelds war wieder dunkel, so, wie Freitag es kannte. Fast immer wenn er aus dem Fenster zu den Schönfelds sah, war da nur ein schwarzer Kasten, aus dem gelegentlich ein Lichtpunkt aufblitzte, als würde jemand eine Fernbedienung in seine Richtung halten.

Freitag machte sich klar, dass er sich nicht rechtfertigen musste, aber er wusste auch, wie illusorisch und schwach dieser Gedanke war, der das Karussell in seinem Kopf immer schneller drehte.

Ich werde mich rechtfertigen müssen, natürlich muss der staatstreue Beamte sich vergewissern, mit wem er spricht. Ich stehe für mögliche Straftaten mit meinem Namen ein, ich bin mit meinem Anruf bei der Polizei registriert, sie sind dazu verpflichtet, es zu dokumentieren und zu archivieren. Aber ich bin es doch, egal, was auf dem Papier steht, welche Daten gespeichert sind, ich lebe das Leben von Götz Dammwald. Ich trage Dammwalds Parfüm und seine Unterhosen, ich sitze im Zaungast auf seinem Stammplatz und bei Jagen24 auf seinem Bürostuhl. Ich werde mich nicht vertreiben lassen, irgendwann werde ich als Vorsitzender des Angelvereins meine erste Mitgliederversammlung leiten, ich werde das Ferienhaus wieder ver-

mieten, neue und altbekannte Gäste begrüßen, ich werde ein guter Angelguide und bin jetzt schon Karl-Heinz' liebster Kunde. Ich werde gleich nächste Woche mit dem Notar und dem Einwohnermeldeamt telefonieren, ich bin Götz Dammwald, mein neues Leben lasse ich mir nicht kaputt machen!

Freitags Gedanken trieben ihn durch das Haus.

Mein neues Leben lasse ich mir nicht kaputt machen! Aber je häufiger sich diese Aussage in seinen Gedanken überschlug, je tiefer sie ins Unterbewusstsein drang, desto deutlicher wurde ihm, wo sie ihren Ursprung hatte. *Mein Leben lasse ich mir nicht nehmen, es wurde mir bereits einmal genommen, unerwartet und grausam. Ich werde mein neues Leben nicht aufgeben. Meine Eltern mussten ihr Leben aufgeben, unerwartet und grausam …*

Freitag wartete in der Küche auf einen Gedanken, der ihn aus dieser Dauerschleife reißen könnte, aber er wusste, es würde ihm nicht gelingen.

War der Tod meiner Eltern wirklich unerwartet gewesen? Grausam war er sicher, aber auch unerwartet, und wenn er nicht unerwartet gewesen war, dann …

Wie immer steigerte sich die Frage nach dem Warum in seinem Kopf in eine Richtung, die in Selbstzweifeln und am Ende in einer Selbstverurteilung endete.

Warum habe ich es nicht gemerkt? Auch als Kind, oder gerade als Kind, ich bin doch das einzige Kind meiner Eltern. Wenn sie lebensmüde und vom Alltag zerschlagen waren, hätte ich es spüren müssen, was habe ich falsch gemacht? Warum mussten sie mir das antun? Warum?

Er hasste dieses Gedankenkarussell und wusste, die schnellsten Runden endeten mit den immer gleichen

Bildern: sein Vater auf einer leeren Autobahn. Er rannte hektisch vor und zurück, als suchte er einen Ausgang, den Ausgang aus einer Situation, die er nicht mehr ändern konnte, in seinen Händen die Jeansjacke seines Sohnes, die am Tag des Unfalls auf dem Rücksitz lag. Das zweite Bild zeigte seine Mutter auf ihrer eigenen Beerdigung, schwarz gekleidet, wie sie sich immer am wohlsten gefühlt hatte, schwarz, grau und unauffällig. In Freitags Vorstellung saß seine Mutter beim Leichenschmaus, als wäre sie nicht die Hauptperson, sondern ein Fremdkörper. Sie hielt Blickkontakt zu ihrem Sohn, und ihr Blick war eindeutig: »Was soll ich hier, Clemens? Was soll ich machen? Ich habe dir nicht einmal Auf Wiedersehen gesagt. Wir sehen uns doch wieder? Bitte sag, dass wir uns wiedersehen, ich habe dir keinen Kuss auf die Stirn gegeben, und plötzlich sitze ich hier, hilf mir!«

Manchmal sagte ihr Blick aber auch: »Sieh, was du angerichtet hast. Ist es wirklich das, was du wolltest, mein Engel?«

Diese Vorstellung traf ihn, wie jedes Mal, nie hatte seine Mutter ihn zu Lebzeiten so vorwurfsvoll angesehen. Die Polizisten hatten von einem tragischen Unglück gesprochen. »Es passiert jedes Jahr, dass Autos von der Fahrbahn abkommen«, hatten sie gesagt, »da trägt niemand die Verantwortung, solche Unglücke passieren.«

Solche Unglücke passieren nicht einfach, dachte Freitag, *so, wie man nicht einfach ein neues Leben bekommt, man kann es sich auch nicht verdienen, sonst hätte ich dieses Leben nicht bekommen. Und niemand wirft ein wirklich glückliches Leben achtlos weg.*

Freitag sah aus dem Fenster auf das Haus der Schönfelds und wählte erneut Ansgars Handynummer. Das Freizeichen ertönte. Einmal. Zweimal. Die Außenbeleuchtung an der linken Hausseite der Schönfelds sprang an. Aber er konnte niemanden erkennen.

»Was willst du?«

Ansgar war außer Atem.

»Ich habe keinen Bock mehr auf deinen Psychoterror.«

»Wovon sprichst du?«, sagte Ansgar, er hatte wieder Luft, aber seine Worte klangen nicht nach einer Frage.

»Ich habe die Farbe gesehen.«

»Was für Farbe?«

»Ansgar!«, brüllte Freitag.

Im Badezimmerfenster der Schönfelds flackerte Licht, aber dieses Mal wirkte es nicht wie ein SOS, sondern eher wie ein Wackelkontakt.

»Ich habe den Eindruck, unser Dorfleben bekommt dir nicht«, sagte Ansgar. »Du siehst immer so ängstlich und nervös aus.«

»Ansgar, die Polizei weiß Bescheid.«

»So ängstlich wie ein Doppelmörder, den man auf frischer Tat ertappt.«

»Ein Doppelmörder?«, fragte Freitag, aber die Frage ging in Ansgars Lachen unter. »Ansgar, ich habe die Polizei alarmiert!«

»Sehr gut, mein Freund, aber du bist es, der sich stellen muss, nicht ich!«

»Deswegen willst du mich mit einer Angelsehne erwürgen?«

»Du hast eine Fantasie, lieber Götz!«

Freitag erkannte den Ton in Ansgars Stimme wieder,

das »lieber Götz« hörte sich so gefährlich und hinterhältig an wie gestern die Drohung von Ophelia52.

»Du hast eine kranke Fantasie, lieber Ophelia52.«

»Ophelia, aha, du liest also brav in deinem gelben Büchlein.«

Das Badezimmer der Schönfelds war jetzt hell erleuchtet. Auch in der unteren Etage brannte Licht.

»Hast du es mir auf den Nachttisch gelegt?«

»Du kapierst doch gar nichts. Aber du musstest ja in einem fremden Leben herumschnüffeln, bitte, es gehört dir, es ist dein Leben.«

Es knallte, als hätte Ansgar eine Tür zugeschlagen, danach grummelte er etwas, das Freitag nicht verstand.

Aber dann hörte er ihn plötzlich schreien: »Du hast sie umgebracht!«

»Wen habe ich umgebracht?«, brüllte Freitag zurück und dachte an Isla und Jack in ihrem Holzfäller-Outfit.

»Du musstest dich ja einmischen. Warum hast du immer wieder nachgefragt? Dein vermeintliches Ungeheuer, das du angeblich an der Angel hattest. Warum hast du damit rumgeprahlt? Ralf ist wieder zur Polizei gerannt, der kapiert auch nichts, und jetzt …«

Freitag hörte, wie sich mit jedem Wort die Aggressivität in Ansgar steigerte.

»Die Bullen waren sogar in Dresden, kapierst du endlich, was du angerichtet hast?«

Freitag ahnte, worauf Ansgar hinauswollte, auch wenn sich die Puzzleteile, die Ansgar ihm zuwarf, nur langsam zu einem Bild fügen wollten. Freitag dachte an das Video und sah in seiner Vorstellung, wie sich Ansgar mit Katja vergnügte.

»Katja hat …«

»Was hat Katja?«, unterbrach Ansgar ihn wütend. »Katja ist nicht so geldgierig und hinterlistig, sie hätte nie einen Menschen töten können!«

»Zwei Menschen«, sagte Freitag. »Isla und Jack.«

»Ich habe dich gesehen, wie du die Leichen über Bord geworfen hast«, behauptete Ansgar.

»Ich habe niemanden getötet!«

Ich habe meine Freunde um Geld betrogen, ich habe Zechen geprellt, oft genug gelogen und jetzt sogar einen Revolver geklaut, aber ich habe niemanden getötet, dachte Freitag und wusste, wenn er jetzt die Augen schließen würde, er würde wieder den vorwurfsvollen Blick seiner Mutter sehen.

»Ich habe alles gesehen, aber ich habe der Polizei nichts erzählt«, sagte Ansgar.

»Hast du dir deshalb ein Zielfernrohr gekauft?«

»Ich habe dich schon lange im Visier, seit dem ersten Tag.«

»Ich weiß, Ophelia52.«

Freitag hörte, wie Ansgar eine Tür öffnete.

»Ich habe Götz ein Ultimatum gestellt, eine Woche, sonst gehe ich zur Polizei. Er hatte sieben Tage Zeit, um aus Zaun zu verschwinden. Sieben Tage, um Katja zu verlassen.«

»Aber dann hat Katja euch beide verlassen«, erwiderte Freitag.

»Das Leben ist ein Glücksspiel, Götz, aber dieses Mal hast du nicht gewonnen.«

Eine Person stand auf der Terrasse der Schönfelds. Freitag konnte nicht erkennen, ob es Ansgar war, er konnte nur sehen, dass die Person in der rechten Hand einen länglichen Gegenstand hielt. Freitag dachte sofort an Ansgars Waffe mit dem Zielfernrohr, aber bedrohlicher als das Gewehr war für ihn der Hund daneben, ein Riesentier, das seinem Herrchen bis zur Hüfte reichte. Ihm war klar, dass es Ansgars Dreckstöle sein musste, Freitags ständiger Begleiter war dagegen ein Schoßhündchen.

»Du hast dir dieses Leben gekauft, mit all seinen Lügen«, schrie Ansgar. »Du hast dir die Last eines Mordes gekauft und das Wissen darüber. Du weißt, wo die Leichen liegen, also stell dich der Verantwortung! Katja trägt keine Schuld, aber deinetwegen hat sie …«

»Katja ist tot, und sie bleibt es«, sagte Freitag und wusste, dass er Ansgar damit provozierte.

Der Hund auf der Terrasse der Schönfelds bellte und sprang dabei in die Luft, als wollte er nach etwas schnappen.

»Du hast sie auf dem Gewissen«, schrie Ansgar.

»Wieso, ich …«

»Die Beweise liegen in der Geldkassette, und dir gehört der Schlüssel dazu. Dein Schlüssel zum Glück, das ist es doch, was du ersteigern wolltest, das große, glückliche Leben.«

Der Mann mit dem Hund bewegte sich von seiner Terrasse zu Freitags Grundstück, kurz vor dem Zaun blieb er stehen. Der Hund sprang über den Zaun, was für Freitag gewaltig aussah.

»Du bist Götz Dammwald!«

Freitag wusste nicht, was er erwidern sollte, er dachte an die Aussagen des Polizeibeamten und trat einige Schritte vom Fenster zurück.

»Bis 18 Uhr hast du Zeit, Götz, bis 18 Uhr, deine letzte Chance!«

Ansgar legte auf. Der Hund bellte, aber Freitag konnte aus dem Fenster nun weder den Hund noch den Mann sehen. Freitag nahm den Zeitungsartikel von der Pinnwand und hörte in Gedanken, wie sich die sympathische Dänin über ihn lustig machte.

»Das warst du doch selbst, du hast mich angerufen und mir gesagt, dass deine Freunde nicht kommen können, sie sind nicht mehr cool und hygge, nicht dieses und nicht nächstes Jahr, sondern nie wieder, weil du sie umgebracht hast, lieber Götz.«

Freitag wusste, dass er die Polizei anrufen müsste, aber wie sollte er das alles erklären? Bis 18 Uhr! Noch blieben ihm drei Stunden. Er schlich die Treppen rauf und runter. Er suchte etwas, das ihm Sicherheit geben könnte, und fand auf der Fensterbank im Gästebad ein Überbleibsel aus Berlin. Post-its. Er nahm die Aufkleber, ging durch die Räume und kennzeichnete alle Dinge, die er nicht mehr benötigte. Clemens Freitag hätte das früher beruhigt.

Der letzte Aufkleber landete auf einer Angelzeitschrift. *7,50 €*.

Noch zwei Stunden.

Freitag sah immer wieder aus dem Fenster. Er war sich sicher, dass der Mann mit dem Hund Ansgar mit seiner Dreckstöle war, aber er konnte ihn nirgends sehen.

Ihr wollt, dass ich mich stelle. Ich habe zwei Menschen auf dem Gewissen, da habt ihr recht, ich habe sie seit über zwanzig Jahren auf dem Gewissen, aber ich bin kein Mörder, ich lebe nur das Leben eines Mörders. In meinem jetzi-

gen Leben habe ich zwei Australier umgebracht und im Waldsee versenkt, im Leben davor habe ich gelogen und Schuldscheine gesammelt. Die Wahrheit liegt zwischen meinen beiden Leben. Zwischen Berlin und Zaun.

Freitags Gedanken kreisten um diese Wahrheit, die ihn weiter in den Keller trieb.

Ich bin Götz Dammwald, und nur ich weiß, wo die Wahrheit liegt und wie ich sie an die Oberfläche bringen kann.

Die Angel, die Ralf ausgeliehen hatte, lehnte einsatzbereit an der Werkbank. Freitag nahm die Rute, die schwersten Grundbleie und die größten Drillinge, die er finden konnte, und stieg die Kellertreppe wieder nach oben. In der Küche spiegelte sich sein Gesicht in der Kühlschranktür, was ihn kurz irritierte, denn die Spiegelung sah aus wie der Blick, den er zu gut kannte, zu oft war er aus einem Tagtraum aufgewacht, als seine Mutter ihn auf ihrer eigenen Beerdigung mit diesem strafenden Blick angesehen hatte.

Freitag packte die wenigen Dinge, die er jetzt brauchte, in eine Tasche und öffnete die Terrassentür. Der schmale Weg zum Bootshaus war festgetreten, als wäre Freitag die Strecke schon etliche Male gegangen. Aber nun erschien ihm dieser Weg zu gefährlich. Trotzdem lief er los, wie ein Fuchs auf der Flucht über das offene Feld, als hätte er Ansgars Zielfernrohr bereits im Nacken. Freitag stieg ins Boot, löste die Knoten, so schnell er konnte, und startete den Motor. Sein Ziel war mitten auf dem Waldsee und so unscheinbar wie abstrakte Farbfeldmalerei, Kunstwerke, die er nicht verstand, ein blaugrünes Irgendwas auf einem blaugrünen Nichts. Doch er konnte sein Ziel auf den Meter genau bestimmen, ohne einen Blick auf die drei Fotos zu werfen, die er wie eine Landkarte neben sich ins Boot gelegt hatte.

Er erreichte den Tatort und ließ das Grundblei und vier Haken ohne Köder ins blaugrüne Nichts sinken.

Noch eine Stunde.

Das Boot trieb über dem Tatort, mit ihm schleifte das Blei über den Gewässergrund. Freitag wollte keine Fische anlocken, trotzdem nahm er das Teufelszeug aus der Tasche. In der Flasche befand sich nur noch eine Handbreit vom Wundermittel.

Hier muss es irgendwo sein, glaubte Freitag, und sobald er einen kleinen Widerstand spürte, versuchte er, die Haken fest ins Hindernis zu drücken. Er zog jedoch nur Äste und Schlamm an die Oberfläche. Aber er gab nicht auf und sagte sich immer wieder: *Ich stelle mich, Götz Dammwald stellt sich, hier irgendwo am Gewässergrund liegen die Beweise.*

Noch 45 Minuten.

Plötzlich ruckte es an seiner Angel. Ein Widerstand.

Das könnte es sein, dachte Freitag, denn der Widerstand gab nicht nach, wie stark Freitag auch dagegenhielt, der Drilling war fest eingehakt. Er kurbelte so viel Schnur ein, bis sich die Rute gefährlich bog. Langsam hob er die Rute nach oben und lehnte gleichzeitig seinen Oberkörper nach hinten. Aber der Widerstand gab nicht nach. Freitag erhöhte den Druck und holte einige Zentimeter Schnur ein. Als er sein Körpergewicht weiter nach hinten verlagern wollte, fiel er ruckartig zurück und beinahe aus dem Boot. Jetzt konnte er die Schnur ohne Probleme einholen und blickte enttäuscht auf die Drillinge.

An einem Haken hing ein schwarzer Fetzen. Erst als Freitag ihn in die Hand nahm, begriff er, dass es ein Stück Folie aus einem Transportsack war.

Noch 30 Minuten.

In einer halben Stunde, um 18 Uhr, endet das Ultimatum. Freitag sah die Zahl vor sich, und sein Kopf begann zu rechnen. Es war der Zeitpunkt des Todes seiner Eltern. In dem Polizeibericht, den der Beamte damals vorgelesen hatte, stand tatsächlich 17:59 Uhr, als könnte man den Tod auf die Sekunde genau berechnen, als wäre es möglich, das Leben in einer einfachen Behördensprache zu beschreiben. Freitag hatte zu viel im Internet recherchiert, er wusste, dass das Gehirn eines Menschen zwischen physischem Tod und Hirntod exakt zehn Minuten und achtunddreißig Sekunden weiterarbeitete. Die Körper seiner Eltern hatten also auf dem Kanalgrund gelegen und ohne einen Befehl vom Gehirn einfach weiter funktioniert. Zehn Minuten und achtunddreißig Sekunden lang.

Freitag hatte immer wieder versucht, den Zeitablauf zu rekonstruieren. Seine Eltern wollten wie jedes Jahr im Herbst nach Dänemark fahren. Es war der erste Urlaub nach sechzehn Jahren ohne ihn gewesen. Er wollte lieber mit seinem Kumpel Lars eine Woche lang zelten und angeln. Um 15 Uhr hatte er noch mit seiner Mutter telefoniert. »Natürlich fahren wir vorsichtig, dein Vater fährt doch immer vorsichtig«, hatte seine Mutter gesagt. Freitag hatte zu oft versucht, sich an dieses letzte Gespräch zu erinnern, in der Hoffnung, irgendeinen Hinweis zu finden, aber mit jedem Versuch veränderten sich die Erinnerungen in seinem Kopf. Hatte seine Mutter traurig oder deprimiert geklungen? Sie wollten doch in ihren geliebten Dänemark-Urlaub. Hatte seine Mutter nicht gesagt, dass es die ganze Woche regnen solle? »Dein Vater wird sicher nicht einen einzigen Tag angeln können«, hatte sie gesagt, oder hatte sie gemeint: »Clemens, dein Vater wird keinen einzigen Tag in seinem Leben mehr angeln gehen«? Hatte sie von Dauerregen und schwarzen Gewitterwolken gesprochen und etwas ganz anderes gemeint, wollte sie ihrem Sohn einen Hinweis geben? War das letzte Telefonat der Abschiedsbrief? »Pass auf dich auf«, hatte sie gesagt, aber so hatte sie die Telefonate doch immer beendet. Manchmal klangen ihre Sätze in Freitags Erinnerung endgültig. »Mach es gut, mein Engel. Ich werde dich immer vermissen.« Aber mit jedem Jahr wurde Freitag unsicherer. Um 15 Uhr hatte er also mit ihr telefoniert, eine Stunde später waren sie bestimmt schon unterwegs gewesen, bis zur Unfallstelle waren es dreihundertfünfzig oder dreihundertsechzig Kilometer. Zu oft hatte Freitag die Uhrzeiten hin und her geschoben. Wann waren seine Eltern von der Brücke gestürzt? Wann war der Zeitpunkt, als sie realisierten, dass es kein Zurück mehr gab? Wie viele Minuten oder Stunden hatte es gedauert? Wann setzte das Ringen nach Luft ein? Oder hatten sie es bewusst getan und nicht um ihr Leben gerungen? Aber setzte der Wille zu leben nicht irgendwann trotzdem ein, ob man will oder nicht?

Ich hätte es ahnen müssen!

Dieser Vorwurf quälte ihn seit dem Todestag seiner Eltern, und er konnte dieses Gedankenkarussell nicht stoppen.

Freitag war sich sicher, dass die Australier es nicht geahnt hatten, mit einem Lottogewinn in der Tasche dachte niemand an den Tod. Er wischte sich die Tränen aus dem Gesicht und ließ das Blei und die Drillinge wieder zum Grund sinken. *Ich hole die Australier an die Oberfläche,* schwor er sich, *sie haben eine anständige Beerdigung verdient.*

Als seine Eltern aus dem Nord-Ostsee-Kanal geborgen wurden, war er nicht dabei gewesen, diesen Anblick wollte man einem sechzehnjährigen Jungen ersparen. Er hatte die Leichen seiner Eltern nie gesehen. »Clemens, du sollst deine Eltern in guter Erinnerung behalten«, so hatte es sein Onkel ihm erklärt. Oder hatten sie ihn gefragt, und er hatte den Kopf geschüttelt? In seinen schlimmsten Erinnerungen war es so gewesen.

Noch zehn Minuten.

Freitag spürte, wie etwas Schweres am Ende der Schnur hing und sich ganz langsam vom Gewässerboden löste. Aber mit jedem Versuch, das schwere Etwas ein Stück weiter nach oben zu hieven, wurde es für Freitag kräftezehrender.

Noch acht Minuten.

Es waren nur noch wenige Meter, glaubte Freitag, dann würde er sehen, ob es tatsächlich die Beweise waren, die er an der Angel hatte. Er hielt die Schnur auf Spannung und versuchte, tief einzuatmen und Kraft für die letzten Meter zu sammeln. Sein Gesicht spiegelte sich auf der Wasseroberfläche. *Ich sehe aus wie ein Doppelmörder, den man auf frischer Tat ertappt hat,* dachte er, *ich bin Götz Dammwald. Ein Mörder. Clemens Freitag weiß, dass Dammwald zwei Menschenleben auf dem Ge-*

wissen hat, aber wer weiß überhaupt noch, wer Clemens Freitag war?

Freitags Gedanken kreisten, als wäre er angetrunken, aber er war nüchtern und vor Aufregung hoch konzentriert. Er warf einen Kieselstein, der auf dem Boden des Ruderbootes lag, ins Wasser. Aber das Spiegelbild eines Mörders blieb.

Noch fünf Minuten.

Noch fünf Minuten bleiben mir, hoffte Freitag. Aber dann sah er sich um und befürchtete, dass sein Ultimatum längst abgelaufen war, denn er konnte sehen, dass auf seinem Grundstück ein Mann mit einem Hund auf ihn wartete. Er konnte nur die Umrisse erkennen, aber er war sich sicher, dass Ansgar und seine Dreckstöle neben dem Bootshaus bereitstanden. Je länger Freitag in diese Richtung starrte, umso klarer wurde das Bild. Ansgar trug sein Gewehr, hinter ihm wartete eine Frau. Die schöne Janette. Aber es gab noch eine dritte Person, die einige Meter vor Ansgar und Janette stand, vermutlich mit beiden Beinen im Wasser. Freitag bildete sich ein, er könnte selbst aus dieser Entfernung die breiten Schultern, die gegelten Haare und den selbstverliebten Blick erkennen.

Da stehen alle und warten auf mich, auf den neuen Götz Dammwald. Und Ophelia52, nein, Ansgar, hatte recht, ich gehöre nicht dazu. Freitag nahm wütend den Kampf wieder auf. *Noch habe ich die Beweise an meiner Angel.*

Die Wut setzte neue Kräfte frei. Zentimeter um Zentimeter näherte sich der Widerstand der Oberfläche. Es fehlten nur noch wenige Kurbelumdrehungen. Freitag richtete sich auf, um sein gesamtes Körpergewicht entgegenzusetzen.

Ein letztes Aufbäumen, dachte Freitag, jetzt war er nicht mehr der Jäger, sondern die Beute, der Fisch, der an der Angel hing und um sein Leben kämpfte. Freitag riss die Arme nach oben und den Oberkörper nach hinten, und ... Ein Knall beendete den Kampf. Freitag fiel ins Boot, richtete sich schnell wieder auf und kurbelte die restlichen Meter ein. Enttäuscht sah er, dass noch alles da war, das Blei, die Haken. Und bevor er verstand, welches Seil gerissen war, tauchte ein schwarzer Gegenstand neben seinem Boot auf. Ein schwarzer Transportsack. Die Wellen seines Bootes spielten mit dem Sack, als wäre es eine leere Plastiktüte. Freitag überlegte, ob überhaupt noch der Rest von einem Menschen in dem Sack sein konnte, als der zweite Beweis neben ihm auftauchte. Der Wind erfasste die Säcke und wirbelte sie wie Papierdrachen durch die Luft. Freitag begriff, dass die Säcke leer waren, und sah, was noch um sein Boot herumschwamm.

Die Verwesung war weit vorangeschritten, aber noch glaubte Freitag, in den bleichen Körpern menschliche Wesen zu erkennen. Er war dankbar, dass ihre Gesichter im Wasser verborgen blieben, denn sein erster Gedanke beim Anblick dieser zwei Leichen war ein grausamer.

Er schloss die Augen.

Das kann nicht sein, sagte er sich, *das hier ist nicht der Kanal, das ist unmöglich, das ist nur in meinem Kopf, das sind nur meine Geister, meine Geister schlafen nicht!*

Er hatte Angst, dennoch wagte er einen zweiten Blick. Der Anblick blieb grausam und vermischte sich in seinem Kopf mit den Fotos der beiden Australier. Das sympathische Paar mit seinen Holzfällerpullis. Die glücklichen

Lottogewinner, die nicht wussten, dass ihr größtes Glück zugleich ihr größtes Unglück war. Ihr Schicksal. Wie Freitag dieses Wort hasste.

Ein leichter Wind blies ihm ins Gesicht. Die Leichen trieben langsam seitlich vom Boot weg. Und in diesem Moment, als er sich sicher war, dass es die Australier waren und es niemand anderes sein konnte, spürte er eine Erleichterung, als würde er seit Jahrzehnten zum ersten Mal ohne Schmerzen durchatmen. Er musste an das Foto, das Rossana ihm gezeigt hatte, denken, er dachte an die beiden tollpatschigen Angler, an ihren kapitalen Fang, an Rossana und ihren Ex, die im Hintergrund stolz auf ihre Söhne sahen. Freitag und sein Vater hatten nie das Glück gehabt, einen Spiegelkarpfen von beinahe zwanzig Pfund zu fangen, doch wenige Tage vor dem Unfall konnten sie gemeinsam einen Hecht von fast einem Meter an Land ziehen. Freitag erinnerte sich daran, wie sie mit dem Fisch gekämpft hatten. Er hatte die Angel gehalten, sein Vater den Kescher. Er musste immer wieder daran denken, wie groß die Freude damals gewesen war, wie sein Vater ihn umarmt hatte, als wollte er ihn zusammen mit dem Fisch hochheben, und wie seine Mutter später in der Küche stand, um den Fisch zuzubereiten und meinte: »Ich mache mehr Klöße, den Fisch mögt ihr bestimmt nicht.« Der Fisch hatte in der Tat ungenießbar nach Gewässerschlamm geschmeckt. »Der schmeckt, als hättet ihr den aus der Regentonne geangelt«, hatte seine Mutter gesagt, und alle hatten gelacht und sich vor Ekel über den widerlichen Geschmack geschüttelt. Freitag erinnerte sich gerne daran zurück, es war ein schöner, lustiger Abend gewesen. Die Erinnerung war deutlich, und die Farben waren echt, das leuchtende Blumenmuster auf der Bluse seiner Mutter, die weiße Tischdecke, die hellgrünen Servietten. Freitag konnte sich sogar daran erinnern, was auf den Servietten gestanden hatte. *Lieblingsessen.* Ohne die Augen zu schließen, konnte er sich das Lachen seiner Eltern an jenem Tag vorstellen. Und mit diesen Bildern in seinem Kopf wusste er nun auch, woran ihn das Foto, das Rossana ihm gezeigt hatte, erinnerte. Es war kein anderes Foto gewesen, es war diese Erinnerung an seine Eltern, diese Freude in ihren Gesichtern über die gemeinsame Zeit, der Stolz auf das eigene Kind, so aufrichtig und unverkennbar, wie Rossana auf ihre Söhne geschaut hatte. Seine Eltern mussten glücklich gewesen sein, so glücklich, wie man sein kann, zufrieden mit allen Höhen und Tiefen. Das war es, was Freitag in diesem Moment dachte, und zum ersten Mal hatte er nicht das Gefühl, dass in dieser Vorstellung eine Lücke war, eine Farbe, die nicht stimmte, nichts, was für ihn keinen Sinn ergab, es blieb eine Erinnerung, die zwar tragisch endete, aber ohne Schuldigen.

Die Leichen der beiden Australier trieben weiter ab.

Freitag öffnete seinen Rucksack und holte die Geldkassette heraus.

»Der Ring gehört euch«, sagte er und warf den Ring ins Wasser. Dann warf er die Geldkassette und den Revolver über Bord, danach die Fotos, den Zeitungsartikel, den Rucksack und die Angelsachen. Nur mit dem, was er an seinem Körper trug, startete er den Motor und entfernte sich vom Tatort.

Freitag strandete am gegenüberliegenden Waldstück,

ein Uferbereich, der nur vom Wasser aus erreichbar war. Freitag zog das Boot an Land. Das Teufelszeug rollte unter der Sitzbank hervor. Er nahm die Flasche und setzte sich auf einen Baumstumpf. Von hier konnte er den See überblicken und sah, wie die Leichen an der Oberfläche trieben. Aber es war nur eine Frage der Zeit, bis genügend Boote organisiert waren, um die Leichen zu bergen, wusste Freitag und zog sein Handy aus der Hosentasche. Er löschte alle Nachrichten von Ophelia52, auch die von Janette und von der Stammtischrunde. Er löschte alle neuen Kontaktdaten, außer die seiner Kollegin. Er schrieb Rossana:

Liebe Rossana, hast du schon eine Begleitung für morgen? Ich hätte Lust auf eine Liebeskomödie mit einem guten Ende. Doch es gibt ein kleines Problem, es ist kaum zu glauben, ich möchte mit dir ins Autokino, aber seit heute habe ich kein Auto mehr. Eine lange Geschichte, die ich dir gerne erzähle.

Zuversichtlich klickte er weiter auf die Verkaufsplattform.

»Ein komplett neues Leben« hatte Dammwald seine Anzeige genannt. Die Plattform bot Freitag mehrere Optionen an, er entschied sich für ›Ware wiederverkaufen‹. Freitag fügte Dammwalds Artikelbeschreibung in seine Anzeige ein und lud alle Bilder, die Dammwald verwendet hatte, hoch und klickte dann auf ›Fertig stellen‹. Das Handydisplay wurde schwarz, im Hintergrund arbeitete der kleine Prozessor.

Auf dem Waldsee ruderten in der Zwischenzeit zwei Männer mit einem schmalen Boot zur Seemitte.

Freitag öffnete die grüne Schnapsflasche und roch am Teufelszeug. Der Geruch des Lockstoffs war verflogen.

Mein Großvater hat es gemischt, mein Vater hat damit Pokale gewonnen und Geschichten erzählt, dachte Freitag und erinnerte sich an den Geruch, der sich über Jahre im Schuppen gehalten hatte. Er nippte an der Flasche, nahm dann einen großen Schluck, aber das Wundermittel schmeckte wie abgestandenes, uraltes Wasser.

Nicht der Geruch und nicht der Geschmack haben überlebt, freute sich Freitag, *sondern allein und für immer die Geschichte hinter dem Teufelszeug.*

Freitag blickte auf den See. Die Männer hatten die Seemitte erreicht. Sie streckten ihre Arme aus, aber sie wollten die beiden Australier nicht ins Boot ziehen.

Freitags Handy piepte. Die Verkaufsplattform forderte eine Bestätigung.

»Sind Sie sich wirklich sicher?«

Freitag war sich sicher, bestätigte und sah wieder auf den See.

Die Leichen trieben nicht mehr auf dem Wasser, nur noch das schmale Boot, das nun auf ihn zusteuerte.

Der virtuelle Marktplatz auf seinem Handy piepte.

Freitag schielte auf das Display und lächelte zufrieden.

›Ein komplett neues Leben‹ wurde freigeschaltet.

Danksagung

Ein Dank geht an alle, die dieses Buch ermöglicht haben. In erster Linie an das gesamte Team von dtv und insbesondere an meine Lektorinnen Martina Vogl und Nadine Jendrusch. Ein besonderer Dank geht zudem an Jürgen Schütz, der mit seinem unglaublichen Septime-Verlag früh etwas in meinen Texten gesehen hat, und den Mut hatte, daran zu glauben. Außerdem geht ein Dank an das Team der Agentur Arrowsmith für die lange, aber letztendlich so erfolgreiche Suche.

Bedanken möchte ich mich auch bei der Behörde für Kultur und Medien der Freien Hansestadt Hamburg und bei der Kulturstiftung des Landes Schleswig-Holstein. Sie haben meine Projekte gefördert und mit ihrem Zuspruch und der Anerkennung für zusätzliche Motivation für viele weitere Texte und Ideen gesorgt. Ich danke auch den Verantwortlichen der Stadt Bad Segeberg, die mir für »Das gekaufte Leben« den Segeberger Kulturpreis zugesprochen haben.

Der größte Dank geht an meine Familie. Von Herzen danke ich Jule, Marla, Lina und meinen Eltern für die vielen aufbauenden Worte, für die liebevolle, bedingungslose Rücksicht, für alles.